Weitere Titel der Autorin:

Knochenfinder

Titel in der Regel auch als Hörbuch und E-Book erhältlich

Über die Autorin:

Melanie Lahmer, geb. 1974, lebt mit ihrer Familie in Siegen. Nach dem Studium der Erziehungswissenschaften arbeitete sie als Redakteurin und veröffentlichte Kolumnen und Kurzkrimis. KNOCHENFINDER, ihr erster Roman um die im Siegerland ermittelnde Kommissarin Natascha Krüger, wurde von der Kunststiftung NRW mit einem Stipendium ausgezeichnet.
KUCKUCKSBRUT ist ihr zweiter Roman.

Melanie Lahmer

KUCKUCKS-BRUT

Kriminalroman

BASTEI LÜBBE TASCHENBUCH
Band 17 142

1. Auflage: Januar 2015

Dieser Titel ist auch als E-Book erschienen

Originalausgabe

Dieses Werk wurde vermittelt durch die Literarische Agentur
Thomas Schlück GmbH, 30827 Garbsen

Copyright © 2015 by Bastei Lübbe AG, Köln
Titelillustration: © shutterstock/Jessmine; © shutterstock/Sofiaworld;
© shutterstock/Gordan; © shutterstock/Vitaliy Krasovskiy
Umschlaggestaltung: Sandra Taufer, München
Satz: Urban SatzKonzept, Düsseldorf
Gesetzt aus der Garamond
Druck und Verarbeitung: GGP Media GmbH, Pößneck
Printed in Germany
ISBN 978-3-404-17142-2

Sie finden uns im Internet unter
www.luebbe.de
Bitte beachten Sie auch: www.lesejury.de

Prolog

Da lag sie nun.

Die Augen waren geschlossen, die Gesichtszüge entspannt, der Mund leicht geöffnet. Ihre weißen Brüste waren ein wenig zu groß für seinen Geschmack, aber die Rundung ihres Bauches gefiel ihm. Der Gummibund ihres orangefarbenen Rockes war ein Stück nach unten gerutscht, die Knochen der Beckenschaufel zeichneten sich unter der sonnengebräunten Haut ab. Dort, wo sonst ihr Bikinihöschen saß, lugte unschuldiges Weiß hervor. Zarter blonder Flaum bedeckte ihre Haut.

Unzählige Male hatte er sie im Bikini im Garten liegen sehen, ihren Körper lange betrachtet. Hatte beobachtet, wie sie sich im Liegestuhl räkelte, die nackten Beine langsam mit Sonnenmilch einrieb und sie dabei elegant in die Höhe reckte.

Manchmal trank sie Wasser aus einer Flasche, legte dabei den Kopf in den Nacken und machte den zarten Hals ganz lang. Die roten, leicht gewellten Haare fielen ihr dabei bis zum Ansatz ihres runden Pos.

Wenn sie ein Waffeleis schleckte, fuhr sie mit der Zunge langsam und lasziv am schokoladegetränkten Rand der Waffel entlang, steckte spielerisch die Zungenspitze ins Eis und leckte sich die vollen Lippen, als wollte sie ihn mit dieser kleinen Geste locken.

Doch damit hatte sie keinen Erfolg gehabt, so leicht war er nicht zu beeindrucken. Zu groß war ihre Schuld gewesen, zu selbstverliebt ihre Inszenierung, als dass sie bei ihm irgendeine andere Gefühlsregung hatte erzeugen können als Hass.

Hass auf all das, was ihm angetan worden war, was ihn verletzlich und schwach hatte werden lassen. Das Weib, die Mutter alles Bösen.

Doch das war einmal.

Nun lag sie vor ihm, bleich und weich und frei von Schuld. Ihre Brüste lockten nicht mehr, ihre Zunge hatte jede Geschmeidigkeit verloren und hing ihr blau und geschwollen aus dem halb geöffneten Mund. Der Hals war nicht mehr zart und lang, sondern eingedrückt.

Er blickte noch einmal auf sie herab, verspürte ein leichtes Gefühl des Bedauerns und ließ den Kofferraumdeckel geräuschvoll einrasten. Seine Hände wischte er mit einem Erfrischungstuch ab, das er in ihrer Handtasche gefunden hatte. Es sollte nach Zitrone riechen, doch ihm entströmte nur der Geruch des frühen Todes.

Kapitel 1

Sie rieb sich die Augen, doch es half nichts. Die Dunkelheit ließ sich nicht abstreifen, sie setzte sich an ihr fest wie klebriges Pech. Langsam tastete sie sich vorwärts, spürte das kalte Gestein unter ihren Händen und versuchte, die Wände wegzuschieben. Sie hatte das Gefühl, überhaupt nicht von der Stelle zu kommen. Aber vielleicht lief sie ja auch die ganze Zeit im Kreis. Wie sollte sie das so ganz ohne Licht erkennen?

Plötzlich spürte sie etwas in ihrem Nacken, fest und warm. Sie wollte sich umdrehen, doch es gelang ihr nicht. Irgendetwas hielt sie im Klammergriff, presste ihren Kopf gegen die kalte Felswand und verhinderte jede Bewegung. Nahm ihr den Atem.

Hilfe!, wollte sie schreien, doch aus ihrem Mund kam nur ein Röcheln. Ihr Atem ging schneller, rasselnd. Aber sie hatte das Gefühl, dass ihre Lungen nicht genügend Sauerstoff aufnehmen konnten, egal, wie schnell und verzweifelt sie auch atmete.

Sie würde doch jetzt nicht ersticken? Nein, bitte, sie wollte noch nicht sterben, nicht hier in dieser dunklen Höhle!

Natascha Krüger setzte sich ruckartig auf, ihr Herz raste. Sie sah sich hektisch um, entdeckte das Bücherregal an der einen Wand, das Fenster mit der hölzernen Lamellenjalousie auf der anderen, die Tür zum Flur. Mit zitternden Händen ertastete sie die Matratze unter sich, spürte den weichen Stoff der Bettdecke und ließ sich erleichtert zurück aufs Kopfkissen fallen. Sie war zu Hause.

Diese verdammten Albträume! Seit ein paar Wochen wurde sie immer wieder von dem gleichen Traum heimgesucht, und jedes Mal befand sie sich in dieser Höhle, aus der es kein Entrinnen gab.

Der Wecker zeigte fünf Uhr vierundfünfzig.

Langsam schlurfte sie in die Küche, füllte den Wasserkocher und gab zwei Löffel Kaffee in die Cafetière. Dann ging sie ins Bad, um sich kaltes Wasser ins Gesicht zu spritzen. Das tat gut. Ihr Spiegelbild sah gar nicht so blass aus, wie sie es erwartet hatte. Trotzdem stachen die Sommersprossen wie kleine dunkle Inseln aus einem Meer der Blässe hervor.

Es war an der Zeit, etwas gegen diese Albträume zu unternehmen.

Nach dem Duschen fühlte Natascha sich zwar frischer, aber immer noch seltsam ausgelaugt. Das Müsli schmeckte heute irgendwie fad; das Radioprogramm im Hintergrund war belanglos wie immer.

Sie goss sich gerade etwas Milch in ihre zweite Tasse Kaffee, als es im Flur piepte. Das Handy meldete den Eingang einer Textnachricht. Wer mochte ihr morgens um kurz vor sieben eine SMS schicken? Simon? Sie merkte, wie ihr Herz einen kleinen Hüpfer machte, eilte in den Flur und öffnete das Nachrichten-Menü.

Heute Abend schon was vor? Hast du Lust auf ein Glas Wein? Mein Papa hat wieder ein paar Flaschen aus dem Ahrtal mitgebracht. Küsschen, Tine.

Natascha schmunzelte.

Okay. Um halb neun bei dir?, antwortete sie und wartete auf Tines Reaktion.

Sie starrte auf das Handy in ihrer Hand, und ehe sie richtig wusste, was sie tat, öffnete sie ihr Telefonbuch und wählte eine Nummer, die sie eigentlich auswendig kannte.

Am anderen Ende ertönte erst das Freizeichen, dann meldete sich eine elektronische Stimme vom Band. Der Teilnehmer sei momentan nicht erreichbar. Natascha blickte auf die Uhr: Viertel vor sieben. Wahrscheinlich schlief Simon noch. Trotzdem wartete sie den Piepton ab und hinterließ eine Nachricht.

»Guten Morgen! Ich hoffe, du bist gestern heil angekommen und hast die erste Nacht in Berlin gut geschlafen. Meine Nacht war ein bisschen kurz, aber das ist ja nichts Ungewöhnliches. Meld dich mal!« Sie seufzte. Simon fehlte ihr schon jetzt. Wie sollte sie da bloß die ganze Woche ohne ihn überstehen?

Kapitel 2

Hartmut Sänger zog das Baumwolltaschentuch aus der Hosentasche und tupfte sich die Stirn ab. Es war unglaublich warm, und das schon um acht Uhr morgens. Der Tag würde unerträglich werden.

Aber wenn er den historischen Wanderführer, an dem er arbeitete, veröffentlichen wollte, dann musste er eben bei jedem Wetter das Mittelgebirge erklimmen.

Seine Heimat, das Siegerland, lag im Dreiländereck von Nordrhein-Westfalen, Rheinland-Pfalz und Hessen, an den Ausläufern von Rothaargebirge und Westerwald. Eingebettet in das Tal der Sieg lagen die größeren Orte; Siegen als Oberzentrum mit Universität, zwei Schlössern, Kino, Theater und Einkaufsmeilen, ein paar Kleinstädte in den Nebentälern. Und ringsherum vereinzelte Dörfer, die nur aus wenigen Straßen bestanden und hauptsächlich zum Schlafen und Wohnen genutzt wurden, andere mit einer Jahrhunderte zurückreichenden Geschichte, von der historische Ortskerne mit niedrigen, schmalen Fachwerkhäusern zeugten.

Jahrzehntelang war das Siegerland von den großen Verkehrswegen abgeschnitten gewesen, Fremde waren selten hergekommen, und so waren die Siegerländer größtenteils unter sich geblieben. Auch heute noch beäugten sie alles Neue und Fremde misstrauisch.

Doch Hartmut Sänger liebte sowohl die dichten Wälder und die schroffen Höhen als auch das zurückhaltende, abwartende Temperament der Bewohner. Es gab für sie meist auch gar keinen Grund, sich vorschnell neuen Moden hinzugeben; das Alte hatte sich schließlich bewährt und sollte auch bewahrt werden.

Auch heute spielten Traditionen noch eine große Rolle in der Region, und man maß der Geschichte des Bergbaus und der Metall verarbeitenden Industrie eine große Bedeutung bei. Hartmut Sänger arbeitete schon seit seiner Pensionierung an dem historischen Wanderführer. Es war ihm wichtig, Durchreisenden und Urlaubern seine Heimat näherzubringen und den Einheimischen die Augen für das Schöne und Besondere der Gegend zu öffnen.

Aus diesem Grund wanderte er schon seit Monaten durch die Wälder, durchkämmte die Täler und fotografierte fast vergessene Plätze abseits der Wanderwege.

Nachdem er vierzehn Monate lang alte Stollen und Schächte gesucht, kartografiert und beschrieben hatte, widmete er sich nun einem neuen Kapitel: dem Leben im späten Mittelalter. Es gab im Siegerland nicht mehr viele Zeugnisse dieser dunklen Epoche, deshalb lag Sänger dieses Thema besonders am Herzen.

Sein erstes Ziel an diesem frühen Montagmorgen war ein alter Richtertisch bei Wilnsdorf, einer Kleinstadt direkt an der Grenze zu Hessen. Sänger wusste nur, dass dieser Richtertisch etwas außerhalb der Stadt im Wald liegen und aus steinigen Überresten bestehen sollte. Es war natürlich Ehrensache, seine Arbeit mit einer ersten Vor-Ort-Recherche zu beginnen.

Er parkte den Wagen am Gymnasium und folgte dem geteerten Weg, der in den Wald führte. Nach wenigen Metern endete der Teerweg und ging in einen gewöhnlichen Waldweg über. Die dicht gewachsenen Buchen rechts und links des Weges schluckten das Sonnenlicht, es war hier angenehm kühl, und Sänger atmete tief durch. Irgendwo neben ihm zirpten Grillen, ab und an knackte es im Unterholz. Ein Eichelhäher flog zwischen den Bäumen umher und keckerte, als wollte er Sänger begrüßen.

Erst nach und nach drangen andere Geräusche an sein Ohr: Die Autobahn im Hintergrund rauschte monoton, vom nahe gelegenen Gymnasium klang das Geschrei der Schüler herüber. Große Pause, dachte er nach einem Blick auf die Armbanduhr.

Sänger lächelte versonnen und holte sein schwarz-rotes Notizbuch aus dem Rucksack, um seine ersten Eintragungen zu machen. Er konzentrierte sich auf das neue Thema, stellte sich vor, ein gebildeter Mann des fünfzehnten Jahrhunderts zu sein, und marschierte weiter in die dunkle Kühle des Waldes hinein.

Nach wenigen Metern erblickte er rechter Hand auf einer kleinen Lichtung drei große hölzerne Säulen, um die niedrige moosbewachsene Findlinge einen Kreis bildeten. Vor den Stelen war ein Marmorschild in den Waldboden eingelassen, und er ging neugierig näher. Das musste »det fikante Loch« sein, eine alte Hinrichtungsstätte. Hier hatte wahrscheinlich der Galgen gestanden, an dem im Mittelalter die Verurteilten des Femegerichts gehenkt worden waren. Die Inschrift auf dem Schild am Boden bestätigte seine Vermutung. Vierhundert Meter von dieser Stelle entfernt waren am »Freistuhl Hoheroth« die Urteile über die Missetäter gefällt worden, die dann hier »mit Tod durch den Strang« vollstreckt worden waren.

Sänger fotografierte die Marmorplatte, die drei Stelen, die gesamte Anordnung. Seine Neugier war entfacht, und voller Vorfreude machte er sich auf den Weg zum vierhundert Meter entfernten Richtertisch.

Der Weg stieg steil an, aus dem Buchenwald war ein Mischwald geworden. Nach wenigen Metern nahm Sänger einen

Abzweig in einen Fichtenwald und folgte den überwucherten Spurrinnen in der Mitte des Weges. Hinter einem baufälligen Jägerhochsitz öffnete sich eine grasbewachsene Lichtung. Die Sonne warf geheimnisvolle Schatten auf die Wiese, alte Laubbäume umrahmten den abgelegenen Ort.

Hartmut Sänger blieb stehen und zückte die Digitalkamera, um diese ersten Eindrücke festzuhalten und später eine möglichst große Auswahl an brauchbaren Fotos zu haben. Er probierte verschiedene Positionen aus, um die Lichtung von verschiedenen Blickwinkeln fotografieren und ihre ganze mystische Schönheit festhalten zu können, setzte einzelne Bäume oder Sträucher in den Fokus und wechselte in verschiedene Belichtungsprogramme.

Wenn schon der Weg zu der historischen Stätte so verwunschen war, wie mochte sich dann erst der Richtertisch selbst präsentieren?

Sänger hielt die Kamera einsatzbereit in der Hand und ging weiter. In Gedanken schrieb er schon die ersten Zeilen der Geschichte, mit der er den Ort verknüpfen wollte. Die Hexenprozesse, die bis ins siebzehnte Jahrhundert geführt worden waren, könnte er in Verbindung mit dem Richtertisch bringen. Oder eine Episode über einen Aufstand geschundener Bergleute schreiben. Ideen hatte er viele.

Hoch motiviert und voller Tatendrang durchschritt er das dunkle Wäldchen jenseits der Lichtung und blieb schließlich stehen. Vor ihm öffnete sich ein kleiner sonnenüberfluteter Platz, der von einer Eiche gekrönt wurde und wie die Hinrichtungsstätte weiter unten von moosbewachsenen Findlingen eingerahmt wurde, dreizehn an der Zahl.

Aber all das nahm Sänger nur am Rande wahr. Am ganzen Körper bebend, brachte er die Digitalkamera in Position und versuchte, den niedrigen Steintisch unter der Eiche zu fokussieren. Doch es gelang ihm nicht, weil seine Hände so stark zitterten. Mehrmals verrutschte ihm das Bild, auch den Auslöserknopf fand er nicht gleich und schaltete die Kamera einmal sogar versehentlich aus.

Das hier durfte nicht wahr sein! Hartmut Sänger wollte nicht glauben, was er sah. Und doch war es so real wie der Richtertisch selbst, die große Steinplatte in der Mitte des Platzes, der vom ausschweifenden Laub der Eiche überdacht war.

Dicke schwarze und grüne Schmeißfliegen surrten um ihn herum; ihr Summen klang seltsam bedrohlich, ja grausam. Endlich gelang es ihm, Fotos zu machen. Er konnte den Finger gar nicht mehr vom Auslöser nehmen, er schien dort festgeklebt zu sein. Sänger schoss Foto um Foto, eine ganze Bildergalerie der immer gleichen starren Szenerie. Denn die Frau auf dem Richtertisch bewegte sich nicht. Würde sich nie mehr bewegen. Fliegen hatten sich in Scharen auf ihr niedergelassen; krabbelten auf der Suche nach Nahrung über ihre nackten Brustwarzen, über Mund und Augen.

Hartmut Sänger starrte auf die Leiche, ließ endlich die Kamera sinken und stützte sich am nächstbesten Baum ab, um sich auf den holprigen, mit altem Laub und frischem Moos bedeckten Untergrund zu übergeben.

Kapitel 3

Natascha blickte kurz auf die Uhr und trat kräftiger in die Pedale. Der Zwischenstopp beim Bäcker hatte sie wertvolle Minuten gekostet. Nach dem freien Wochenende wollte sie heute lieber etwas früher im Büro sein, denn meist gab es gerade montagmorgens viel aufzuarbeiten.

Sie erreichte das Polizeigelände an der Hauptstraße im Siegener Ortsteil Weidenau, bog schwungvoll rechts ab und raste über den Bürgersteig in den Hof der Polizeidienststelle. Die wenigen Fahrradstellplätze waren belegt, also fuhr sie weiter zum Mitarbeiterparkplatz hinter dem Gebäude. Doch beim Abbiegen auf den Hof rutschte plötzlich ihr linker Fuß vom Pedal ab, und für einen Moment blickte sie nach unten. Deshalb sah sie den Jeep, der rückwärts und viel zu schnell aus einer der Parklücken fuhr, zu spät.

Natascha riss den Lenker herum, das Fahrrad geriet ins Schlingern, und sie biss die Zähne zusammen in Erwartung des schmerzhaften Aufpralls. Doch der Wagen hielt rechtzeitig, und Natascha gelang es, die Balance zu halten und zu bremsen.

»Verdammt! Geht's noch?« Fluchend rieb sie sich die Handgelenke. Bei dem Beinahe-Zusammenstoß war sie mit ihrem gesamten Körpergewicht nach vorn gepresst worden und hatte den Schwung nur mit den Handballen abgefedert. Sie spreizte und beugte die Finger der linken Hand, ihrer Schreibhand, verspürte jedoch keinen Schmerz.

»Was war das denn? Kannst du nicht gucken, wenn du rückwärts ausparkst?«, schimpfte sie.

Kriminaloberkommissar Jörg Lorenz, mit dem sie sich ein Büro teilte, war ausgestiegen und sah sie zerknirscht an. »Sorry. Ich war total in Gedanken. Hast du dir wehgetan?«

Natascha schüttelte den Kopf. »Geht schon. War aber ganz schön knapp!« Ihr Herz raste noch immer, doch sie beruhigte sich langsam wieder von dem Schreck. Das war typisch Lorenz! Wenn er über irgendetwas grübelte, nahm er links und rechts nicht mehr viel wahr.

»Am Wochenende hat mal wieder so ein Idiot Steine von einer Autobahnbrücke geworfen und einen Unfall verursacht. Die Fahrerin liegt mit schweren inneren Verletzungen im Kreisklinikum«, erzählte er. »Und jetzt sollen wir uns darum kümmern. Wie ich solche Typen hasse!« Lorenz schüttelte den Kopf, strich sich mit einer fahrigen Bewegung durch das dunkelblonde Haar und verzog verächtlich das Gesicht. Seine Schwester war bei einem ähnlichen Vergehen beinahe ums Leben gekommen und kämpfte noch heute mit Schmerzen beim Gehen und wiederkehrenden Albträumen. Dr. Dreisler, der Abteilungsleiter, wusste das. Deshalb hielt Jörg Lorenz es jedes Mal für pure Schikane, wenn er sich mit einem solchen Fall beschäftigen musste. Dabei hatte fast jeder aus dem Kollegium einen wunden Punkt, mit dem er während des Polizeidienstes immer wieder konfrontiert wurde. Da half nur, sich auf seine Weise davon zu distanzieren und gewisse Dinge auszublenden.

Natascha dachte kurz an ihre eigene Angst vor engen, geschlossenen Räumen, schob sie aber schnell beiseite. Auch sie hatte ihre wunden Punkte.

»Lass uns reingehen!«, sagte sie, ohne weiter auf Lorenz einzugehen. »Wir sind ohnehin schon spät dran.«

Im Inneren des Polizeigebäudes war es erstaunlich still. Eine angenehme Kühle empfing sie im großen Wartebereich, der ein gutes Viertel des gesamten Erdgeschosses einnahm. Offene Glasfassaden und der mit Fotos künstlerisch gestaltete Fußboden sollten einladend und freundlich auf die Besucher wirken. Trotzdem würde sich hier nicht jeder wohlfühlen; zu unterschiedlich waren die Gründe für einen Besuch bei der Polizei.

Im vierten Stock lagen die Büros der Kriminalpolizei, eine Glastür trennte sie von Treppenhaus und Fahrstuhl.

Kaum hatten Natascha und Lorenz die Etage betreten, kam ihnen Hannes Winterberg entgegengeeilt. Die graublonden Locken des sechsundvierzigjährigen Kriminalhauptkommissars wippten bei jedem Schritt, das schwarze T-Shirt mit dem Led-Zeppelin-Aufdruck spannte über seinem Bauch, und die Sohlen seiner Camel-Boots quietschten auf dem Linoleumboden.

»Morje!«, grüßte er knapp im Dialekt und schnaubte. »Ihr könnt direkt wieder kehrtmachen und nach Wilnsdorf fahren.«

»Guten Morgen, Hannes«, grüßte Natascha und hob kurz die Hand. Die Woche fing ja gut an! Erst fuhr Jörg Lorenz sie beinahe über den Haufen, und dann sollte sie sich als erste Amtshandlung am Montag gleich in seinen Jeep setzen und mit ihm ins südliche Siegerland fahren! »Was gibt's denn?«, fragte sie und war sich nicht sicher, ob sie die Antwort wirklich hören wollte. So wie Winterberg dreinblickte, hatte er schlechte Nachrichten.

»Bei der Leitstelle ging ein Notruf ein. Jemand hat im Wald bei Wilnsdorf eine Tote gefunden. Die Kollegen von dort haben schon alles in die Wege geleitet. Der Notarzt ist vor Ort, die Kriminaltechniker sind unterwegs, und auch die Staatsanwältin weiß Bescheid. Ihr könnt also direkt losfahren.«

»Bleibst du hier?«, wollte Natascha wissen.

Winterberg nickte. »Ich übernehme die Koordination, ihr könnt an Ort und Stelle schauen. Und dann sehe ich zu, dass wir diesen Steinewerfer delegieren können.« Hannes Winterberg blickte ganz kurz zu Jörg Lorenz hinüber. Und trotz Lorenz' undurchdringlicher Miene meinte Natascha, seine Erleichterung zu spüren.

Kapitel 4

Eine halbe Stunde später erreichten sie die Waldlichtung nahe Wilnsdorf. Schon von Weitem sahen sie die rotierenden Blaulichter des Notarztwagens und verschiedener Streifenwagen.

Das Erste, was Natascha auffiel, war der Gestank. Süßlich-modrig lag er über der Lichtung und sandte grellgrüne Blitze vor Nataschas inneres Auge. Das Summen der unzähligen Fliegen erzeugte einen grauen Wellenton in ihrem Kopf.

Natascha hielt sich das Kragenbündchen ihres T-Shirts vor die Nase, doch das half nur wenig. Der synästhetisch verstärkte Geruch hatte sich in ihrem Inneren bereits festgefressen und würde für lange Zeit abrufbar bleiben.

Solange sie denken konnte, nahm sie Gerüche und Töne anders wahr als andere Menschen, roch oder hörte sie nicht nur, sondern sah sie darüber hinaus als farbige Strukturen vor ihrem geistigen Auge. Ihr war diese besondere Form der Wahrnehmung lange Zeit nicht bewusst gewesen. Erst während ihres kurzen Abstechers an die Psychologische Fakultät der Universität zu Köln hatte sie von Synästhesie erfahren, davon, dass sie selbst auf Außenreize viel sensibler reagierte als die meisten anderen Menschen. Mit dieser besonderen Form der Wahrnehmung ging auch eine latente Geräuschempfindlichkeit einher, mit der sie aber inzwischen umzugehen gelernt hatte.

Meist nahm sie ihre verstärkte Wahrnehmung als gegeben hin, in Momenten wie diesem verfluchte sie jedoch ihre Synästhesien. Der starke Verwesungsgeruch war für sich genommen schon unangenehm genug; sie brauchte nicht noch ein Bild vor ihrem inneren Auge, das ihr diesen Gestank unauslöschlich einprägen würde.

Der Fundort der Leiche war weiträumig abgesperrt, und innerhalb des Sperrbereichs arbeiteten drei Kollegen von der Kriminaltechnik, um die Spuren zu sichern. Ihre Papieranzüge hoben sich leuchtend weiß vor dem Dunkel des Waldes ab. Die Aufschrift der Streifenwagen reflektierte im Sonnenschein und gab der Szenerie etwas Hochoffizielles.

»Da hinten ist Schmitz.« Natascha wies auf den Kriminaltechniker, der im abgesperrten Bereich auf dem Boden hockte. »Sprichst du mit dem Arzt?«

Lorenz nickte. »Guck mal! Die Kraft ist bei ihm.«

Natascha folgte seinem Blick und entdeckte die Staatsanwältin, die in ihrer üblichen steifen Körperhaltung neben dem Arzt stand. Ihre Bewegungen wirkten immer irgendwie ruckartig und unkoordiniert, und Natascha hatte sich schon mehrmals gefragt, ob Unsicherheit oder irgendeine körperliche Störung der Grund dafür war. Wahrscheinlich beides, hatte Lorenz einmal vermutet.

Heute trug sie ein pinkfarbenes Kostüm, dazu schwarze Lackschuhe. Das blonde Haar im akkuraten Pagenschnitt war mit so viel Haarspray fixiert, dass kein einziges Härchen es wagte auszubrechen. Schon im Bürogebäude fiel Dr. Eleonore Kraft zwischen all den leger gekleideten Kripobeamten auf, hier im Grünbraun des Waldes wirkte sie wie ein greller Farbfleck, der in den Augen schmerzte.

Mit schnellen Schritten trippelte sie zu ihrem Sportwagen, warf die Autotür zu und brauste davon. Von Natascha oder Lorenz hatte sie keinerlei Notiz genommen.

»Ob die uns jemals so ernst nehmen wird wie Winterberg?«,

fragte Natascha, doch Lorenz verzog nur gelangweilt den Mund.

»Unter einem Kriminalhauptkommissar läuft bei Frau Doktor Kraft eben nichts. Winterberg ist zwar überhaupt nicht ihr Typ, aber er hat wenigstens den passenden Titel. Und darauf kommt es schließlich an.« Er zuckte kurz mit den Schultern und trat zu dem Notarzt, der neben seinem Wagen stand und in ein belegtes Brötchen biss.

Natascha ging zu dem mit rot-weißem Flatterband abgesperrten Bereich, gab einem der Kriminaltechniker mit einer Geste zu verstehen, dass sie sich die Leiche genauer anschauen wollte, und zog sich im Gehen die Einweghandschuhe über.

Schmitz, der weißhaarige Kriminaltechniker, hockte zwischen zwei Nummerntafeln, stand jedoch auf, als er sie sah. Er zog den Mundschutz nach unten und die Kapuze des weißen Overalls nach hinten, doch sie rutschte ihm wieder zurück ins Gesicht. »Hallo, Natascha! Alles klar?« Der Pfefferminzgeruch seines Kaugummis wehte zu ihr herüber und überdeckte für einen Moment den süßlich-modrigen Geruch des gewaltsamen Todes.

»Wenn man mal von dem Grund meines Hierseins absieht, geht es mir ganz gut, danke.« Sie sah sich um.

Das Absperrband umschloss einen großen Bereich, in dessen Mitte eine Eiche stand. Im Schatten der Baumkrone, ein paar Schritte entfernt, befand sich eine Steinplatte, die auf Steinblöcken aufgebockt war. Sie erinnerte an einen niedrigen Tisch, vor dem man kniend Platz nehmen konnte. Rundherum waren Nummerntafeln aufgestellt; farbige Markierungen waren auf den Waldboden gesprüht. Auf der Tischplatte lag eine weibliche Leiche, der Kopf der Eiche zugeneigt. Die

21

Frau sah aus, als schliefe sie. Ihre roten Haare fielen bis auf den Waldboden; Reisig und Laub hatten sich darin verfangen. Die Beine hingen schlaff von der Tischplatte, der linke Arm ebenfalls. Der rechte lag auf der Platte. Zwischen Ring- und Mittelfinger steckte etwas, das wie eine bunte Spielkarte aussah.

Natascha runzelte die Stirn, suchte aber weiterhin das Gelände mit ihren Augen ab, um sich so viel wie möglich einzuprägen. Fotos waren wichtig, doch der erste Eindruck war für sie entscheidend. Weil er unverfälscht war.

Eiche und Steintisch bildeten das Zentrum eines weitläufigen Kreises, der von dreizehn moosbewachsenen Findlingen gesäumt wurde. Es hatte den Anschein eines mystischen, zumindest jedoch besonderen Ortes.

Die Frau trug einen tief auf den Hüften sitzenden orangefarbenen Rock, der ihr fast bis zum Knöchel reichte, und flache Riemchen-Sandalen. Der Oberkörper war nackt, die weichen Brüste schimmerten blass, die Brustwarzen stachen wächsern darauf hervor. Schwarze und grün schimmernde dicke Fliegen hatten sich auf der Leiche niedergelassen und flogen jedes Mal in Scharen auf, wenn sich ihnen jemand näherte. Es fiel Natascha schwer, nicht immer wieder auf die Brüste der Toten zu starren. Sie hatte das Gefühl, ihr dadurch die letzte Würde zu nehmen.

»Sexualdelikt?«, fragte sie Schmitz, ohne ihn anzusehen. Sie hob das Absperrband an und betrat den Steinkreis.

»Möglich«, antwortete er knapp und schob sich erneut die widerspenstige Kapuze aus der Stirn. Das Rascheln kam Natascha unangenehm laut vor. Klares Zeichen meiner eigenen Anspannung, dachte sie und bückte sich zu der Leiche hinab.

Das lange Haar war wahrscheinlich gefärbt, denn es leuchtete auffallend rot. Natascha tippte wegen des Farbtons auf Henna, aber das würde das Labor verifizieren können. Einzelne kleine Äste hatten sich in den Haaren verfangen, die wirr um den Kopf der Frau lagen.

Der Tod hatte die Gesichtszüge der Frau verändert, es fehlte die Spannkraft, die einem Gesicht Ausstrahlung verlieh. Dennoch sah man, dass die Frau zu Lebzeiten hübsch gewesen war.

»Eine natürliche Todesursache können wir also ausschließen«, sagte Natascha seufzend und wies auf den Hals der toten Frau. Mehrere blauschwarze Hämatome reihten sich aneinander; sie stachen auf der gelblichen Haut deutlich hervor. Natascha drückte vorsichtig gegen das Kinn der Toten, und der Kopf fiel auf die andere Seite. »Die Leichenstarre ist schon wieder zurückgegangen«, stellte sie fest. »Demnach ist die Frau schon mindestens seit sechsunddreißig Stunden tot.«

Schmitz nickte, dabei raschelte die Kapuze. »Also mindestens seit Samstagabend. Eher länger, wenn du mich fragst. Vielleicht sogar seit Freitag.« Er schob einige verklumpte Haarsträhnen am Kopf der Leiche beiseite. »Schau mal hier!«

In den Haaren hing etwas Blut, aber viel zu wenig in Anbetracht der tiefen Schädelverletzung.

»Postmortal beigebracht?« Natascha schaute Schmitz ins Gesicht, um nicht auf die Knochensplitter und das darunter sichtbare angetrocknete Gewebe starren zu müssen.

Der weißhaarige Kollege nickte und deutete auf die Karte in der Hand der Toten. Vorsichtig zog er sie zwischen den Fingern der Leiche hervor und legte sie in eine Asservatentüte.

»Eine Tarotkarte?« Natascha nahm die eingetütete Karte und betrachtete sie. *Der Tod.*

Schmitz zuckte mit den Schultern. »Damit müsst ihr euch befassen.«

»Habt ihr eine Handtasche mit Ausweis oder irgendwas anderes gefunden, das uns Auskunft über die Identität der Frau gibt?«, fragte sie, doch Schmitz, der mittlerweile aufgestanden war, schüttelte langsam den Kopf.

»Nichts dergleichen. Aber hast du das schon gesehen?« Er wies mit einem behandschuhten Finger auf den Bauch der Frau.

Natascha folgte seinem Blick, vorbei an den weißen Brüsten mit den schillernden Fliegen. Auf dem Unterbauch erkannte sie mehrere silbrig weiße Geweberisse, die in Richtung des Höschenbundes verliefen.

»Schwangerschaftsstreifen«, antwortete sie und schluckte. »Dann hinterlässt die Tote wahrscheinlich eine Familie. Kinder.« Natascha erhob sich ebenfalls und seufzte. »Ich hasse solche Situationen!«

»Ich auch.« Schmitz atmete wieder einen Hauch von Pfefferminzduft in ihre Richtung.

Lorenz kam auf sie zu. »Die Kraft hat bereits die Obduktion angeordnet, denn eine natürliche Todesursache kann man hier ja wohl ausschließen.«

Natascha nickte und stellte sich vor, wie die Leiche der Unbekannten auf einem metallenen Obduktionstisch liegen und ein grün gekleideter Arzt aus der Rechtsmedizin detailliert seine Arbeit erläutern würde.

»Winterberg wird der Obduktion beiwohnen«, erklärte Lorenz zu Nataschas Erleichterung. Sie hatte schon einige Leichen gesehen; manche davon waren arg entstellt gewesen, aber der Gedanke an eine Obduktion verursachte ihr noch immer eine Gänsehaut.

»Ist gut.« Sie wies mit dem Kopf zu einem der Streifenwagen, neben dem ein sichtlich aufgelöster Mann in Wanderkleidung stand. »Ich red mal mit dem Zeugen. Der sieht aus, als sollte er schleunigst nach Hause und sich auf die Couch legen. Das hier war sicher ein bisschen viel für ihn.«

Der etwa fünfundsechzigjährige Mann wirkte zwar blass, war aber ansprechbar und hielt einen weißen Plastikbecher in der Hand. Der Kaffee darin dampfte längst nicht mehr, doch das schien er nicht einmal zu bemerken. Gedankenverloren starrte er auf den Boden und sah erst auf, als Natascha vor ihm stand. Sie reichte ihm die Hand und stellte sich vor.

»Hartmut Sänger«, antwortete er mit leiser Stimme. Er trug Wanderstiefel, eine olivgrüne Trekkinghose, ein rot kariertes Hemd mit aufgerollten Ärmeln und eine Weste in Tarnfarbe mit vielen Taschen. Sänger sah aus, als hätte er sich am Morgen für eine mehrtägige Wandertour gerüstet.

»Sie haben die Frau gefunden?«

Der Mann nickte und sah Natascha an. Seine blauen Augen wirkten wässrig. »Es ist so schrecklich! Sie ist doch noch so jung gewesen! Wer tut denn so etwas?« Sein Blick glitt kurz zu dem Steinkreis und der toten Frau.

Natascha sprach ein paar beschwichtigende Worte, doch ihre Frage, ob er die Tote schon einmal gesehen habe, verneinte er.

»Ich kenne die Frau nicht. Aber wissen Sie: Normalerweise gehe ich hier in der Gegend auch gar nicht wandern. Ich kannte diese Stelle im Wald überhaupt nicht. Das ist alles nur ein seltsamer Zufall!« Er holte tief Luft. »Wenn ich das gewusst hätte, wäre ich nie und nimmer hergekommen! Ich wollte einfach nur das gute Wetter nutzen und mir ein paar Notizen machen. Und dann finde ich eine Tote!« Die Worte sprudelten nur so aus ihm hervor, doch Natascha unterbrach ihn.

»Um welche Art von Notizen handelt es sich? Und wofür

brauchten Sie die Fotos?« Sie wies auf die Kamera, die an einem Riemen um seinen Hals hing.

Hartmut Sänger riss die Augen auf. »Ich schreibe doch einen historischen Wanderführer. Übers Siegerland.« Er starrte gedankenverloren in den Kaffeebecher. »Ich war Lehrer. Für Geschichte. Am Kolleg. Und nach der Pensionierung habe ich angefangen, die Region zu erkunden. Zu Fuß, versteht sich.« Er sah sie wieder mit seinen wässrigen Augen an. »Und im Moment suche ich verschiedene Orte mit mittelalterlichem oder frühneuzeitlichem Bezug auf. Weil ich die Geschichte festhalten und konservieren möchte.«

»Was hat es denn mit diesem Ort auf sich?«, hakte Natascha nach und blickte zu dem Tisch in der Mitte der Findlinge hinüber. Mittlerweile war die Leiche abtransportiert worden, doch die Kriminaltechniker untersuchten noch immer den Bereich hinter dem rot-weißen Flatterband. Es würde noch eine Weile dauern, alle Spuren zu sichern.

»An dieser Stelle gab es früher, im fünfzehnten Jahrhundert, ein Femegericht. Da wurden Missetäter schuldig gesprochen und verurteilt, meist gehenkt. Unten am ›fikante Loch‹, bei den drei Stelen. Haben Sie die gesehen?«

Natascha erinnerte sich, auf der Fahrt zum Fundort einen kleinen Platz mit Pfählen und einer in den Boden eingelassenen Platte bemerkt zu haben. »Und weiter?«

»Jedenfalls hat man neunzehnhundertsechsundneunzig diesen Steinkreis errichtet, die Eiche gepflanzt und die Steinplatte graviert und hier aufgestellt. Als Gedenkstätte für die vielen Femegerichte mitten im Wald.«

Sänger schüttelte den Kopf. »Wenn ich geahnt hätte, was mich hier erwartet, wäre ich zu Hause geblieben. Hätte mich über meine Bücher gehockt und mir das nötige Wissen einfach angelesen.« Er hielt einen Moment inne. »Manchmal ist die

Wirklichkeit viel brutaler, als jeder Albtraum es sein kann, finden Sie nicht auch?« Dann sah er Natascha an, als hätte er gerade eine Eingebung gehabt. »Natürlich wissen Sie das. Sie sind Polizistin.«

Natascha dankte ihm für seine Auskünfte und notierte seine Kontaktdaten, dann entließ sie den Zeugen.

Sänger nickte erleichtert und verließ eilig die Lichtung in Richtung Stadt.

Natascha blickte ihm nachdenklich hinterher und ging zurück zum Steinkreis. Der Polizeifotograf umrundete gerade mehrmals die Tischplatte und lichtete sie aus verschiedenen Blickwinkeln ab; er ging dabei auch in die Hocke. Als er fertig war, inspizierte Natascha zusammen mit Lorenz und Schmitz die Steinplatte.

»Hier ist ein Text eingemeißelt.« Sie beugte sich über den Tisch und betrachtete die Großbuchstaben, die sich in einer schier endlosen Folge aneinanderreihten. Es war nicht leicht, die Buchstabenschlange zu einem sinnvollen Text zusammenzusetzen.

»Hier stand ein mittelalterliches Femegericht, genau wie Sänger gesagt hat. Das Losungswort hieß *Strick – Stein – Gras – Grein*. Weiß jemand, was das bedeutet?«, fragte sie, doch die beiden Kollegen schüttelten den Kopf.

»Es gab offenbar zwölf femewürdige Vergehen: *Raub und Gewalttaten gegen Kirchen und Geistliche – Diebstahl – Beraubung einer Kindbetterin oder eines Sterbenden – Raub und Leichenraub – Mordbrand und Mord – Verrat – Verrat der Feme – Notzucht – Fälschung von Münzen – Raub auf der Kaiserstraße – Meineid und Treulosigkeit.* Und: *Wer nicht zu Ehren antworten will auf Stätten, wo es sich gebührt.* Sehr

27

umfassend.« Lorenz klang sarkastisch. »Ich nehme an, die Verurteilten wurden mit dem Tode bestraft.«

Natascha nickte. »Mit dem Strang. An der Hinrichtungsstätte ›det fikante Loch‹ weiter unten im Wald.«

»Was hat das zu bedeuten?«, wollte Schmitz wissen, und Natascha hob ratlos die Schultern.

»Ich habe keine Ahnung.«

Kapitel 5

Natascha lehnte sich während der Rückfahrt nach Siegen im Ledersitz von Lorenz' Jeep zurück und dachte an den Richtertisch, das Arrangement aus den dreizehn Steinen und der Eiche und an die Frauenleiche mitten auf dem Steintisch mit der ominösen Inschrift. Sie sollten gleich im Siegerlandmuseum oder in der Uni anrufen und einen Experten zurate ziehen. Jemanden, der sich mit historischen Stätten auskannte. Das Museum war im Oberen Schloss untergebracht, das wie eine kleine, schiefergedeckte Burg auf dem Siegberg oberhalb der Altstadt Siegens thronte und von weit her zu sehen war. Wo in früheren Jahrhunderten das Haus Nassau-Oranien residiert hatte, war heute ein kunst- und regionalhistorisches Museum untergebracht. Sogar mehrere Originale des Barockmalers Peter Paul Rubens sollten dort ausgestellt sein, aber Natascha hatte bisher nie die Zeit für einen Museumsbesuch gefunden. Vielleicht sollte sie Simon mal zu einem Sonntagsausflug dorthin einladen, auch wenn er das Museum wahrscheinlich schon in- und auswendig kannte. Geschichte war eines seiner Hobbys, und er hatte eine diebische Freude daran, Leute mit seinem Spezialwissen über die bewegte Geschichte der Stadt Siegen zu beeindrucken.

Sie passierten gerade die Eremitage, die Wallfahrtsstätte direkt an der B 52, als Lorenz' Handy klingelte. Es war Winterberg, der ihnen über Lautsprecher von den aktuellen Vermisstenfällen berichtete.

»Eine Katze, zwei Jugendliche und eine Seniorin aus einem

Pflegeheim. Aber Letztere wurde vier Stunden später wieder aufgefunden«, erklärte er. »Am Freitagabend hat ein gewisser Frank Feldmann seine Ehefrau Anke als vermisst gemeldet. Einer der Kollegen aus Wilnsdorf kennt den Mann und hat sich deshalb darum gekümmert.« Winterberg machte eine Kunstpause. Natascha wusste, worauf er anspielte: Die Frau war volljährig und durfte gehen, wohin sie wollte. Sie war niemandem Rechenschaft schuldig.

Natascha dachte an die Tote im Wald. Sah sie sie wieder zwischen den Findlingen liegen, das hennarote lange Haar, den orangefarbenen, weit heruntergezogenen Rock. Und die nackten Brüste.

Sie beschrieb das Opfer, erzählte Winterberg, dass sie bisher keinen Ausweis und keine Tasche, keine Bluse und kein T-Shirt gefunden hatten. Und dass die Frau Schwangerschaftsstreifen hatte. »Wenn ich jetzt darüber nachdenke, wirkte sie wie jemand aus der Alternativen-Szene. Du weißt schon: die Leute, die nur Bio-Lebensmittel kaufen und Hanfklamotten tragen.«

Winterberg seufzte. »So ähnlich hat auch der Kollege aus Wilnsdorf die Vermisste beschrieben. Er nannte den Ehemann einen ›langhaarigen Öko‹. Er ist achtunddreißig und Elektriker.«

»Anke Feldmann heißt die Frau?«, vergewisserte sich Natascha und hoffte gleichzeitig, dass es sich bei der Vermissten nicht um die Tote im Wald handelte. Solange das Opfer keinen Namen hatte, fiel es ihr leichter, Distanz zu wahren, konnte sie sich besser auf die bloßen Fakten konzentrieren. Doch gleichzeitig halfen ihr Name und Geschichte eines Opfers dabei, seine Persönlichkeit zu erspüren und eine Tat von ihren Anfängen her zu denken. Ein Dilemma.

»Ja. Feldmanns wohnen in Weissbach, einem kleinen Dorf in

der Gemeinde Wilnsdorf.« Er nannte Straße und Hausnummer. »Anke Feldmann ist dreiunddreißig Jahre alt, Arzthelferin und hat einen vierjährigen Sohn«, erklärte Winterberg.

»Ach, Mist!«, flüsterte Natascha. Es war jedes Mal umso schrecklicher, wenn Kinder beteiligt waren. Wurde einem Elternteil Gewalt angetan, dann litten vor allem die Kinder und wurden zu weiteren Opfern. Und oftmals gab es niemanden, der sich mit ihnen beschäftigte und ihnen auf kindgerechte und behutsame Art und Weise erklärte, was passiert war.

»Er heißt Felix«, sagte Winterberg noch und legte auf.

»Ich kenne Weissbach von früher.«

Natascha sah ihren Kollegen überrascht an, der nun mitten auf der Bundesstraße wendete, auf der ihnen gerade kein Auto entgegenkam. »Was hast du da gemacht?«

»Die Schwester meiner Oma hat dort gewohnt, Tante Liese. Ist schon ein merkwürdiges Dörfchen. Liegt ziemlich abgelegen, in der Nähe des Rothaarsteigs, aber Touristen und Wanderer würden sich wahrscheinlich niemals dorthin verirren. Dazu liegt es viel zu weit vom Schuss entfernt. Ich glaube, die Hauptstraße ist sogar eine Sackgasse, die am Waldrand endet.«

»Na, da bin ich aber mal gespannt!«, antwortete Natascha und betrachtete den Fichtenwald, der an ihnen vorüberzog.

Hinter Wilnsdorf stieg die Bundesstraße steil an, die Bewaldung am Straßenrand wurde dichter. Schimmernde CDs hingen in den Bäumen, um das Wild aus den Wäldern davon abzuhalten, die Straße zu überqueren. Sie reflektierten ein wenig Sonnenlicht, obwohl die Gegend größtenteils im Schatten lag.

Hinter einer scharfen Kurve erschien ein mit Schlamm bedeckter gelber Wegweiser: *Weissbach 3 km.*

»Das ist wirklich abgelegen hier, mitten im Wald. Ziemlich ruhig. Ob die Leute hier Handyempfang oder Internet haben?«

In einigen Dörfern des Siegerlandes gab es Funklöcher, auch fehlende Internetverbindungen waren ein ernsthaftes Problem. Für Natascha, die in Köln aufgewachsen war, ein undenkbarer Zustand.

»Für Kinder ist es bestimmt schön, so im Einklang mit der Natur aufzuwachsen«, sagte sie und dachte gleichzeitig daran, dass diese Abgeschiedenheit für viele Jugendliche die Hölle sein musste. Ohne fahrbaren Untersatz war man hier aufgeschmissen.

»Ich war immer gern in Weissbach«, antwortete Lorenz und folgte der Straße. Dicke Placken aus angetrocknetem Schlamm lagen auf dem Asphalt. Offenbar war vor nicht allzu langer Zeit ein Traktor hier entlanggefahren. Natascha dachte an Schmitz und hoffte, dass die Kollegen von der Kriminaltechnik inzwischen verwertbare Spuren am Fundort sichergestellt hatten.

»In Tante Lieses Nachbarschaft wohnte ein Junge, Norbert. Der war zwei Jahre älter als ich, und wir waren meist im Wald unterwegs. Haben Buden gebaut und Abenteurer gespielt«, sinnierte er und lächelte bei der Erinnerung. »Aber irgendwie haben wir uns aus den Augen verloren, als wir älter wurden. Ich wüsste gern, wie es ihm heute geht.«

»Dann kennst du vielleicht auch Familie Feldmann? Der Mann ist doch in deinem Alter«, überlegte Natascha, doch Lorenz schüttelte den Kopf.

»Der Name sagt mir nichts.«

Der Wald lichtete sich, und plötzlich lag Weissbach in einer leichten Senke vor ihnen. Natascha sah zuerst einen u-förmig angelegten Hof mit kleinem Fachwerkhaus, etwas größerer Scheune und Stallungen rechts von der Straße. Alles wirkte heruntergekommen und ungepflegt. Das linke Scheunentor hing schief in den Angeln, und die Gardinen hinter den Fenstern waren vergilbt. Ein rostiger Wasserwagen stand mitten auf dem Hof, der mit schwarzem Kopfstein gepflastert war.

»Hier wohnte früher eine Familie, deren Tochter bei einem Reitunfall ums Leben gekommen ist.« Lorenz fuhr langsamer und zeigte auf den Hof. »Aber jetzt sieht das ganze Anwesen ziemlich verlassen aus. Ist schon schade, wenn sich niemand mehr kümmern kann und alles zerfällt.«

»Dabei könnte man aus der Hofanlage noch was Nettes machen. Vielleicht ein Ausflugslokal oder eine Herberge für Wanderer. Man müsste natürlich mächtig Werbung machen.« Natascha dachte an Heulager in der Scheune, frische Kuhmilch und ein deftiges Frühstück mit noch warmem Brot. Und an spielende Kinder in einem kleinen Streichelzoo. Doch hier würden weder Wanderer einkehren noch Kinder umhertollen. Der Hof wirkte nicht nur verwaist, sondern regelrecht tot. Seelenlos. Als wäre mit der Tochter alles Lebendige vom Hof verschwunden.

Sie passierten das Ortsschild. Auf einem verwitterten Holzgerüst stand: *Unser Dorf soll schöner werden*. Am Fuß des Gerüstes blühten rote Geranien. Natascha hatte das Gefühl, gemeinsam mit Lorenz eine Reise in die Vergangenheit angetreten zu haben. Beinahe erwartete sie, Bauern mit Ochsengespannen zu begegnen.

Die Hauptstraße war von Schlaglöchern übersät, und Lorenz fuhr Schlangenlinien, um ihnen auszuweichen. In dem kleinen Ort in dem dunklen Tal schien wirklich die Zeit stehen geblieben zu sein. Ein Blick auf ihr Handy ließ Natascha zusammenzucken. Sie steckten tatsächlich in einem Funkloch.

Häuser verschiedener Epochen reihten sich scheinbar wahllos aneinander; kleine Fachwerkhäuser aus dem achtzehnten

Jahrhundert standen neben sterilen Betonbauten, die den fragwürdigen Charme der Sechzigerjahre verströmten. Das Grundstück eines rot gestrichenen Neubaus war noch nicht bepflanzt, doch leuchtend gelber Löwenzahn überzog den Vorgarten wie ein Teppich. Haus und Garten wirkten zwar bunt, aber seltsam leblos.

Die eigentümliche Stimmung im Ort machte sich auch im Auto breit. Natascha und Lorenz schwiegen, jeder hing seinen Gedanken nach. Einzig das Navigationsgerät plärrte seine Anweisungen durch die Lautsprecher, bis Lorenz das Gerät ausschaltete.

»Da vorne ist die Kirche, da muss auch die Pfarrgasse sein«, sagte er, und Natascha sah den weißen Kirchturm mit dem schwarzen Wetterhahn zwischen den schiefergedeckten Dächern hervorschauen.

Je näher sie der Kirche kamen, desto enger wurden die Gassen. Die Wege rund um die Kirche waren so schmal, dass Lorenz schließlich fluchend ein Stück zurücksetzte und den Jeep am Straßenrand abstellte. Die alten Fachwerkhäuser schienen aneinanderzukleben und sich gegenseitig zu stützen; für Lorenz' großen Wagen war da kein Platz.

»Wir gehen besser zu Fuß, sonst bleiben wir womöglich noch stecken.« Lorenz öffnete die Fahrertür und stieg aus. Stallgeruch drang zu Natascha, und sie zog die Nase kraus. Beim Aussteigen wehte ihr noch ein weiterer Geruch entgegen: der von angebranntem Fleisch, wahrscheinlich aus dem geöffneten Küchenfenster des Hauses hinter ihnen. Ein Gemisch aus Grün- und Grautönen bildete sich vor Nataschas innerem Auge.

»Merkwürdig, dass wir bisher noch keinen einzigen Menschen hier im Ort gesehen haben!«, sagte sie leise. »Die müssen doch irgendwo sein!« Sie sah sich um, aber noch immer war kein Bewohner zu entdecken. Als würden sie in ihren Häusern sitzen und den fremden Besuch von ihrer sicheren Warte aus beobachten.

Irgendwo im Hintergrund bellte ein Hund, eine Katze sauste dicht vor Nataschas Füßen über die Straße und verschwand fauchend in einem Holzstapel neben einem Hauseingang. Etwas klapperte, doch noch immer war keine Menschenseele zu sehen.

»Wahnsinn!« Auch Lorenz flüsterte, räusperte sich dann aber und sprach in normaler Lautstärke weiter. Es wirkte irgendwie unpassend. »Hier hat sich in all den Jahren so gut wie nichts verändert. Siehst du da die alten Grabsteine an der Ostseite der Kirche? Die waren früher auch schon so schief.«

Die verwitterten und teilweise mit Moos bedeckten Sandsteinquader wirkten unheimlich, und Natascha schüttelte sich unwillkürlich. Sie befanden sich hier in einem ganz normalen Dorf des beginnenden einundzwanzigsten Jahrhunderts, nicht in der Kulisse eines verstaubten Gruselfilms!

»Da vorn ist die Nummer siebzehn, das Haus der Feldmanns!« Sie wies mit einer leichten Kopfbewegung in die Richtung.

»Das Haus kenne ich!«, sagte Lorenz. »Da hat früher eine alte Frau gewohnt, über die ganz abenteuerliche Geschichten erzählt wurden. Ich dachte eine Zeit lang, sie wäre eine Hexe.«

Das Fachwerkhaus war schmal und wirkte geduckt; der schwarze Schiefer auf der Giebelseite unterstrich diesen Eindruck noch. Aber die Fassade war hell getüncht und gab dem Haus ein gemütliches Aussehen. In den Fenstern standen Kerzenständer und bunte Stoffblumen. Neben der Eingangstür bildeten mehrere Gartenlaternen aus Metall ein einladendes Ensemble. Alles wirkte modern und liebevoll und schien überhaupt nicht in die düstere Atmosphäre des Ortes zu passen.

35

Natascha beschlich ein beklemmendes Gefühl. Sie wollte nicht mit schlechten Nachrichten in diese kleine Idylle eindringen.

»Komm, wir bringen es hinter uns!« Sie klingelte.

»Herr Feldmann?«, fragte Natascha den Mann, der ihnen öffnete. Seine dunkelblonden Locken waren im Nacken zu einem Zopf gebunden. Er trug eine ausgeblichene Jeans und war barfuß. Langhaariger Öko – die Beschreibung des Wilnsdorfer Kollegen hätte treffender nicht sein können. »Wir sind Kriminaloberkommissar Jörg Lorenz und Kriminalkommissarin Natascha Krüger von der Polizei in Siegen. Dürfen wir reinkommen?«

Feldmanns braune Augen huschten zwischen ihr und Lorenz hin und her. Dann nickte er langsam und ließ sie eintreten. Im Hintergrund erschien ein etwa vierjähriger Junge mit einem zerzausten Pandabären im Arm. Der Kleine sah sie erwartungsvoll an.

»Hallo. Du bist Felix, nicht wahr?« Natascha lächelte ihn an, obwohl ihr überhaupt nicht nach Lächeln zumute war. So unschuldig, wie er zurücklächelte, schien er nichts Böses zu ahnen. Schüchtern drückte er den Pandabären an seine Brust.

Natascha und Lorenz betraten den schmalen Flur. Er wirkte dunkel. Eine restaurierte Holztreppe führte ins Obergeschoss, Naturholz dominierte den Eingangsbereich und gab dem Ganzen ein rustikales Aussehen. Auch im Inneren des Hauses sah man deutlich die Handschrift eines Menschen, der großen Wert auf ein gemütliches Zuhause legte.

Frank Feldmann strich sich in einer nervösen Geste über die Stirn. Einzelne Locken hatten sich aus dem Zopf gelöst und umrahmten nun das Gesicht mit den müden Augen. Er räusperte sich. »Felix, geh bitte nach oben in dein Zimmer! Ich möchte allein mit dem Besuch sprechen«, bat er seinen Sohn mit leiser Stimme, doch der Kleine schüttelte so heftig den Kopf, dass die brünetten Haare hin und her flogen.

Feldmann sah sich Hilfe suchend zu Lorenz um.

»Ja. Es ist vielleicht besser, wenn wir allein miteinander reden«, beantwortete Lorenz die stumme Frage und nickte Natascha kaum merklich zu.

Frank Feldmann zuckte zusammen, schloss kurz die Augen und seufzte. »Kommen Sie, wir gehen ins Wohnzimmer!«

Die Dielen im Flur knarrten, als die beiden Männer sich entfernten.

Natascha hockte sich zu dem Jungen. »Magst du mir dein Zimmer zeigen? Ich bin ganz neugierig zu sehen, wie du wohnst.« Sie nahm den Kleinen an die Hand. »Ich kann dir was vorlesen, wenn du möchtest.«

Felix sah sie zweifelnd an und machte sich von ihr frei. Langsam stieg er vor ihr die Stufen empor. Das Kinderzimmer befand sich direkt neben der Treppe. Eine Stehlampe mit weißem Papierschirm erhellte den kleinen Flur. Mehrere bunte Kinderbilder hingen an der Wand neben Felix' Zimmertür.

Natascha blieb vor einem Bild mit Weihnachtsbaum und vielen bunten Geschenken stehen. »Das ist aber hübsch! Hast du das gemalt?«

Der Junge zog die Nase kraus und nickte. »Ja. Aber da konnte ich noch keine Tannenbäume malen. Das kann ich jetzt viel besser. Soll ich's dir mal zeigen?«

»Gern!« Sie betraten Felix' Zimmer, das in seiner Unordnung gar nicht zum übrigen Haus passen wollte. Natascha musste aufpassen, dass sie weder auf eines der aneinandergereihten Spielzeugautos trat noch das fragile Gebilde aus Legosteinen umstieß, das auf dem Boden stand.

»Hier ist Papier«, erklärte Felix. »Du kannst auch Tannenbäume malen, wenn du willst. Oder Leute. Ich glaube, ich male die Mama. Die ist bei ihrer Freundin zu Besuch, hat der Papa gesagt. Da schläft sie auch. Darum brauch ich heute nicht in den Kindergarten zu gehen und der Papa nicht zur Arbeit. Aber morgen bringt mich der Papa wieder in den Kindergarten. Das macht sonst die Mama.« Er zuckte mit den schmalen Schultern. »Der Papa kann das aber auch gut. Und er hat mir zum Frühstück viel mehr Leberwurst aufs Brot geschmiert. Die Mama schimpft sonst immer darüber.« Felix grinste breit und begann, grüne Zacken auf das Blatt zu malen.

Natascha sah dem Jungen dabei zu und spürte plötzlich eine tiefe Traurigkeit in sich aufsteigen. Ob der Kleine sich am Freitag noch von ihr verabschiedet hatte, als sie das Haus verlassen hatte?

Eine halbe Stunde später gingen Natascha und Lorenz bedrückt durch die schmale Pfarrgasse zurück zum Auto. Ihre Befürchtung hatte sich bestätigt: Frank Feldmann hatte in der Toten seine Frau Anke erkannt.

Dunkle Wolken hatten sich in der Zwischenzeit am Himmel gebildet und verdeckten teilweise die Sonne, sodass die enge Gasse noch bedrückender wirkte als zuvor. Natascha hatte das dringende Bedürfnis, diesen Ort zu verlassen. Sie sehnte sich danach, mit tiefen Zügen klare Luft in ihre Lungen zu saugen.

An einem Haus mit üppigen orangegelben Tagetes-Rabatten neben ihnen wurde plötzlich mit Wucht ein Fenster geschlossen und die Gardine vorgezogen. Natascha zuckte zusammen.

»Wie hat er es aufgenommen?«, fragte sie, als sie das Auto erreichten.

Lorenz öffnete die Wagentür, um frische Luft hineinzulassen, stieg aber noch nicht ein. »Recht gefasst. Als hätte er schon geahnt, dass seine Frau nicht mehr lebt. Dann liefen ihm ein paar Tränen über die Wangen, aber die hat er gleich weggewischt. Er meinte, er müsse jetzt stark sein. Für seinen Sohn.«

»Hat Feldmann jemanden, der ihm Beistand leisten kann?«

»Er hat noch in meiner Gegenwart einen Freund angerufen. Der will so schnell wie möglich zu ihm kommen.« Lorenz seufzte und fuhr sich mit der Hand über das Gesicht. Dann ließ er sich auf den Fahrersitz sinken.

»Magst du drüber reden?« Natascha war zunächst froh gewesen, der unangenehmen Aufgabe zu entgehen, Feldmann womöglich vom Tod seiner Frau in Kenntnis zu setzen, und hatte sich stattdessen gern um Felix gekümmert. Nun aber hatte sie ein schlechtes Gewissen, weil sie ihren Kollegen mit der traurigen Pflicht allein gelassen hatte.

»Nee, ist schon gut. Danke übrigens, dass du den Jungen abgelenkt hast.« Lorenz startete den Motor und wendete umständlich den Wagen, um nicht doch noch an einer Hauswand oder einem der wuchtigen Blumenkübel vorbeizuschrammen. »Frank Feldmann hat immer wieder betont, dass er sich nicht vorstellen kann, wer seiner Frau das angetan hat. Angeblich hatte sie mit niemandem Streit. Sie soll sich mit allen im Dorf gut verstanden haben.« Danach verfiel Lorenz in Schweigen, und Natascha nahm es als Zeichen dafür, dass auch er seinen Gedanken nachhängen wollte.

Sie lehnte sich zurück und betrachtete die Häuser des Ortes, an denen sie vorüberfuhren. Noch immer zeigte sich kein Mensch auf der Straße, und dennoch meinte Natascha, bohrende Blicke im Nacken zu spüren.

Kapitel 6

Das Wasser in der Flasche enthielt kaum noch Kohlensäure und erinnerte so an eines dieser überteuerten Heilwasser. Sein Brustkorb brannte. Ob diese quälenden Hustenanfälle irgendwann aufhören würden?

Er stand am Fenster und betrachtete den Wald, der sich in der Ferne dunkel gegen den bewölkten Himmel abhob. Fichten standen dicht an dicht, streckten die dünnen Arme gen Himmel, als erhofften sie sich von dort Beistand. Dabei lag ihr Problem in den Wurzeln. Ein weitverzweigtes Netz aus dünnem, oberflächlichem Wurzelwerk sollte diesen riesigen Bäumen Halt geben, sie im Erdreich verankern und gleichzeitig nähren.

Dabei reichte ein einziger Sturm, um ihnen allesamt den Boden wegzureißen und all das zu zerstören, woran man all die Jahre geglaubt hatte.

Verächtlich verzog er das Gesicht, nahm noch einen Schluck von der Plörre aus der Flasche. Das Wasser schmeckte fade und stillte kaum den Durst.

Vor ein paar Jahren war der Orkan »Kyrill« über Nordeuropa hinweggefegt und hatte alles mit sich gerissen, was nicht fest verwurzelt war. Bäume, Gebäude und Autos waren zu Schaden gekommen, Menschen gestorben. Hier, im am dichtesten bewaldeten Landkreis Deutschlands, hatte der Orkan besonders stark gewütet. Hatte breite Schneisen in die Wälder geschlagen, die langen Fichten umgeknickt wie Streichhölzer, sie mitsamt ihrem lächerlich flachen Wurzelwerk aus dem Boden gerissen und ihnen somit jede Lebensgrundlage genommen. Die Landschaft hatte ausgesehen, als hätte Gott Mikado gespielt.

Die Schäden für die Waldbauern waren in die Millionen gegangen, und bis heute hatte sich der Wald nicht von der Katastrophe erholt. Noch immer lagen Holztrümmer in den Wäldern, doch die Natur hatte sich ihren Lebensraum zurückerobert, den der Mensch durch egoistische, möglichst gewinnträchtige Anpflanzungen für sich beansprucht hatte.

Wieder nahm er einen Schluck aus der Flasche, stellte sie anschließend aufs Fensterbrett und stützte sich mit beiden Händen am weißen Kunststoffrahmen ab. Durch den Druck nahmen die Fingerspitzen eine eigentümliche rot-weiße Färbung an; die Fingernägel stachen weiß hervor.

Das kommt eben davon, wenn man Bäume pflanzt, die schnell wachsen, aber nicht tief wurzeln, dachte er. Sie sind anfällig für Einflüsse von außen, geraten gleich ins Wanken, wenn man mal ordentlich dagegenpustet.

So wie er. Auch seine Wurzeln reichten längst nicht so tief, wie er immer angenommen hatte. Sie waren oberflächlich, boten nicht viel Halt und hatten ihn ins Taumeln gebracht; er war beinahe gestürzt. Doch er hatte sich gewehrt, war standhaft geblieben. Stark. Sein Blick glitt noch weiter in die Ferne, streifte die Höhen am Horizont, musterte das Hell und Dunkel der Wälder.

Das Bild hatte sich verändert. Nicht stark, aber doch deutlich sichtbar. Die Natur bemächtigte sich der brachliegenden Flächen, zauberte Farbsprenkel in die Landschaft, die vorher von gleichmäßig dunklem Nadelgrün dominiert worden war.

Das Leben bot allem und jedem Entwicklungsmöglichkeiten, das oder der dafür bereit war.

Und er war bereit, ein Mensch gewordener Orkan.

Kyrill.

Kapitel 7

»Warte bitte, Benny! Mama kommt gleich!«

Ella Steinseifer hievte die Einkaufstasche auf die Küchenanrichte und ging zurück in den Flur zu ihrem kleinen Sohn. Der Dreijährige saß auf dem Boden und versuchte, seine Sandalen zu öffnen. Sie bückte sich, doch Benny schob mit seinen Speckfingerchen ihre Hand beiseite.

»Selber!«, sagte er und sah sie zornig an.

»Ist gut, kleiner Mann, dann mach die Sandalen selbst auf. Ich räume nur schnell die Einkäufe weg.« Seufzend erhob sie sich wieder. Benny war ein kleiner Strahlemann, aber sein Drang zur Selbstständigkeit raubte ihr manchmal den letzten Nerv.

Ella räumte einen Teil der Lebensmittel in den Kühlschrank, brachte Kartoffeln und Eier in die Vorratskammer neben der Küche und stellte die Kaffeemaschine an. Ein schönes Tässchen Milchkaffee, dachte sie, dann kann ich mich ums Essen kümmern.

Sie schaltete das Radio ein und summte die Melodie mit. Es war irgendwas Seichtes, Poppiges und blieb leicht im Ohr hängen. Genau das Richtige für den Moment innerer Ruhe, den sie verspürte.

Rolf würde heute früher nach Hause kommen als sonst, und sie hoffte, dass sie vielleicht mal wieder einen schönen Abend zusammen verbringen konnten. Es war lange her, dass sie einander nahegekommen waren. Eigentlich seit Bennys Geburt nicht mehr richtig, wenn sie ehrlich war. Ella spürte wieder diesen unangenehmen Kloß im Hals und sah an sich herab. Lag es an ihr? Dabei war sie durch das regelmäßige Joggen fast wieder so schlank wie vor der Schwangerschaft. Nur der Bauch hing immer noch ein bisschen über den Bund der Hose. Sie kniff in die Haut unterhalb des Nabels und seufzte. War Rolf wirklich so oberflächlich geworden, oder gab es für seine Zurückhaltung in der letzten Zeit einen anderen Grund?

»Benny Ssuhe aus!«, vernahm sie aus dem Flur und sah gerade noch, wie der blonde Lockenschopf im Kinderzimmer verschwand. Benny war schon putzig und Rolfs ganzer Stolz, auch wenn er den Kleinen viel zu selten zu Gesicht bekam. Manchmal wünschte Ella sich, Rolf würde weniger arbeiten und sich mehr um seine Familie kümmern. Dafür würde sie auch auf ein paar Annehmlichkeiten verzichten, die ihnen Rolfs Einkommen bot. Früher war sie schließlich auch mit wenig Geld ausgekommen.

»Maamaa!«, krähte Benny und kam lachend aus dem Kinderzimmer gelaufen. Rings um seinen Mund prangten dunkelblaue Flecken und Striche, und in der Hand hielt er einen dicken Stift.

»Benny, wie siehst du denn aus? Du bist ja ganz vollgemalt! Und wo hast du den Folienstift her?« Sie nahm ihrem Sohn den Stift aus der Hand und legte ihn auf den Küchentisch. »Der hängt doch sonst an der Pinnwand!«

»Auto malt«, berichtete der Junge glücklich und zog sie an der Hand in sein Zimmer. Ella schwante Fürchterliches.

Sie sollte recht behalten. Benny zeigte stolz auf die Wand neben dem Fenster. Von der weißen Tapete leuchtete ihr sein »Kunstwerk« entgegen, ein Durcheinander aus Streifen und Kringeln – in tiefem Dunkelblau. Ella seufzte. Sollte sie mit Benny schimpfen, weil er die Wand bemalt hatte, was er definitiv nicht durfte, oder sollte sie ihn loben, um seine kreative Ader nicht schon im Keim zu ersticken?

Das Telefon klingelte und nahm ihr vorerst die Entscheidung ab. Ella ließ ihren Sohn im Kinderzimmer zurück und eilte ins Wohnzimmer zum Telefon. Sie blickte aufs Display und war erleichtert. Eine unterdrückte Nummer. Es war also schon mal nicht Rolf, der anrief, um für heute doch noch Überstunden anzukündigen.

Etwas atemlos nahm sie den Hörer aus der Station. »Steinseifer, hallo?«, meldete sie sich, doch am anderen Ende der Leitung war nichts zu hören außer einem entfernten Rauschen. Ellas Herzschlag beschleunigte sich. »Hallo? Wer ist denn da?«

Aus dem Rauschen wurde ein überlautes Schnaufen, gefolgt von einem tiefen, lang gezogenen Stöhnen.

Ella merkte, wie ihr Mund trocken wurde, und mit zitternden Fingern griff sie sich an den Hals.

Noch bevor sie reagieren konnte, wurde die Verbindung unterbrochen; ein lautes Tuten folgte dem Klickgeräusch. Gänsehaut überzog Ellas Oberarme.

Nicht schon wieder!

Kapitel 8

Auf der Rückfahrt von Weissbach dachte Natascha über die Stimmung im Ort nach, diese Atmosphäre der Verlorenheit, die fast greifbar gewesen war. Als wäre Weissbach in einen Kokon eingesponnen und von der Außenwelt abgeschirmt. Aber warum?

Sie zog ihr Handy aus der Hosentasche. »Endlich wieder Empfang«, murmelte sie. Vielleicht hatte Simon in der Zwischenzeit ja zurückgerufen. Um ihr zu erzählen, wie es ihm in Berlin gefiel, mit wem er das Hotel teilte, wie die Stimmung unter den Kollegen war. Aber der erhoffte Anruf war nicht aufgelistet. Dafür einer von ihrer Mutter.

Natascha seufzte, wählte die Nummer und wartete, dass Birgit Krüger abhob. »Mama, was ist? Du hast mich vorhin angerufen.«

Am anderen Ende blieb es still.

»Mama?«

»Hallo, Natascha! Ich weiß, du arbeitest jetzt bestimmt. Deshalb nur ganz kurz: Hast du am Sonntag schon was vor?«

Natascha seufzte leise. Sie hasste diese Art von Gesprächen; viel zu viele Fallstricke lauerten in dieser Frage, und jede Antwort konnte die falsche sein. Also blieb sie wie immer erst einmal vage: »Warum?«

»Ich möchte dich zum Essen einladen.«

Natascha hörte den unausgesprochenen Vorwurf hinter diesen Worten. *Nimm dir endlich Zeit für mich und meine Themen!* »Ich weiß noch nicht.« Es war die Wahrheit. »Kommt drauf an,

45

wie es mit der Arbeit läuft. Hier in der Gegend wurde eine Frau getötet.«

Birgit Krüger atmete laut in den Hörer, es rauschte. »Dass du dich immer mit solchen Dingen beschäftigen musst! Aber ich kann es ja nicht ändern.« Sie seufzte, und Natascha fühlte, wie das schlechte Gewissen an ihr zu nagen begann. »Melde dich noch mal, wenn du Genaueres weißt! Dann können wir uns besser darauf einstellen.«

Wir, hatte sie gesagt. Natascha nickte und murmelte ein »Ja« in den Hörer. Sie starrte aus dem Fenster und ließ die Wälder an sich vorüberziehen. Zwei Frauen in rot-blauer Joggingkleidung verschwanden zwischen den Bäumen.

Vielleicht würde ihr ja bis Sonntag noch eine glaubhafte Ausrede einfallen. Sie wollte sich gerade verabschieden und auflegen, als Birgit fragte:

»Hast du in den letzten Tagen eigentlich mal was von Basti gehört?«

Die Haare an Nataschas Unterarmen stellten sich auf. »Was ist mit Basti?« Sie war schlagartig in Habachtstellung. Egal, wie alt sie auch werden mochten: Basti war ihr kleiner Bruder, und wenn er in Schwierigkeiten oder Nöten war, dann war sie zur Stelle.

»Ach, ich weiß nicht genau. Ich mach mir in letzter Zeit Gedanken um ihn. Er hat sich verändert, und mit mir spricht er nicht drüber. Da dachte ich, dass ihr zwei vielleicht ...?«

Nein, Basti hatte sich nicht an sie gewandt. Die gesamte vergangene Woche hatte sie mit Simon verbracht, weil ihre Dienstzeiten viel gemeinsame Zeit ermöglicht hatten. Endlich mal wieder. »Mama, wovon sprichst du? Basti hat sich nicht bei mir gemeldet. Hat er Probleme?«

»Ich weiß es eben nicht, Natascha. Ach, vielleicht ist ja auch gar nichts. Ich habe heute Morgen beim Einkaufen seine ehemalige Mathelehrerin getroffen, Frau Ziegenbein. Und als wir so von früher sprachen, ist mir aufgefallen, dass ich mal wieder gar nicht richtig weiß, was Basti gerade so treibt.«

»Es sind Semesterferien. Jobbt er irgendwo?« Hoffentlich!, setzte Natascha in Gedanken hinzu. Ihr jüngerer Bruder studierte schon seit einer gefühlten Ewigkeit Sozialpädagogik. Ein Ende war nicht in Sicht. Er hielt sich mit verschiedenen Jobs über Wasser; manchmal unterstützte Birgit ihren Sohn auch. Natascha war das Thema leid. Basti war alt genug, um zu wissen, was er tat. Und wenn er keine Lust hatte, sich »in der bürgerlichen Gesellschaft häuslich niederzulassen«, wie er so gern betonte, dann war das seine Sache.

»Ja, du hast wahrscheinlich recht. Ich mache mir mal wieder grundlos Sorgen.« Birgit lachte, aber es klang gekünstelt.

»Ich spreche mal mit Basti, okay? Und dann sag ich dir Bescheid, damit du beruhigt bist.« Sie wechselten noch ein paar Worte, dann legte Natascha auf und blickte wieder aus dem Autofenster.

Lorenz passierte gerade das Ortsschild von Siegen, und der Rückstau vom Kreisel begann direkt hinter der ersten Biegung. Lorenz fluchte und verschränkte die Arme vor der Brust.

»Sollen wir unterwegs anhalten und uns ein paar belegte Brötchen holen?« Nataschas Magen knurrte. Das Müsli, das sie heute Morgen gegessen hatte, füllte ihren Magen längst nicht mehr ausreichend. Kein Wunder, dass sie sich ausgelaugt und müde fühlte!

»Liebend gern«, antwortete Lorenz und bog scharf rechts ab. »In der Parallelstraße ist einer der besten Bäcker der Innenstadt. Liegt abgelegen, hat dafür aber noch handgemachte Bäckerbrötchen. Dafür lohnt sich ein kleiner Umweg.« Lorenz fuhr durch ein Wirrwarr von Straßen, bis er vor einem kleinen Laden haltmachte.

47

Er hatte nicht zu viel versprochen. Natascha hatte selten so gute Brötchen gegessen. Der anschließende Kaffee hatte ihre Lebensgeister wieder geweckt und Lust auf mehr gemacht. Die Gedanken an ihren Bruder schob sie vorerst beiseite, Basti würde zurechtkommen, so wie immer.

Im Dienstgebäude angekommen, gingen sie umgehend in den oberen Stock, um mit Winterberg zu sprechen.

Der Kollege saß am Schreibtisch, vor sich mehrere kleinere Stapel mit Unterlagen, einige enthielten Fotos. Unter allem lag eine Landkarte.

In den letzten Wochen war Winterberg wie ausgewechselt, ganz anders als noch zu Beginn dieses Sommers. Vor einiger Zeit war sein siebzehnjähriger Sohn Niklas in einen Vermisstenfall verstrickt gewesen, was Hannes Winterberg große Sorgen bereitet hatte. Danach hatte er viele der angehäuften Überstunden ausgeglichen und war an manchen Tagen schon mittags nach Hause gefahren, um etwas mit Niklas und dem fünfzehnjährigen Fabian zu unternehmen. Doch dieser Wandlung war großer Ärger vorausgegangen, denn Winterbergs Frau Ute hatte ihm »ernsthafte Konsequenzen« angedroht, wenn er sich nicht stärker um seine Söhne bemühen würde. Winterberg hatte nie erklärt, was genau sie damit meinte, aber die Drohung schien real zu sein. Den Jungs fehle eine Vaterfigur, hatte Ute ihm vorgeworfen und ihn damit an einer seiner empfindlichsten Stellen getroffen.

»Ich habe als Vater versagt«, hatte er einmal zu Natascha gesagt, die ihn dafür ausgeschimpft hatte.

»So ein Quatsch, Hannes! Ich hätte gern einen Vater wie dich gehabt, ganz ehrlich!« Sie hatte verschwiegen, dass sie sich als Heranwachsende manchmal einfach *irgendeinen* Vater gewünscht hatte. Hauptsache, jemand hätte der selbstgerechten Art ihrer Mutter etwas entgegenzusetzen gehabt.

Natascha schob die Gedanken an Birgit und die eigene Kindheit beiseite und konzentrierte sich stattdessen lieber auf die Fotos vor ihr auf dem Schreibtisch. »Was hast du herausgefunden?«, fragte sie und sah den älteren Kollegen an. Winterberg wirkte angespannt, seine Locken standen an der linken Seite vom Kopf ab. Er sollte mal wieder zum Friseur gehen.

»Weniger, als mir lieb ist. Schmitz war hier. Die Techniker untersuchen gerade noch den Wagen.« Natascha und Lorenz hatten ihm von unterwegs mitgeteilt, dass es sich bei der Toten tatsächlich um Anke Feldmann handelte. Winterberg schob die Stapel vor sich hin und her, bis er eine Mappe mit Fotos eines roten Polos gefunden hatte. »Es ist Anke Feldmanns Wagen. Er stand auf einem Wanderparkplatz in der Nähe von Wilnsdorf. Bis zum Fundort der Leiche sind es ein paar Kilometer, und bisher ist unklar, wie das Opfer zu diesem Richtertisch kam.« Er nahm einen Schluck Kaffee aus seiner alten Batman-Tasse, an der schon der Henkel fehlte. Die Tasse war vermutlich genauso ein sentimentales Erinnerungsding wie die Band-T-Shirts, die Winterberg meistens trug. Natascha setzte sich, Lorenz nahm auf dem zweiten Besucherstuhl Platz.

»Könnte sie ihr Auto auf dem Parkplatz abgestellt haben und dann zu der Lichtung im Wald gelaufen sein?«, fragte sie, doch Winterberg schüttelte den Kopf.

»Unwahrscheinlich. Dafür sind beide Orte zu weit voneinander entfernt.«

Er fischte die Landkarte unter den Papierstapeln hervor und breitete sie aus. »Hier stand das Auto, und hier ist der Fundort der Leiche.« Die beiden roten Kreuze waren nur durch eine grüne Linie verbunden, die sich zwischen ihnen wand. Ein Wanderweg, mehr konnte es nicht sein.

Lorenz nahm die Fotos zur Hand und betrachtete sie. Dabei wippte er mit dem Stuhl. Das knarzende Geräusch zerrte an Nataschas Nerven. »Ist der Polo gesehen worden? Dort im Wald? Oder irgendwo unterwegs?«, wollte er wissen und blätterte zwischen den Fotos umher. »Ist ja leider kein besonders auffälliges Auto. Davon fahren hier in der Gegend doch bestimmt Hunderte herum.«

»Das ist das Problem«, erwiderte Winterberg. »Die meisten Zeugenaussagen waren schon auf den ersten Blick unbrauchbar, und die wenigen Hinweise, die uns vielleicht wirklich weiterhelfen können, werden gerade von Kim Schröder überprüft.«

»Kim ist wieder mit im Boot?« Natascha freute sich. Sie mochte die blonde Kim mit den Korkenzieherlocken und hatte großen Respekt vor den Computerkenntnissen der Polizeikommissarin. Kim hatte eigentlich Software-Entwicklerin werden wollen, sich dann aber aus Gründen, die sie Natascha nie verraten hatte, für den Polizeiberuf entschieden. Ihr Wissen hatte sich schnell in den unterschiedlichen Abteilungen herumgesprochen, und so wurde Kim immer wieder für besondere Einsätze am Computer eingesetzt.

»Also ist für uns das Auto erst mal abgehakt, und wenn es was Neues gibt, erfahren wir es«, fasste Natascha zusammen und stand auf. In Winterbergs schmalem, schlauchartigem Büro wurde es ihr zu eng. Sie musste sich bewegen, brauchte Aktion. Das hier war ihr zu wenig und machte sie nervös.

»Der Mann des Opfers konnte uns auch nicht viel sagen«, erklärte Lorenz und legte den Stapel mit den Fotos zurück auf den Schreibtisch. »Anke Feldmann hat am Freitagnachmittag gegen vierzehn Uhr das Haus verlassen, um einkaufen zu fahren. Und als sie am Abend noch immer nicht zu Hause war, hat Feldmann erst ein paar Frauen aus dem Dorf angerufen, dann Ankes Arbeitskolleginnen und zuletzt die Polizei in Wilnsdorf. Er kennt, wie gesagt, dort einen der Kollegen von der Streife. Nur deshalb hat überhaupt jemand den Vermisstenfall so schnell aufgenommen.« Er wippte erneut mit dem Stuhl, und Natascha legte ihm von hinten die Hand auf die Schulter.

»Das nervt«, raunte sie ihm zu und wandte sich dann an Winterberg. »Die Stimmung in Weissbach ist bemerkenswert. Während der ganzen Zeit haben wir nicht einen einzigen Menschen auf der Straße angetroffen«, berichtete sie und dachte erneut an das Gefühl, eine Zeitreise unternommen zu haben. »Fast so, als hätten wir es mit einer Verschwörung zu tun.«

Winterberg verdrehte die Augen. »Wir sind hier nicht in Köln, Natascha. In diesem Ort lebt nur eine Handvoll Menschen, die meisten sind wahrscheinlich berufstätig oder zu Hause mit dem Haushalt beschäftigt. Da läuft keiner draußen rum, schlürft einen Coffee to go oder guckt sich Schaufenster an.«

Natascha lehnte sich gegen die Wand und fixierte Winterberg. »Das war es nicht, Hannes. Die waren nicht alle arbeiten oder bei der Hausarbeit. Man hat uns beobachtet, da bin ich mir ziemlich sicher. Und ich wüsste gern, warum«, fügte sie nach einem kurzen Moment hinzu und stellte sich hinter Lorenz' Stuhl, als erhoffte sie sich von ihm Schützenhilfe. Doch der Kollege hob nur unschlüssig die Schultern.

»Ja, es war schon ungewöhnlich still dort, aber der Ort ist eben auch winzig klein. Wie viele Einwohner hat Weissbach? Zweihundert?« Er sah Winterberg fragend an. »Ich würde das nicht überinterpretieren.«

»Schon gut.« Natascha winkte ab. Auch wenn Lorenz jetzt alles herunterspielte, so war auch ihm die eigentümliche

Atmosphäre im Dorf aufgefallen. Da war sie sicher. »Ich hab über den Fundort der Leiche nachgedacht«, sagte sie und wechselte bewusst das Thema. Mit Weissbach würde sie sich ohnehin noch ausführlicher beschäftigen müssen. »Es muss einen Grund geben, weshalb die Tote ausgerechnet dort lag.«

Lorenz setzte zu einer ironischen Bemerkung an, doch sie tippte ihm auf die Schulter, damit er schwieg. »Das Waldstück liegt außerhalb der Stadt, ist aber gut zu erreichen. Und offensichtlich auch ein beliebter Ausflugsort. Vielleicht sollte die Leiche bald gefunden werden, aber eben auch nicht zu früh.«

»Damit der Tatzeitpunkt verschleiert wird und der Täter sich ein Alibi verschaffen kann«, mutmaßte Winterberg.

»Mag sein«, antwortete sie. »Aber eigentlich wäre es doch aus Tätersicht besser, wenn die Leiche ganz verschwunden wäre. Er hätte sie in die Sieg werfen oder irgendwo im Wald verbuddeln können. Wer weiß, wann sie dann gefunden worden wäre! Wenn überhaupt. Ich denke deshalb, dass der Täter uns mit dem Richtertisch als Fundort etwas sagen will.«

»Uns – oder den Angehörigen?«, fragte Winterberg und sah sie an.

Lorenz tippte nervös mit den Fingerspitzen auf den Tisch. »Du gehst von einer geplanten Tat aus?«

Natascha nickte vorsichtig. Sie hatte eine vage Ahnung, die sie aber nicht greifen konnte. Viel zu diffus waren die Gedanken, die ihr im Kopf herumschwirrten.

»Wir wissen noch nicht genau, woran Anke Feldmann starb. Sie hatte Würgemale, aber auch eine Kopfverletzung, von der Schmitz allerdings vorläufig meinte, sie sei ihr postmortal beigebracht worden. Und wir haben noch keine genauen Kenntnisse, ob die Frau auch am Fundort getötet wurde. Aber es ist bestimmt kein Zufall, dass der Fundort ein historischer Richtplatz ist«, erklärte sie.

»Meinst du, das Opfer wurde gerichtet?« Lorenz klang skeptisch.

Natascha dachte an die hennaroten Haare und die entblößten Brüste. Der Gedanke klang absurd. Trotzdem musste sie ihn aussprechen. »Könnte es vielleicht etwas mit Hexenverfolgung zu tun haben?«

Sie sah in die zweifelnden Gesichter ihrer Kollegen.

Lorenz stöhnte genervt auf. »Ach, komm, das ist ziemlich weit hergeholt! Wir sind auch im Siegerland längst in der Neuzeit angekommen. Außerdem wurde das Opfer nicht verbrannt.«

»Vergiss die Tarotkarte nicht! Es ist die Karte *der Tod*, und sie trägt die Nummer dreizehn.«

Winterberg lehnte sich im Stuhl zurück und drehte seinen Kugelschreiber in der Hand. »Aber was soll das bedeuten? Der Tod als Warnung oder so was?« Er klang skeptisch, und Natascha verstand ihn gut.

»Ich hab mir mal aus Spaß die Karten legen lassen«, erklärte sie. »In der Oberstufe. Eine Freundin hat sich damals mit solchem Kram beschäftigt.«

Es war auf einer Party gewesen, und streng genommen war Lina gar keine Freundin gewesen, sondern ein bemitleidenswertes Mädchen, mit dem niemand etwas hatte zu tun haben wollen. Rotweintrunken hatte Natascha sich von der Mitschülerin mit den Dreadlocks überreden lassen, »einen kleinen Blick in die Zukunft« zu werfen. Es war ein Spaß gewesen, und an das Ergebnis konnte sie sich nicht mehr erinnern. Aber daran, dass die Karte *der Tod* gar nicht so eine schreckliche Bedeutung hatte, wie man vielleicht vermuten mochte.

»Die Karte steht ganz allgemein für Veränderungen, so wie der Tod eben auch eine Veränderung ist. Doch die muss nicht unbedingt so drastisch sein. Und die Dreizehn ist in vielen Kontexten auch eine Glückszahl.«

Lorenz hob die Brauen. »Siehst du irgendwo einen Zusammenhang zur Gesamtsituation? Was ist mit der Inschrift auf der Steinplatte? Da wurden zwölf Anklagepunkte genannt, für die man im fünfzehnten Jahrhundert gehenkt wurde.«

Natascha dachte an das Szenario vom Morgen. An den Frauenkörper im Steinkreis, entblößt, entwürdigend zur Schau gestellt und völlig deplatziert inmitten der Naturidylle.

»Aber Anke Feldmann wurde nicht gehenkt, sondern erwürgt, und ihr wurde eine Kopfverletzung zugefügt. Außerdem befindet sich die ehemalige Richtstätte an einer anderen Stelle im Wald, vierhundert Meter entfernt. Hätte die Leiche nicht viel eher da liegen oder vielmehr hängen müssen? In diesem Steinkreis wurde doch nur Recht gesprochen, nicht vollstreckt. Sofern man aus heutiger Sicht von Recht sprechen kann«, fügte sie hinzu.

Die beiden Kollegen sahen sie ratlos an.

»Wir müssen uns externe Hilfe holen«, erklärte sie, und Winterberg tippte mit der Spitze des Kugelschreibers rhythmisch gegen sein Kinn.

»An wen dachtest du?«

»Im Museum im Oberen Schloss arbeiten Historiker. Ich möchte gern mehr über diesen Richtertisch wissen, über Femegerichte und wie das alles mit unserem Fall zusammenhängen könnte.«

Simon interessierte sich für Geschichte; er wüsste bestimmt etwas dazu. Aber Simon war nicht da.

»Du hast recht. Ich werde mich darum kümmern«, antwortete Winterberg. »Ihr habt gleich noch den Termin beim Arbeitgeber des Opfers in Wilnsdorf. Anschließend hört ihr euch in Weissbach um. Ich hoffe, dass die Techniker in der Zwi-

54

schenzeit zu Potte kommen und dass Kim etwas Verwertbares in den Zeugenaussagen findet.«

Er sortierte erneut den Stapel auf seinem Schreibtisch um, und als Natascha die Tür hinter sich schloss, hörte sie aus dem Inneren des Raumes zuerst ein Poltern, dann ein Fluchen.

Sie hatte es aufgegeben, die Ordnungssysteme ihres Kollegen zu hinterfragen, und war froh, ihr Büro mit Jörg Lorenz, dem Ordnungsfanatiker, zu teilen.

Kapitel 9

Die Gespräche in der Zahnarztpraxis in Wilnsdorf brachten nicht viele neue Erkenntnisse. Anke Feldmann hatte nur vormittags dort gearbeitet und deshalb auch so gut wie nie an den gemeinsamen Mittagspausen ihrer Kolleginnen teilgenommen. Nach Feierabend trafen sich die Frauen selten, sodass es kaum zu privaten Kontakten gekommen war. Die beiden anderen Zahnarzthelferinnen kannten zwar Ehemann und Sohn des Opfers, grundsätzlich war Anke Feldmann jedoch eher reserviert gewesen. Ob sie an Horoskope geglaubt oder sich mit Tarotkarten beschäftigt hatte, war den beiden Frauen nicht bekannt.

»Sie plauderte nicht gern«, hatte es Jana Sauer, die Auszubildende, umschrieben, und ihre Kollegin Verena Schneider hatte zugestimmt. Der Zahnarzt hingegen, Dr. Josef Güth, wusste ein wenig mehr zu berichten.

»Ich habe Frau Feldmann vor drei Jahren eingestellt, als ich hier in die größere Praxis umgezogen bin. Ihr Sohn war damals ein Jahr alt, und sie hat eine neue Stelle gesucht. Wegen ihres Umzugs nach Weissbach wollte sie nicht mehr in Siegen arbeiten, der Anfahrtsweg sei ihr zu weit, meinte sie.« Dabei zwirbelte er seinen grauschwarzen, ausladenden Bart, dessen Spitzen er zu kleinen Bögen geformt hatte. Seine Hände waren schlank und gepflegt, und er bewegte die Finger auf fast elegante Art. »Sie hat sich schnell eingearbeitet und war immer sehr zuverlässig. Die Patienten mochten sie, und sie hatte stets ein nettes Wort für sie übrig. Für jeden.« Er hüstelte kurz.

»Gab es jemanden, der nicht so gut auf sie zu sprechen war? Der sich vielleicht über sie geärgert hat?«, fragte Natascha, und der Zahnarzt zuckte kurz mit den Schultern.

»Nicht, dass ich wüsste. Na ja, wenn Leute Probleme beim Zahnarzt haben, dann schieben sie es ohnehin auf den Arzt, selten auf die Assistentinnen.« Sein Lächeln wirkte gequält.

»Wie sah es in ihrem Privatleben aus?«, wollte Natascha wissen. »Was können Sie uns darüber sagen?« Das Bild, das hier von Anke Feldmann gezeichnet wurde, war ihr zu glatt, zu nichtssagend. Da musste es doch mehr geben.

Dr. Güth zwirbelte erneut seine Bartspitzen und schien dabei nachzudenken. Er machte einen freundlichen und intelligenten Eindruck, und eine unterschwellige, nicht zur Schau getragene Attraktivität ging von ihm aus. »Über ihr Privatleben weiß ich recht wenig, aber ich hatte nicht den Eindruck, dass es da etwas Besonderes gab. Meines Wissens war sie mit anderen Frauen in Weissbach in der Gemeindearbeit aktiv, zumindest früher. Sie wissen schon: das Ausrichten von Kaffeekränzchen für die Senioren, die Organisation von Pfarrfesten, so was. Mehr weiß ich leider nicht.« Er schwieg einen Moment und wechselte dann das Thema. »Das Arbeitsklima bei uns ist gut, falls Sie das interessiert. Meine Assistentinnen verstehen sich untereinander, und auch ich habe keine Probleme mit ihnen.« Er zwinkerte kurz und senkte dann den Blick. »Also, so war es zumindest bisher. Ich kann mir gar nicht vorstellen, dass Frau Feldmann nicht mehr kommen wird, um mir bei den Untersuchungen zu assistieren. Das ist schon ein seltsamer Gedanke.« Er strich seinen Bart glatt und schaute dann auf die Uhr.

Natascha wechselte einen Blick mit Lorenz, der erstaunlich still geblieben war und auch keine weiteren Fragen zu haben schien.

»Vielen Dank, Herr Doktor Güth, das war es erst mal von unserer Seite. Ich nehme an, dass Sie jetzt noch Termine haben.« Natascha stand auf und reichte dem Zahnarzt die Hand.

Josef Güth nickte erleichtert. »Ja, draußen warten schon wieder die ersten Patienten. Ich möchte nicht, dass diese Sache ein schlechtes Licht auf meine Praxis wirft.« Er stand auf und öffnete die Tür, um seiner Mitarbeiterin am Empfang Bescheid zu geben, dass es sofort losgehen würde. »Aber ich werde noch einmal nachdenken, und wenn mir etwas einfällt, melde ich mich bei Ihnen!«

Sie verließen die Zahnarztpraxis. Als sie über den mit hellem Waschkies belegten Parkplatz zum Auto gingen, atmete Natascha tief ein. Der Geruch von Desinfektionsmitteln und Reinigern schien sich in ihren Geruchsnerven festgefressen zu haben. »Das klang, als wäre Anke Feldmann in ihrem Dorf gut eingebunden gewesen.« Natascha kletterte in Lorenz' Jeep und schnupperte an ihrem T-Shirt. Sie hatte den Eindruck, den Praxisgeruch in ihren Kleidern und Haaren zu tragen. Lorenz schnallte sich an und ließ das Gurtschloss einrasten. »Wir sollten uns mal beim Pfarrer in Weissbach umhören, was es mit ihrem Engagement in der Gemeinde auf sich hat. Hat ihr Ehemann etwas dazu gesagt?«, hakte sie nach.

Der Motor des Jeeps heulte auf, und Lorenz wendete schwungvoll auf dem Parkplatz des Praxisgebäudes. Kies spritzte auf, und eine ältere Dame zog ihren Yorkshire-Terrier ängstlich hinter die Blumenkübel, die zur Begrenzung dienten. Mit wütendem Blick sah sie ihnen nach, doch Lorenz ignorierte die aufgebrachte Seniorin und bog auf die Hauptstraße ab.

»Er hat am Abend ihres Verschwindens ein paar Freundinnen aus dem Ort angerufen.« Lorenz setzte den Blinker und fuhr in Richtung Ortsausgang. Schon von Weitem konnte man den steilen Anstieg der Straße sehen, die nach Weissbach führte. »Feldmann hat sich nicht genauer über ihre Ehrenämter ausgelassen; er klang jedoch ziemlich genervt von allem. Er ist Mitglied der Freiwilligen Feuerwehr, und sie gerieten wohl öfter über ihre unterschiedlichen Interessen in Streit.«

»Wo war denn der kleine Felix, wenn die beiden unterwegs waren?«, fragte Natascha und dachte an das Tannenbaum-Malen am Vormittag.

Lorenz wusste es nicht. »In letzter Zeit hat sie ein paar Dienste abgegeben. Das deckt sich ja mit der Aussage des Zahnarztes.«

Natascha nickte. Es war denkbar, dass Feldmanns wegen ihrer unterschiedlichen Interessen oder wegen fehlender Betreuung für den gemeinsamen Sohn in Streit geraten waren.

Jetzt, am frühen Nachmittag, war die Aktivität in Weissbach unerwartet groß. Als wäre das Dorf aus einer Art Schockstarre erwacht, gingen auf einmal überall auf den Straßen, in den Gärten und Einfahrten Bewohner ihrem Tagwerk nach.

Auf dem Grundstück neben dem roten Neubau mit dem Löwenzahn im Vorgarten jätete eine übergewichtige Frau in einem pinkfarbenen T-Shirt Unkraut. Zwei Häuser weiter schaufelten zwei Jugendliche mit entblößtem Oberkörper Sand in eine Schubkarre; ein dritter stapelte Pflastersteine neben der Haustür auf.

Auf einem der Fachwerkhöfe wurde ein Auto gewaschen, in einer anderen Hofanlage ratterte ein Kleinkind, nur mit einer Windel bekleidet, auf einem roten Bobbycar über das Kopfsteinpflaster und lachte. Alles wirkte so normal und alltäglich, und doch wurden sie als Fremde erkannt und bei ihrer Fahrt durch den Ort beobachtet.

Sie hielten vor dem Gemeindehaus, einem zweistöckigen Neubau mit Flachdach, das etwas abseits des Kirchengeländes errichtet war. Der Pfarrer erwartete sie bereits, nachdem Natascha sie telefonisch angekündigt hatte.

»Jürgen Hartwig.« Sein Händedruck war fest und selbstbewusst. »Kommen Sie doch rein!«, begrüßte er sie freundlich und geleitete sie ins Innere des Gebäudes. Hier war es kühl und roch ein wenig abgestanden. Der Raum, in den der Pfarrer sie führte, war groß genug, um mindestens dreißig Personen Platz zu bieten. Ein denkbarer Ort für eine Trauerfeier, dachte Natascha.

Sie nahmen auf einem der dunkelblau gepolsterten Stühle Platz, die an den aufgereihten Tischen standen.

Pfarrer Hartwig – er war etwa Mitte vierzig, hochgewachsen und hager – setzte sich ihnen gegenüber. »Eine schlimme Sache ist das. Ich kann gar nicht glauben, dass die Anke nicht mehr unter uns weilt«, sagte er bekümmert und sah auf seine gefalteten Hände hinab. »Sie war immer so lebhaft und hat viel für die Dorfgemeinschaft getan. Sie wird eine große Lücke reißen, die nicht so schnell wieder geschlossen werden kann.« Seine Stimme wurde leise.

»Wie hat Frau Feldmann sich denn eingebracht?«, wollte Lorenz wissen, und Natascha betrachtete die beiden Wandteppiche, die an der linken Schmalseite des Raumes hingen. Der eine zeigte Motive aus dem Neuen Testament – Jesus inmitten seiner Apostel –, der andere die Arche Noah, umgeben von Elefanten, Giraffen, Ziegen und anderen Tierarten. Am hellblauen Himmel aus Batikfarbe war eine weiße Taube mit Ölzweig zu sehen.

Der Pfarrer schaute sie traurig an und strich sich durch das dunkelblonde Haar. »Anke hat zusammen mit Vivien Wagner das Kinderturnen geleitet. Ich selbst bin noch gar nicht so lange in der Gemeinde, erst seit vierzehn Monaten. Aber ich habe eine intakte Dorfgemeinschaft vorgefunden, die ich nur seelsorgerisch unterstützen, aber nicht leiten muss. Vorbildlich.« Er lächelte. »Anke Feldmann hat vor etwa einem halben Jahr ganz plötzlich mit dem Kinderturnen aufgehört. Sie hat es mit beruflichem Stress begründet. Trotzdem hat sie regelmäßig bei der Organisation der Dorffeste mitgeholfen, zuletzt bei der des Sommerfestes auf der Pfarrwiese hinter dem Haus.« Er wies mit dem Daumen aus dem Fenster, wo sich eine Wiese ausbreitete, die von bunt blühenden Rabatten begrenzt wurde. Wahrscheinlich auch das Werk ehrenamtlicher Helfer, vermutete Natascha.

»Anke war eine sehr fürsorgliche, engagierte Person. Aber es ist natürlich nachvollziehbar, dass sie die Arbeit für die Gemeinschaft zurückstellt, wenn es die persönliche Situation erfordert.« Er nickte bekräftigend. »Mehr kann ich Ihnen leider nicht über Anke Feldmann sagen. Vielleicht fragen Sie besser die anderen Frauen aus dem Ort. Die hatten mehr mit ihr zu tun.«

Lorenz stand auf und schob dabei den Stuhl zurück. »Vielen Dank, Herr Pfarrer. Könnten Sie uns eine Liste mit Ansprechpartnerinnen zusammenstellen?«

»Gern!« Der Pfarrer öffnete eine Tür neben dem Wandbehang mit dem Arche-Noah-Motiv. Natascha folgte ihm. Es handelte sich offenbar um ein Büro, denn ein Schreibtisch mit einem alten Computer mit Röhrenmonitor und einer orangefarbenen Stiftebox stand unter dem Fenster. Auf der gegenüberliegenden Seite befand sich ein Regal mit einigen Büchern, Aktenordnern und Papierstapeln. Es wirkte altertümlich und angestaubt.

Der Pfarrer klappte einen Aktenordner auf, blätterte kurz darin und zog dann ein Blatt Papier heraus, das er Natascha reichte. »Das ist eine Liste unserer aktiven Helferinnen. Ich denke, dass es in Ordnung ist, wenn ich Ihnen die Adressen und Telefonnummern gebe. Ich werde mir die Liste neu ausdrucken.«

Natascha nahm das Blatt dankend entgegen und warf einen raschen Blick darauf. Namen und Adressen von sechs Frauen waren darauf aufgelistet, unter anderem Name und Anschrift Anke Feldmanns. Alle sechs wohnten in Weissbach. Eine überschaubare Aufgabe für diesen Nachmittag, dachte Natascha, bevor sie sich von Jürgen Hartwig verabschiedeten.

Bei der ersten Adresse hatten sie gleich Glück. Der Ehemann von Ines Schuster erklärte, dass die Frauen gerade alle bei Jutta Hardt, der Organisatorin des Kindergottesdienstes, zusammensaßen, um über den schockierenden Todesfall zu sprechen, der sich offenbar in Windeseile im Ort herumgesprochen hatte. Ihn selbst schien das Schicksal Anke Feldmanns hingegen nur wenig zu berühren.

Jutta Hardt wohnte wie die Schusters in der Straße, die zum Friedhof führte. Das Kopfsteinpflaster war uneben und mit Moos durchsetzt und reichte direkt bis zu den Mauern der niedrigen Fachwerkhäuser. Eine Postkartenidylle, dachte Natascha. Doch irgendwo hinter diesen schönen Mauern lauert das Böse.

Sie klingelten an einem Häuschen mit Anbau auf der rechten Seite. Moderne Schiebegardinen an den Fenstern schützten vor neugierigen Blicken. Es dauerte fast zwei Minuten, bis die Haustür geöffnet wurde.

Jutta Hardt war etwa Mitte fünfzig und trug die dunkelblonden Haare zu einer praktischen Kurzhaarfrisur geschnitten. Im Hintergrund hörte Natascha die aufgeregten Stimmen mehrerer Frauen. Die Organisatorin des Kindergottesdienstes sah sie erschrocken an, als sie sich vorstellten. »Kommen Sie wegen Anke?«

Lorenz nickte. »Wir möchten gern mit Ihnen allen sprechen. Sie alle waren doch Freundinnen von Frau Feldmann.«

»Ja, kommen Sie bitte!« Mit unsicheren Schritten führte Jutta Hardt ihre Besucher in ein geräumiges Wohnzimmer. Die blaue Karottenjeans betonte das ausladende Hinterteil der Frau auf unvorteilhafte Weise. Über einem rosafarbenen Polohemd trug sie eine beigefarbene Strickweste, und Natascha musste bei diesem Ensemble unwillkürlich an ihre Handarbeitslehrerin aus der Grundschule denken.

»Ihr Lieben! Das hier sind die Kommissare Krüger und Lorenz von der Polizei in Siegen. Sie wollen mit uns über Anke sprechen.«

Auf einem L-förmigen Sofa saßen vier Frauen zusammen; zwei von ihnen hatten vom Weinen gerötete Augen. Eine burschikose, zierliche Mittdreißigerin mit burgunderfarbenen Haaren und einem blauen Haarband schenkte gerade roten Likör in kleine Gläser. Alle starrten Natascha und Lorenz an wie Eindringlinge. Das Misstrauen, das ihnen entgegenschlug, war beinahe mit Händen greifbar, lag wie ein Schleier über dem Wohnzimmer.

Die schlanke Frau mit dem blauen Haarband und der Likörflasche in der Hand fasste sich als Erste. »Wir trinken gerade einen auf den Schreck! Es ist einfach nur furchtbar, was mit Anke passiert ist! Möchten Sie auch?« Sie hielt ihnen die Flasche entgegen, aber ihre Sitznachbarin, eine schwarzhaarige Frau mit blau umrandeter Kunststoffbrille, hielt sie am Arm zurück.

»Die Polizisten dürfen doch im Dienst keinen Alkohol trinken, Marion.«

»Entschuldigung«, antwortete die burschikose Frau kleinlaut und nahm die Likörflasche in den Schoß. »Wir sind alle ziemlich durcheinander.«

Jutta Hardt hatte zwei gepolsterte Stühle geholt und stellte sie vor den Couchtisch. »Bitte schön.«

Lorenz und Natascha nahmen Platz. Es war eng. Lorenz notierte sich die Namen der fünf Frauen: Jutta Hardt, Marion Hentschel, Vivien Wagner, deren Schwägerin Stefanie Wagner und Ines Schuster. »Sie kannten Anke Feldmann durch ihre ehrenamtlichen Tätigkeiten?«, fragte er, und Natascha bemerkte, dass die Frauen beim Gebrauch der Vergangenheitsform zusammenzuckten.

»Waren Sie auch miteinander befreundet? Haben Sie Anke Feldmann zu Hause besucht, ihre Sorgen geteilt, Geburtstage zusammen gefeiert?« Natascha beobachtete die Reaktion der Frauen. Ein paar Seitenblicke gingen zu Vivien Wagner, einer etwas fülligen, sommersprossigen Rotblonden. Natascha nickte ihr aufmunternd zu.

»Wir haben einige Zeit zusammen das Kinderturnen geleitet, aber vor einer Weile hat Anke damit aufgehört.« Sie wirkte unsicher, wie viel sie sagen durfte, blickte mehrmals zu den anderen Frauen hinüber und schnäuzte sich dann geräuschvoll. Das Taschentuch hielt sie zusammengeknüllt in der Hand. »Ich hab am Donnerstag noch mit ihr telefoniert, weil Felix seine Kappe bei uns vergessen hatte. Wenn ich gewusst hätte, dass ich Anke nie wiedersehen werde, hätte ich die Baseballkappe direkt zu ihr gebracht. Doch jetzt ist es zu spät.« Ihre Stimme erstarb. Tränen liefen über ihre Wangen. Mit zitternden Händen wischte Vivien Wagner mit dem Taschentuch über ihr Gesicht.

»Ist Ihnen da etwas an Frau Feldmann aufgefallen? War sie irgendwie anders als sonst? Vielleicht besonders aufgekratzt oder bedrückt? Hat sie etwas gesagt, das Sie im Nachhinein ungewöhnlich oder erwähnenswert finden?«, fragte Natascha in mitfühlendem Ton, aber die junge Frau schüttelte nur den Kopf und schnäuzte sich erneut.

»Sie war ganz normal, so wie immer.« Sie fuhr sich mit der Hand über das Haar, als wollte sie den Sitz ihrer Frisur testen, und sah dabei immer wieder zu ihrer Schwägerin Stefanie hinüber.

Die schob ihre blaue Brille ein Stück nach oben und wandte sich an Lorenz. »Mein Mann Thomas ist wie Frank Feldmann bei der Freiwilligen Feuerwehr. Da sitzen sie oft beisammen und trinken ein Bier oder auch zwei. Am letzten Donnerstagabend war das auch so.« Sie machte eine Kunstpause, als wollte sie ihre Worte wirken lassen. Dabei wanderten ihre Augen zwischen Lorenz und Natascha hin und her. »Na ja, und vorhin hat mir Thomas erzählt, dass Frank mehr getrunken hatte als sonst.«

»Mehr als sonst? Was genau heißt das?«, fragte Natascha und beugte sich nach vorne. Ihr Stuhl knarrte; das Geräusch klang in der plötzlich einsetzenden Stille überlaut. Selbst Vivien Wagner hörte auf zu schniefen.

Stefanie zuckte mit den Schultern. »Ich weiß nicht genau, wie viel er getrunken hat. Na, jedenfalls war er wohl voll, meinte Thomas. Ist beim Aufstehen nach hinten geplumpst, gegen das Tischbein gestoßen und hatte beim Nachhausegehen ordentlich Schlagseite. Sonst ist Frank wohl nicht so, sagt Thomas.«

»Hatten Frank und Anke Feldmann Probleme?«, wollte Lorenz wissen.

Die Frauen rutschten unbehaglich auf ihren Plätzen herum.

Jede schien darauf zu warten, dass eine andere das Wort ergreifen würde.

»Wir finden es sowieso heraus, wenn es so war«, warf Natascha entschlossen ein. »Also können Sie es uns auch gleich sagen. Das spart uns eine Menge Zeit, die wir sinnvoller nutzen können. Also: Worum ging es bei den Meinungsverschiedenheiten von Feldmanns?« Sie fixierte die Frauen der Reihe nach.

Jutta Hardt räusperte sich umständlich. »Ach, da gab's nichts Besonderes! Natürlich war bei ihnen auch nicht immer nur Friede, Freude, Eierkuchen, aber das war nichts Ernstes.« Sie schüttelte den Kopf, wie um ihre Worte zu bekräftigen. Doch Natascha glaubte ihr nicht.

»Ging es um Geld?«

Jutta Hardt zögerte und sah zu Marion Hentschel hinüber, die sich erneut einen Likör einschenkte und ihre Freundin nicht beachtete. Mit zurückgelegtem Kopf leerte sie das Glas mit der roten, klebrigen Flüssigkeit in einem Zug. »Geht es nicht bei uns allen immer mal wieder um Geld?«, entgegnete Jutta ausweichend, und ihre Freundinnen nickten zustimmend.

Ines Schuster, die bisher geschwiegen hatte, beugte sich plötzlich vor; die sehnigen Finger ineinander verschränkt. »Klar ging es bei Anke und Frank um Geld, und das wisst ihr ganz genau!« Sie blickte sich in der Runde um. Ihre Stimme war eine Spur zu schrill, die Sprechweise schnell. Sie passte zu der kleinen Frau mit der drahtigen Figur, die Natascha an ein Erdmännchen erinnerte.

Die vier Freundinnen zuckten zusammen.

Jutta Hardt schüttelte den Kopf. »Wir haben doch alle ab und zu mal Geldsorgen, oder? Gerade, wenn man in so alten Häusern wohnt wie wir. Mal ist hier was undicht, dann muss da was erneuert werden.« Sie sah Natascha entschuldigend an. »So ist es doch, oder?«

»Sprachen Feldmanns offen über ihre finanziellen Probleme?« Natascha wandte sich an Ines Schuster. Die schien kein Blatt vor den Mund zu nehmen und würde ihnen sicher noch mehr verraten.

»Eigentlich nicht. Anke war das Thema unangenehm. Aber deswegen hat sie im Gemeindehaus geputzt. Das wusste doch jeder. Als Zahnarzthelferin verdient man eben nicht so viel.«

»Aber sie hat vor ein paar Wochen mit dem Putzen aufgehört! Also kann es mit den Geldsorgen nicht so schlimm gewesen sein«, mischte sich Vivien Wagner ein. Ihre Stimme klang nun fester. Das zerknüllte Taschentuch hatte sie in den Bund ihrer gelben Trainingshose gesteckt.

»Wenn du meinst.« Ines Schuster ließ ihre Worte als Andeutung im Raum stehen, und Natascha ergriff die Gelegenheit, um einen Blick hinter die Kulissen der Familie Feldmann zu werfen. Zwischen den Frauen herrschte eine angespannte Stimmung; unausgesprochene Konflikte hingen wie in einem Vakuum in dem überladenen Raum.

»Reden wir mal Klartext!« Natascha fixierte die Frauen auf dem Sofa der Reihe nach und ließ keinen Zweifel daran aufkommen, dass sie die Wahrheit herausfinden würde. Egal, wie. »Es gibt Geldprobleme, Anke Feldmann putzt nebenher im Gemeindehaus, um die Familienkasse aufzubessern. Frank Feldmann trinkt bei der Feuerwehr gern mal einen über den Durst. Aus der Ehe ist die Luft raus, aber keiner gibt es so richtig zu.« Sie wollte es als Frage formulieren, doch die Aussage wirkte als Behauptung viel stärker. Lorenz neben ihr hob fast unmerklich den Kopf, ein Zeichen seiner Zustimmung. Er überließ ihr das Feld.

Stefanie reagierte auch prompt und rückte erneut ihre blaue Brille zurecht. »Das klingt so dramatisch!« Sie klemmte sich eine schwarze Haarsträhne hinter das Ohr. »Ich glaube, es war viel gewöhnlicher. Unspektakulär. Einfach nur ein Paar, das auch mal Meinungsverschiedenheiten hat, sonst aber ganz gut miteinander klarkommt. Oder?« Ihr Blick blieb einen Moment an Marion hängen, die sich erneut einen Likör einschenkte. Mittlerweile muss sie schon ganz schön angetrunken sein, dachte Natascha. Aber man merkte ihr nichts an.

Vivien Wagner schüttelte unwillig den Kopf und stand abrupt auf. »Ich finde, wir sollten nicht so über Anke reden. Ihr ist etwas Schreckliches zugestoßen, Frank muss völlig fertig sein, und wir zerreißen uns hier die Mäuler über die Ehe der beiden!« Sie schob sich an Ines vorbei. »Das ist pietätlos und gehört sich nicht!« Mit einer fast trotzigen Körperhaltung ging sie zur Tür und öffnete sie mit einem Ruck, nicht ohne sich noch einmal umzudrehen und ihre Freundinnen zornig anzufunkeln.

Draußen im Flur sprang ein Mann mit rahmenloser Brille und grauem Haarkranz erschrocken zur Seite.

»Volker!«, rief Jutta Hardt vorwurfsvoll, doch der Mann winkte ab. »Ich wollte gerade fragen, ob ich euch Kaffee kochen soll.« Er grinste verlegen. »Soll ich?«

»Ja, bitte«, antwortete Jutta und schüttelte resigniert den Kopf, während ihr Mann davonwieselte und in der Küche zu hantieren begann. »Seit er im Vorruhestand ist, weiß er nichts mehr mit sich anzufangen. Seid froh, dass eure Männer noch so jung sind!«, seufzte sie und stand auf, um Tassen zu holen.

Natascha und Lorenz lehnten dankend ab und verabschiedeten sich von der Gruppe. Erst im Auto fiel Natascha ein, dass sie die Frauen nicht gefragt hatte, ob sie Tarotkarten besaßen. Aber das und einiges andere würden sie noch in Einzelgesprächen klären.

Kapitel 10

Endlich waren die beiden Polizisten wieder verschwunden!

Sie waren ungewöhnlich lange im Haus geblieben. Warum? Wenn er doch nur mehr mitbekommen hätte!

Aber für ihn war nur die Rolle des stummen Beobachters vorgesehen.

Er ging zurück in die Küche und brühte sich einen Kaffee auf. Ohne Zucker, doch mit einem kleinen Schuss Milch, damit er die schöne goldbraune Farbe seiner Augen annahm. Ihrer Augen.

Wieder und wieder sah er sie vor sich liegen. Die großen Brüste, mit denen sie ihn fast in den Wahnsinn getrieben hatte. Aber letztlich war sie selbst schuld gewesen. Sie hätte ihn nicht in Versuchung führen dürfen.

Gejammert und gewinselt hatte sie, hatte sich ihm angeboten und ihn angefleht. Dabei hatte sie in ihrer Selbstüberschätzung überhaupt nicht kapiert, worum es in Wirklichkeit ging. Nicht um sie. Nicht um ihren Körper oder ihre anmaßenden Angebote. Nein, es ging um den Jungen. Immer ging es um die Jungen. Das hätte sie wissen müssen. Aber was sollte man von so einer schon erwarten, von einer, die nichts anderes kannte als Lug und Betrug?

Der Gedanke an den Kleinen schnürte ihm beinahe die Kehle zu, und er konnte den Kloß, der sich dort gebildet hatte, nicht herunterschlucken. Auch der gute goldbraune Kaffee vermochte dieses drückende Gefühl nicht zu vertreiben.

Er nahm die Tasse und goss den Rest in die Spüle, beobachtete die hellbraune Flüssigkeit dabei, wie sie in den Abfluss rann und auf Nimmerwiedersehen verschwand.

Ihm war eine Idee gekommen. Er würde einfach mit offenen Karten spielen, so könnte er zwei Fliegen mit einer Klappe schlagen. Oder zwei Frauen mit einer Waffe.

Es war so schrecklich einfach, dass er fast darüber lachen musste.

Und diesmal würde er es besser machen als beim letzten Mal. Sauberer, damit dem Jungen auch wirklich nichts passierte.

Lächelnd verließ er das Haus und trat auf die Straße. Er sog die frische Luft in seine Lungen und fühlte sich groß und mächtig.

Kapitel 11

Ella Steinseifer beobachtete, wie der Rotwein in sanften Schlieren am Rand des Kristallglases hinabrann. Langsam, fast tropfenweise. So wie das unangenehme Gefühl, das sich seit dem Anruf in ihr ausgebreitet hatte und sie von innen her auszufüllen drohte.

Benny spielte in seinem Zimmer mit der Holzeisenbahn und ahmte das Zischen und Rattern der Lok nach. Ein beruhigendes Geräusch.

Ella sah an sich herunter und zog am Saum des ausgeleierten T-Shirts. Bevor Rolf nach Hause kam, würde sie sich noch etwas anderes anziehen. Vielleicht mal wieder den kurzen Rock aus weinrotem Taft mit einer dunklen Strumpfhose? Oder sähe das zu bemüht aus?

Sie nahm einen Schluck aus dem Weinglas und sann dem kräftigen Geschmack des Pinot Noir nach. Er hinterließ eine Empfindung leichter Taubheit auf der Zunge. Ein angenehmes Gefühl. Ja, der fruchtige Geschmack des Weines würde gut zu dem etwas bitteren Rucola-Salat passen, garniert mit Parmesanstreifen, den sie vorbereitet hatte.

»Tuut-tuut. Zsch-zsch-zsch, Achtung, isss tomme!« Benny war völlig in sein Spiel vertieft und schien die Welt um sich herum vergessen zu haben.

Beneidenswerte Fähigkeit, dachte Ella. Auch sie würde manchmal gern alles um sich herum vergessen und sich nur dem Schönen widmen. Plötzlich hob sie den Kopf; die Melodie im Radio ließ sie aufmerken. Coldplay! Ella dachte an die Zeit vor Bennys Geburt, in der Rolf und sie manchmal auf Konzerte gefahren waren. Das von Coldplay war eines der letzten gewesen, Rolf hatte ihr die Karten zum Hochzeitstag geschenkt. Ella war ihm überglücklich um den Hals gefallen, und zum Takt von *Talk* hatten sie in der Küche getanzt.

»Das war Coldplay mit *Viva la vida*. Von Christian für seine Nicole«, drang die Stimme des Moderators in Ellas Tagtraum. »Er dankt ihr damit für alles, was sie für ihn getan hat. Möchten auch Sie jemanden mit einem Musikwunsch grüßen, liebe Hörerinnen und Hörer? Mailen Sie uns Ihre Wunschhits oder rufen Sie uns an!«

Ella drehte das Radio lauter und ging zur Spüle. Wunschhits sind immer gut; da kommen wenigstens mal Titel, die nicht den ganzen Tag rauf- und runtergespielt werden, dachte sie. Vielleicht etwas zum Aufheitern.

»Der nächste Titel ist schon etwas älter und war in den Achtzigern ein Riesenerfolg. Sie kennen ihn alle: *Was soll das?* von Herbert Grönemeyer. Gewünscht wurde der Titel für Ella aus dem Ort mit dem weißen Bach.«

Ella hielt in ihren Bewegungen abrupt inne und starrte auf das Radio auf dem Küchenschrank. Eine plötzliche Hitzewelle breitete sich in ihr aus, begann im Gesicht und raste in Sekundenschnelle über ihren gesamten Körper. Ihre Hände begannen zu zittern. Sie presste den Stiel des Glases in der Faust, bis es schmerzte.

»Die Ella wird schon wissen, dass sie gemeint ist«, plapperte der Moderator betont fröhlich weiter, während im Hintergrund die ersten Takte des Liedes erklangen. »Eingeschickt hat uns den Musikwunsch ›eine bekannte Person‹, wie sie sich selbst nennt. Und nun, liebe Hörer, viel Spaß mit diesem Klassiker!«

Die Musik wurde lauter, und Herbert Grönemeyer begann in seiner unverkennbaren Art, über Fremdgehen zu singen.

Ella hörte wie von fern ein zartes Knacken und Klirren, spürte einen leichten Schmerz in der rechten Hand. Etwas Warmes lief an ihrer Handkante entlang, und sie sah irritiert hin. Der Stiel des Glases war unter dem Druck ihrer Finger abgebrochen und in die Spüle gefallen. Der scharfe Splitter an der Unterseite des Kelchs hatte Ella in den kleinen Finger geschnitten. Wie in Trance beobachtete sie die zarten Spuren, die das Blut an ihrer Hand hinterließ. Zwei Tropfen fielen in das weiße Spülbecken. Rot wie Blut, weiß wie Schnee, ging es Ella durch den Kopf, bevor ihr schwindelig wurde und sie sich an der Spüle festhalten musste.

Kapitel 12

Natascha saß an ihrem Schreibtisch. Das Fenster war weit geöffnet und ließ nur wenig frische Luft, dafür jedoch viel Straßenlärm herein. Unten vor dem Polizeigebäude verlief die Hauptstraße, die sich neben der Sieg und den Bahngleisen durch das schmale Tal schlängelte. Links und rechts an der mehrere Kilometer langen Straße reihten sich Amtsgebäude, Geschäfte, Fabriken und Wohnhäuser aneinander, mittendrin die Polizeidienststelle. Entsprechend viel Verkehr floss unter Nataschas Fenster vorbei und bildete einen immerwährenden Geräuschteppich.

An heißen Tagen staute sich in der Stadt die Wärme; die Berge, die das Tal begrenzten, ließen kaum einen Luftzug in die Stadt. Auch heute drückte die Hitze und Natascha dachte einen Moment sehnsüchtig an die Frische in dem kleinen Dorf im Rothaargebirge. Dort hatte stattdessen die Stimmung gedrückt, die Atmosphäre zwischen den Menschen. Das reinigende und erlösende Gewitter ließ hier wie da auf sich warten.

Natascha rührte in ihrem Joghurt und dachte an die Frauen in dem altmodischen Wohnzimmer der Hardts. Grübelte über die Konflikte nach, die unausgesprochen im Raum gestanden hatten, an die vielen Blicke, die die fünf Frauen einander zugeworfen hatten, und das stille Einvernehmen, wer sich zu welchem Thema äußern würde.

Und sie dachte an Volker Hardt, der lauschend im Flur gestanden hatte.

Da gab es noch einiges, dem es auf den Grund zu gehen galt.

»In einem Dorf wie Weissbach lebt einfach ein bestimmter Menschenschlag«, hatte Lorenz erklärt. »Die meisten Familien sind schon seit unzähligen Generationen dort, nur wenige sind zugezogen, so wie Feldmanns. Man kennt sich, ist nicht selten miteinander verwandt oder verschwägert, hat gemeinsame Vorfahren. So was schweißt zusammen, egal, wie man sonst zueinander steht.«

Natascha wusste, worauf Lorenz auch anspielte: auf die unheimliche Stille bei ihrem ersten Besuch in diesem Ort, die misstrauischen Blicke am Nachmittag. All das war wie das einvernehmliche Schweigen der Frauen greifbar gewesen, würde aber kaum als Fakten in den Ermittlungsunterlagen bestehen können.

Würde jemand aus dem Dorf das Schweigen brechen und ihnen – Fremden, noch dazu Polizeibeamten! – etwas anvertrauen, was die Ermittlungen vorantrieb?

Nataschas Handy meldete den Eingang einer SMS. Sie zog es aus der Schutzhülle aus Jeansstoff und merkte, wie sich ihr Herzschlag beschleunigte. Ihre Mutter? Vielleicht hatte Basti sich endlich gemeldet. Oder Birgit hatte eine Bestätigung dafür erhalten, dass ihr ungutes Gefühl sie nicht getrogen hatte und dass irgendwas mit ihm im Argen lag. Natascha öffnete das Menü und spürte plötzlich eine tiefe Wärme in sich aufsteigen.

Eine Nachricht von Simon!

Er war heil in Berlin angekommen, das Hotel war mittelmäßig, die Kollegen jedoch nett. Im Moment hatte er eine Kaffeepause und schrieb, dass er sie vermisse. Natascha lächelte versonnen. Als sie merkte, dass sie sich das Handy mit der Nachricht wie ein verliebter Teenager an die Brust drückte, kam sie sich ziemlich albern vor. Lorenz saß ihr gegenüber, war aber so in seine Arbeit vertieft, dass er gar keine Notiz von ihr nahm.

Schnell schob sie das Handy zurück in die Schutzhülle, leckte den Joghurtlöffel ab und steckte ihn zurück in den Rucksack. Dann warf sie den leeren Becher in den Mülleimer und begann, im Internet nach verschiedenen Tarotkarten-Sets zu forschen. Schon nach kurzer Suche stieß sie auf das bekannte Rider-Tarot. Sie scrollte durch die Bilder, blieb an der Nummer dreizehn, dem *Tod*, hängen und vergrößerte die Ansicht. Ein Skelett in schwarzer Ritterrüstung ritt auf einem weißen Pferd und hielt eine schwarze Flagge mit einer weißen Blume empor. Vor ihm stand ein Bischof, ganz in leuchtendes Gelb gewandet, und betete.

Natascha hatte keine Ahnung, was diese Symbolik im Einzelnen zu bedeuten hatte. Wofür stand die weiße Blume? Wofür das gelbe Gewand des Bischofs?

»Ich bin gleich wieder da«, erklärte sie Lorenz, doch er nickte nur gedankenverloren und sah nicht einmal zu ihr auf.

Nataschas Ziel war die Buchhandlung im Weidenauer Einkaufszentrum, wo sie sich ein Deck Tarotkarten und ein Bestimmungsbuch kaufen wollte. Es sollte nicht allzu schwer sein herauszufinden, was es mit der Karte in der Hand des Opfers auf sich hatte.

Wenig später wurde die Sonderkommission »Weissbach« gebildet. Staatsanwältin Dr. Kraft, Abteilungsleiter Dr. Dreisler, Hannes Winterberg, Lorenz und Natascha sowie weitere Kollegen hatten sich zu diesem Zweck im Besprechungsraum der Kriminalpolizei zusammengefunden. Winterberg, Natascha und Lorenz fassten noch einmal das Wenige zusammen, das bislang im Mordfall Anke Feldmann als gesichert gelten konnte.

Der Tod von Anke Feldmann würde spätestens morgen zum Stadtgespräch werden, mahnte Winterberg an, und bis dahin mussten sie Ergebnisse liefern. Andernfalls würde ihnen die Presse die Bude einrennen.

»Noch ist unklar, ob es sich um eine Beziehungstat handelt oder ob wir einen fremden, außenstehenden Täter haben und Anke Feldmann nur zufällig in seinen Fokus geriet. Also keine voreiligen Schlüsse!«, mahnte Winterberg und beendete kurz darauf die Besprechung.

Natascha blieb noch einen Moment im Besprechungsraum sitzen, nachdem alle anderen aufgestanden waren. Sie nahm die Tarotkarte mit der Nummer dreizehn aus ihrem neu gekauften Set in die Hand und betrachtete sie. Je länger sie darauf starrte, desto mehr Kleinigkeiten entdeckte sie. Der bleiche Totenschädel des schwarzen Ritters, die roten Augen des weißen Pferdes. Die weiße Lilie auf der schwarzen Flagge, im Hintergrund die Sonne, die entweder auf- oder unterging. Die bittend geöffneten Hände des leuchtend gelb gekleideten Bischofs, ihm zu Füßen ein Kind, eine Frau, ein toter König. Die Zahl Dreizehn, dargestellt in römischen Ziffern. Ein Bild, das nicht nur Furcht einflößte, sondern auch verwirrte.

In dem Deutungsbuch las Natascha die Bedeutung der einzelnen Symbole nach, versuchte, aus den Einzelteilen ein sinnvolles Ganzes zu konstruieren. Doch es gelang ihr nicht. Wenn die Karte etwas Konkretes aussagen sollte, dann wurde dazu eine Sprache benutzt, die sie nicht verstand.

Kapitel 13

Die Haut an den Fingerspitzen war bleich und schrumpelig, als Ella aus der Dusche trat. Spiegel und Fenster waren vom heißen Wasserdampf beschlagen, doch sie hatte so lange duschen müssen, bis sie wieder einen klaren Kopf hatte. Das Prickeln des Wassers auf der Kopfhaut hatte gutgetan und ihren Verstand geklärt.

Sie hielt kurz den Nassrasierer in der Hand, warf ihn aber achtlos zurück in die Duschwanne, wo er mit einem Platschen in der Schaumpfütze landete. Heute war wohl weder eine Intim- noch eine Beinrasur nötig. Nicht nach Rolfs hinterhältiger Aktion mit dem Grönemeyer-Song im Radio. Was soll das?, fragte sie sich zum wiederholten Mal. Es war so typisch für Rolf, sich einen Song für sie zu wünschen!

Eine Spur zu heftig rubbelte sie sich die Beine trocken. Es tat beinahe weh. Sie dachte an die stürmische Anfangszeit ihrer Beziehung, als Rolf ihr zum Jahrestag den *Holzmichl* gewünscht hatte. Das Lied, bei dem sie sich auf der Wilnsdorfer Kirmes zum ersten Mal nähergekommen waren. Und zwei Jahre später hatte er sich für sie das Stück im Skiurlaub gewünscht, vom DJ im Hotel in den Stubaier Alpen. Wie im Rausch hatten sie getanzt und waren hinterher ins Bett gefallen, um sich ekstatisch zu lieben.

Vielleicht wollte er ihr mit dem heutigen Musikwunsch durch die Blume zu verstehen geben, dass er fremdging? Das war doch die logische Erklärung für die Veränderungen, die in den letzten Wochen mit Rolf vorgegangen waren! Mit zusammengebissenen Zähnen zog sie ihren Slip hoch, schloss den BH im Rücken und kniff die Augen zusammen. Rolf hatte diesen Hang zur Theatralik, alles war stets eine Nummer größer, eine Nummer heftiger als bei anderen. Offensichtlich war er noch nicht einmal zu einer gewöhnlichen Beichte fähig. Aber musste es denn gleich auf diese Weise sein? Wer weiß, wer das alles mitbekommen hatte! Und wie stand sie jetzt überhaupt da? Was würden die Nachbarn denken, die anderen Leute im Dorf? Allen musste klar sein, dass der Grönemeyer-Song ihr gegolten hatte. Schließlich gab es außer ihr keine Ella in Weissbach, oder?

Am liebsten würde sie ihn anrufen und zur Rede stellen, aber diesen Triumph wollte sie ihm nicht gönnen. Nicht nach dieser Beleidigung! Darauf wartete er wahrscheinlich nur!

Ella schnupperte an dem ausgeleierten T-Shirt, das sie schon den ganzen Tag angehabt hatte. Es roch nicht, also konnte sie es wieder anziehen. Es war immer noch gut genug für einen Ehemann, dem seine Frau und ihre Gefühle völlig egal waren.

Doch als sie sich mit den Fingerspitzen durch die Haare fuhr, kamen erste Zweifel in ihr auf. Vielleicht war der Musikwunsch gar nicht von Rolf gewesen? Oder, viel einfacher: Es hatte überhaupt nicht ihr gegolten. Der Bach floss schließlich nicht nur durch dieses Dorf, und in der weiteren Umgebung gab es außer ihr sicher noch mehr Ellas. Aber andererseits passte es wiederum so gut zu Rolf, dass der Musikwunsch einfach von ihm gewesen sein musste.

Seufzend stützte sie sich auf dem Waschbecken ab und beobachtete, wie sich das Kondenswasser langsam vom Spiegel zurückzog und den Blick auf ihr Gesicht freigab. Ein Bild des Jammers, fand Ella. Die gerötete Haut, das struppige Haar. Und dann dieser Ausdruck! Wie eine verhärmte alte Frau.

»Maamaa!«, rief Benny im Flur, und Ella öffnete ungeduldig die Badezimmertür. »Ja! Ich bin gleich fertig.«

»Durst. Will Saft.« Er legte den Kopf leicht schräg und sah sie bittend an. Sein Gesichtsausdruck erinnerte sie an Fotos aus ihrer eigenen Kindheit: Aufnahmen, die ihre Mutter gemacht hatte, als sie selbst drei Jahre alt gewesen war. Benny hatte den gleichen flehenden Blick, und Ella erlebte nun selbst, wie schnell man darunter dahinschmelzen konnte. Komisch, dass ihr Sohn so viel von ihr, aber so wenig von Rolf hatte!

»Ich zieh mir nur schnell eine Hose an, dann komme ich und gebe dir was zu trinken. Okay?«

Benny nickte strahlend und wartete vor der Badezimmertür, bis sie mit ihm zusammen in die Küche ging und ihm ein Glas mit Apfelsaft füllte. Während ihr Sohn den Saft trank, beobachtete Ella die Regentropfen, die außen am Fenster herunterrannen. Der Niederschlag würde dem Garten guttun, aber sie selbst sehnte sich nach Wärme und Licht, um ihre verwirrte, niedergeschlagene Stimmung aufzuhellen. Das kurze Sommergewitter hatte die Anspannung, die seit Stunden auf ihr lastete, nicht lösen können.

Die Küchentür öffnete sich. Rolf stand im Türrahmen. Das dunkle Haar war feucht und wirkte fast schwarz. Auf den Schultern seines anthrazitfarbenen Jacketts flossen einzelne Regentropfen zu großen Flecken zusammen.

»Hier. Das lag draußen vor der Tür.« Er knallte eine durchweichte Zeitung und zwei nasse Briefe auf den Küchentisch. »Wieso steckte das nicht im Briefkasten?«

»Hallo, Rolf«, erwiderte Ella betont ruhig. Wenn sie noch vor ein paar Minuten auf ein klärendes Gespräch gehofft hatte, so war ihr die Lust darauf soeben vergangen. Wenn Rolf mit einer solchen Laune nach Hause kam, würden Gespräche sowieso nichts bringen. Enttäuscht nahm sie ihm das Jackett ab und hängte es zum Trocknen über einen Bügel im Flur. Dann würde sie ihn eben später auf das Lied ansprechen ...

»Ich kam heute noch nicht dazu, nach der Post zu schauen. Benny hat ganz schön viel Aufmerksamkeit gefordert«, seufzte sie, obwohl das überhaupt nicht stimmte. Über den Essensvorbereitungen und der Vorfreude auf den langersehnten gemeinsamen Abend mit Rolf hatte sie die Post schlicht und einfach vergessen. Der Ärger über das Musikstück im Radio hatte dann ein Übriges getan.

Vorsichtig nahm sie die beiden Briefe und legte sie nebeneinander. Einer war eine Postwurfsendung, der andere die halbjährliche Rechnung der Hausratversicherung. »Ach, Mist, die müssen wir jetzt trocknen!« Mit fahrigen Bewegungen strich sie über die nassen Umschläge, unschlüssig, was sie mit ihnen anfangen sollte. Sie fühlte sich verunsichert und von Rolf beobachtet.

Mit gespitzten Lippen kam er näher, um ihr einen Kuss zu geben, wich aber wieder zurück. »Hast du was getrunken?« Es klang wie ein Vorwurf.

»Ja, ein Glas Wein. Ich hab uns was Schönes gekocht, da hab ich den Wein schon mal gekostet.«

»Na, da bin ich aber neugierig!«, sagte er mit rauer Stimme und küsste Ella flüchtig auf die Wange. Es fühlte sich trocken an und mehr pflichtschuldig als liebevoll. Für Ella war dieser Kuss der letzte Beweis dafür, dass hier irgendetwas ganz und gar faul war. Doch bevor sie etwas sagen konnte, kam Benny in die Küche gestürmt. Er begrüßte seinen Vater, der ihn lachend auf den Arm hob.

»Na, mein Süßer, hattest du einen schönen Tag?«

Benny nickte und schmiegte seine weiche Wange an die seines Vaters.

Ella unterbrach die beiden unwirsch und hob den Brief der Versicherung in die Höhe. »Das ist wirklich eine Frechheit! Die Rechnung ist kaum noch zu lesen. Das war bestimmt der neue Briefträger, der junge mit dem Bart. Der kann doch die Post nicht einfach in den Regen legen!« Ihre Stimme wurde laut, und Benny sah sie fragend an. »Wenn das noch mal vorkommt, werde ich ihn mir aber vorknöpfen!«

Rolf nickte, schien ihr jedoch gar nicht richtig zuzuhören. Seine Aufmerksamkeit galt einzig seinem Sohn, für den er Grimassen schnitt. Benny quietschte vor Lachen und ahmte ihn fröhlich nach.

»Vielleicht haben auch die Mädchen vom Regionalblatt den Kasten mit ihrer Werbung verstopft. Wäre ja auch nicht das erste Mal.«

Ella nahm ihren Schlüsselbund vom Haken im Flur und öffnete die Haustür. »Ich schau mal nach, ob der Briefkasten voll ist.«

Es hatte aufgehört zu regnen, die Luft war aber immer noch stickig; die Sonne ließ den Regen auf dem aufgeheizten Asphalt schnell verdunsten. Dampfwolken stiegen von Gehweg und Straße empor.

Ella steckte den Briefkastenschlüssel ins Schloss. Er ließ sich problemlos drehen, und sie zog die Klappe nach unten. Der Kasten war leer. Na, dann würde sie also morgen diesen neuen Briefträger abpassen, damit das nicht noch einmal passierte.

Sie kehrte ins Haus zurück und schloss die Tür. Doch einer kurzen Eingebung folgend, ging sie wieder zurück, um den Einwurfschacht zu öffnen. Die Klappe ließ sich jedoch nicht bewegen. Ella versuchte es noch einmal kräftiger, doch nichts tat sich. Die Klappe klemmte.

»Rolf! Schau mal bitte!«, rief sie ins Haus.

Ihr Mann kam nach draußen, Benny noch immer auf dem Arm. »Was ist?«

»Die Klappe am Briefkasten klemmt. Du müsstest das mal in Ordnung bringen. Kein Wunder, dass der Postbote die Post vor die Tür legt.«

Rolf setzte den Jungen auf dem Boden ab. Benny rannte sogleich in die Dampfschwaden auf dem Gehweg und wedelte mit den Armen, als wollte er sie vertreiben. »Zeig mal!«

Rolf ruckelte am Deckel, dann am Kasten. Es schepperte, doch nichts geschah. »Gib mir mal den Schlüssel!«

Er nahm ihn und drehte ihn im Schloss hin und her. »Komisch. Funktioniert einwandfrei.« Dann fuhr er mit dem Schlüsselbart unterhalb der Kante entlang. Stockte. Versuchte es noch einmal. »Das gibt's doch gar nicht!«, rief Rolf empört aus.

»Was ist?« Ella beugte sich zu ihm und beobachtete, wie er nun mit dem Zeigefinger an der oberen Klappenkante entlangfuhr.

»Schau dir das mal an!«

Ella entdeckte transparente schaumige Blasen, die unter dem Deckel hervorquollen. Mit dem Finger drückte sie dagegen, doch sie blieben fest. »Da hat jemand unseren Briefkasten zugeklebt!«

Die frische Schnittwunde am kleinen Finger pochte. »Wer macht denn so was?« Sie merkte, wie ihr Gesicht alle Farbe verlor.

»Ein dummer Streich war das, sonst nichts«, fauchte Rolf und ging mit schweren Schritten ins Haus zurück.

Ella sah ihm nach, dann lief sie zum Schuppen und holte das Kästchen hervor, in dem sie die kleineren Werkzeuge aufbewahrte. Zwischen Schraubenziehern, einem Taschenmesser, einer Rolle Blumendraht und mehreren Büroklammern fand sie, wonach sie gesucht hatte: das Teppichmesser.

Es war nicht leicht, die Kleberreste vom Briefschacht zu entfernen, nur kleine Stücke der klebrig-zähen Masse ließen sich abschneiden. Nach einigen Minuten des Kratzens und Ziehens war der Briefkastendeckel wieder beweglich und ließ sich öffnen. Nur wer genau hinsah, würde ein paar Kratzspuren auf dem Metall entdecken.

Ella hob den Deckel an und ließ ihn fallen. Es schepperte dumpf. Vielleicht waren doch noch Kleberreste zurückgeblieben. Sie hielt den Metalldeckel nach oben, um die letzten Reste des Klebstoffs zu entfernen, als ihr Blick auf die Deckel-Innenseite fiel. Was war das?

Ein kleines buntes Rechteck ähnlich einer Spielkarte hing dort, und Ella musste erst mit dem Nagel des Zeigefingers pulen, bevor sie es abziehen konnte.

Es war eine Tarotkarte. Vor einer gelben Sonne breitete ein Engel mit flammenden Flügeln die Arme aus; vor ihm war ein nacktes Paar mit geöffneten Händen zu sehen. Darunter stand *Die Liebenden.*

Ella schluckte die aufkommenden Tränen hinunter und steckte die Karte in die hintere Hosentasche, dann ging sie zu Rolf ins Haus hinein.

Kapitel 14

»Wir haben den Bäcker, die Mitarbeiter der Supermärkte sowie die des Gemüseladens befragt, wir waren überall dort, wo das Opfer normalerweise einkauft«, erklärte Martin Bukowski, ein junger Kollege von der Schutzpolizei. Natascha wunderte sich, dass er dabei war. Simon hatte ihr erzählt, dass Bukowski in letzter Zeit so oft wegen diverser Zipperlein krankgeschrieben war, dass die Kollegen schon von einer Alkoholabhängigkeit oder einer psychischen Erkrankung munkelten. Ob daran etwas Wahres war, wusste Natascha nicht. Doch Bukowski hatte sich unübersehbar verändert. Er hatte abgenommen, seine Uniform schlackerte an den Schultern, und die Hose musste er immer wieder hochziehen. Auch seine Haut sah ungesund aus; sie war gerötet und trocken, fast schorfig. Und er wirkte matt, wie erschlagen; sein Gesicht sah müde und verbraucht aus. Hatte er vielleicht Stress mit seiner Frau? Soweit Natascha sich erinnern konnte, war Bukowski vor wenigen Monaten Vater geworden.

Der Kollege war zusammen mit Kim und einer weiteren Kollegin in Wilnsdorf gewesen, um durch viele einzelne Befragungen den Weg nachzuzeichnen, den Anke Feldmann am Freitagnachmittag genommen hatte. Eine mühselige Arbeit, die jedoch häufig wichtige Impulse einbrachte.

»Wir hatten Glück, dass in Anke Feldmanns Stamm-Supermarkt heute dieselben Mitarbeiter Dienst hatten wie am Freitag. Zwei der Kassiererinnen kannten das Opfer persönlich, und beide sind sich ganz sicher, dass sie am Freitagnachmittag nicht dort eingekauft hat. Die dritte hätte es nicht genau sagen können.« Bukowski nahm einen Schluck Wasser aus der Flasche, die neben ihm stand. Seine Uniform saß schief, und Natascha beneidete ihn nicht um die formelle Dienstkleidung, die er trug. Draußen waren es immer noch fast dreißig Grad. Das kurze Sommergewitter, das niedergegangen war, hatte leider keinerlei Abkühlung gebracht.

»Und in den anderen Geschäften?« Natascha wünschte sich, sie könnte statt mit dem rotgesichtigen Bukowski wieder mit Simon zusammenarbeiten.

Sie hatte Simon auf der letzten Weihnachtsfeier der Polizei kennengelernt, und vor wenigen Wochen hatten sie gemeinsam an einem Fall gearbeitet. Ein volljähriger Schüler war verschwunden, und ungefähr zur gleichen Zeit fanden Geocacher bei ihrer satellitengesteuerten Schatzsuche abgeschnittene Finger in den Verstecken. Der Fall hatte großes Aufsehen in der Presse erregt und schließlich auch Winterbergs Familienprobleme offenbart, die er lange verdrängt hatte.

Im Verlauf der Ermittlungen wurden Simon und Natascha ein Paar, was sich blitzschnell im Kollegium herumgesprochen hatte. Das hatte für allerlei Gerede gesorgt, aber inzwischen köchelte die Gerüchteküche nur noch auf Sparflamme.

»Ebenfalls Fehlanzeige. Egal, in welchem Laden wir waren – niemand hat das Opfer am Freitag gesehen.« Bukowski hob entschuldigend die Schultern.

Natascha stand auf und zog die Schreibtischschublade auf, um einen Notizblock hervorzuholen. Beim Stichwort »Supermarkt« war ihr siedend heiß eingefallen, dass sie Frau Hornbach, ihrer alten Nachbarin, versprochen hatte, ihr ein paar Kleinigkeiten aus der Stadt mitzubringen.

Martin Bukowski sah sie fragend an, aber sie ging nicht

darauf ein, sondern trat zum Fenster und blickte nachdenklich auf den Wellersberg in der Ferne, sah die unterschiedlichen Grüntöne der Bäume, ein Gemisch aus Laub- und Nadelbäumen. Hell und dunkel. Zwei Extreme auf einer Farbskala; dazwichen unzählige Nuancen, gewachsen nach einem Schema, das sich dem flüchtigen Betrachter nicht erschloss.

Wenn Anke Feldmann nicht in ihren Stammgeschäften gewesen war, konnte dies zweierlei bedeuten: Entweder war sie woanders hingefahren und hatte ihren Mann bezüglich ihrer Pläne für den Nachmittag belogen, oder sie war tatsächlich zum Einkaufen aufgebrochen, aber nie in den Geschäften angekommen.

Sie mussten sich Anke Feldmanns Verschwinden anders nähern.

»Wie sieht es mit den Reaktionen auf den Aufruf im Radio aus? Habt ihr da schon etwas Brauchbares herausgefunden?« Natascha trat zu Bukowski und sah ihn gespannt an. Doch er schüttelte unbehaglich den Kopf und nestelte am Ärmel seiner Uniformjacke. »Bisher wenig. Rote Polos gibt es viele in der Gegend, deshalb achtet niemand darauf, und beim Nummernschild vertun sich die Leute schnell mal.«

»Ach, Mensch!« Natascha warf frustriert den Kugelschreiber auf den Schreibtisch. Er kullerte bis zur Tischkante und blieb dann am Rand liegen. »Bei ihrer Familie sind wir auch nicht weitergekommen.«

Nach der Dienstbesprechung am frühen Nachmittag war sie gemeinsam mit Lorenz ins nahe gelegene Wetzlar gefahren, um die Eltern und die Schwester der Toten zu befragen. Sie hätten die Hilfe der hessischen Kollegen in Anspruch nehmen können, doch Natascha wollte sich gern selbst ein Bild von der Familie machen. Nicht selten barg gerade das Unterschwellige, das nicht Fassbare neue Hinweise.

Doch auch diese Befragungen hatten sie nicht weitergebracht. Die Eltern hatten schon seit Jahren so gut wie keinen Kontakt mehr zu ihrer jüngeren Tochter, die gleich nach dem Abitur ausgezogen war und sich dann vollständig von ihrem Elternhaus abgenabelt hatte. Dennoch war Ankes Mutter beim Besuch der Beamten in Tränen aufgelöst gewesen. Anders die ältere Schwester des Mordopfers. Anke und ihre Schwester Doris waren offenbar so grundverschiedene Typen, dass sie sich zuletzt kaum noch etwas zu sagen gehabt hatten. Kontakt fand nur zu Weihnachten oder an runden Geburtstagen statt, ansonsten beschränkte man sich auf knappe E-Mails zum Geburtstag. Doris Höpfner, eine hagere, freudlos wirkende Frau um die vierzig, hatte nach eigenen Aussagen »dem Lebenswandel ihrer jüngeren Schwester nichts abgewinnen können«. Es wundere sie nicht, dass Anke so geendet sei, hatte sie gesagt. Doch was sie genau damit meinte, war ihr trotz mehrmaligen Nachhakens seitens Nataschas nicht zu entlocken gewesen.

Auf der Rückfahrt hatte Natascha an ihre eigene Familie denken müssen, an ihren Bruder Basti und ihre Mutter in Köln. Und daran, dass sie zwar räumlich entfernt voneinander wohnten, sich einander aber dennoch nah fühlten. Auch wenn Bastis Lebenswandel Birgit nicht gefiel, liebte sie ihren Sohn und war immer für ihn da, wenn er sie brauchte. Und das Gleiche galt für Natascha.

»Ich gehe davon aus, dass sich noch einige Leute wegen des roten Polos melden werden«, unterbrach Bukowski ihre Gedanken und stand auf. »Viele bekommen schließlich erst am Abend mit, was tagsüber so passiert ist.«

»Ja, du hast recht.« Natascha blickte auf die Uhr, die an der Wand neben den beiden Schreibtischen hing. Es war wenige Minuten nach neunzehn Uhr. »Der Leichenfund liegt jetzt gut elf Stunden zurück. Und immer noch wissen wir kaum etwas über das Opfer!« Natascha merkte, wie verzweifelt ihre Stimme klang. Sie nahm eine unruhige Wanderung durch das Büro auf, musste sich dringend bewegen. So kamen sie nicht weiter.

Winterberg war vor einer Weile zum rechtsmedizinischen Institut aufgebrochen, um der Obduktion beizuwohnen. Er war ganz optimistisch gewesen, dadurch mehr darüber zu erfahren, warum die junge Mutter hatte sterben müssen.

»Wenn ich noch was für euch tun kann, meldet euch!« Bukowski ging zur Tür, drehte sich aber noch einmal zu Natascha um. »Lass es nicht so nah an dich heran! Ich weiß, das ist immer schwierig, wenn Kinder mit im Spiel sind.« Er lächelte ihr aufmunternd zu, hob die Hand zum Gruß und schlurfte nach draußen.

Kim Schröder war nicht sofort am Telefon, und Natascha hörte, wie der Kollege quer durch die Räume ihren Namen rief. Es knisterte und knackte im Hörer, und kurz darauf meldete Kim sich atemlos.

»Natascha, was gibt's?«

»Ach, leider weniger als erhofft. Wurde der Polo inzwischen schon genauer untersucht?«

»Ja, warte mal kurz!« Natascha hörte es am anderen Ende rascheln. »Du hast Glück, die Kriminaltechniker sind gerade fertig geworden. Im und am Auto gibt es natürlich eine Menge Spuren. Von Anke Feldmann und von mehreren anderen Personen. Im Kindersitz wurde wohl nur ihr Sohn gefahren, aber auf dem Beifahrersitz und auf der Rückbank finden sich allerlei Faserspuren, Abdrücke und Haare. Da haben die Jungs von der Kriminaltechnik noch einiges auszuwerten. Auf dem Fahrersitz selbst gibt es Spuren von mindestens drei verschiedenen Personen.«

»Und was habt ihr sonst im Auto gefunden? Einkäufe?«, fragte Natascha, obwohl sie die Antwort ahnte.

»Keine Einkäufe, doch ein Haufen anderes Zeug. Besonders ordentlich war es in diesem Fahrzeug nicht. Altpapier, eine Kiste mit Pfandflaschen auf dem Rücksitz, ein Paar bunte Kindergummistiefel.« Kim seufzte am anderen Ende der Leitung. »Ist noch viel Arbeit, aber so haben wir wenigstens auch ausreichend Spuren zum Auswerten. Ist besser als so ein steriles Auto frisch aus der Waschanlage, gesaugt und geföhnt.« Ein kleiner Versuch, die Situation durch Sarkasmus aufzulockern. Er schlug fehl. Natascha war an diesem Tag irgendwie der Humor abhandengekommen.

»Ja, du hast recht«, antwortete sie. »Morgen haben wir dann zumindest schon einen ersten Überblick, immerhin etwas.« Natascha seufzte. »Leider wissen wir immer noch nicht, ob Anke Feldmann überhaupt in Richtung Wilnsdorf gefahren ist, denn bisher hat sie dort noch niemand gesehen. Sie könnte ein ganz anderes Ziel gehabt haben. Vielleicht hatte sie ja gar nicht vor, einkaufen zu fahren.«

»Das ist blöd.«

Natascha sah Kim förmlich vor sich, wie sie beim Telefonieren eine blonde Locke zwirbelte.

»Hast du was von Winterberg gehört? Ist die Obduktion schon abgeschlossen?«, wollte Kim wissen, aber Winterberg hatte sich immer noch nicht gemeldet.

»Ich denke, dass wir morgen bei der Frühbesprechung einiges erfahren werden«, vertröstete Natascha die Kollegin und hoffte gleichzeitig, dass Winterberg mit seiner Vermutung recht behalten würde: dass sie bald erfahren würden, warum Anke Feldmann hatte sterben müssen.

Sie legte auf und nahm sich noch einmal die Karte der Gemeinde Wilnsdorf vor, betrachtete Weissbach, die winzige Ansammlung von Häusern inmitten der Berge, und dachte an die engen Gassen rund um die leicht erhöht stehende weiße Kirche. Das liebevoll gestaltete Heim der Feldmanns kam ihr in den Sinn, der kleine Felix mit seinen Tannenbäumen. Und die unsägliche Stille, die sie in diesem Dorf empfangen hatte.

Auf dem Nachhauseweg fuhr Natascha einen Umweg zu dem einzigen Supermarkt in der Innenstadt, der so spät noch geöffnet hatte. Neben den Lebensmitteln für Frau Hornbach kaufte sie noch ein paar Dosen Nassfutter für ihren dreibeinigen Kater Fritz und eine Schale Pflaumen für sich selbst. Sie sahen so lecker aus, dass sie die erste violette Frucht direkt an der Kasse naschte; den Rest packte sie mit den anderen Einkäufen in ihren Rucksack.

»Guten Appetit!« Die Kassiererin lachte, wahrscheinlich schon in Vorfreude auf den baldigen Feierabend.

»Danke«, antwortete Natascha mit vollem Mund und blickte kauend auf die große Wanduhr im Kassenbereich. Verdammt! Es war bereits nach halb acht. Wenn sie um halb neun bei Tine sein wollte, musste sie sich beeilen. Außerdem wartete Frau Hornbach wahrscheinlich schon längst auf ihre Lebensmittel.

Kurz nach Nataschas Einzug in die Zwei-Zimmer-Wohnung in dem restaurierten Eckhaus aus der Gründerzeit hatte sie mit der alten Dame von nebenan eine für beide praktische Vereinbarung getroffen: Frau Hornbach schaute ab und zu nach Fritz und fütterte ihn, wenn es bei Natascha einmal später wurde. Dafür brachte sie der alten Dame immer mal wieder frische Lebensmittel mit. Den großen Wocheneinkauf erledigte Frau Hornbach mit ihrem Neffen. Jeden Montag stieg sie so stolz aus dem großen Minivan, als gehörte er ihr, als wäre der Neffe nur ihr Chauffeur.

Frau Hornbach erwartete Natascha bereits in Nachthemd und altrosafarbenem Morgenmantel an ihrer Wohnungstür. »Ach, Frau Krüger, was für ein Glück! Gleich fängt der Abendkrimi an, und ich dachte schon, ich müsste heute auf mein Krimi-Bier verzichten!« Sie lachte sie zahnlos an. Für ihr Bier brauchte sie offensichtlich kein Gebiss.

»Tut mir leid, Frau Hornbach, es ist mal wieder spät geworden. Ist mit Fritz alles in Ordnung?« Natascha wollte trotz ihrer Eile nicht unhöflich sein, denn die Nachbarin hielt gern ein Schwätzchen. Doch bevor Frau Hornbach antworten konnte, ertönte aus dem Inneren der Wohnung die Melodie der Tagesschau.

»Oh, ich muss reingehen! Danke noch mal. Einen wunderschönen Abend wünsche ich Ihnen!« Die alte Dame hängte die Einkaufstasche über den Griff ihres Gehstocks, humpelte in die Wohnung und schloss die Tür hinter sich. Natascha hörte, wie sich der Schlüssel im Schloss drehte, und ging zu ihrer eigenen Wohnung hinüber, um Fritz zu begrüßen und schnell unter die Dusche zu springen.

Zum Glück nahm Tine es selbst mit der Pünktlichkeit nicht allzu genau.

»Hast du eigentlich was mit der ermordeten Frau in diesem Kaff zu tun?«

Natascha und Tine saßen auf der großen Treppe vor der Nikolaikirche mit dem weithin sichtbaren rot-weißen Turm, auf dem Siegens vergoldetes Wahrzeichen, das »Krönchen«, prangte. Fürst Johann Moritz zu Nassau-Siegen, eine Art Nationalheld für die Siegener, hatte der Bevölkerung im siebzehnten Jahrhundert die Krone geschenkt und sich damit für immer unsterblich gemacht. Auch heute noch waren ein Gymnasium und eine Straße nach ihm benannt.

Die Kirche bildete mit dem Rathaus und dem Marktplatz ein Zentrum mitten auf dem Siegberg, überragte die Altstadt und ließ das Obere Schloss auf der Spitze des Berges klein und unscheinbar wirken.

Natascha schenkte sich noch ein wenig Rotwein ins Glas, dann reichte sie die Flasche an ihre Freundin weiter. »Lass uns besser nicht darüber reden!«

Tine nippte an ihrem Glas und ließ den Blick über den Marktplatz zu ihren Füßen schweifen. Der aus mehreren farbigen Säulen bestehende Brunnen am Rand des großen Platzes war ausgeschaltet, und ein paar Jugendliche in Jogginghosen übten sich in Salti, sprangen über den Brunnenrand und erklommen die nahe gelegene Mauer, als hätten sie wie Spiderman Saugnäpfe an den Füßen.

»Das ist Parkour«, sinnierte Tine und drehte eine Strähne ihres violett gefärbten Ponys zwischen den Fingern. Vorletztes Wochenende war sie noch blond gewesen, doch Natascha hatte längst aufgehört, sich über Tines Frisuren- und Haarfarbenwechsel zu wundern. Manchmal neckte sie die Freundin damit, dass die Friseurinnen wohl selbst ihre besten Kundinnen seien. Tine hatte dafür nur ein spöttisches Grinsen übrig.

»Wie läuft's mit Simon?«, fragte sie nun und beobachtete einen jungen Mann beim Saltoschlagen. Die Muskeln an Oberkörper und Armen zeichneten sich deutlich ab und waren sogar von hier aus zu sehen.

Beeindruckend, fand Natascha. »Simon ist seit gestern zu einer Fortbildung in Berlin. Am Freitagabend kommt er wieder.« Sie nahm noch einen Schluck Rotwein und lehnte sich gegen das Kirchenportal. Das Holz in ihrem Rücken war sonnengetränkt und fühlte sich noch immer angenehm warm an. »Ich hab ihn gestern Mittag zum Bahnhof gebracht.« Natascha dachte an dieses unangenehme Gefühl der Leere, das sie beim Abfahren des Zuges überkommen hatte. Je weiter sich die roten Rücklichter von ihr entfernt hatten, je kleiner sie wurden und je mehr sie an Strahlkraft verloren, desto größer war diese Leere in ihr geworden. Bis sie fast wehgetan hatte. Natascha hatte sich im Strom der anderen Zurückgebliebenen die Treppenstufen vom Bahnsteig hinunter- und auf den Bahnhofsvorplatz treiben lassen. Im Strom all jener, die Sonntag für Sonntag ihre Kinder, Partnerinnen oder Freunde zum Bahnhof brachten, um sie wieder in diese andere Welt zu entlassen, in der sie Arbeit hatten, studierten oder vielleicht sogar ein zweites Leben führten. Wochenendbeziehungspartner.

»Sechs Stunden Zugfahrt«, murmelte sie und fragte sich, ob Simon wohl all die E-Books lesen würde, die er sich extra für die Woche in Berlin gekauft hatte.

Tine schnalzte mit der Zunge und beobachtete die jungen Männer beim Parkour. Natascha wusste nicht, wem das Schnalzen galt: den muskulösen Sportlern oder Simons langer Zugfahrt. Doch sie kannte ihre Freundin gut genug, um zu wissen, dass sie nicht aus purem Interesse nach Simon fragte. Tine wollte selbst etwas erzählen.

»Was macht denn Viktor?«, fragte Natascha deshalb. Hoffentlich hatten die beiden nicht schon wieder Stress! Ihre Freundin hatte ein Händchen für Männer, die ihr das Leben schwer machten. Tines neue Liebe tummelte sich am Wochenende entweder im Stadion oder in seiner Stammkneipe zum Fußballgucken. Meist floss dabei das Bier in Strömen, sodass er auch sonntags selten zu etwas zu gebrauchen war.

»Ach, hör mir auf!«, winkte Tine ab und schenkte sich Wein nach. »Am Samstag war Heimspiel der Sportfreunde Siegen. Sie haben gewonnen. Weißt du, was das heißt?« Sie kippte den Roten in einem Zug hinunter, schluckte schnell und unterdrückte einen Rülpser. »Genau. Gib ihm!« Mit ausgestrecktem Daumen und kleinem Finger machte sie eine entsprechende Geste. »Dann hat er mich abends von seinem Kumpel aus angerufen, mich vollgelallt und dann auch noch die Verabredung zum Frühstück am Sonntag vergessen.«

Natascha seufzte und legte ihrer Freundin den Arm um die Schulter. »Du hättest anrufen können!«

Tine schnaubte. »Ich wusste doch, dass Simon bei dir ist und dass er für ein paar Tage wegfährt. Da wollte ich euch nicht stören.« Sie klang traurig.

»Du weißt doch, dass du jederzeit willkommen bist.«

Tine schniefte und zog einen Schmollmund. »Ja. Aber ich bin dann halt mit meiner Schwester ins Freibad gefahren, war auch ganz nett.«

»Na also.« Natascha hoffte, dass Viktor ihre Freundin nicht noch öfter enttäuschen würde. Denn so, wie die Dinge zurzeit lagen, würde sie nicht auf die Zukunft der beiden wetten.

So saßen die beiden Freundinnen noch bis nach Einbruch der Dunkelheit auf der breiten Kirchentreppe, beobachteten die Jugendlichen bei ihren akrobatischen Darbietungen und sinnierten über die Liebe im Allgemeinen und über ihre eigenen Beziehungen im Besonderen.

Kapitel 15

Er ließ Wasser in die Badewanne laufen und goss etwas von dem duftenden, schaumigen Badezusatz hinein. Intensiver Duft nach Kiefernnadeln breitete sich im Badezimmer aus, fast schon zu stark. Eine schmerzhafte Hustenattacke war die Folge, brannte tief in seinem Brustkorb. Verdammter Reizhusten!

Als das Wasser etwa knöcheltief war, drehte er den Kaltwasserhahn ab und ließ nur noch heißes Wasser in die Wanne. Die Temperatur überprüfte er mit dem großen Zeh, und als das Wasser beinahe schon zu heiß war, setzte er sich auf den Wannenrand und tauchte die Füße hinein.

Eine wahre Wohltat, nach dem vielen Stehen und Umherlaufen, das er heute auf sich hatte nehmen müssen! Und alles wegen der Polizisten!

Ihre lange Anwesenheit im Ort hatte ihn beunruhigt. Fast hatte er schon befürchtet, einen Fehler gemacht zu haben, eine Unbedachtheit, die sie direkt zu ihm führen würde. Also war er jeden einzelnen seiner Schritte noch einmal im Kopf durchgegangen, hatte nach möglichen Lücken oder Schwächen Ausschau gehalten. Aber es war alles in Ordnung; niemand würde auf die Idee kommen, dass er etwas mit dem Mordfall zu tun haben könnte. Anke war tot und würde ihn nicht verraten können.

Auch mit der Neuen lief alles bestens.

Diesmal würde er einiges anders machen. Sich mehr Zeit lassen, nichts überstürzen. Dann neigte er zu Fehlern. Und Fehler könnten seine gesamte Mission gefährden.

Ganz langsam ging er diesmal vor, säte hier ein bisschen Misstrauen, da ein paar Zweifel und ließ alles keimen, bis es langsam anfing zu wachsen. Zur Not würde er ein wenig nachhelfen. Aber nur, wenn es wirklich nicht so lief, wie er es sich ausgemalt hatte.

Alles würde so dezent passieren, dass sie sich nicht einmal sicher sein konnte, ob da wirklich etwas war oder ob sie sich das alles nur einbildete. Sie war isoliert, nicht eingebunden in die Gemeinschaft. Neu im Ort und eine Einzelgängerin, die sich kaum jemandem anvertraute. Das war gut, das kam ihm entgegen. Mit ihr würde es einfacher werden.

Er nahm die Füße aus dem mittlerweile nur noch lauwarmen Wasser und trocknete sie mit einem weichen Frotteetuch ab. Sie fühlten sich nun wunderbar weich an, und er zog sich schnell ein Paar handgestrickte Socken über, um dieses angenehme Gefühl möglichst lange auskosten zu können.

Mit weichem Wiegeschritt ging er zum Sofa und legte die Beine hoch, schloss genießerisch die Augen.

In gewisser Weise war er stolz auf sich, dass er sie überhaupt entdeckt hatte. Anke war ihm quasi auf dem Silbertablett serviert worden; bei dem Gerede hatte er nur seine eigenen Schlüsse ziehen müssen. Und sie hatte ihm vertraut; sie war dann sogar bereitwillig zu dem Treffpunkt gekommen.

Bei der Neuen war es schwieriger gewesen, es überhaupt zu bemerken. Da gab es kein Gerede, nur Misstrauen. Er hatte erst genau hinschauen müssen, doch dann war es gleich offensichtlich geworden. Wie ein abstraktes Bild, das man zuerst eine Weile betrachten musste, ehe man es richtig verstehen konnte. Aber hatte man die Aussage erst einmal verinnerlicht, kam der Rest von selbst. Dann fand man unzählige Hinweise, die nur einen einzigen Schluss zuließen ...

Und es lief bisher wirklich gut mit ihr. Sie brauchte nur noch ein paar kleine Schubser in die richtige Richtung, und sie würde beginnen, an sich selbst zu zweifeln. Würde ihre sicher geglaubten Wahrheiten überprüfen und feststellen, dass keine einzige mehr existierte. Und dann würde sie sich fragen, ob sie überhaupt jemals existiert hatten oder von Anfang an nichts als Illusion gewesen waren.

So würde es kommen, das kannte er von sich selbst.

Doch sie war so viel schwächer als er; sie würde an der Erkenntnis nicht wachsen, sondern zerbrechen. Sich selbst zerstören. Erst sich und dann alles andere, das ihr etwas bedeutete.

Zum Beispiel ihren kleinen Sohn.

Kapitel 16

Es dauerte lange, bis Ella Schlaf fand. Rolf hatte den Abend am Computer verbracht, sich dann ins Bett gelegt, ihr einen Gutenachtkuss auf die Stirn gedrückt und sich umgedreht. Binnen weniger Minuten war er eingeschlafen. Ella lauschte seinem gleichmäßigen Atem, der ab und zu von einem leisen Schnarchen unterbrochen wurde.

Sie dachte an die Atemübungen, die sie in einem Entspannungskurs gelernt hatte. Tief einatmen, locker wieder ausatmen. Den Atem fließen lassen. Doch je mehr sie sich auf ihren Atem konzentrierte, desto wacher wurde sie. Die Gedanken bündelten sich zu einer einzigen Spirale: Ihre Ehe war in Gefahr. Immer wieder drängte sich das Bild der Tarotkarte aus dem Briefkasten in ihr Bewusstsein. *Die Liebenden.* Ein nackter Mann rechts, eine nackte Frau links, oben am Himmel, im Zentrum der Karte und von einer goldenen Sonne beschienen: ein Engel.

Sie hatte Rolf die Karte nicht gezeigt, sondern direkt in dem Roman versteckt, der auf ihrem Nachttisch lag. Eine Liebesgeschichte, zum Dahinschmelzen zu kitschig, aber zu schön, um sie ungelesen ins Regal zu stellen.

Wer mochte die Karte nur in den Postkasten geklebt haben?

Was sie aussagen sollte, war ihr längst klar. Rolf verhielt sich bereits seit Wochen abweisend, mehr als ein Begrüßungsküsschen gab es schon lange nicht mehr. Und diese angeblichen Überstunden, die er immer wieder machen musste ... Für wie blöd hielt er sie eigentlich?

Wut kroch in ihr hoch, steigerte sich mit jedem Seufzer und jedem tiefen Atemzug, den Rolf neben ihr von sich gab. Einatmen, ausatmen, einatmen ...

Ungefähr seitdem Rolf abends so lange im Büro blieb, gingen hier zu Hause diese ominösen Anrufe ein. Es war immer das Gleiche: Es klingelte, und kaum hob Ella den Hörer ab, vernahm sie ein rauschendes Nichts, manchmal ein leises Seufzen oder Stöhnen. Anfangs hatten diese Anrufe ihr Angst eingejagt, mittlerweile machten sie sie nur noch traurig. Rief Rolf selbst an, oder war es seine Geliebte? Und dann auch noch der Song im Radio! Als wollte man sie Stück für Stück mürbe machen. Vielleicht, damit sie durchdrehte und Rolf einen plausiblen Grund lieferte, sie endlich verlassen zu können. Denn dass die Karte *Die Liebenden* nicht Rolf und sie symbolisierte, war klar.

Im Bett lief schon seit Monaten kaum noch was zwischen ihnen; die gelegentlich ausgeführten ehelichen Pflichten hatten nichts mehr mit dem aufregenden Sex zu tun, den sie vor Benny gehabt hatten. Es hatte Phasen gegeben, da waren sie am Wochenende nur aufgestanden, um sich rasch eine Tiefkühlpizza aufzubacken und dann gleich wieder in ihrer ekstatischen Halbwelt zu versinken.

Ella schluckte, doch das unangenehme Gefühl ließ sich nicht verdrängen. Genauso wenig wie die Erkenntnis, dass irgendetwas in ihrem Leben ganz und gar schieflief.

Aber war es wirklich möglich, dass Rolf fremdging? Ein lautes Schluchzen kroch tief aus ihrem Inneren empor, ließ sich nicht unterdrücken. Mit zusammengekniffenen Lippen schlug sie die Decke zurück und stand auf, schlich barfuß in die Küche. Das Licht der Straßenlaterne vor dem Haus fiel durch das Fenster herein und beleuchtete die Arbeitsplatte, auf der noch immer die benutzte Parmesanreibe lag. Einzelne trockene Käsestreifen hingen in den Öffnungen der Reibe und bogen sich wie kleine Würmer nach oben.

Wusste Rolf von dem, was hier vor sich ging? Ein hinterhältiges Katz-und-Maus-Spiel, bei dem Ella die Maus und diese fremde Geliebte die Katze war. Wie sie wohl aussah? Wahrscheinlich so ein junges, naives Ding, das den tollen Betriebswirt Rolf Steinseifer anhimmelte. Ja, das gefiel ihm sicher! Da konnte er sich noch einmal richtig potent und galant geben und musste sich nicht mit solch banalen Alltäglichkeiten abgeben wie hier zu Hause mit ihr.

Wenn sie doch nur mutig genug wäre, ihn darauf anzusprechen! Aber ihre Angst, dass er dann einfach seine Sachen packen und direkt zu der anderen ziehen würde, war einfach zu groß. Dass er sie und Benny hier allein ließ, allein in einem Umfeld, in dem sie sich so unwohl fühlte, so einsam und vergessen.

Ein saures Gefühl breitete sich in ihrem Mund aus, und sie versuchte, es mit ein paar Schlucken Wasser hinunterzuspülen.

Vielleicht hatte Rolf den ganzen Abend vor dem Rechner gesessen, um heiße Liebesschwüre durchs Netz zu schicken, gespickt mit pikanten Andeutungen, während sie selbst im Wohnzimmer gehockt und sich eine dieser blöden Talkrunden im Fernsehen angeschaut hatte. Um wenigstens die Illusion zu haben, nicht allein zu sein.

Ein schon lange beiseitegeschobener Gedanke drängte sich nun mit Macht nach vorn, wühlte sich an die Oberfläche und stach ihr mitten in die Eingeweide: Was, wenn sie Rolfs Geliebte kannte? Wenn es eine Frau war, der sie regelmäßig begegnete, mit der sie über Belanglosigkeiten plauderte oder der sie sich gar anvertraute?

Mit einem Mal zerbrach Ellas Schutzwall; die Ungewissheit und die Scham brachen sich Bahn, und sie weinte hemmungslos in ihre geöffneten Hände.

Kapitel 17

»Wo bleibt Kriminalhauptkommissar Winterberg?« Die Staatsanwältin, heute ganz in Rosé gekleidet, sah vorwurfsvoll zu Natascha und Lorenz. »Wir wollten doch um sieben Uhr anfangen!«

Lorenz blickte vom Laptop auf und schaute ebenfalls Natascha an. Kim Schröder zwirbelte eine hellblonde Strähne zwischen den Fingern und zuckte mit den Schultern, Bukowski neben ihr schüttelte den Kopf und zupfte an der Knopfleiste seines hellblauen Uniformhemdes.

»Keine Ahnung«, antwortete Natascha und schickte ein »Frau Staatsanwältin« hinterher. Das Ticken der Wanduhr über der Tür erschien überlaut, die Zeiger krochen langsam auf zwölf nach sieben zu. Es war ungewöhnlich, dass Winterberg zu so einer so wichtigen Besprechung zu spät kam.

»Wir können jedenfalls nicht länger auf den Kollegen Hauptkommissar Winterberg warten, so leid es mir tut«, erklärte Eleonore Kraft und betastete ihre blonde Betonfrisur, bei der auch an diesem Morgen kein Härchen falsch lag.

Natascha wünschte sich augenblicklich den alten Staatsanwalt zurück. Hajo Schneider war zwar ein harter Knochen gewesen, dafür hatte er den Ermittlern aber stets das Gefühl gegeben, ihre Arbeit zu achten; er war sogar häufig mit nach draußen gefahren, um die Kripobeamten bei ihren Ermittlungen zu unterstützen. Ganz anders seine dünkelhafte Nachfolgerin.

Die Staatsanwältin stand auf, strich den roséfarbenen Rock

glatt und zeigte mit spitzem Zeigefinger auf das Foto Anke Feldmanns, das am Whiteboard klebte. »Eigentlich wollte uns Kriminalhauptkommissar Winterberg über die Ergebnisse der Obduktion von gestern Abend in Kenntnis setzen«, begann sie, als die Tür des Besprechungsraumes unsanft aufgerissen wurde.

»Entschuldigung!«, rief Hannes Winterberg in den Raum hinein und stürmte nach vorne, unter dem Arm seine Umhängetasche, in der rechten Hand die Batman-Tasse. »Ich wurde aufgehalten«, erklärte er und lächelte die Staatsanwältin an, die sich wieder zurück an ihren Platz setzte. Winterberg warf seine Tasche schwungvoll auf den Tisch, grinste in die Runde und nahm einen Schluck aus seiner Kaffeetasse.

Irgendetwas stimmt nicht an dieser Inszenierung, dachte Natascha. Winterbergs Lächeln wirkte gequält, sein Blick war gehetzt, seine Körperhaltung angespannt. Was auch immer ihn aufgehalten hatte, war sicher nichts Gutes gewesen. Sie würde ihn nach der Besprechung darauf ansprechen.

»Ich war gestern im rechtsmedizinischen Institut bei der Obduktion von Anke Feldmann«, begann Winterberg und nahm einige Unterlagen aus der Tasche. Keine Begrüßung, keine Einleitung. Er kam direkt zur Sache und lief vor dem Flipchart auf und ab, die Arme hinter dem Rücken verschränkt. »Die Obduktion hat relativ lange gedauert, und es gibt ein ziemlich ausführliches Protokoll. Ich belasse es aber hier vorerst bei den für uns wichtigen Erkenntnissen, nämlich der Todesursache und dem Todeszeitpunkt.«

Winterberg blickte kurz auf das Foto der jungen Mutter. Sie lächelte in die Kamera, als hätte sie mit dem Fotografen geflirtet. Wahrscheinlich ein Foto aus dem Familienalbum, vermutete Natascha.

»Nach bisherigem Kenntnisstand ist Anke Feldmann am

vergangenen Freitag zwischen fünfzehn und zwanzig Uhr zu Tode gekommen; enger lässt sich der Zeitraum leider nicht eingrenzen. Die Todesursache ist, wie wir bereits vermutet hatten, stumpfe Gewalteinwirkung gegen den Hals, sprich: Das Opfer wurde erwürgt.«

Lorenz hatte sich wieder nach vorn gebeugt, seine Finger hackten geräuschvoll auf die Tastatur ein; er schrieb alles mit, was Winterberg sagte. Damit würde er die Untersuchungsergebnisse für immer festhalten, bis sie in vielen Jahren von der Festplatte gelöscht werden würden.

»Es liegen die typischen Merkmale vor: Zungenbein und Kehlkopf weisen Brüche auf, die Würgemale am Hals des Opfers sind deutlich sichtbar. Überall im Gesicht finden sich winzige Einblutungen, die sogenannten Petechien, hervorgerufen durch den starken Innendruck. Die Lungen sind gebläht, ein weiteres Anzeichen für einen Erstickungstod.« Hannes Winterberg wirkte müde, und Natascha konnte sich vorstellen, dass er nach der Obduktion eine schlechte Nacht gehabt hatte. »Ein Erdrosseln schließt die Pathologin aus, da es keine äußere Drosselmarke gibt, außerdem hätte eine Strangulation schneller Wirkung gezeigt, und das Opfer hätte viel eher das Bewusstsein verloren. Dann hätten wir auch weniger Abwehrspuren.«

»Also vielleicht doch eher Totschlag im Affekt und kein Mord?«, fragte die Staatsanwältin und legte den Kopf leicht schräg. Ihre Haare blieben trotzdem starr in der festgesprayten Position.

»Über die Tötungsabsicht des Täters oder der Täterin wissen wir noch nichts«, antwortete Winterberg, blieb kurz stehen und nahm dann wieder seine Wanderung vor dem Flipchart auf. »Aber einiges spricht dafür, dass die Tat nicht von langer Hand geplant war, denn es gibt einfachere und sicherere Methoden, jemanden umzubringen, als Erwürgen.«

»Hat Anke Feldmann sich stark gewehrt?«, wollte die Staatsanwältin wissen, und Winterberg nickte langsam.

»Es gibt viele Hämatome an den Oberarmen, am rechten Schienbein und vereinzelt am Rücken. Das sind entweder Abwehrspuren, oder sie wurden durch die typischen Krämpfe hervorgerufen, die bei einem Erstickungstod auftreten.«

Natascha schauderte, als sie sich vorstellte, welch grausamen Tod die junge Frau erlitten haben mochte. Ersticken war qualvoll, ein langsames Sterben, das Bewusstsein blieb bis zum Eintritt des Todes erhalten. Sie dachte an den kleinen Felix und seine Zeichnungen von den Tannenbäumen. Hoffentlich würde er die Details über den Tod seiner Mutter erst erfahren, wenn er in der Lage war, sie auch zu verarbeiten! Wann immer das sein mochte.

»Ungewöhnlich ist die starke Schädelverletzung, hervorgerufen durch einen harten, etwa faustgroßen Gegenstand, wahrscheinlich einen Stein«, fuhr Winterberg fort. »Diese Verletzung wurde dem Opfer tatsächlich erst zugefügt, als es schon tot war.«

»Warum das denn noch?«, fragte die Staatsanwältin und legte den Kopf wieder schief. Es sollte wohl kokett aussehen.

»Das konnte die Ärztin mir leider nicht verraten.« Er klang gereizt. Eine unangenehme Stille folgte Winterbergs Worten.

Natascha unterbrach das angespannte Schweigen. »Liegt ein Sexualdelikt vor?« Sie fürchtete sich beinahe vor der Antwort, doch Winterberg schüttelte den Kopf. »Es wurden keine Anzeichen dafür gefunden. Nach Spurenlage können wir eine Vergewaltigung oder einvernehmlichen Geschlechtsverkehr ausschließen. Ein vorrangig sexuelles Motiv kann ich zumindest momentan nicht erkennen.«

Natascha spürte eine gewisse Erleichterung. Die Tat an sich

war schon heftig genug; eine Vergewaltigung hätte das Ganze noch schlimmer gemacht.

Die Staatsanwältin tippte gedankenverloren mit den rosa lackierten Fingernägeln auf die Tischplatte. Das Klacken mischte sich mit Lorenz' rhythmischem Tippen zu einem monotonen Geräusch, das an ihren Nerven zerrte. »Was sagt uns das über den Täter, und was wissen wir bereits?«, wollte Eleonore Kraft wissen, sah jedoch bei ihrer Frage nur Winterberg an.

Der schnaubte und strich sich über sein ausgewaschenes schwarzes T-Shirt mit dem farbigen Lynyrd-Skynyrd-Aufdruck. »Höchstwahrscheinlich handelt es sich um einen Mann, möglicherweise auch um eine starke Frau. Jemanden zu erwürgen erfordert viel Kraft, weil sich das Opfer heftig wehrt. Aber wir können leider noch nichts darüber sagen, ob Täter und Opfer sich kannten und ob sich Anke Feldmann freiwillig in die Hände des Täters oder der Täterin begeben hat.«

»Aber, die Tarotkarte passt eher zu einer Frau als Täterin«, wandte Natascha ein, und die Staatsanwältin nickte. Das Lächeln, das sie Natascha schenkte, erreichte die Augen nicht.

Lorenz hielt mit dem Tippen inne und warf Natascha über den Bildschirm hinweg einen vielsagenden Blick zu. Woran mochte er bei den Worten Winterbergs gedacht haben? An die fünf Freundinnen aus Weissbach, die sie gestern gemeinsam befragt hatten? Natascha sah die Frauen wieder vor sich in dem altmodischen Wohnzimmer sitzen, mit Schnapsgläsern und Taschentüchern ausgestattet. Und dann die verstohlenen Blicke, die sie einander zugeworfen hatten. Konnte es sein, dass eine von ihnen Anke Feldmann getötet hatte?

Oder dachte Lorenz womöglich an den Ehemann des Opfers, Frank Feldmann?

Lorenz räusperte sich, und Winterberg und die Staatsanwältin blickten zu ihm. »Ich fahre nachher mit Natascha nach Weissbach, weitere Zeugen befragen. Das wird uns hoffentlich in Bezug auf das Motiv weiterhelfen.«

»In Ordnung.« Winterberg blieb vor dem Tisch stehen, auf dem seine Dokumente lagen, und blätterte abwesend darin herum. »Im Laufe des Vormittags müssten wir die ersten umfassenden Ergebnisse der Kriminaltechniker bekommen.« Er blickte auf die Uhr. »Schmitz sollte spätestens bis zehn Uhr was in der Hand haben, das ist in zwei Stunden. Bis dahin müssen wir die restlichen Befragungen nach dem Radioaufruf auswerten. Martin Bukowski wird dabei helfen. Und du, Kim, kümmerst dich um den Computer des Opfers und guckst, ob du bei der Auswertung der Handydaten helfen kannst. Anke Feldmann hatte ihr Handy ja am Freitag nicht mitgenommen, als sie das Haus verließ. Ich habe heute Mittag um halb zwei einen Termin mit einem Historiker, Doktor Hünsborn. Er lehrt an der Uni Regionalgeschichte und führt sonntags zu Nassau-Oranien und Rubens durchs Museum im Oberen Schloss. Ich bin gespannt, was er uns über den Richtertisch erzählen kann.«

Mit einer schnellen Bewegung schob er seine Unterlagen zusammen und klemmte sie sich unter den Arm. »Wenn von eurer Seite keine Fragen mehr kommen, dann wären wir erst mal durch. Ihr kennt eure Aufgaben.« Er signalisierte der Staatsanwältin, dass er später mit ihr telefonieren wolle, und verließ den Raum. Lorenz klappte den Laptop zu und hielt ihn mit beiden Händen umklammert, Bukowski nahm seinen überzuckerten Kaffee und schlurfte zur Tür.

Natascha eilte hinter Winterberg her, erwischte ihn an seiner Bürotür am Ende des Ganges. »Hannes, warte mal!«

Er drehte sich zu ihr um, lächelte und hielt ihr die Tür auf.

Aber er wirkte längst nicht so entspannt, wie er sie glauben machen wollte. Seine graugrünen Augen hatten einen traurigen Ausdruck.

»Ich hab mir ein Deck Tarotkarten gekauft und mich mit den Bedeutungen der Symbole beschäftigt. Doch irgendwie komme ich da nicht weiter«, gestand sie und betrachtete ihn aus der Nähe. Er war unrasiert und wirkte irgendwie verknittert. »Hannes, ist irgendwas? In den zwei Jahren, die ich dich jetzt kenne, bist du noch nie grundlos zu spät gekommen. Willst du drüber reden?«

Winterberg ließ sich auf seinen Bürostuhl fallen und seufzte. »Niklas. Es gibt schon wieder Ärger.« Er wartete, bis sie die Tür geschlossen hatte, und bedeutete Natascha, sich auf den Besucherstuhl zu setzen. »Er ist zusammengeschlagen worden.«

»Was?«, fragte sie erschrocken. Niklas Winterberg hatte vor ein paar Wochen Kontakte zur Happy-Slapping-Szene gepflegt, jenen meist männlichen Jugendlichen, die sich gegenseitig mit möglichst blutig und brutal inszenierten Bildern und Videos zu beeindrucken versuchten. Er war nur ein Mitläufer gewesen, dennoch waren seine Eltern nachhaltig schockiert gewesen. Ausgerechnet der Sohn eines Hauptkommissars versuchte auf diese Art, seine Gewaltfantasien auszuleben!

»Hat es wieder mit diesen Gewaltvideos zu tun?«, wollte sie wissen, und Hannes Winterberg nickte langsam.

»Vermutlich. Gestern Nachmittag haben sie ihn erwischt, als er vom Training kam. Er nimmt immer eine Abkürzung durch den Wald, und da haben ihm vier Typen mit diesen Guy-Fawkes-Masken aufgelauert. Sie haben ihn bedroht; einer hat ihm die Faust mit einem Schlagring unter die Nase gehalten. Er solle an seinen Eid denken, haben sie verlangt, und als Niklas sagte, dass er gar keinen Eid geleistet habe, bekam er den Schlagring ins Gesicht.« Winterberg fuhr sich mit der rechten

Hand über die Augenbraue. »Platzwunde und ein fettes Veilchen«, murmelte er. »Und da war Niklas so schlau, den Beruf seines Vaters ins Spiel zu bringen. Das hat ihm noch ein paar Tritte in die Nieren und die Weichteile eingebracht, aber dann sind die Typen abgehauen.« Winterberg wirkte ausgelaugt. Erst beim Frühstück, als Niklas ihm mit einem blauen Auge und aufgeplatzter Schläfe gegenübersaß, hatte er von der Attacke erfahren. Kein Wunder, dass er vorhin zu spät gekommen war! Und verständlich, dass er die privaten Probleme nicht gerade vor der Staatsanwältin ausbreiten wollte.

»Was machst du jetzt?«, wollte Natascha wissen, konnte sich aber den weiteren Verlauf denken. »Großer Zirkus?«

Winterberg nickte müde und rieb sich über die Schläfen. »Ute kommt mit Niklas hierher, Strafantrag stellen. Und dann werden sich die Kollegen um die Sache kümmern. Ich werde in der Zwischenzeit Anke Feldmanns Mörder suchen.« Er schüttelte langsam den Kopf, als wäre ihm gerade der Irrsinn des Ganzen bewusst geworden. Während er am vergangenen Abend in der Rechtsmedizin die eingetrockneten Wunden einer weiblichen Leiche begutachtet hatte, war eine Gruppe gewaltbereiter Idioten auf seinen Sohn losgegangen und hatte ihm ernsthafte Verletzungen beigebracht. Und niemand wusste, wie weit die unbekannten Täter noch gehen würden.

Natascha stand auf und klopfte ihm tröstend auf die Schulter. »Das wird schon wieder, Hannes. Du kannst dich auf uns verlassen.«

Sie ließ offen, was genau sie damit meinte.

Kapitel 18

Er saß am Computer, rechts neben sich eine Flasche Cola und eine Schale mit Nüssen. Die waren gut für die Nerven und fürs Gehirn, hieß es.

Zuerst sortierte er die neuen Fotos, mehr als hundert Stück. Meist waren es nur Schnappschüsse, weil er selten genug Zeit hatte, seine Zielobjekte länger anzuvisieren. Sein Beobachtungsposten war zwar unauffällig, aber er hatte trotzdem immer Angst, erwischt zu werden. Und dann würde er womöglich mit Fragen konfrontiert werden, deren Beantwortung ziemlich kompliziert wäre.

Gestern Abend hatte er sie wieder beobachtet. Zuerst waren alle drei aus dem Haus gekommen. Der Junge war in der Einfahrt herumgerannt, die Erwachsenen hatten den Briefkasten untersucht. Dann ging ihr Mann hinein, und *sie* beschäftigte sich noch länger mit dem Kasten. Mit dem Teleobjektiv hatte er sie so nah heranzoomen können, dass er das Spiel ihrer Mimik hatte festhalten können. Es war faszinierend gewesen. Wie sie die Augen aufgerissen und die Karte angestarrt hatte … Welch grandiose Idee, die Tarotkarten zu verwenden! Die Bilder darauf waren so ausdrucksstark, dass sie keiner Erklärung bedurften. Sie sprachen für sich.

Am liebsten würde er sich eine Fotostrecke von ihr und ihrem Sohn ausdrucken und aufhängen. Aber das würde ihn natürlich verraten.

Hier belauerte sowieso jeder jeden; es war schwer, Geheimnisse zu wahren.

»Das Dorf der tausend Augen« nannte er es bei sich.

Er schloss den Ordner mit den Fotos und öffnete den Internetbrowser. Die Verbindung war zwar langsam, aber er hatte wenigstens Internet, über Funk. Welch segensreiche Erfindung! Denn funktionierendes Internet war in den ländlichen Regionen immer noch keine Selbstverständlichkeit. Was das anging, hatte er den Eindruck, im Niemandsland zu wohnen.

Und *sie* hatte zum Glück auch Internet und nutzte es rege. Sonst wüsste er womöglich gar nichts von ihr. Sie lebte so zurückgezogen, dass man ihre Existenz kaum bemerkte. Aber im Netz, da fühlte sie sich zu Hause.

Im Social Web ließ sie sich über ihre Befindlichkeiten aus, stellte Fotos ein und schien nicht einmal zu merken, dass sie mit ihrem Handy ein Bewegungsprofil hinterließ. Glaubte sie etwa, nur diese Handvoll scheinbarer »Freunde« könnte sehen, was sie so trieb?

Er lachte verächtlich. Es war so schrecklich einfach, sie zu beobachten! Er musste dazu nicht einmal das Haus verlassen.

Mit dem Cursor wanderte er auf dem Bildschirm umher, öffnete mit einem Doppelklick ein Fenster. Das immer gleiche Foto erschien; die Frau darauf lächelte ihn nichtssagend an. Es sollte bestimmt freundlich wirken, aber in Wirklichkeit war es völlig ausdruckslos. Ein x-beliebiger Urlaubsschnappschuss, aufgenommen an irgendeinem Strand.

Er gab Kennung und Passwort ein.

Jetzt, da Ankes Lügen verstummt waren, konnte er sich ganz auf *sie* konzentrieren.

Mit dem nächsten Klick gelangte er auf die Profilseite. Alles war unverändert. Er grinste die Frau mit dem leeren Blick auf dem Foto an und änderte voller Genugtuung die Zugangsdaten, gab eine seiner E-Mail-Adressen und ein neues Passwort ein. So würde er über jeden ihrer Login-Versuche benachrichtigt werden.

Wie sie wohl darauf reagieren würde?

Wahrscheinlich wäre sie zuerst irritiert, vielleicht würde sie sich auch ärgern. Und dann würde sie anfangen, an sich selbst zu zweifeln. Das passierte bei ihr immer ganz automatisch. Darin war sie gut. Schon jetzt war nicht zu übersehen, dass es ihr nicht gut ging. Ihre Körperhaltung hatte sich verändert. Sie wirkte irgendwie kleiner und ängstlicher. Auch ihr Lachen war nicht mehr leicht und unbeschwert, sondern wirkte angestrengt.

Ob sie wohl ahnte, dass das hier erst der Anfang war?

»Bei Anke habe ich zu lange gezögert«, flüsterte er dem Profilfoto zu. »Anfängerfehler, könnte man sagen. Aber ich habe gelernt. Bei dir bin ich besser. Und schneller.«

Bevor er den Computer ausschaltete, betrachtete er noch einmal das Foto von Benny auf seinem Desktop. Der Junge saß auf seinem rot-gelben Laufrad und grinste fröhlich in die Kamera. Im Hintergrund war der Spielturm im Garten zu sehen. Sie hatte den Schnappschuss erst vor wenigen Tagen gemacht und dann auf ihr Profil geladen, um es ihren sogenannten »Freunden« zu zeigen.

Ein wirklich hübsches Kerlchen, fand er. Und noch so vertrauensvoll.

Kapitel 19

»Gestern Abend habe ich Norbert ausfindig gemacht«, erzählte Lorenz, als sie wenig später wieder in ihrem gemeinsamen Büro saßen. »Meinen alten Kinderfreund aus Weissbach. Leider wohnt er nicht mehr direkt im Dorf, sondern im Nachbarort, aber er kennt sich natürlich immer noch gut in Weissbach aus.«

Er nahm einen Müsliriegel vom Regal hinter sich, riss achtlos die Packung auf und biss in den Riegel.

»Natürlich hat er schon von Anke Feldmanns Tod gehört.« Er pulte eine Rosine heraus, betrachtete sie und steckte sie sich in den Mund, »Ich habe uns beide zum Kaffee bei ihm angemeldet. Vielleicht erfahren wir auf diese Weise mehr über sie; ein paar Interna sozusagen. Ihren groben Lebenslauf habe ich jedenfalls schon.«

Anke Feldmann hatte bis zur Einschulung in Weissbach gewohnt, bis ihre Eltern mit ihr und ihrer älteren Schwester nach Wetzlar gezogen waren, erzählte Lorenz. Lange hatte man im Ort nichts mehr von ihr gehört, bis sie vor etwa sechs Jahren plötzlich das Haus in der Pfarrgasse gekauft hat und wieder zurück nach Weissbach kam. »Aber so richtig willkommen war sie nicht«, fügte er hinzu.

»Wieso?«, wollte Natascha wissen und dachte an das Frauenquintett mit den Schnapsgläsern.

Lorenz gab ein verächtliches Geräusch von sich. »Na, schau sie dir doch mal an! Anke Feldmann mit ihren roten Haaren und den Wallekleidern, und dann bringt sie auch noch einen

Fremden ins Dorf, der so überhaupt nicht dorthin passen will. Sieht mit seinem Pferdeschwanz aus wie ein Hippie, keiner kennt seine Familie oder weiß etwas über seine Herkunft, niemand weiß, in welche Schublade man ihn stecken soll. Das ist für viele Menschen, vor allem für die älteren, ein Problem. Die Weissbacher wüssten einfach gern, wer da in ihrer Mitte lebt.«

»Aber das ist doch total hinterwäldlerisch!« Natascha schüttelte den Kopf. Das war vielleicht früher mal so gewesen, aber heute? Die Leute waren doch aufgeklärt, lasen Zeitung, hatten Satellitenfernsehen und Internet...

Doch Lorenz nickte bekräftigend. »Ja, das erscheint sehr provinziell. Und doch ist es ganz und gar nicht ungewöhnlich.« Er blickte auf die Uhr. »Aber komm, lass uns fahren! Norbert erwartet uns um halb zehn.«

Kapitel 20

Rolf war schon längst ins Büro gefahren, als Ella endlich aufstand. Benny hatte eine Stunde zuvor nach ihr gerufen, aber sie hatte ihm einfach ein paar Zwieback auf einem Teller angerichtet und den Fernseher eingeschaltet. Auch wenn das eigentlich völlig gegen ihre Erziehungsprinzipien verstieß. Doch an diesem Morgen war Ella einfach nicht nach Aufstehen zumute gewesen; ihr graute vor dem Tag, der da kommen mochte.

In der Nacht war sie mehrmals aufgewacht, konnte sich aber nicht mehr an ihre Träume erinnern. Sie waren wirr gewesen, so viel wusste sie noch. Und es war ihr jedes Mal schwerer gefallen, wieder einzuschlafen. Rolf neben ihr hatte seelenruhig geschlafen, als wäre alles in bester Ordnung. Sein gleichmäßiger Atem hatte sie geärgert; am liebsten hätte sie ihn geschüttelt und angebrüllt. Hatte er denn überhaupt kein Mitgefühl? Doch dann hatte sie ein schlechtes Gewissen bekommen und ihn doch schlafen lassen. Schließlich musste er am nächsten Morgen früh aufstehen und konnte sich Schwächen im Job nicht leisten.

Wenn er denn überhaupt so viel arbeitete, wie er immer behauptete ...

Noch im Nachthemd ging sie schließlich in die Küche und kochte sich einen Kaffee. Benny saß in seinem kurzen Schlafanzug auf dem Sofa und sah sich mit offenem Mund irgendeinen schrillen Blödsinn an. An anderen Tagen hätte es Ella dabei geschüttelt, aber heute war es ihr gleichgültig. Benny verstand wahrscheinlich ohnehin nicht, worum es bei diesem Klamauk ging.

Sie blickte aus dem Fenster auf die Straße und den Vorgarten. Heute musste sie unbedingt Unkraut jäten. Gestern hatte sich die dicke Ingrid auf ihrem Grundstück ausgetobt, und wenn Ella sich nicht bald um den Löwenzahn in ihrem eigenen Garten kümmerte, würde Ingrid spätestens am Wochenende rübergestiefelt kommen und sich beschweren, dass die Samen zu ihr rüberwehten und dort alles neu »infizierten«.

Ella seufzte. Früher in Siegen hatte es keine lästigen und neugierigen Nachbarn gegeben. In der Drei-Zimmer-Wohnung in der Altstadt hatte sie nur einen kleinen Balkon gehabt, da war auch Löwenzahn kein Thema gewesen. Sie hatte gern in der Stadt gewohnt; sie mochte das besondere Flair der Altstadt, die schmalen, kleinen Fachwerkhäuser, die engen Gassen aus Kopfsteinpflaster, den Schlosspark in unmittelbarer Nähe. Doch als Rolf von seiner alten Tante das Grundstück in Weissbach geerbt hatte, hatte Ella begeistert den Neubau-Plänen zugestimmt. Ein eigenes kleines Häuschen mit Garten und viel Platz für mehrere Kinder … Zwei sollten es mindestens werden.

Als sie dann kurz darauf mit Benny schwanger geworden war, war ihr Glück scheinbar perfekt gewesen.

Sie trank einen Schluck von dem Kaffee und verbrannte sich prompt die Zunge. Von wegen Glück! Mittlerweile erschien ihr das Haus hier in der Pampa wie ein Gefängnis. Sie hatte keine Kontakte zu den anderen Frauen im Ort, Rolf war tagsüber bei der Arbeit, und mit Haushalt, Garten und Kleinkind fühlte sie sich oft genug überfordert.

Und dann war da noch die pingelige Ingrid mit ihrem akkuraten Vorgarten, an dem Ella ihren eigenen insgeheim maß. Auch wenn sie sich immer wieder sagte, dass das unnötig war. Ihr Garten war ja noch nicht einmal richtig angelegt! Aber sie konnte nicht loslassen, sie wollte perfekt sein und alles richtig machen, weder Aufsehen erregen noch Kritik provozieren. Damit sie nicht merkte, wie unglücklich sie eigentlich war.

Etwas später öffnete Ella die Schuppentür, um Hacke, Ausstechmesser, zwei Eimer und Handschuhe zu holen. Die Tür klemmte mal wieder, und sie musste den Riegel mit aller Kraft nach oben ziehen, um die Tür überhaupt aufzubekommen.

»Verdammter Mist!«, fluchte sie und trat gegen das Türblatt. Konnte Rolf nicht wenigstens diese kleinen Aufgaben erledigen?

»Mama! Is' los?« Benny stand vor ihr, stemmte die Ärmchen in die Seiten und sah sie fragend an.

»Nichts, mein Schatz. Ich bin nur ein bisschen sauer, weil die Tür nicht aufgeht.« Sie strich ihm über den Kopf, und der Junge stapfte wieder zurück zu seinem Sandkasten im hinteren Teil des Gartens. Wenigstens den hatte Rolf aufgebaut, auch wenn er nach Ellas Meinung ein bisschen näher am Haus hätte stehen sollen. An seinem jetzigen Standort warfen die Tannen des Wäldchens hinter dem Grundstück allzu früh Schatten, und es wurde dort schnell dunkel.

Der Löwenzahn lag wie ein gelber Teppich über dem Vorgarten, und Ella musste Ingrid insgeheim recht geben. Dieses Kraut war eine Plage und blühte zu allem Unglück auch noch spät und ausdauernd. Kaum waren die Stängel gerupft, kamen ein paar Tage später neue hinzu, die bald wieder leuchtend gelb blühten. Und die Blüten anderer Stängel hatten sich längst zu Pusteblumen verwandelt, die ihre Samen bei jedem Windhauch weitertrugen. Da musste sie wohl oder übel regelmäßig mit dem Ausstechmesser ran, wenn sie eines Tages einen ordentlichen und unkrautfreien Vorgarten haben wollte.

Ella kniete im Garten, pulte Stängel um Stängel mit dem alten Messer aus dem Boden und wischte sich immer wieder den Schweiß von Stirn und Wangen. Es war eine anstrengende Arbeit, doch Ella fühlte sich seltsam befreit. Frei von der drohenden Kritik ihrer Nachbarin und frei von ihren negativen Gedanken über Rolf.

Nachdem sie zwei Eimer gefüllt hatte, brachte sie ihre Ausbeute zur Biotonne und leerte beinahe eine halbe Flasche Wasser in einem Zug. Benny hatte sicher auch Durst.

Sie eilte in den hinteren Garten, um ihren Sohn zu rufen. Doch er saß nicht im Sandkasten. Ella ging zum Kletterturm, wo sich Benny gern versteckte. Doch auch hier war er nicht, nur seine blaue Sonnenkappe lag verloren unter dem Klettergerüst auf der Wiese. Er wusste doch ganz genau, dass er sich bei Sonnenschein nicht ohne Kappe im Freien aufhalten durfte!

Sie ging durch die Terrassentür ins Haus und betrat die Küche. Aber auch hier war von Benny keine Spur.

»Benny! Wo bist du?«

Er war doch nicht etwa mit den sandgefüllten Sandalen ins Kinderzimmer gegangen? Das durfte er nicht, und das wusste er auch ganz genau.

»Benny?« Sie öffnete die Zimmertür und blickte auf das Gemälde an der Wand, das er gestern mit Folienstift gemalt hatte. Doch das Zimmer war leer.

Ellas Herzschlag beschleunigte sich. »Benny, wo bist du?« Ihre Stimme wurde schriller. Sie rannte zum Schlafzimmer und riss die Tür auf, doch auch dieses Zimmer war verlassen. Panisch bückte sie sich, um unter dem Bett nachzuschauen.

»Benny, komm bitte sofort aus deinem Versteck! Das ist nicht mehr lustig!«

Sie stürmte ins Badezimmer. Nichts. Als sie den Duschvorhang hektisch zur Seite zog, fiel das gesamte Gestänge herunter. Zum Glück war sie schnell genug nach hinten gesprungen, um der Stange auszuweichen. Doch auch hier hatte Benny sich nicht versteckt. War er doch draußen?

Ella lief durch den Garten, rief nach ihrem Sohn, schaute wieder und wieder unter und neben dem Kletterturm nach, im Schuppen, hinter dem Komposthaufen; sie eilte sogar zum Zaun, um in das kleine Wäldchen zu schauen, das hinter ihrem Grundstück aufragte. Aber dort konnte er nicht sein, es war unmöglich, dass er mit seinen kurzen Beinchen den Zaun überwunden hatte.

Aber wo war Benny?

An Ingrids Haustür klingelte Ella Sturm. Doch niemand öffnete. Auch bei den Nachbarn auf der anderen Seite war anscheinend keiner zu Hause. Ella sah sich hektisch um. Müllers waren gerade dabei, den Hof zu pflastern. Vielleicht war Benny irgendwo bei ihnen auf der Baustelle und buddelte seelenruhig im Sand? Oder war er unbemerkt zwischen den gestapelten Pflastersteinen herumgeklettert und hatte sich verletzt? Womöglich war gar der gesamte Haufen über ihm zusammengestürzt und hatte ihn unter sich begraben!

Ella merkte, dass sie keinen klaren Gedanken mehr fassen konnte. Die Pflastersteine waren nach wie vor ordentlich auf der Holzpalette gestapelt; es war unmöglich, sich da irgendwo zu verstecken. Auch der Sandhaufen war nur kniehoch, und man sah deutlich, wo die Jungs gestern geschaufelt hatten. Trotzdem stürmte Ella auf den Sandberg zu und warf sich auf die Knie, um mit den Händen darin zu graben. Doch der trockene Sand rieselte einfach nach unten und sank zu einer flachen, breiten Fläche zusammen, unter der unmöglich jemand liegen konnte. Auch nicht ein kleines Kind wie Benny.

Ob er womöglich hinter dem Haus war? Aber da befand

sich doch der Zwinger von Arko, dem Rottweiler. Ella hatte ihrem Sohn von Anfang an eingeschärft, großen Abstand zu dem Hund zu halten. Allein schon, weil sie selbst dem schwarzbraunen Ungetüm nicht traute.

Mit vorsichtigen Schritten umrundete sie die Hausecke, da schlug plötzlich der Hund an. Sprang gegen das Gitter seines Zwingers, knurrte und bellte. Ella wich erschrocken zurück. Tränen traten ihr in die Augen.

Nein, Benny hätte sich ganz bestimmt nicht an dem riesigen Monstrum vorbeigetraut. Hier war er nicht.

Ella war verzweifelt, die Tränen rannen über ihre Wangen, und sie wischte sie mit ihren schmutzigen Händen fort. Benny war verschwunden, und sie war schuld daran! Sie hätte besser auf ihren Sohn aufpassen müssen! Stattdessen hatte sie sich mit dem blöden Löwenzahn im Vorgarten beschäftigt. Was für eine schlechte Mutter sie war! Wenn Benny jetzt etwas zugestoßen war, dann würde sie sich das nie verzeihen.

Vielleicht wussten die Nachbarn von gegenüber etwas. Sie lief los, rannte auf die Häuser auf der anderen Straßenseite zu und blickte dabei weder nach links noch nach rechts. Alles, was sie denken konnte, war: Bitte, lieber Gott, lass Benny dort irgendwo sein!

In ihrer Panik übersah sie das Auto, das auf sie zufuhr und abrupt abbremste. Der Fahrer hupte, doch das bekam Ella nur am Rande mit. Benny! Benny, wo bist du?

Dass sie ihn bei ihrer Arbeit im Vorgarten bemerkt hätte, wenn er die Straße überquert hätte, bedachte sie in ihrer Verzweiflung nicht.

Doch ihre Suche blieb erfolglos. Weder Fritsches von gegenüber noch der alte Herr Hausmann hatten Benny gesehen. Helga Fritsche wollte Ella eine Tasse Kaffee aufbrühen, damit sie sich beruhigte, doch Ella musste sich zusammenreißen, um nicht unhöflich zu werden. Sie brauchte keinen Kaffee, sie wollte nur ihren Sohn zurück. Und zwar jetzt sofort!

Ella merkte, wie ihr schwindlig wurde. Nun machte zu allem Unglück auch noch ihr Kreislauf schlapp! Mühsam schleppte sie sich ins Haus zum Telefon, drückte hektisch auf den Knöpfen des Anrufbeantworters herum. Doch es war kein Anruf eingegangen! Niemand hatte angerufen, um ihr zu sagen, er habe Benny gefunden. Schluchzend ließ Ella sich auf den Boden sinken, legte die Stirn auf die Knie und wählte die einzige Nummer, die ihr gerade einfiel.

»Benny ist verschwunden! Er ist einfach *weg!*«

Dann versank sie in einem Meer aus Angst und Traurigkeit.

Kapitel 21

Norbert Bonhöffer war etwa in Lorenz' Alter, aber ein völlig anderer Typ. Während ihr Kollege stets auf sein Äußeres achtete und sich meist sportlich-modern kleidete, sah sein Kumpel so aus, als hätte ihm vor zehn Jahren jemand ein paar ausgemusterte Kleidungsstücke geschenkt, die er seither auftrug. Auch seine Wohnung wirkte lieblos und war eher zweckmäßig als gemütlich eingerichtet. Natascha fragte sich, ob er alleinstehend war oder ob sich seine Frau genauso wenig um Äußerlichkeiten scherte wie er selbst. Das Klingelschild an der Tür hatte über Norberts Familienstand keine Auskunft gegeben.

Das Wiedersehen der beiden Freunde aus Kindertagen fiel sehr herzlich aus, und Lorenz strahlte auf eine Art, die Natascha noch nie an ihm gesehen hatte.

»Mensch, Lolle! Dass wir uns noch mal wiedersehen!« Bonhöffer umarmte Lorenz und schlug ihm kumpelhaft auf den Rücken. Jörg Lorenz erwiderte die Begrüßung lachend, stellte Natascha und Norbert einander vor und betrat den schmalen Eingangsbereich des Wohnhauses. Mehrere Jacken hingen an einer Garderobe, kalter Zigarettendunst erfüllte die Wohnung. Natascha hielt kurz die Luft an.

»Tja, Nobbe, so kann's gehen!« Lorenz und Natascha nahmen im Esszimmer auf einer Eckbank mit abgewetzter Sitzfläche Platz, dann wurde Lorenz ernst und kam auf ihr Anliegen zu sprechen.

Bonhöffers Lächeln wirkte gequält. »Tja, die Anke...«, murmelte er.

123

»Was war sie für ein Mensch?«, fragte Natascha und nahm einen Schluck des angebotenen Kaffees. Er schmeckte viel besser als erwartet.

»Anke war nett, immer freundlich. Sie hat alle gegrüßt und viel gelächelt. Richtig fröhlich war sie.« Bonhöffer kratzte sich das unrasierte Kinn, als überlegte er. »Ich kann mir gar nicht vorstellen, warum jemand sie umgebracht haben sollte. Läuft hier in der Gegend ein Vergewaltiger rum oder so?«

»Wie kommst du darauf?« Lorenz hatte aufgemerkt, doch Bonhöffer zuckte nur mit den Schultern.

»Die Leute erzählen so was.«

»Interessant«, warf Natascha ein. »Was erzählt man sich denn noch so?«

Norbert Bonhöffer rutschte unsicher auf der knarrenden Eckbank hin und her. Die Frage war ihm sichtlich unangenehm. »Ach, es gibt halt immer viel Gerede. Anke hat doch als Kind in Weissbach gewohnt, und die meisten Leute kennen auch noch ihre Eltern. Sie war früher ein hübsches blondes Ding, und als sie dann vor ein paar Jahren plötzlich wieder in Weissbach auftauchte und ihren Mann mitbrachte, waren einige Leute einfach misstrauisch. Er hätte sie in schlechte Kreise gebracht, hieß es. Na ja, was man halt so redet. Als Hippies hat man die beiden bezeichnet. Eine Zeit lang hieß es sogar, sie würden Haschisch in ihrem Garten anbauen. Und wenn sie Besuch kriegten, war gleich von Drogenpartys die Rede.« Norbert tippte sich an die Schläfe und machte damit deutlich, was er davon hielt. »Dabei wissen die meisten Leute doch noch nicht mal, wie Hanfpflanzen aussehen. Na ja, so hatten die Leute endlich wieder einen Buhmann. Ihr wisst schon, wenn man einen gemeinsamen Feind hat, fühlt man sich selbst gleich auf der Seite der Guten.«

»Feind?«, wiederholte Lorenz ungläubig.

Norbert Bonhöffer verdrehte die Augen. »Du weißt doch, wie die Leute sind. Wenn ihnen der Stallgeruch eines Menschen nicht passt, dann muss der sich schon ein Bein ausreißen, um ihnen zu zeigen, dass er trotzdem in Ordnung ist. Frank ist das nicht so gut gelungen, glaube ich. Anke schon.«

»Wie hat sie das gemacht?«, wollte Natascha wissen und rief sich das Bild des Opfers vor Augen. Die hennaroten Haare, der orangefarbene Leinenrock. Und Frank Feldmann, barfuß, mit Jeans und Zopf.

Bonhöffer hüstelte. »Anke hat sich in der Gemeindearbeit engagiert. Und sie war ja auch nicht schlecht anzuschauen. Klar, das ist ja immer Geschmackssache.« Er hielt kurz inne, grinste verlegen und starrte aus dem Fenster in den leicht verwilderten Garten. »Ich kann mir gar nicht vorstellen, dass sie tot sein soll. Sie war immer so fröhlich, hat immer viel gelacht. Und hat auch gern geflirtet. Nicht mit mir allerdings.« Es klang ein wenig bedauernd. »Aber sie hatte das gewisse Etwas, war auf ihre ganz eigene Art attraktiv.« Sein Blick glitt durch das angrenzende Wohnzimmer, streifte zwei Harlekin-Marionetten, die traurig von der Zimmerdecke baumelten, und kehrte zur abgewetzten Eckbank zurück. Plötzlich wirkte er niedergeschlagen, ja resigniert. Hätte er sich einen Flirt mit Anke Feldmann gewünscht?

»Diese offene Art hat man ihr allerdings auch übel genommen«, bemerkte Bonhöffer dann.

»Wer genau?«, wollte Lorenz wissen.

»Manche Leute im Dorf eben, ich kann dir jetzt keinen im Besonderen nennen. Anke biedere sich an, hieß es. Ich glaube, viele waren einfach nur neidisch. Hier ist alles so eingefahren, die Leute sind so unbeweglich. Nichts passiert, alle halten sich selbst und ihr eigenes Leben für das Maß aller Dinge. Dabei ist es manchmal so kümmerlich und einengend, dass sie hinter allem, was andere tun, gleich eine Sensation vermuten. Wenn jemand ein neues Auto hat, wird spekuliert, wovon er es wohl bezahlt hat. Schicken Eltern ihr Kind aufs Gymnasium, unterstellt man ihnen, die Familie hielte sich für was Besseres.«

Bonhöffer hob in einer hilflosen Geste die Augenbrauen. »Und da kommt man dann auch nicht mit jemandem wie Anke zurecht. Es hieß gleich, sie würde ihrem Mann Hörner aufsetzen.«

»Gab es denn eine konkrete Affäre oder einen Geliebten, irgendetwas, das solche Mutmaßungen rechtfertigte?« Lorenz tippte mit den Fingerspitzen gegen die heiße Kaffeetasse. Natascha war versucht, seine Hände festzuhalten, damit er mit diesen Bewegungen aufhörte, doch die Erwähnung eines möglichen Geliebten hatte sie hellhörig gemacht.

Norbert Bonhöffer zuckte mit den Schultern. »Ich habe keine Ahnung, ob an dieser Sache etwas Wahres war. Ich hab Anke auch nie mit einem anderen gesehen.«

Natascha runzelte die Stirn. »Wissen Sie denn, wer die Geschichte über einen anderen Mann in Anke Feldmanns Leben in die Welt gebracht hat? Irgendwoher müssen die Grüchte ja gekommen sein.«

Norbert Bonhöffer schüttelte den Kopf. »Nee. Keine Ahnung. Irgendwann war dieses Gerede einfach da. Ich hab mich darum auch nicht weiter gekümmert.«

»Hatten Sie viel Kontakt zu Frank Feldmann?« Natascha fragte sich, wie der Ehemann wohl mit den Gerüchten über seine Frau umgegangen war. Falls sie ihm überhaupt zu Ohren gekommen waren.

»Wir haben uns auf Dorffesten manchmal getroffen, auch das eine oder andere Bier zusammen getrunken. Aber so richtig miteinander geredet haben wir nicht, nur das übliche Blabla ausgetauscht.« Bonhöffer lachte trocken auf und fuhr sich durch das schüttere Haar. »Wenn Frank über etwas hätte reden wollen, wäre ich sicher nicht seine erste Wahl gewesen.«

Lorenz lachte. Das Gespräch begann seicht zu werden, und die beiden Männer kamen ins Plaudern. Natascha wurde unruhig und warf einen Blick auf ihr Handy, lauschte mit einem Ohr den gemeinsamen Erinnerungen der Kinderfreunde und entschuldigte sich schließlich. Die Sache mit Basti ließ ihr keine Ruhe; sie wollte Gewissheit haben, dass alles mit ihm in Ordnung war.

»Ich muss mal dringend telefonieren«, erklärte sie, verließ das verrauchte Esszimmer und setzte sich auf die Treppe, die nach oben führte. Die Stufe knarrte.

Sie nahm das Handy und wählte Bastis Nummer und wartete auf den Verbindungsaufbau. Mal schauen, was er zu sagen hat, dachte sie. Bestimmt war alles okay, und ihr Bruder war einfach mit seinen Jobs und seiner neuen Freundin Nadya so ausgelastet, dass er noch keine Zeit für ein Gespräch mit Birgit gefunden hatte. Oder er brütete tatsächlich über einer Seminararbeit. Es gab so viele mögliche Erklärungen für Bastis vermeintlichen Rückzug.

Natascha hielt sich das Handy ans Ohr. Doch statt des erwarteten Klingeltons erklärte ihr eine elektronische Stimme, dass die gewählte Rufnummer nicht bekannt sei. Irritiert blickte sie auf das Display und ließ das Handy sinken. Hatte Basti sich eine neue Nummer zugelegt? Komisch, dass er sie ihr nicht mitgeteilt hatte!

Sie blieb noch einen Moment ratlos auf der Treppe sitzen. Auch wenn sie bei ihrem Bruder nichts erreicht hatte: Es beruhigte sie, dass ihre Mutter sie, Natascha, angerufen hatte, um über Basti zu reden, und das Problem nicht nur mit Hanno besprochen hatte. Sie war also immer noch wichtig für Birgit.

»Wir müssen wieder fahren«, erklärte Lorenz, als Natascha zu den Männern ins Esszimmer kam. »War schön, dich gesprochen zu haben.« Er stand auf, und Bonhöffer begleitete sie zur Tür.

»Meld dich mal wieder! Ich würde mich freuen!«

Die Freunde von einst boxten die Fäuste gegeneinander, schnipsten in einem einstudierten, rituellen und sonderbar intimen Ablauf mit den Fingern und grinsten sich an. Lorenz versprach, nach Abschluss des Falles ein Bier mit Norbert trinken zu gehen.

Natascha lächelte still in sich hinein und nahm sich vor, den Kollegen bei Gelegenheit daran zu erinnern.

Kapitel 22

Bevor sie die Hauptstraße nach Weissbach erreichten, fuhren sie durch ein dunkles Waldstück mit steilen, engen Kurven. Es war eine dieser Straßen, die man gern »Promilleweg« nannte und die nachts auch schon mal alkoholisiert befahren wurden, weil dort so gut wie nie Polizeistreifen unterwegs waren.

Am Rückspiegel von Lorenz' Jeep baumelte eine Elvis-Figur, deren Unterleib mit einer Spiralfeder am Oberkörper befestigt war und die deswegen bei der kleinsten Erschütterung hin und her wackelte. Natascha hielt die Figur an der weißen Hose mit den blau glitzernden Beschlägen fest und betrachtete sie wie einen fremdartigen Käfer.

»Warum hast du das Ding hier hängen? Das ist doch total altmodisch!«

Lorenz verdrehte die Augen. »Das ist ein Geschenk. Dir muss Elvis ja nicht gefallen; ich find ihn jedenfalls witzig.«

Natascha dachte an Lorenz' Spitznamen »Lolle« und blickte aus dem Fenster, damit er ihr Grinsen nicht sah.

Am Sportplatz kurz vor Weissbach bogen sie links ab und befuhren nun die Hauptstraße mit den Schlaglöchern. Elvis vollführte wilde Tänze am Rückspiegel. Die Sonne schien vom wolkenlosen Himmel und verlieh dem Dorf einen eigentümlichen Glanz. Die gepflegten Vorgärten, in denen es bunt blühte, hinterließen das Gefühl einer süßen, ländlichen Idylle wie aus einem Urlaubsprospekt.

Doch der Eindruck täuschte.

Natascha spürte ihr Handy in der Hosentasche. Es drückte

129

gegen den Beckenknochen und erinnerte sie an Basti. Ein unangenehmes Gefühl breitete sich dumpf und dunkel in ihrer Magengegend aus und stieg bis in ihren Hals hinauf. Natascha räusperte sich. Dieser völlige Rückzug passte irgendwie nicht zu ihrem Bruder.

»Was ist?«, fragte Lorenz und sah kurz zu ihr herüber, bog dann in den etwas höher gelegenen Weissbacher Dorfkern ab.

»Schon gut.« Sie winkte ab. »Ich wollte kurz bei meinem Bruder anrufen, aber der hat sich eine neue Handynummer zugelegt und mir nicht gegeben. Er ist manchmal so schusselig!«, sagte sie und legte so viel Zuversicht in ihre Stimme, dass sie fast selbst daran glaubte. »Ich schick ihm heute Abend mal eine Mail.«

Ihr Blick fiel auf die Uhr am Armaturenbrett. »Noch eine Viertelstunde bis zu unserem Termin mit Vivien Wagner. Ich bin gespannt, was sie uns heute erzählen wird!« Sie setzten darauf, dass die junge Frau sich allein mit ihnen weiter öffnen würde. Vivien Wagner konnte ihnen ganz bestimmt mehr sagen!

Sie hatten gerade das Ortsschild passiert, als Lorenz unvermittelt bremste. »Vorsicht!«

Natascha streckte reflexartig die Arme nach vorn, doch der Gurt riss sie schmerzhaft zurück in den Ledersitz. Ein ächzender Laut entwich ihrer Kehle, und ihr Herz schlug wilde Purzelbäume. Adrenalin schoss durch ihren Körper und ließ die Fingerspitzen unangenehm kribbeln. »Hilfe!« Seufzend lehnte sie den Kopf gegen die Nackenstütze, spürte den Halt des weichen Leders. »Was war denn das?«

»Mann, hat die keine Augen im Kopf?«, fluchte Lorenz, während Elvis in seinem Glitzeranzug ekstatisch zuckte. »Hey!« Mit voller Kraft schlug Lorenz auf die Hupe, doch die Frau, die unmittelbar vor ihnen die Straße überquert hatte, reagierte nicht. Ohne nach links oder rechts zu blicken, eilte sie auf die beiden Wohnhäuser auf der anderen Straßenseite zu.

»Unglaublich! Hast du das gesehen? Die ist einfach auf die Straße gelaufen, ohne sich umzugucken. Die muss uns doch zumindest gehört haben!« Lorenz war sauer, funkelte die Fremde im Vorbeifahren zornig an und beschleunigte wieder.

»Sie schien es jedenfalls ziemlich eilig gehabt zu haben.« Natascha blickte sich noch einmal zu der Frau um, aber sie war nicht mehr zu sehen.

»Das ist trotzdem kein Grund, einfach blindlings loszurennen«, maulte Lorenz und wich einem großen Schlagloch aus. Elvis schwang wie zur Bestätigung die Hüften.

Die zweiflügelige Glastür des Gemeindehauses stand offen. Von einem großzügigen Vorraum mit einem zerschlissenen roten Zweisitzer gingen drei Türen ab. Aus dem Raum hinter der mittleren Tür klang lautes Geklapper und Gepolter zu Natascha und Jörg heraus. Nachdem auf ihr Klopfen niemand reagierte, traten sie ein.

Vivien Wagner versuchte gerade, mehrere Holzstühle möglichst platzsparend an der fensterlosen Wand des Raumes aufzustapeln. Sie tat sich schwer damit, und Lorenz eilte ihr zu Hilfe.

»Hallo«, ächzte sie, sah die beiden Polizisten mit einem schiefen Grinsen an und reichte ihnen zur Begrüßung eine verschwitzte Hand.

Der Händedruck tat beinahe weh.

»Guten Tag, Frau Wagner.« Sie öffnete und schloss verstohlen die Finger.

»Ich bin hier gleich fertig.« Vivien Wagner schob mit ihrer ausladenden Hüfte einen Stuhl zur Seite und setzte sich. »Seit

Anke mir nicht mehr hilft, bleibt die ganze Arbeit an mir hängen.«

Lorenz und Natascha nahmen ihr gegenüber Platz.

»Sie waren enger mit Anke Feldmann befreundet?«, begann Lorenz und wischte sich ein Stäubchen von der gebügelten Jeans.

Vivien nickte und schob sich eine rotblonde Strähne hinter das Ohr. Sie fiel ihr sofort wieder zurück ins sommersprossige Gesicht, aber das schien Vivien Wagner nicht zu stören.

»Wir haben uns so weit ganz gut verstanden, ja. Anke war ja noch nicht lange wieder hier und hatte nicht viel Anschluss in Weissbach. Felix kam dann irgendwann zum Kinderturnen, und so haben wir uns kennengelernt.«

»Und wie kam sie mit den übrigen Dorfbewohnern zurecht? War sie beliebt, oder hatte jemand ein Problem mit ihr?«, fragte Natascha, und Vivien sah sie irritiert an.

»Wie meinen Sie das?«

»Na, gab es Schwierigkeiten mit Feldmanns, oder wurde über sie geredet?«

Vivien Wagner sah sie mit hochgezogenen Brauen an. »Ach Gott, ja. Anke war ja lange fort aus Weissbach. Sie und Frank haben das Haus in der Pfarrgasse gekauft und ziemlich viel renoviert. Man erkennt es heute kaum wieder. *Ich* finde es ja schön so, wie es jetzt aussieht...«

Natascha dachte an das Arrangement aus Metalllaternen vor dem Eingang, den modernen Fensterschmuck. Einladend. Aber sahen das auch die Nachbarn so?

»Na ja«, fuhr Vivien vorsichtig fort. »Es gibt ja immer so ein paar Leute im Ort, die gegen jede Veränderung sind. Und wenn jemand Fremdes ins Dorf zieht – und das waren Frank und Anke ja irgendwie –, dann wird er natürlich erst mal besucht und bei der Gelegenheit genau unter die Lupe genommen. Da tut man ganz freundlich, klingelt an der Haustür, um die Leute zu begrüßen, und in Wirklichkeit will man einfach nur gucken, wie die so leben. Ob sie's ordentlich haben, ob aufgeräumt ist und ob der Abwasch vom Mittag schon erledigt ist.«

»Und bei Anke gab es etwas zu kritisieren«, mutmaßte Natascha.

Vivien Wagner schnaufte verächtlich. »Na klar. Wenn man drinnen keinen Saustall hat und auch draußen alles in Ordnung ist, dann wird eben nach was anderem Ausschau gehalten. Sind die Kinder gepflegt? Geht der Mann einem ordentlichen Beruf nach? Wie sind so die Verhältnisse? Na ja, und so alternativ, wie die beiden sich immer gekleidet haben ... Logisch, dass sich manche Menschen schon am Aussehen der zwei gestört haben. Ein Mann mit langen Haaren ...«

Lorenz stand auf und ging zu den beiden Wandteppichen. Wie ein interessierter Museumsbesucher verharrte er mit hinter dem Rücken verschränkten Händen vor den Bildern und schien völlig in deren Betrachtung versunken zu sein.

»Frau Wagner, kennen Sie Tarot? Beschäftigt sich zufällig jemand von Ihnen damit?« Natascha sprach leise, eindringlich, als sollte ihr Kollege die Frage nicht mitbekommen.

Vivien rümpfte die Nase. »Dieses Kartenlegezeug? Das haben wir an Stefanies Junggesellinnenabschied gemacht, nur so zum Spaß. Ob die Ehe gut wird und so.«

»Wer von Ihnen hatte denn die Karten dabei?« fragte Natascha, aber Vivien zuckte nur mit den Schultern.

»Das weiß ich echt nicht mehr. Das ist ja auch schon vier Jahre her.«

Sie warf einen kurzen Blick zu Lorenz, dann beugte sie sich verschwörerisch zu Natascha hinüber. »Man soll ja nicht schlecht über die Toten reden, und ich mochte Anke wirklich gern«, flüsterte sie. »Aber es wurde viel über die Ehe der beiden getratscht. Da hat so einiges nicht gestimmt.«

Natascha dachte an das, was Norbert Bonhöffer über Anke gesagt hatte. Steckte doch mehr hinter dem »gewissen Etwas«, das Anke besessen haben sollte?

»Die beiden waren noch nicht lange in Weissbach, vielleicht ein Jahr oder so, da haben sie sich kurz getrennt. Anke hat für eine Zeit angeblich bei einer Freundin gewohnt; Frank war allein im Haus in der Pfarrgasse. Aber nach ein paar Wochen haben sie sich wieder versöhnt, und alles war gut. Und dann kam ja auch bald Felix. Ich glaube, der hat die beiden noch mal so richtig zusammengeschweißt. Er ist ja auch zu süß!«, fügte sie hinzu.

»Wissen Sie etwas über den Trennungsgrund?«

Vivien Wagner schüttelte den Kopf. »Zu der Zeit waren wir ja noch nicht befreundet. Und später hat Anke nie mehr darüber gesprochen. Angeblich soll sie eine Affäre gehabt haben. Das sagen die Leute zumindest. Ich hab sie aber nie darauf angesprochen.« Es klang, als bedauerte sie es im Nachhinein.

Plötzlich ertönte im Hintergrund ein Poltern. Natascha sprang reflexartig auf, Vivien schoss erschrocken in die Höhe.

Lorenz hatte schon die Tür zu dem kleinen Büro aufgerissen, aus dem der Krach gekommen war. »Einen schönen guten Tag!«, rief er. »Wie praktisch für uns, dass wir Sie auch gleich hier antreffen!« Er trat nun einen Schritt in den Nebenraum, und Natascha folgte ihm.

Vivien eilte zu ihnen; ihre massigen Oberschenkel bebten bei jedem Schritt. »Was tust du denn hier?«

Ihre Freundin Marion Hentschel stand vor dem Regal und fühlte sich sichtlich ertappt. Verlegen nestelte sie an der Knopfleiste ihres grünen Polohemdes und sah ihnen zerknirscht entgegen.

Ob sie in dem Büro ein heimliches Likör-Depot führt?, war Nataschas erster ketzerischer Gedanke.

»Es ist nichts. Ich mach nur gerade die Ablage; ich arbeite ja einige Stunden in der Woche als Gemeindehelferin«, fügte sie an Natascha und Lorenz gewandt erklärend hinzu. »Hast du mich vorhin nicht kommen gehört, Vivien?« Marion Hentschel hatte sich schnell wieder gefasst und setzte nun ein gezwungenes Lächeln auf. »Du warst so mit dem Stühlerücken beschäftigt, da hast du wohl gar nicht mitbekommen, dass ich ins Büro gegangen bin.«

Sie kam ihnen ein paar Schritte entgegen, als wollte sie von irgendetwas im Hintergrund ablenken.

Vivien zog einen Schmollmund. »Du hättest mir ruhig helfen können. Ich muss hier jede Woche allein die Stühle fürs Turnen wegrücken. Das geht ganz schön ins Kreuz. Und das weißt du ganz genau!«

»'tschuldigung. Beim nächsten Mal helfe ich dir bestimmt.« Marion griff zur Klinke, um die drei anderen aus dem Raum zu drängen und die Tür zu schließen, doch Lorenz stand da, unverrückbar wie ein Fels. Marion Hentschel schien unschlüssig zu sein, wie sie nun reagieren sollte. Ihr Blick huschte nervös von Lorenz zu Natascha und wieder zurück.

»Na komm, dann fass eben jetzt mit an!« Vivien wies mit dem Kopf zu den Stuhlreihen. »Die Kleinen kommen jeden Moment, und dann muss hier alles fertig sein.«

»Ich helfe Ihnen!« Lorenz gab die Tür frei und schob die Frauen regelrecht vor sich her. Natascha verstand die stumme Aufforderung und würde derweil nachschauen, was Marion Hentschel in dem Raum gemacht hatte. Hatte sie womöglich etwas verstecken oder verschwinden lassen wollen?

Natascha schloss die Bürotür hinter sich. Auf den ersten Blick hatte sich hier seit gestern nichts verändert; die Aktenordner und Papiere im Regal wirkten unberührt; der alte Röhrenmonitor war kalt, und auch die Bücher standen noch an Ort und Stelle. Sie zog die drei Schubfächer des Schreibtisches auf. In dem oberen lagen mehrere Bleistifte und Kugelschreiber sowie Kleinkram wie Büroklammern und Sicherheitsnadeln, ein rot-blauer Radiergummi und ein kleiner gelber Spitzer.

Die Schublade darunter war bis auf eine Packung mit Earl-Grey-Teebeuteln leer. Die untere Lade enthielt Druckerpapier und drei blaue Pappmappen, wie sie auch im Regal hinter Natascha zu finden waren. Alles wirkte unauffällig und unangetastet.

Dann fiel ihr Blick auf den Boden neben dem Schreibtisch.

Kapitel 23

Ella wusste nicht, wie lange sie reglos auf dem Wohnzimmerboden gesessen hatte. Eine Minute, fünf oder gar zwanzig? Die Angst hatte sie gelähmt, jedes Denken unmöglich gemacht und die Emotionen betäubt.

Sie hob den Kopf von den Knien und hievte sich ächzend hoch. Ihr Körper fühlte sich schwer und steif an, als hätten sich seine Proportionen verändert. In der Küche trank sie einen hastigen Schluck Wasser aus der Flasche und schloss die Augen. Ella spürte dem kalten Getränk nach, wie es ihre Kehle hinunterrann, sie erfrischte und ihr neue Kraft gab.

Benny! Sie musste weiter nach ihm suchen.

Als sie durch die Terrassentür nach draußen trat, blendete die Sonne sie geradezu schmerzhaft, und sie schirmte die Augen mit der Hand ab. Langsam ließ sie den Blick über den Garten schweifen, sah Bennys Sandkasten im Schatten des Wäldchens liegen, den Spielturm aus Holz, die aufgespannte Wäschespinne auf der anderen Seite in der Nähe des Zauns, der ihr Grundstück von Ingrids gepflegtem englischen Rasen abtrennte.

Doch von Benny fehlte jede Spur. Wo sollte sie noch nach ihm suchen?

Ella ließ sich auf die Stufe der Terrassentür sinken, die Wasserflasche noch immer in der Hand, und starrte vor sich hin. Nachdenken, Ella!, befahl sie sich. Denk nach, wohin Benny verschwunden sein könnte!

Sie musste die Polizei informieren. Die würde Benny finden und zu ihr zurückbringen.

137

Plötzlich nahm sie eine Bewegung im Wäldchen hinter dem Zaun wahr. Oder hatte sie es sich nur eingebildet? Nein … Äste wurden auseinandergeschoben, das Buschwerk am Fuß der Bäume beiseitegedrückt. Da war jemand! Ella sprang auf und rannte über die Wiese. Das Herz klopfte ihr zum Zerspringen.

»Benny!«

Der Junge wurde von kräftigen Armen über den Zaun gehoben. Er lachte sie mit schmutzverschmiertem Gesicht an und hielt sich einen Moment am Zaun fest. Doch wer auch immer ihn zurückgebracht hatte, hatte sich sofort wieder ins Gebüsch zurückgezogen. Ella hörte nur noch ein leises Knacken und Rascheln im Unterholz.

»Mama!«, rief Benny fröhlich und hüpfte juchzend auf sie zu.

Ella ging in die Hocke, breitete die Arme aus und drückte ihn an sich. Sie küsste seine Wangen, seinen Mund, seine Haare und seine Schultern und drückte ihn wieder und wieder an ihre Brust. Dann nahm sie ihn auf den Arm und ging zum Zaun hinüber.

»Hallo? Sind Sie noch da?«, rief sie in das Wäldchen hinein. Doch es kam keine Antwort. Alles blieb still; nur ein paar Vögel zwitscherten in den Bäumen. Wer auch immer Benny zurückgebracht hatte, war nicht mehr da.

»Mein Schatz, wo warst du denn nur?« Ihre Stimme klang ungewohnt kratzig. Ella setzte ihren Sohn vorsichtig vor sich ab und betrachtete ihn. Sein Gesicht war schmutzig, Nadeln und feine Äste hatten sich in seinen Haaren verfangen, und um den Mund herum hatte er einen braunen Bart. Als hätte er Schokolade gegessen. Ella stutzte.

»Hast du irgendwas genascht?« Das Herz klopfte ihr bis zum Hals und ein neuerliches Gefühl der Angst stieg in ihr auf. Lass ihm nichts Böses geschehen sein!, flehte sie stumm.

Benny strahlte sie an und rieb sich mit der Hand über den kleinen Bauch. »Eis esst.«

»Wer hat dir denn das Eis gegeben?«, fragte sie schrill.

»Der Ontel.« Benny lachte und wollte sich aus ihren Armen winden. Doch Ella hielt ihren Sohn weiter fest.

»Wer war der Onkel, der dir ein Eis gegeben hat?«

Benny strahlte sie nur an und wiederholte: »Eis esst, Mama!«

»Ich weiß!« Ella schrie es fast. »Aber wer hat es dir gegeben? Kennst du den Mann, von dem du das Eis bekommen hast?«

Benny verzog das Gesicht, als wollte er jeden Moment anfangen zu weinen. Er schüttelte den Kopf, und Ella drückte ihn an sich. Das würde sie später klären. Erst einmal war sie heilfroh, dass er wieder da war. Unverletzt.

Ihr fiel auf, dass er sein Lieblingshalstuch, das grün-blaue mit dem Traktor, nicht mehr trug. Aber das war im Augenblick egal; es war ja nur ein Stück Stoff. Vielleicht würde sie später danach suchen. Ella vergrub die Nase in Bennys dichtem Haar und sog den Duft ihres Kindes tief in ihre Lungen. Benny machte sich entschlossen aus der Umarmung frei und kletterte in den Sandkasten.

Ella ließ ihn gewähren. Aber sie blieb am Rand der Holzkonstruktion sitzen und behielt ihren Sohn genau im Auge, beobachtete, wie er Sand mit der Schaufel in die Förmchen füllte und diese wieder ausleerte. So arglos und zufrieden, als wäre nichts passiert.

Doch auch wenn sie sich nach außen hin ganz gelassen gab, um Benny nicht zu beunruhigen, war sie aufs Äußerste angespannt. Die Muskeln in Nacken und Schultern fühlten sich

139

plötzlich steif und verhärtet an, ihre Hände und Finger zitterten und entzogen sich beinahe ihrer Kontrolle. Ihre Gedanken waren ungewohnt fokussiert und kreisten nur um die immer gleichen Fragen: Wie hatte Benny verschwinden können? Und wer hatte ihn heimlich zurückgebracht?

Kapitel 24

Lorenz wartete auf der Wiese neben dem Gemeindehaus auf Natascha und beobachtete zwei Mädchen in Shorts und Top, die sich kichernd auf der Tischtennisplatte neben dem Gebäude lümmelten und auf ihren Smartphones herumtippten.

»Ich weiß, was Marion Hentschel im Gemeindebüro gemacht hat!« Natascha hielt den transparenten Müllbeutel, den sie im Büro gefunden hatte, triumphierend in die Höhe.

Lorenz nahm den Beutel und besah sich den Inhalt. »Geschreddertes Papier?« Neugierig öffnete er den Knoten.

»Der Aktenvernichter war noch im Stand-by-Modus und warm«, erklärte Natascha. »Also habe ich den Deckel geöffnet und den Inhalt vorsichtig in einen Müllbeutel gefüllt. Direkt daneben auf dem Boden lag noch eine Rolle mit weiteren Tüten, vielleicht sollte noch mehr vernichtet werden.«

»Hast du eine Ahnung, worum es sich handelt? Sieht aus wie einfache Computerausdrucke.« Lorenz nahm eine Handvoll Papierstreifen aus der Tüte und betrachtete sie. Sie erinnerten an kleine, vertrocknete Würmer.

»Wenn die Ausdrucke aus dem Computer im Büro stammen, finden wir auf der Festplatte möglicherweise noch die zugehörigen Dateien.« Kim wird sich über diese Aufgabe freuen, dachte Natascha.

Lorenz ließ die Schnipsel zurück in die Tüte gleiten und verschloss sie wieder ordentlich mit einem Knoten. »Du hast recht. Ich werde veranlassen, dass wir den Computer mitnehmen können. Dann kann sich Kim direkt dransetzen. Wär

141

doch gelacht, wenn wir da nicht fündig würden!« Er griff nach seinem Handy, ließ es allerdings wieder sinken, als hinter ihnen eine Stimme erklang.

»Hallo!«, rief jemand, und sie drehten sich gespannt um.

Stefanie Wagner, Viviens schwarzhaarige Schwägerin, kam winkend auf sie zugelaufen.

Lorenz beugte sich zu Nataschas Ohr und flüsterte: »Sieh mal einer an! Da hat doch offenbar gleich jemand weitererzählt, dass wir hier sind. Vielleicht sollten wir einen Außenposten im Dorf einrichten. Würde sich lohnen.«

»Gut, dass ich Sie hier treffe!« Stefanie keuchte von der Anstrengung und rückte mit dem Zeigefinger die blaue Kunststoffbrille zurecht. Die beigefarbene Bluse spannte über ihrem Busen, der sich im Atemrhythmus hob und senkte. Lorenz zeigte sich jedoch völlig unbeeindruckt von so viel geballter weiblicher Präsenz.

»Mir ist zu letztem Freitag noch was eingefallen!« Langsam normalisierte sich Stefanie Wagners Atmung. »Ich weiß jetzt nicht, ob das so wichtig ist, aber ich möchte es Ihnen trotzdem erzählen.« Eine schwarze Strähne stand ihr seitlich vom Kopf ab, und sie zupfte nervös daran. »Am Freitagnachmittag war ich in Siegen unterwegs, weil ich einen Termin mit einem Kunden hatte.« Sie sah sich um, als fürchtete sie, belauscht zu werden. Doch außer den beiden Mädchen auf der Tischtennisplatte war niemand zu sehen. »Ich hab auf dem großen Park-and-ride-Parkplatz gehalten, direkt unter der Stadtautobahn, beim Stahlwerk in Geisweid.«

Natascha kannte diesen Parkplatz. Siegen verfügte über einen mehrere Kilometer langen Radweg, der komplett unter der auf Betonstelzen erbauten Stadtautobahn entlangführte und somit überdacht war. Nicht das Schlechteste in einer Stadt, die für ihre häufigen Niederschläge bekannt war. Ein

Teil dieses Radweges führte über besagten Park-and-ride-Parkplatz.

»Und als ich eine Parkbucht gesucht hab, bin ich an Frank vorbeigekommen. Der lehnte da an seinem Auto und hat eine geraucht.« Sie sah erwartungsvoll von einem Beamten zum anderen, und Natascha dachte an Frank Feldmanns Aussage, er sei den ganzen Freitagnachmittag zu Hause gewesen.

»Wann genau war das?«

Stefanie musste nicht lange überlegen: »Ungefähr Viertel vor vier. Ich hatte nämlich Angst, zu spät zu dem Termin zu kommen.«

Lorenz bat sie weiterzuerzählen.

»Ich fand das deshalb komisch, weil ja Felix nicht bei ihm war. Am Freitag bin ich natürlich davon ausgegangen, er wäre bei Anke zu Hause, aber jetzt weiß ich ja...« Sie schluckte, und ihre Unterlippe zitterte leicht. »Anke hätte Felix nie allein zu Hause gelassen. Wenn mal Not am Mann war, hat sie immer eine von uns gebeten, auf den Kleinen aufzupassen, meistens Vivien. Die hat sich gern um Felix gekümmert.«

Feldmanns Alibi war also geplatzt. Und Felix war zur Tatzeit wahrscheinlich allein zu Hause gewesen. Warum hatte Frank Feldmann bezüglich seines Freitagnachmittags gelogen? Die angeblichen finanziellen Probleme und latenten Eheprobleme der Feldmanns kamen Natascha in den Sinn, Ankes Anziehungskraft auf das andere Geschlecht – hatte Frank Feldmann womöglich Streit mit seiner Frau gehabt und eine Aussprache mit ihr gesucht, bei der Felix gestört hätte? Und war dieser Streit dann möglicherweise eskaliert?

Stefanie Wagner ließ den Blick über die Wiese schweifen. »Ich hoffe, ich habe jetzt nichts Falsches gesagt. Aber das mit Felix ist mir einfach aufgefallen. Wenn ich daran denke, dass Anke am Freitag zu der Zeit vielleicht schon...« Sie sah die bei-

143

den aus schreckgeweiteten Augen an. »Sie wissen schon. Dass Anke vielleicht in großer Gefahr schwebte und Frank einfach so in der Gegend herumgefahren ist, statt sie zu suchen... Da wird mir irgendwie ganz anders. Vielleicht hätte er ihr helfen können... Zu Hause wäre er immerhin für einen Notruf oder so was erreichbar gewesen.« Sie schüttelte betroffen den Kopf und blickte auf ihre weißen Leinenschuhe hinunter. »Ach, es ist einfach zu schrecklich!«

»Danke, dass Sie uns Bescheid gegeben haben, Frau Wagner«, sagte Natascha sanft, obwohl in ihr alles in Aufruhr war: Frank Feldmann hatte gelogen!

Stefanie verabschiedete sich von ihnen und ging mit gesenktem Kopf davon.

»Sieh mal an!«, sagte Lorenz. »Wenn Frank Feldmanns Tour nach Siegen nichts mit dem Verschwinden seiner Frau zu tun hat, dann darfst du mich ab jetzt Lolle nennen.«

»Ich nehme dich beim Wort!« Natascha zwinkerte ihm zu und stieg in den Jeep.

Für Frank Feldmann sah es mit einem Mal verdammt schlecht aus. Erst erfuhren sie von Ehestreitigkeiten und finanziellen Problemen, dann tauchte ein unbekannter Liebhaber seiner Frau auf, und nun mussten sie erkennen, dass er sie bezüglich seines Alibis belogen hatte.

»Wir sollten schleunigst in Erfahrung bringen, wo der kleine Felix am Freitagnachmittag war und was sein Vater in der Stadt gemacht hat.«

»Und ich bin gespannt, was wir auf dem Computer im Gemeindehaus finden werden.« Lorenz griff zum Handy, um einen Durchsuchungsbeschluss anzufordern. Das Handynetz funktionierte an dieser Stelle einwandfrei.

Kapitel 25

Sie trafen Frank Feldmann schließlich an seiner Arbeitsstelle in Wilnsdorf an. Er saß mit zwei weiteren Kollegen im Pausenraum der Elektrofirma Schröter, vor sich eine Thermoskanne aus Alu und eine dunkelblaue Brotbox. Eine angebissene Stulle lag daneben; in der Hand hielt Feldmann den zum Becher umfunktionierten Deckel der Kanne. Der Kaffee darin dampfte noch.

»Oh, hallo!« Irritiert sah er die beiden Polizeibeamten an. »Haben Sie Neuigkeiten über Anke?« Er sprang auf und streckte ihnen zur Begrüßung die Hand hin, doch Lorenz wies ihn an, sich wieder zu setzen.

»Würden Sie uns bitte einen Moment allein lassen?«, wandte sich Natascha an die beiden Kollegen in blauen Latzhosen. Auf den Brusttaschen prangte das Logo des Arbeitgebers der drei Männer.

»Klar«, meinte der kleinere der beiden. Er nahm sein Frühstück, nickte Frank Feldmann noch einmal zu und verließ den Raum. Sein Kollege murmelte etwas, das Natascha jedoch nicht verstand, dann schloss er die Tür hinter sich.

»Sie arbeiten schon wieder, einen Tag, nachdem man Ihre Frau tot aufgefunden hat?«, fragte Lorenz provokant und sah Feldmann prüfend ins Gesicht.

Der schlug den Blick nieder und senkte den Kopf. »Zu Hause fällt mir die Decke auf den Kopf. Hier habe ich wenigstens Ablenkung.«

»Und wo ist Ihr Sohn?« Natascha setzte sich ihm gegenüber. Sie konnte seinen Atem riechen, Salami und Kaffee.

145

»Im Kindergarten. Ich glaube, für ihn ist das auch besser.«
Feldmann klang bedrückt.

»Und wo war Felix am Freitagnachmittag?«

Bei Lorenz' Frage ruckte Feldmanns Kopf in die Höhe.
»Das habe ich Ihnen doch schon erzählt: Er war bei mir zu
Hause.«

»Den ganzen Nachmittag?«

Frank Feldmann wandte sich Natascha zu und nickte hektisch. Sie glaubte, Argwohn und Vorsicht in seinem Blick zu
erkennen.

»Auch, als Sie in Siegen unterwegs waren?«

Feldmanns wachsende Anspannung war nun beinahe kör-
perlich zu spüren. »Was soll das? Was wollen Sie von mir?«

»Wir wissen, dass Sie uns belogen haben«, antwortete Lorenz. »Also: Was haben Sie am Freitagnachmittag in Siegen
gemacht?«

Feldmann ließ den Kopf sinken und blickte auf seine Hände
auf der Tischplatte. »Das kann ich Ihnen nicht sagen«, murmelte er.

»Nein? Wir wollen es aber wissen, denn wir möchten herausfinden, was mit Ihrer Frau passiert ist.« Natascha kniff die
Augen zusammen, fixierte Feldmann.

»Ich habe Ihnen doch gesagt, dass ich nichts weiß!« Er
wirkte gequält.

Lorenz beugte sich dicht zu Feldmann hinüber. »Wir wissen, dass Sie eine Zeit lang von Ihrer Frau getrennt waren. Und
dass es damals – oder noch immer – einen anderen Mann im
Leben Ihrer Frau gab.« Er lehnte sich wieder zurück, ließ Feldmann jedoch nicht aus den Augen. Der zuckte zusammen, riss
die Augen auf und starrte Lorenz an. Sein Mund stand offen,
als hörte er zum ersten Mal davon.

»Wissen Sie, was ich glaube?«, hakte Lorenz ungerührt

nach. »Ihre Frau hatte einen Liebhaber, und deshalb musste sie sterben.«

Frank Feldmann legte die Stirn in Falten; offensichtlich war ihm die Tragweite dieser Worte nicht bewusst. Oder er leugnete sie. Doch Nataschas Kollege war erbarmungslos, fixierte Feldmann weiterhin und forderte so eine Antwort von ihm. Natascha hielt sich bewusst im Hintergrund. Sie merkte, wie die eigentümliche Anspannung im Raum zunahm.

Man konnte förmlich zusehen, wie die Bedeutung von Lorenz' Worten langsam bei Feldmann ankam, wie sich eine erste Erkenntnis in ihm formte. Plötzlich sank er in sich zusammen, schlug die Hände vors Gesicht und senkte den Kopf.

»Wir wissen auch, dass Sie am Donnerstagabend zu viel getrunken haben, Herr Feldmann«, fügte Natascha hinzu. »Hatten Sie Streit mit Ihrer Frau? In Ihrer Ehe soll es ja gekriselt haben. Ging es vielleicht um den anderen Mann? Haben Sie sich für die Tat am Freitag Mut antrinken wollen? Vielleicht das aufkommende schlechte Gewissen mit Alkohol betäuben?«

Doch der Mann vor ihnen ging auch auf ihre Provokation nicht ein, sondern hielt einfach weiterhin den Kopf gesenkt und schwieg.

»Herr Feldmann«, wechselte Natascha das Thema, um ihn aus dem Konzept zu bringen und später noch einmal mit den Anschuldigungen zu konfrontieren. »Kennen Sie Tarotkarten?«

Er hob langsam den Kopf, sah sie irritiert an. »Warum?«

»Beantworten Sie bitte die Frage!«, fuhr Lorenz barsch dazwischen, und Feldmann nickte.

»Anke hat sich mit so was beschäftigt. Sie hatte immer ein Kartenset in ihrer Handtasche, und manchmal zog sie so eine Tageskarte. Das erde sie, sagte sie immer. Warum fragen Sie das?«

In Natascha brodelte es. Die Handtasche! Sie hatten bereits alles abgesucht; den Fundort der Leiche, Auto und Wohnung des Opfers, den Arbeitsplatz. Die Tasche war wie vom Erdboden verschluckt. Verdammt! Welche Rolle spielte die Tarotkarte in Anke Feldmanns Hand?

»Über die Details unserer Ermittlungen können wir Ihnen leider nichts mitteilen, Herr Feldmann.« Lorenz beobachtete Feldmann, der wieder in sich zusammensackte. »Und jetzt reden wir noch einmal über den Freitag!«

Doch weder Natascha noch Jörg Lorenz gelang es, Frank Feldmanns Schweigen zu durchbrechen. Der Mann in der blauen Latzhose blieb stumm. Er schien sich von seinen Emotionen mitreißen zu lassen, Tränen rannen über seine Wangen, er schüttelte immer wieder den Kopf – doch über seine Lippen kam kein einziges Wort mehr.

Schließlich erhob sich Natascha. »So wird das nichts, Herr Feldmann. Wir führen das Gespräch in der Dienststelle weiter. Sorgen Sie dafür, dass sich währenddessen jemand um Felix kümmert.«

Kapitel 26

Er saß vor dem Haus, hielt sein Gesicht in die Sonne und genoss den letzten Rest Schokoladeneis. Normalerweise mochte er diesen süßen Kram nicht, aber der Gedanke an den kleinen Benny ließ das Eis für ihn zu einer wunderbaren Delikatesse werden.

Mit der Zungenspitze fuhr er unter dem Rand der Waffel entlang und ließ sich das Eis auf der Zunge zergehen. Auf die gleiche Weise, wie auch Anke ihr Waffeleis gegessen hatte. Anke ... Bei dem Gedanken an sie entfuhr ihm ein Stoßseufzer. Wahrscheinlich lag ihr verwelkter Körper noch in der Pathologie, in irgendeinem Kühlfach in einem dunklen Keller, eingeschnürt in einen schmucklosen Leichensack, und war ebenso kalt wie sein kleiner Nachmittagssnack hier.

Er grinste und leckte mehrmals hektisch um die Waffel herum, um die Eistropfen aufzufangen. So wie Benny.

Kleiner, naiver Benny. Das Eis hatte er eigentlich gar nicht gebraucht; der Junge wäre auch so mit ihm gekommen. Ein paar nette Worte und die Aussicht auf einen großen Bagger hatten gereicht.

Vorsichtig griff er in seine Hosentasche, ertastete das blaugrüne Halstuch mit der Traktor-Stickerei. Es fühlte sich weich an, Weichspüler-flauschig wie die Fürsorge einer Mutter, die nur das Beste für ihr Kind will. Anders als die kratzigen Hemden, die er selbst immer hatte tragen müssen. Karohemden mit verstärktem Kragen, wie sein Vater.

In der anderen Tasche steckten die Tarotkarten.

Schnell aß er den Rest des Eises und wischte sich die Finger an der Hose ab. Schließlich wollte er die kostbaren Karten nicht verkleben und vor allem keine unnötigen Abdrücke darauf hinterlassen. Nicht, dass da jemand eins und eins zusammenzählte!

Als er die Tarotkarten an sich genommen hatte, hatte er noch nicht genau gewusst, was er damit anfangen sollte. Es war wie ein innerer Zwang gewesen; seine Hand war einfach in die Tasche geglitten und hatte das Päckchen herausgezogen. Dann hatte er sich der Handtasche entledigt. Kurz war so etwas wie Reue in ihm erwacht, doch er hatte das unangenehme Gefühl schnell beiseitegeschoben. Sie war die Diebin, nicht er! Später hatte er im Internet die Bedeutungen der Karten recherchiert und lange überlegt, welche er als nächste ins Spiel bringen sollte. Die Erklärungen zu den Motiven waren selten auf den ersten Blick offensichtlich oder gar einleuchtend, das meiste schien willkürlich und an den Haaren herbeigezogen zu sein. Würde *sie* die Karten deuten können? Er musste einfach darauf bauen, dass sie sich mit den Tarotkarten beschäftigen würde. Spätestens, wenn ihr auf die eine oder andere Weise weitere Motive zugespielt werden würden.

Wie zum Beispiel *Der Magier*.

Er stand auf, zerknüllte die Eisverpackung und warf sie in die große Mülltonne vor dem Haus. Niemand würde einen Zusammenhang zu Bennys Verschwinden herstellen, nicht hier.

Der Magier gefiel ihm besonders gut, denn man konnte die Karte auf zweierlei Weise deuten. Auf der einen Seite symbolisierte sie einen Menschen, der sich alle zur Verfügung stehenden Möglichkeiten zunutze macht. Einen Magier. Ihn.

Auf der anderen Seite zeigte sie die ersten Schritte einer Reise an, den Beginn einer neuen Lebensphase. In gewisser

Weise war er heute mit Benny auf die Reise gegangen, auf die Reise in einen neuen Lebensabschnitt. Einen, in dem seine Mutter keine Rolle mehr spielen würde.

Und er, der Magier, würde alle Möglichkeiten ausschöpfen.

Kapitel 27

Feldmanns beharrliches Schweigen zehrte an den Nerven. War ihm nicht bewusst, dass er sich damit nur weiter verdächtig machte? Natascha war frustriert, gleichzeitig verspürte sie einen bohrenden Hunger. Außer einem Joghurt vor der Morgenbesprechung und einem Laugenbrötchen am Vormittag hatte sie nichts mehr gegessen. Ihrer Laune war das wenig zuträglich.

Wie zum Hohn vernahm sie von hinten ein »Mahlzeit«. Es war Schmitz.

»Hunger?«, fragte er, als er ihr schiefes Grinsen bemerkte. »Dann komm! Ich hab noch ein bisschen was von meiner Pizza übrig. Ist zwar schon kalt, schmeckt aber trotzdem noch. Dann kann ich dir nebenbei was zur bisherigen Spurenauswertung erzählen.«

»Oh, danke!« Bei Schmitz musste sie sich nicht zurücknehmen. Er strahlte immer etwas Väterliches aus, und das gefiel ihr.

»Nicht, dass du mir noch vom Fleisch fällst!«, lachte er und zog sie mit sich.

Sie gingen in den zweiten Stock, wo Schmitz eine Tür zu einem selten benutzten Büro öffnete. Die beiden Schreibtische waren zwar zweckmäßig ausgestattet, aber es fehlte ihnen eine persönliche Note. Außer je einem Computerbildschirm, einer Tastatur und einem Telefon waren sie leer. Nur der Pizzakarton, den Schmitz öffnete und Natascha reichte, passte nicht ins Bild.

»Hier, greif zu! Falls du überhaupt was runterbekommst, während ich ein bisschen über den Leichenfundort plaudere.« Er zwinkerte Natascha zu, doch sie nahm sich beherzt eines der beiden mit Spinat belegten Pizza-Achtel.

Schmitz setzte sich rücklings auf den zweiten Schreibtischstuhl und rollte näher zu Natascha herüber. Sie hielt ihm ein Stück von der durchweichten Pizza hin, doch der Kollege winkte ab.

»Lass nur, ich bin wirklich satt! Du kannst die Kalorien eher vertragen als ich!« Er lachte und schlug sich kurz auf den Bauch, dann griff er hinter sich und nahm einen mehrseitigen Bericht zur Hand. Einige Stellen waren mit orangefarbenem Textmarker gekennzeichnet. »Erst mal zum Fundort«, begann er. »Es gibt dort keine Spuren, die auf einen Kampf hindeuten. Auch Schleifspuren finden sich keine. Natürlich haben wir ziemlich viele Fußabdrücke sichergestellt, es ist ja ein öffentlich zugängliches Gelände. Aber keiner davon passt zu den Schuhen des Opfers.«

»Das heißt also, dass die Fundstelle nicht der Tatort ist«, bemerkte Natascha und biss mit Appetit in das zweite Stück Pizza. »Dann wurde sie woanders getötet und danach erst zum Fundort gebracht. Vermutlich getragen.«

Schmitz nickte. »Wir gehen davon aus, dass die Leiche im Kofferraum ihres eigenen Wagens transportiert wurde. Dort finden sich jedenfalls genügend Spuren, die diesen Schluss nahelegen: Faserspuren, Haare, Hautschuppen. Das volle Programm.«

»Was?« Natascha hätte sich beinahe an der Pizza verschluckt.

»Ja. Die Reifenabdrücke des Polos passen, doch es ist eine gängige Reifenmarke aufgezogen. Das allein ist also leider kein Beweis«, dämpfte Schmitz Nataschas aufkommende Euphorie.

»Aber es passt wahnsinnig gut! Konntet ihr feststellen, ob der Polo weiter oben im Wald war?«

Schmitz schüttelte den Kopf. »Nicht sicher. In den Reifenprofilen haben wir zwar alle möglichen Erd- und Schmutzklumpen gefunden, doch nichts lässt sich zweifelsfrei der Umgebung der Fundstelle zuordnen.«

Natascha schloss den Deckel des Pizzakartons und wischte sich die Finger mit einem Taschentuch ab. Ihr Kollege drehte sich mit dem Drehstuhl um und legte die Unterlagen wieder zurück.

»Mensch, Schmitz, das sind ja endlich mal brauchbare Neuigkeiten! Ich werde das gleich mit Winterberg und Lorenz besprechen.« Gut gelaunt und fürs Erste gesättigt stand sie auf und ging zur Tür. »Danke für die Pizza! Du hast mich vor dem sicheren Hungertod gerettet.«

Der Kriminaltechniker winkte ab. »Schon gut. Kannst dich ja bei Gelegenheit revanchieren.«

Auf ihrem Weg durch das Treppenhaus dachte Natascha über das Gehörte nach. Die Fundstelle, der Richtertisch in dem Steinkreis, gewann an Bedeutung, denn die Leiche war extra dorthin transportiert worden. Nahm man die Tarotkarte noch dazu, bekam der Fall nun etwas Mystisches, Spirituelles.

Doch bevor Natascha sich weiter mit dem Thema beschäftigte, brauchte sie zuerst einen Kaffee. Auf dem Weg zu der schmalen Teeküche im vierten Stock traf sie auf Winterberg.

»Ich hab gerade mit Schmitz gesprochen«, erklärte sie. »Die Kriminaltechniker gehen davon aus, dass Anke Feldmann an einer anderen Stelle ermordet wurde und der Täter sie dann vermutlich im Kofferraum ihres eigenen Autos zur Fundstelle transportiert hat.«

Winterbergs Gesicht nahm wieder den üblichen geschäftigen Ausdruck an. Natascha war sich nie sicher, ob er dann nachdachte oder überhaupt nicht mehr zuhörte und schon längst die Fakten neu sortierte.

»Gut! Dann spielt das Auto also eine noch viel größere Rolle als bisher angenommen. Wir müssen noch einmal die Zeugenaussagen zum Polo durchgehen.« Er blickte auf seine Armbanduhr. »Wir treffen uns in einer Viertelstunde in meinem Büro. Lorenz weiß schon Bescheid.«

Winterberg goss sich Kaffee in seine Batman-Tasse und lehnte sich mit gekreuzten Beinen an den Kühlschrank.

»Gibt es schon was Neues von Niklas?«, fragte Natascha vorsichtig.

Hannes Winterberg nippte an seinem Kaffee und stellte dann die Tasse neben sich auf der Ablage ab. »Er war heute mit Ute hier, hat eine Zeugenaussage gemacht. Es wurden Phantombilder angefertigt, das ganze Prozedere der Personenfahndung eben. Die Typen waren blöd genug, alle irgendwas zu sagen. Mindestens zwei von ihnen haben das »R« gerollt, kommen also wahrscheinlich hier aus der Gegend. Bei den anderen beiden war Niklas unsicher. Die haben sich wohl recht gewählt ausgedrückt, meint er.«

Natascha nickte, schwieg jedoch, denn sie wollte den Kollegen nicht unterbrechen.

»Happy-Slapping ist ja eher ein Mittelschichtsphänomen. Vielleicht kommen die Täter sogar aus seiner Schule. Ist jedenfalls nicht auszuschließen.« Winterberg blickte auf die Postkarten, die hinter Natascha an der Wand hingen. Alpenidylle, Strandschönheiten, Nordseewellen, Stadtansichten von Helsinki, Rom und Sankt Petersburg. Manche Karten hatten Kollegen geschickt, die schon längst im Ruhestand waren und die Natascha nie kennengelernt hatte. »Ich muss das jetzt einfach den Kollegen überlassen. Die werden das schon richtig machen.« Es klang wie ein Mantra zur Selbstberuhigung.

155

Natascha lächelte ihn mitfühlend an. »Klar. Das kriegen die hin, verlass dich drauf!«

Winterberg trank den letzten Schluck seines Kaffees. »Ich werde heute Mittag mal kurz nach Hause fahren und nach dem Rechten schauen. Aber unser Geschichtsdozent hat nur zwischen halb zwei und zwei Zeit. Könntest du dich an meiner Stelle mit Doktor Hünsborn treffen? Er hat sein Büro an der Uni. Ich knöpfe mir dann später noch einmal Feldmann vor.«

Natascha überdachte ihren Zeitplan; die Befragungen der Leute in Weissbach konnten sie auch noch eine Stunde später durchführen. Der Termin mit dem Historiker war wichtig.

»Ist in Ordnung, das passt zeitlich noch«, erklärte sie, und Winterberg bedankte sich erleichtert. Gemeinsam gingen sie zu seinem Büro, wo Lorenz bereits auf sie wartete.

Winterberg öffnete mit einem lauten Quietschen des Ringordners die Hauptakte und hielt Jörg Lorenz ein Blatt hin.

»Anke und Frank Feldmanns Kontobewegungen der letzten drei Monate. Das meiste scheinen die beiden per Karte zu bezahlen, wir haben mehr oder wenige regelmäßige Abbuchungen von zwei Supermärkten, einer Tankstelle und zwei Klamottenläden. Alles im üblichen Rahmen für einen Drei-Personen-Haushalt. Aber schaut euch das mal an!«

Er wies mit dem Finger auf die Zahlenkolonnen auf dem Ausdruck, und Natascha besah sich die einzelnen Posten. Hauptsächlich handelte es sich um die erwähnten Abbuchungen der Supermärkte, aber auch Beiträge für Felix' Kindergarten, Versicherungen oder Nebenkostenabrechnungen waren zu finden. Und mehrere Barabhebungen von Beträgen zwischen einhundert und achthundert Euro, alle an unterschiedlichen Geldautomaten vorgenommen, aber in auffällig kurzen Zeitabständen. Davon abgesehen war der Dispokredit ausgereizt.

Lorenz pfiff durch die Zähne. »Das wird uns Frank Feldmann auch noch erklären müssen!«

Würden sie jetzt endlich erfahren, was der Ehemann des Opfers zu verschweigen versuchte?

Natascha hoffte, dass Winterberg ihm später noch einmal ordentlich auf den Zahn fühlen und auch den Namen von Ankes ehemaligem – oder wieder aktuellem? – Geliebten herausfinden würde. Die Beweislage hatte sich für Frank Feldmann noch weiter verschlechtert, und das musste ihm bewusst sein.

Kapitel 28

Natascha fuhr mit dem Bus zur Uni, deren Hauptgebäude auf einem der acht Siegener Hügel standen. Sie hätte zwar einen Dienstwagen nehmen können, aber die Parkplatznot auf dem Haardter Berg war stadtbekannt. Außerdem lagen nur wenige Stationen zwischen der Polizeidienststelle und den Unigebäuden.

Obwohl gerade Semesterferien waren, war der Bussteig voll mit jungen Menschen; die meisten trugen Mappen unter dem Arm oder hatten Rucksäcke und Umhängetaschen dabei. Einige hörten über Kopfhörer Musik, andere kicherten leise miteinander oder tauschten sich in unterschiedlichen Sprachen aus. Ein hochgewachsener, dunkelhaariger Mann hielt ein etwa fünfjähriges Mädchen in einem blau-weiß gestreiften Kleid an der Hand und schob mit der anderen einen kleinen Jungen im Buggy sanft vor und zurück. Natascha stellte sich neben den jungen Vater und wartete auf den Bus, der sie auf den »Bildungshügel« bringen sollte.

Anders als die altehrwürdige Universität zu Köln war die Siegener Uni erst in den Siebzigerjahren erbaut worden und befand sich fast komplett auf dem Haardter Berg, der ansonsten mit Mehrfamilienhäusern und riesigen Bungalows bebaut war. Über allem thronte die Campus-Universität mit dreien ihrer Campus, den farbig gestrichenen Gebäuden, die das Flair einer Betonstadt verbreiteten.

Wie die meisten Berge im Stadtgebiet war auch dieser von langen Erzgängen und tiefen Schächten durchzogen. Die

Namen einzelner Bushaltestellen erinnerten an die ertragreiche Erzgrube »Neue Haardt«, die bis in die Sechzigerjahre in Betrieb gewesen war.

Das Adolf-Reichwein-Gebäude mit Hauptbibliothek, Audimax und Mensa war eher zweckmäßig gestaltet und folgte den Regeln der Architektur der Siebziger. Beton und umlaufende Metallgeländer erinnerten an andere Universitäten dieser Epoche, wie sie vornehmlich im Ruhrgebiet zu finden waren.

Natascha dachte an ihre zwei Semester Psychologie in Köln und war mittlerweile froh, das Studium rechtzeitig abgebrochen zu haben. Sie war einfach nicht dafür geschaffen, in stundenlangen Gesprächen die Probleme anderer Menschen zu analysieren. Stattdessen kämpfte sie lieber an vorderster Front, richtete sich nach Gesetzen und Regeln und überließ das Feinfühlige anderen, die sie für geeigneter hielt.

»Wo finde ich denn die Büros der Historiker?«, fragte sie den jungen Vater, nachdem sie ihm geholfen hatte, den Buggy aus dem Bus zu hieven. Das Mädchen hatte sie angegrinst und dabei eine niedliche Zahnlücke gezeigt.

»Links neben der Bibliothek die rote Backsteintreppe hoch, wieder links halten und durch die Glastüren gehen. In der Etage darüber sind dann die einzelnen Büros ausgeschildert. Ist ganz leicht zu finden. Nur nicht nach rechts wenden, da ist das Audimax.« Er lächelte sie an und fuhr sich mit einer Geste durch die schulterlangen Haare. Wahrscheinlich ein Geistes- oder Sozialwissenschaftler, vermutete Natascha. Oder ein Lehramtsstudent.

»Guten Tag, Herr Doktor Hünsborn. Krüger von der Kripo Siegen.« Natascha hielt dem Historiker ihren Dienstausweis hin.

Sie hatte einen weißhaarigen, pfeiferauchenden Professor kurz vor der Pensionierung erwartet und war entsprechend überrascht, einem jungen Wissenschaftler gegenüberzustehen. Hünsborn war etwa Ende dreißig, hatte einen roten Gabelbart und war ausgesprochen dick. Mit dem langen roten Haar, das ihm in Wellen auf die Schultern fiel, erinnerte er an einen übergewichtigen Wikinger.

»Kommen Sie rein!« Hünsborn keuchte und führte sie in ein schmales Büro voller Bücher. Verlegen räumte er einen Bücherstapel von einem schwarzen Plastikstuhl und bat sie, sich zu setzen.

»Sie haben Fragen zur historischen Rechtsprechung?« Hünsborn ließ sich ächzend auf seinen Bürostuhl fallen, und Natascha fürchtete, das Gestänge würde das Gewicht nicht auffangen können. Aber der Stuhl hielt.

»Genau genommen zu dem alten Richtertisch in Wilnsdorf«, erklärte sie. »Wurden dort Hexen gerichtet?«

Der Historiker atmete hörbar aus und blickte zum Fenster, als nervte oder langweilte ihn die Frage. »Es gibt jede Menge fundierter Literatur über die Hexenprozesse im Siegerland. Schon seit Jahrzehnten haben sich mehr oder weniger kundige Menschen mit dem Thema befasst. Das ist jedoch nicht mein Spezialgebiet, ich habe mich mehr auf die Rechtsgeschichte verlegt.« Sein Lachen klang angestrengt. »Und wenn ich ehrlich sein soll: Die Siegerländer sind auch nicht so gut auf ihre Hexen zu sprechen.«

Er nahm einen großen Schluck Cola aus einer Zweiliterflasche und stellte sie zurück auf den Schreibtisch.

»Wie meinen Sie das?«

Hünsborn beugte sich verschwörerisch zu ihr herüber und sprach mit leiser Stimme weiter. »Hier gibt es eine lange pietistische Tradition und in der Folge auch jede Menge freikirchlicher Gemeinden. Die meisten sind ganz offen, manche aber auch sektenartig abgeriegelt.« Er hielt einen Moment inne und sah sie mit zusammengekniffenen Augen an, als wartete er auf eine Reaktion.

Natascha lächelte. »Ich komme aus dem erzkatholischen Köln. Ich weiß, was Religiosität bedeutet.«

Hünsborn hustete, ohne die Hand vor den Mund zu nehmen. Natascha zuckte instinktiv zurück. »Hier gab es bis ins siebzehnte Jahrhundert hinein Hexenprozesse, länger als in vielen anderen Regionen. Heute versucht man teilweise, die schuldig gesprochenen Hexen von damals zu rehabilitieren. Aber nicht überall. Auch heutzutage noch ist der Glaube an Hexen verbreitet.« Er schwieg einen Moment. »Kennen Sie die *Hexenkinder* aus Zentralafrika?«

Natascha erinnerte sich an einen aufwühlenden Zeitungsartikel, der sie lange beschäftigt hatte. »In einigen afrikanischen Gesellschaften mit starken pietistischen Wurzeln werden Kinder als die Inkarnation des Bösen angesehen und als Unglücksbringer gebrandmarkt.«

»Und viele von ihnen werden wegen vermeintlicher Hexerei getötet oder exorziert«, fügte Hünsborn an. »Die gesellschaftlichen Umbrüche und die teilweise katastrophale ökonomische Situation fördern diese schrecklichen Zustände noch.« Hünsborn schüttelte den Kopf. »Aber Sie sind ja nicht hier, um mit mir über den Kongo oder über Nigeria zu sprechen.« Er hüstelte nervös und schob einen Bücherstapel auf dem Schreibtisch von links nach rechts.

»Nein.« Natascha dachte an die seltsame Stimmung in Weissbach. War hier, mitten in Deutschland, ein Aufblühen des Hexenglaubens mit all seinen Facetten denkbar? Plötzlich fröstelte sie trotz der Hitze im Raum, und sie rieb sich über die Oberarme. Sie dachte an den kleinen Felix, dessen Name »der

Glückliche« bedeutete. Mochte er in seinem weiteren Leben mehr Glück haben als bisher!

»Erzählen Sie mir mehr über die Rechtsprechung im mittelalterlichen Siegerland!« Ihr Blick blieb an einem mehrbändigen Nachschlagewerk zur Grafschaft Nassau-Oranien hängen; von einem der Buchrücken schaute ihr der allgegenwärtige Fürst Johann Moritz entgegen. »Wer wurde denn an dem Richtertisch in Wilnsdorf verurteilt? In der Inschrift geht es um ein Femegericht und um zwölf femewürdige Vergehen. Können Sie mir mehr darüber erzählen?«

»Ja, wissen Sie«, begann Hünsborn und räusperte sich. »Es ist wahrscheinlich nicht so, wie Sie sich das vorstellen.« Wieder hüstelte er, und Natascha wartete, dass er endlich zur Sache kam. »Zwischen dem vierzehnten und Anfang des sechzehnten Jahrhunderts waren die Femegerichte in Westfalen weit verbreitet. Auch heute noch ranken sich viele mystische Geschichten um diese Freigerichte oder Freistühle; man munkelt von heimlichen Sitzungen in dunklen Höhlen und anderen Abenteuerlichkeiten. Aber so war es in Wirklichkeit nicht. Die Femegerichte waren in erster Linie für Vergehen zuständig, die man damals ›handhafte Tat‹ nannte. Es wurde beispielsweise einberufen, wenn jemand in flagranti erwischt worden war. Diese Gerichte waren zusammengesetzt aus Freigrafen und mehreren Schöffen, ihr Hauptsitz war in Dortmund.«

Hünsborn lehnte sich in seinem wackligen Stuhl zurück und schien langsam warm zu werden. Doch Nataschas Zeit war knapp.

»Könnten Sie das Ganze bitte etwas abkürzen? Ich fürchte, unser Zeitfenster reicht nicht für die Langversion.« Sie versuchte, ihre Beine auszustrecken, stieß aber gegen einen der vielen Mappenstapel auf dem Boden. Also zog sie die Knie wieder an und verharrte in der unbequemen Sitzhaltung. »Was bedeutet dieser Spruch: ›Strick – Stein – Gras – Grein‹?«

»Hm.« Hünsborn fuhr sich mit der Hand durch das lange Haar und schüttelte es mit einer unbewussten Kopfbewegung auf. »Die Bedeutung war und ist unklar. Strick und Stein verweisen auf die Bestrafung durch Hängen – nicht Henken! Das ist ein Unterschied. Die Missetäter wurden nicht zwangsläufig getötet, sondern manchmal einfach nur aufgehängt und durften von ihren Angehörigen sogar versorgt werden. Viele haben diese Form der Strafe auch überlebt. Der Stein ist klar, denn sowohl der Richtertisch, an dem Recht gesprochen wurde, als auch die Sitze für die Schöffen waren aus Stein. Gras hingegen ...«

Natascha unterbrach ihn. Ihr war eine Idee gekommen. »Wurden Verurteilte auch gesteinigt?«

Hünsborn schüttelte er den Kopf. »Soweit ich weiß, nein. In Wilnsdorf wurde nur der Strick verwendet.«

Sie erzählte ihm vom eingeschlagenen Schädel des Opfers, und er rümpfte die Nase. »Sie meinen, dass das Opfer symbolisch gesteinigt wurde? Diese Form der Strafe findet sich hauptsächlich in islamischen Ländern für Ehebrecherinnen, im Christentum jedoch normalerweise nicht.«

Sein rechter Mundwinkel zuckte, und Natascha starrte ihn an. Schon wieder das Thema Ehebruch ...

»Das Opfer lag mit entblößtem Oberkörper und eingeschlagenem Schädel auf dem Steintisch. Fällt Ihnen dazu eine Deutung ein?« Sie war sich nicht sicher, wie viel sie ihm erzählen konnte. Aber es war gut möglich, dass er als Fachmann Zusammenhänge sah, für die sie und die Kollegen als Laien blind waren.

Hünsborn nahm die Information auf. Man konnte förmlich zusehen, wie es in ihm arbeitete. Er nickte langsam, sein Gabelbart bewegte sich sachte. »Im mittelalterlichen Europa wurden Ehebrecherinnen nicht selten mit blanken Brüsten an den Pranger gestellt, damit ein jeder auf den ersten Blick sah, worin ihr Vergehen bestand. Bevor sie bestraft wurden, natürlich.«

Sollte es hier tatsächlich nur um so ein banales Motiv wie Ehebruch gehen? Natascha war beinahe enttäuscht. Die halb nackte Leiche im Steinkreis, in der Hand eine Tarotkarte, hatte mehr vermuten lassen. Irgendetwas Mystisches, Geheimnisvolles. Doch es deutete immer mehr darauf hin, dass hier Anke Feldmanns Affäre thematisiert wurde.

»Aber was ist mit den zwölf Vergehen, die auf der Tafel des Richtertisches erwähnt werden? Ehebruch ist meines Wissens nicht darunter.«

Hünsborn zwirbelte die Spitzen seines roten Bartes, ehe er sich mit einer Hand auf dem Tisch abstützte und zu Natascha herüberbeugte. »Ich habe Ihnen vorhin den Stand der Wissenschaft dargelegt. Aber das war nur die halbe Wahrheit, wenn man das so sagen kann.« Er nahm erneut einen Schluck aus der Colaflasche. Natascha ignorierte ihren Durst. »Es gibt da auch noch den Teil, der nicht durch entsprechende Quellen belegt ist. Der Teil, um den sich Mythen und Geschichten ranken.« Er grinste.

»Und der wäre?« Natascha blickte auf die Uhr. Sie hatten noch etwa zehn Minuten Zeit.

»Es heißt, dass es noch einen dreizehnten Punkt auf der Liste der femewürdigen Vergehen gab.«

»Ach«, entfuhr es ihr, und Natascha starrte ihn gespannt an. Ihre Fingerspitzen kribbelten, sie fühlte sich wie elektrisiert.

»Aber weil die Dreizehn eine Unglückszahl ist, wurde dieser Anklagepunkt nicht aufgenommen«, fuhr der Historiker fort.

Natascha ahnte die Antwort schon, bevor er sie aussprach.

»Ehebruch. Und weil das dreizehnte Vergehen nicht offiziell auf dem Richtertisch geahndet wurde, war die Strafe auch nicht zwingend der Strang.«

Nataschas Gedanken wirbelten durcheinander, ließen sich kaum fassen. Dreizehn. *Der Tod.* Die Tarotkarte in Anke Feldmanns Hand. Die Karte hatte also doch noch eine tiefere Bedeutung. Der schwarze Reiter auf dem weißen Pferd stand für die Unglückszahl, das Ende des Lebens, das dreizehnte Vergehen. Und die Steinigung war der Schuldspruch für den Ehebruch.

Doch wer hatte das Vergehen angeprangert, wer hatte die Tötung ausgeführt und vor allem: Wer vermischte so konsequent all die Metaphern, griff auf mittelalterliche Methoden genauso zu wie auf okkulte, vorchristliche Symbole?

Kapitel 29

»Ella! Wo bist du?« Rolf riss die Haustür auf und stürmte in die Wohnung. Hektisch sah er sich um. »Benny!«

Er kam ins Wohnzimmer und blieb abrupt stehen, als er Ella auf dem Sofa sitzen sah. Obwohl es draußen so heiß war, hatte sie sich einen Tee gekocht und in eine Decke gewickelt. Benny lag ausgestreckt neben ihr und hielt Mittagsschlaf. Wegen der Hitze war er nur mit Unterhose und T-Shirt bekleidet. Ella hatte es nicht mehr gewagt, ihn auch nur eine Sekunde aus den Augen zu lassen.

Rolf baute sich vor dem Sofa auf, den schwarzen Lederkoffer mit den Arbeitsunterlagen noch in der Hand, und starrte sie an. »Was war los? Was war mit Benny?«, fragte er aufgebracht.

Ella hob schnell den Zeigefinger vor die Lippen, um Rolf zu bedeuten, leiser zu sprechen. Mit der anderen Hand streichelte sie sanft Bennys Oberarm. »Komm her!« Sie streckte die Arme nach ihrem Mann aus und spürte, wie ihr die Tränen in die Augen stiegen. Sie brauchte seine Nähe, seinen Trost. Vielleicht konnte Rolf ihr das Gefühl der Angst und der Schutzlosigkeit nehmen. Doch er zögerte, betrachtete einen Moment den schlafenden Benny und blickte dann auf die Uhr. Als er sich setzte, hielt er Abstand zu Ella. Sie merkte, dass er ärgerlich war, es sich aber aus Rücksicht auf seinen Sohn nicht anmerken lassen wollte.

»Was war mit Benny? Wieso hast du mich auf der Arbeit angerufen? Du kannst dir überhaupt nicht vorstellen, was da gerade los ist, und du rufst mich an, reißt mich aus allem raus und tust so, als wäre hier sonst was passiert!« Rolf gab sich nun keine Mühe mehr, seinen Ärger zu verbergen.

Ella merkte, wie sich in ihrem Inneren etwas schmerzlich zusammenzog, wie sie selbst auf Distanz ging. Sie hatte Todesängste um Benny ausgestanden, und Rolf war ihre Sorge nur lästig. Statt sie mit ihr zu teilen, beschwerte er sich noch.

Sie zog die Hand zurück, als hätte sie sich an ihrem Mann verbrannt. »Benny wurde entführt! Ich hatte solche Angst um ihn, überall habe ich ihn gesucht! Im Haus, im Garten, bei den Nachbarn, sogar drüben bei Hausmanns und Fritsches auf der anderen Straßenseite. Aber er war einfach wie vom Erdboden verschluckt!« Ihre Stimme wurde schrill, sie hörte es selbst. Doch sie konnte überhaupt nichts dagegen tun.

Benny seufzte im Schlaf und drehte den Kopf auf die andere Seite, schlief jedoch weiter.

Ella bemühte sich, leiser weiterzusprechen. »Er war wirklich unauffindbar, Rolf! Dann hat ihn jemand über den Zaun gehoben, aber die Person hat sich gleich wieder im Wäldchen verborgen! Und auf mein Rufen hat niemand reagiert.«

Bei der Erinnerung an diesen Moment schluchzte sie auf und drückte ihre Faust gegen den Mund. »Er hat Benny ein Eis gegeben. Benny hat immer wieder von dem Schokoladeneis gesprochen!« Tränen rannen über ihre Wangen. Die Anspannung der letzten Stunde fiel von ihr ab, doch statt Erleichterung fühlte sie nur eine große Leere in ihrem Inneren.

Rolf starrte sie an. »Warum hast du nicht besser auf ihn aufgepasst? Aber das ist doch sowieso alles total absurd! Wer sollte Benny denn entführen?«

Ella erstarrte. Sie brauchte keinen Hohn, keine Vorwürfe. Sie brauchte Nähe, Halt und Trost. Einen Mann, der sie in die Arme nahm und seine Wärme mit ihr teilte. Sie ließ enttäuscht die Schultern fallen. »Ich hab im Vorgarten Unkraut gejätet, und Benny war hinten im Garten im Sandkasten. Du hast doch immer behauptet, da könnte ihm nichts passieren! Er käme nicht allein über den Zaun. Aber der Sandkasten steht viel zu nah am Wäldchen, das habe ich dir von Anfang an gesagt! Und da hat ihn dann einfach jemand mitgenommen. Von unserem Grundstück entführt! Benny ist doch noch so klein. Er merkt doch gar nicht, wenn jemand ihm was Böses will!«

Sie war so laut geworden, dass der Junge erwachte und sie aus müden Augen anschaute. Dann entdeckte er Rolf, setzte sich auf und rieb sich die Augen mit den kleinen Fäusten. »Papa!« Glücklich streckte er die Arme nach ihm aus.

Sein Vater nahm ihn unwillig auf den Schoß. »Hallo, Schatz, aber du sollst noch ein bisschen schlafen. Hat die Mama dich geweckt?« Rolf bedachte Ella mit einem vorwurfsvollen Seitenblick, und Benny nickte und schmiegte sich an seine Schulter. »Na komm, mein Kleiner! Leg dich wieder hin! Mama und ich unterhalten uns jetzt auch ganz leise, okay?«

Der Dreijährige nickte und rollte sich wieder auf der Couch zusammen.

»Warum sollte jemand Benny entführen? Wahrscheinlich ist er irgendwie über den Zaun geklettert und im Wäldchen herumgestromert. Und dann hat ihn irgendein hilfsbereiter Mensch wieder zurückgebracht.« Rolf stand auf. »Du siehst Gespenster, Ella. Bist ja schon hysterisch! Bist du mit deiner Mutterrolle unterfordert? Dann suchen wir dir am besten eine Beschäftigung! Und überhaupt: Wenn es so dramatisch gewesen wäre, wie du behauptest, dann hättest du die Polizei rufen müssen. Eine Kindesentführung!« Er spie das Wort verächtlich aus. »Du machst hier ein Riesentheater wegen nichts und wieder nichts. Ich sag dir, warum du nicht bei der Polizei warst: Es wäre dir peinlich gewesen! Ich hab mir wirklich unglaublich große Sorgen um Benny gemacht, hab sofort alles stehen und liegen gelassen, um nach Hause zu kommen. Du hast überhaupt keine Ahnung, was ich gerade für Probleme im Büro hab. Ich kann mir keinen einzigen Schnitzer leisten, nicht den winzigsten!«

Ella hörte nicht nur die Wut in seiner Stimme, sondern auch die Verachtung.

»Ich weiß nicht genau, wann ich heute nach Hause komme«, fuhr er fort. »Es kann spät werden, schließlich muss ich die vertrödelte Zeit nacharbeiten.« Mit diesen Worten strich er sich die Hose wieder glatt, stand auf und ging in Richtung Tür.

»Rolf!«, rief Ella hinter ihm her. »Lass uns doch darüber reden! Ich muss dir noch mehr erzählen. Es war nicht nur die Entführung ...«

Doch er drehte sich nicht mal mehr zu ihr um.

Benny schlief noch immer auf dem Sofa, und Ella holte rasch ihren Laptop aus dem Arbeitszimmer. Auf ein Buch würde sie sich jetzt ohnehin nicht konzentrieren können, und sie wollte keinen Moment von Bennys Seite weichen. Heute nicht, wahrscheinlich nie mehr. Der Schreck saß zu tief. Sie hatte vorhin in einen Abgrund der Angst geblickt, dessen Tiefe sie bis ins Mark erschreckte.

Sie klappte den Laptop auf, fuhr ihn hoch und wartete, bis die Verbindung zum Internet hergestellt war. Ella sehnte sich nach Normalität, nach einem Gedankenaustausch, gleich welcher Art. Sie hatte das Bedürfnis, die Probleme anderer Menschen zu betrachten. Damit sie nicht über ihre eigenen nachdenken musste.

Über Bennys mysteriöses Verschwinden, den verklebten Briefkasten, die Karte *Die Liebenden* und den Hörerwunsch im Radio. Und alles, was damit zusammenhängen mochte. Rolf hatte recht: Sie hätte die Polizei informieren sollen. Aber was hätte die schon ausrichten können? Benny war ja nichts passiert! Wahrscheinlich hätten sie Ella einfach für eine hysterische Glucke gehalten, die mit ihrer Hausfrauen- und Mutterrolle nicht zurechtkam. So wie Rolf. Und vielleicht hätten sie sogar recht.

Sie öffnete die Facebook-Seite, gab Kennung und Passwort ein und wartete darauf, dass sie Zugang zu ihrem Profil erhielt. Doch irgendwie musste sie sich vertippt haben, denn auf dem Bildschirm erschien eine Fehlermeldung. Also versuchte sie es noch einmal und achtete genau auf die Groß- und Kleinschreibung ihrer Eingangsdaten.

So, nun war alles korrekt.

Aber auch diesmal erhielt sie eine Fehlermeldung: Kennung oder Passwort seien falsch. Ella stutzte. Sie hatte doch auf alles genau geachtet. Dieses Mal tippte sie ganz langsam, Buchstabe für Buchstabe, um auch wirklich sicherzugehen, dass alles richtig war.

Doch egal, wie sorgsam Ella auch vorging: Sie gelangte mit ihrem Passwort nicht mehr auf ihren Facebook-Account.

Irritiert lehnte sie sich zurück und starrte auf den Monitor. Das konnte doch nicht sein! Wie war das möglich?

Sie hatte doch alles richtig eingegeben! War vielleicht das Programm kaputt oder ihr Computer? Gab es bei Facebook irgendwelche Probleme? Vielleicht stimmte auch etwas mit der Internetverbindung nicht?

Ein leiser Verdacht schlich sich ein und baute sich zu einem riesigen, beängstigenden Gedanken auf. War es möglich, dass jemand ihren Account gehackt hatte? Dass da jemand unerkannt auf ihrem Profil herumsurfte und sich Daten und Bilder anschaute, die nur für gute Freunde gedacht waren? Hatte womöglich jemand ihre virtuelle Identität angenommen und gab sich als Ella Steinseifer aus?

Aber das war absurd! Wer sollte so etwas tun?

Und dennoch würde es zu all den anderen unheimlichen Dingen passen, die zurzeit passierten. Ihr wurde übel.

Wenn wirklich jemand ihren Account gehackt hatte, dann konnte er all ihre Kontakte einsehen, die Fotos, ihre Statusmeldungen. Auch die, die sie bloß an ihre engsten Freunde geschickt hatte. Die virtuellen Fotoalben, die sie nur für ausgewählte Personen freigegeben hatte. Einfach alles, was sie eigentlich vor fremdem Zugriff geschützt hatte. Hatte schützen wollen.

Aber es gab noch etwas, und das war viel schlimmer als alles, was sie sich vorstellen mochte: Die unbekannte Person konnte in ihrem Namen im sozialen Netzwerk interagieren. Konnte sich ihre virtuelle Identität überstreifen, ohne dass es jemand merkte und damit machen, was sie wollte.

Und das war sicher nichts Gutes.

Kapitel 30

Kaum hatte Natascha nach ihrem Besuch an der Uni die Dienststelle erreicht, stürmte sie in den Besprechungsraum, wo Lorenz und Winterberg über die Hauptakte gebeugt saßen.

»Das Motiv liegt in Anke Feldmanns Affäre!«, rief sie atemlos. »Die Tarotkarte in der Hand des Opfers ist ein Hinweis auf ein dreizehntes Vergehen, das an diesem Richtertisch geahndet wurde. Ehebruch.« Sie fasste kurz zusammen, was sie von Hünsborn erfahren hatte.

»So weit waren wir eigentlich schon«, warf Winterberg zweifelnd ein, doch Natascha ließ sich davon nicht beeindrucken.

»Ja, wir haben es *vermutet*. Aber jetzt wissen wir es ganz genau. Und alles ist offenbar viel weniger mystisch, als wir bisher angenommen haben.« Sie blickte in die spöttischen Gesichter ihrer Kollegen. »Okay, weniger mystisch, als *ich* bisher angenommen habe. Da bedient sich jemand bei allen möglichen Glaubensrichtungen, um auf Anke Feldmanns Affäre hinzuweisen. Und er benutzt dabei starke Bilder.«

Winterberg machte sich auf einem kleinen Block Notizen. »Das scheint mir ein eher weibliches Vorgehen zu sein, was meint ihr?« Doch er blickte sie gar nicht an, sondern widmete sich wieder der Hauptakte. »Oder wir haben es mit einem Täter-Duo zu tun. Ein kräftiger Mann, der den Mord ausführt, und eine Frau für die Symbolik.«

Die Befragung der Nachbarn in Weissbach war abgeschlossen. Doch niemand konnte sagen, in welche Richtung Anke Feldmann am Freitag gegen vierzehn Uhr gefahren war.

Natascha saß nun mit Lorenz im einzigen Gasthaus des Ortes, dem »Backes« – benannt nach den alten Backhäusern der Region –, um die wenigen neuen Informationen zusammenzutragen.

Frank Feldmanns Freitagnachmittag konnten sie schlüssig rekonstruieren. Etwa eine halbe Stunde nach seiner Frau hatte auch Feldmann das Haus verlassen, war mit Felix in den weißen Opel Astra gestiegen und erst dreieinhalb Stunden später, etwa gegen Viertel vor sechs, wieder nach Hause zurückgekehrt.

In der Zwischenzeit hatte ihn niemand im Ort gesehen. Diese Aussagen deckten sich also mit den Beobachtungen Stefanie Wagners. Auch Frank Feldmanns Eltern in Siegen hatten bestätigt, dass ihr Enkel für knapp drei Stunden bei ihnen gewesen war. Doch sie wollten oder konnten nicht sagen, was ihr Sohn in dieser Zeit gemacht hatte.

»Bei einigen Nachbarn hat man förmlich gemerkt, dass sie mir noch mehr erzählen wollten«, berichtete Natascha und klaubte die letzten Krümel ihres Stückes Apfelkuchen mit der Gabel zusammen. »Aber sie haben sich nicht getraut zu tratschen. Also habe ich ihnen ein paar Brücken gebaut, damit sie anfangen zu reden.«

Lorenz grinste und stellte die Kaffeetasse zurück auf den Unterteller. Es klirrte leise. Das Innere des Schankraumes war mit Holzpaneelen verkleidet, die im Laufe der Jahre dunkel und unansehnlich geworden waren. Durch die kleinen Sprossenfenster schien nur wenig Licht hinein, alles wirkte düster, alt und abgenutzt. Ein Anstrich in hellen Farben würde hier Wunder wirken, dachte Natascha. Die Wirtin Franziska Quast stand hinter der Theke und polierte Gläser mit einem grün-weiß karierten Geschirrtuch. Dabei hielt sie ihre fremden Gäste dezent im Blick.

»Und was hast du aus den Leuten herauskitzeln können?«

Natascha beugte sich ein wenig zu ihrem Kollegen vor und sprach leise, damit die Wirtin nicht mithören konnte. »Es ging meist um die Trennung der Feldmanns vor fünf Jahren. Die Meinungen dazu waren aber unterschiedlich; die einen waren sich sicher, dass Anke einen Geliebten gehabt hätte, die anderen glaubten, Frank hätte eine andere gehabt.«

»Gab es irgendwas Konkretes? Konnte dir jemand Namen nennen oder von bestimmten Beobachtungen berichten?«, wollte Lorenz wissen und spielte mit dem Deckel des weißen Kaffeekännchens. Zwei Tropfen fielen auf das helle Papierdeckchen unter der Kanne und hinterließen hellbraune Flecken.

»Nee. Nichts als Gerede, Vermutungen, Hörensagen. Wirklich etwas wissen tut angeblich niemand.« Natascha verdrehte die Augen.

»Also könnten wir den Tathergang wie folgt konstruieren. Theoretisch«, erklärte Lorenz und nahm noch einen Schluck Kaffee. »Es gibt oder gab einen Geliebten, und Frank Feldmann hat für den Zeitraum der Tat kein Alibi. Möglicherweise hat Anke die Affäre nicht aufgegeben oder wiederaufgenommen, oder sie hat eine neue begonnen. Ihr Mann findet das heraus und versucht, sie zur Rede zu stellen. Dazu bringt er erst seinen Sohn zu seinen Eltern und trifft sich anschließend mit seiner Frau. Es kommt zum Streit und Handgemenge, und er erwürgt sie im Affekt. Dann bekommt er Panik, packt die Leiche in den Kofferraum des Polos und bringt sie in das Waldstück mit dem Richtertisch. Da legt er die Leiche ab, fährt zurück zu seinem Wagen, um damit anschließend seinen Sohn wieder bei den Eltern abzuholen. Abends, nach einer gewissen Zeit, ruft er dann die Polizei an, wahrscheinlich in dem Wissen, dass die Beamten ohnehin nicht nach einer erwachsenen Frau suchen werden, sondern zunächst einmal davon ausgehen werden, dass sie möglicherweise abgehauen ist.«

Natascha blickte nachdenklich aus dem Fenster. »Vergiss nicht, dass ihr Handy zu Hause lag. Wie hätte er ein spontanes Treffen organisieren können? Und was ist mit der Tarotkarte? Die passt überhaupt nicht ins Bild.«

»Vielleicht hasste Feldmann Ankes Beschäftigung mit den Karten so sehr, dass er ihr quasi die schrecklichste aller Karten mit in den Tod gegeben hat. Keine Ahnung.« Lorenz klang selbst nicht überzeugt.

»Aber ich frage mich trotzdem, warum die Leiche so zur Schau gestellt wurde – noch dazu auf dem Richtertisch. Und wieso sollte Feldmann so kryptisch auf den Ehebruch seiner Frau hinweisen? Damit hätte er sich doch nur selbst verdächtig gemacht. Ist es nicht viel wahrscheinlicher, dass jemand anders Anke Feldmann eins auswischen und sich und anderen mit der Zurschaustellung der Leiche beweisen wollte, wer der Coolere ist, der, der zuletzt lacht?« Sie ließ ihre Kaffeetasse in der Hand kreisen und beobachtete das braune Getränk, das sich an den Rändern emporschwang. »Die Partnerin ihres Geliebten, der Geliebte selbst. Es gibt so viele Möglichkeiten, so viele Personen, die theoretisch infrage kommen, solange wir nichts Konkretes über diesen Seitensprung wissen. Und ich frage mich, worüber Feldmann sich so beharrlich ausschweigt.«

Lorenz wollte etwas erwidern, doch plötzlich hörten sie ein lautes Klirren. Der Wirtin war beim Polieren ein Glas zu Boden gefallen, und sie bückte sich schnell hinter die Theke.

»Hier ist wohl nicht der richtige Ort für eine ausführliche Besprechung«, meinte Lorenz vielsagend und trank den letzten Schluck seines Kaffees.

Natascha nickte, doch dann kam ihr eine Idee. Sie nahm ihr Portemonnaie aus dem Rucksack und ging zu der Wirtin hinüber, die mit Kehrblech und Handbesen hinter dem Schanktisch hockte und die Scherben auffegte.

»So ein dummes Missgeschick!«, stammelte sie, stand auf und ließ die Scherben klirrend vom Kehrblech in den Mülleimer gleiten. Flammende Röte war ihr ins Gesicht gestiegen.

»Ich möchte zahlen.« Natascha hielt der korpulenten Frau einen Zehn-Euro-Schein entgegen. »Stimmt so.« Sie hoffte, mit dem großzügigen Trinkgeld die Zunge der Wirtin ein wenig lockern zu können. Aus dem Augenwinkel bemerkte Natascha in der hinteren Ecke des Schankraums einen Fernseher, der an der Decke montiert war. »War Frank Feldmann eigentlich am vergangenen Wochenende hier? Zum Fußballgucken vielleicht? Oder zum Frühschoppen?«

Franziska Quast winkte ab. »Zum Frühschoppen kam der eh nie her. Ich glaub, da hatte seine Frau was dagegen.« Sie hielt kurz inne und seufzte. »Und sie haben ja auch noch den kleinen Sohn. Da kann man nicht so weg, wie man will ...« Wieder schwieg sie und warf einen raschen Blick zu Lorenz hinüber, der immer noch an dem kleinen Tisch am Fenster saß und nach draußen schaute. »Stimmt das eigentlich, was man sich so über Anke erzählt?«, wollte sie dann leise und in verschwörerischem Ton wissen.

Natascha stellte sich ahnungslos. »Was erzählt man sich denn?«

»Na, dass sie einem Sexualstraftäter zum Opfer fiel.«

Natascha dachte an die Auffindesituation im Wald, an den

entblößten Oberkörper des Opfers, der eine solche Vermutung nahegelegt hätte. Doch diese Details waren in den Pressemitteilungen nicht genannt worden. Nach Norbert Bonhöffer war Frau Quast nun schon die Zweite, die sie auf ein Sexualdelikt ansprach. Interessant, wie schnell sich Tratsch und Klatsch verbreiteten! Noch interessanter war, woher die Wirtin diese Information hatte.

Doch daran konnte sich Franziska Quast angeblich nicht mehr erinnern; sie habe das abends an der Theke aufgeschnappt, sagte sie. Als Natascha ein Sexualdelikt verneinte, wirkte die Frau fast ein wenig enttäuscht, so, als wäre ihr eine Sensation entgangen.

»Können Sie mir sonst noch etwas über Frank Feldmann erzählen? Als Wirtin des ›Backes‹ bekommen Sie doch bestimmt ganz schön viel von dem mit, was hier im Dorf passiert.«

Franziska Quast schien einen Moment mit sich zu ringen, was sie der Polizistin alles erzählen sollte. Aber dann holte sie tief Luft. »Vermutlich wissen Sie schon von den Eheproblemen der beiden«, begann sie vorsichtig und behielt Natascha dabei genau im Blick. Als wollte sie sich rückversichern, wie weit sie gehen dürfte.

Natascha gab ihr mit einem freundlichen Nicken zu verstehen, dass sie ruhig reden dürfe.

»Es gibt da noch etwas. Ich weiß nicht so richtig, wie ich es sagen soll. Und es ist auch nur Gerede, keine Ahnung, ob da wirklich viel dran ist ...«

Natascha merkte, wie sich eine eigentümliche Spannung in ihr breitmachte. »Erzählen Sie einfach!«

Die Wirtin beugte sich so weit nach vorne, dass sie Natascha ins Ohr flüstern konnte: »Es heißt, dass Frank gar nicht der Vater von Felix ist.«

Kapitel 31

Er blickte auf die Uhr, Viertel vor vier. Gleich würde der Markt unter der alten Linde in der Dorfmitte beginnen.

Eigentlich war dieser Markt kaum der Rede wert. Ein Bäcker aus Wilnsdorf und der Besitzer eines Hofladens kamen mit ihren Verkaufswagen, Josepha, die Käserin aus dem Nachbarort, baute einen Stand auf, ein Imker bot verschiedene Honigsorten feil, und zwei Hausfrauen aus Weissbach verkauften selbst hergestellte Marmeladen und Eingemachtes.

Aber weil es in Weissbach keine Geschäfte gab, war der Markt stets gut besucht. Jeden Dienstagnachmittag traf man sich hier zu Klatsch und Tratsch und zum Austausch wichtiger Neuigkeiten.

Man brauchte nicht viel Fantasie, um sich auszumalen, was in dieser Woche das Gesprächsthema Nummer eins sein würde. Anke Feldmann. Er war gespannt, was sich die Leute erzählen würden.

Auch *sie* kam jeden Dienstag auf den Markt, immer gleich zu Beginn, um bei dem Besitzer des Hofladens Eier, Gemüse und manchmal etwas Wurst zu kaufen. Selten wich sie von dieser Routine ab; es brauchte dafür schon schwerwiegende Gründe. So wie neulich, als Benny mit Fieber im Bett gelegen hatte.

Sie war sehr fürsorglich gewesen, hatte viele Stunden am Bett ihres Sohnes gesessen und ihm Tee oder Vanillepudding gekocht. Mit dem Zoom seiner Kamera hatte er wunderbare Fotos von ihr gemacht; man konnte darauf beinahe die Temperaturanzeige auf dem Fieberthermometer lesen, trotz der Entfernung zwischen seinem Beobachtungsposten und ihrem Haus.

Er nahm seine Leinentasche vom Haken neben der Haustür, ging nach draußen und zog die Tür ins Schloss. Mit klopfendem Herzen schlenderte er in Richtung Dorfbrunnen, wo er zuerst auf Dominik Berger traf, später auf Vivien Wagner und ihren Bruder, den roten Benedikt. Berger gehörte der Bühl'sche Hof am Ortseingang, oberhalb des Feuerlöschteichs. Es war der größte Hof weit und breit und für Berger ein Grund, sich für etwas Besseres zu halten.

Ob er mehr über den Mord an Anke Feldmann wisse, hatte Berger ihn hinter vorgehaltener Hand gefragt. Doch er hatte nur den Kopf geschüttelt, etwas von Eile gemurmelt und war dann rasch zum Bäckerwagen gegangen. Er wollte nicht über Anke reden.

Dort kaufte er wie immer ein Schwarzbrot, danach beim Hofladen eine hessische »Ahle Worscht«. So wie jeden Dienstag.

Doch heute fühlte es sich anders an, er selbst fühlte sich anders, unsicherer. Er ärgerte sich darüber, denn eigentlich hatte er das nicht nötig. Wer war Anke schon gewesen? Eine Ehebrecherin. Alle hatten es gewusst. Und jetzt war sie ihrer gerechten Strafe zugeführt worden. Es gab keinen Grund, sich weiter mit ihr zu beschäftigen.

Sie war nun viel wichtiger.

Aber sie war nicht da. Aus dem Augenwinkel bemerkte er die Leute, die in Grüppchen zusammenstanden und tuschelten, Frauen mit Einkaufskorb über dem Arm; manche hatten auch ihre Männer im Schlepptau. Mittlerweile war es zehn nach vier. Wo blieb *sie* nur? Wenn sie sich nicht beeilte, würden die besten Lebensmittel verkauft sein, und das wollte sie doch sicher nicht. Benny sollte immer nur das Beste bekommen, naturbelassenes Obst und Gemüse, nicht das hochgezüchtete Supermarktzeug. Das hatte sie selbst einmal zu ihm gesagt.

Langsam schlenderte er zum Imker hinüber, um Zeit zu gewinnen. Eigentlich mochte er Honig gar nicht, schon der Geruch war ihm zuwider. Aber wenn es sein musste, dann kaufte er eben ein Glas. Hauptsache, er konnte sich noch eine Weile unauffällig auf dem Markt herumdrücken, ohne in ein Gespräch verwickelt zu werden. Schließlich hatte er noch etwas vor.

Wo blieb sie nur?

Hoffentlich war sie jetzt nicht schon so verängstigt, dass sie das Haus gar nicht mehr verließ. Aber dazu war es eigentlich noch zu früh. Oder war sie tatsächlich so schwach? Hatte er sich in ihr getäuscht?

Er betastete kurz und unauffällig sein Hemd, aber alles war in Ordnung. Gut verborgen in seinem Ärmel, wo er es blitzschnell hervorholen konnte, steckte sein Präsent für sie.

Der Markt leerte sich allmählich; die meisten Leute hatten bekommen, weswegen sie hergekommen waren: Lebensmittel und Dorftratsch. Über Ankes Tod schien es nichts Neues zu geben. Inzwischen war jede Mutmaßung hundertmal ausgesprochen, jedes Gerücht war bis zur Unkenntlichkeit durchgekaut, alle Fakten waren verdreht und wiederverwertet worden.

Aber die Wahrheit kannte nur er.

Und endlich, als er schon fast nach Hause gehen wollte, hörte er sie. Ihre Stimme war unverkennbar: immer etwas zu hoch, fast schon schrill.

»Benny, jetzt komm!«

An ihrem linken Arm baumelte ein geflochtener Einkaufskorb, mit dem rechten zog sie den widerspenstigen Benny hin-

180

ter sich her, der offensichtlich überhaupt keine Lust hatte, auf den Markt zu gehen, denn er blieb immer wieder stehen, zerrte seine Mutter mal zur einen, dann zur anderen Seite und maulte. Das hübsche Gesicht war grimmig verzogen.

Sein Herz begann, heftiger zu schlagen. Schon seit ein paar Tagen hatte er sich auf diesen Moment vorbereitet, war die Begegnung immer wieder in allen Einzelheiten durchgegangen, um keinen Fehler zu machen.

Er hatte schon befürchtet, dass sie wegen Bennys Verschwinden am Vormittag gar nicht kommen würde, aber er hatte einfach darauf gesetzt, dass sie an ihren Ritualen festhielt. Und Dienstag war eben Markttag.

Mit eiligen Schritten ging sie auf die Käserin zu, ihren Sohn an der Hand, und achtete kaum auf ihr Umfeld. Manchmal grüßte sie nickend und lächelnd nach links oder rechts, doch ihr Blick war auf Josephas Auslage gerichtet.

Auch er ging zum Käsestand hinüber, blieb jedoch in einigen Metern Entfernung stehen und hielt ihr den Rücken zugewandt. Hoffentlich blickte Benny nicht zu ihm herüber! Er durfte ihn auf keinen Fall erkennen oder gar ansprechen! Vielleicht war es doch keine gute Idee gewesen, den Jungen heute Vormittag aus dem Garten zu locken. Dabei war es so einfach gewesen! Ein Eis und die Erwähnung eines Baggers, und der Junge hatte jede Scheu vergessen und hatte ihn begleitet.

Josepha beugte sich aus ihrem Stand und hielt dem Kleinen eine Scheibe Schnittkäse hin. Benny stellte sich auf die Zehenspitzen, nahm die Leckerei mit seinen Fingerchen und bedankte sich artig. Mit glänzenden Augen biss er ein großes Stück ab, kaute hingebungsvoll und strahlte dabei übers ganze Gesicht. So hatte er sich auch über das Schokoladeneis gefreut; es war ein Vergnügen, ihm dabei zuzusehen.

Seine Mutter lächelte auf eine seltsam abwesende Art und

tätschelte Benny kurz den Kopf. »Ein Pfund Quark hätte ich gern. Und sieben Scheiben Käseaufschnitt, bitte.«

Josepha holte einen Topf mit Quark aus dem Kühlregal und schöpfte mehrere Löffel in ein Plastikgefäß auf der Waage. Er stand nun hinter *ihr*, scheinbar ganz und gar in Josephas Auslagen vertieft. Dabei waren all seine Sinne nur auf *sie* konzentriert, ihren Geruch nach fruchtigem Shampoo, auf die Wärme, die ihr Körper abstrahlte, auf ihre Stimme. Mit geschlossenen Augen versuchte er, so viel wie möglich in sich aufzunehmen und abzuspeichern. Damit er immer wieder darauf zugreifen konnte, wenn er sie nur aus der Ferne beobachten durfte.

Neben ihm stand Benny. Wenn er die Hand ausstrecken würde, könnte er den Jungen berühren, ihm über die Haare streicheln und ihm auf die schmalen Schultern klopfen. Die Versuchung war übergroß, doch er widerstand ihr. Er durfte ihn auf keinen Fall erkennen!

Ein leiser Duft von Weichspüler wehte in seine Nase, und er dachte an das weiche Halstuch mit dem Traktor. Es lag wohlversteckt zu Hause in einer Schreibtischschublade, wo es niemand finden würde.

»Das macht drei Euro vierunddreißig.« Josepha überreichte ihr die Tüte mit Käse und Quark, und sie legte sie in ihren Korb. Nahm ihre braune Lederhandtasche von der Schulter und suchte darin nach dem Portemonnaie. Fischte Münzen daraus hervor, sagte: »Stimmt so« und stieß ihm beinahe den Ellbogen in den Bauch. Schnell trat er einen Schritt zur Seite. Jetzt! Sonst wäre die Gelegenheit unwiederbringlich verpasst!

Mit einer raschen Bewegung griff er in seinen Ärmel und streifte mit der Hand wie zufällig über ihre geöffnete Tasche. Alles ging so schnell, dass sie es höchstens für eine unbeabsichtigte Berührung halten würde.

Sie drehte sich um, sah ihn kurz an, dann lächelte sie. »Hallo!«

Es klang freundlich, aber unverbindlich. So wie man eben jemanden grüßt, den man schon oft gesehen hat, aber nicht besonders gut kennt.

»Hallo!« Es fiel ihm schwer, unbeteiligt und abgelenkt zu wirken, so, als hätte er sie erst in diesem Moment erkannt. Aber bevor die Situation unangenehm werden konnte, fragte Josepha ihn nach seinen Wünschen, und Benny zog seine Mutter weiter, ohne aufzusehen.

»Einen schönen Tag noch!«, rief sie im Gehen, und er konnte nicht sagen, ob sie ihn, die Käserin oder sie beide damit meinte.

Es war geschafft.

Lächelnd bestellte er einen Kanten mittelalten Gouda, bezahlte und steckte ihn in den Leinenbeutel.

Der Magier hatte seine Reise angetreten.

Kapitel 32

Der Kaffee im »Backes« hatte einen schalen Nachgeschmack hinterlassen, und Natascha hatte das dringende Bedürfnis nach einem Kaugummi. Lorenz bot ihr ein Fruchtbonbon an, das sie dankend annahm.

»Wenn Frank Feldmann wirklich nicht Felix' leiblicher Vater ist und sich herausstellen sollte, dass er das kürzlich erst erfahren hat, dann hätten wir ein weiteres belastendes Indiz. Dann sähe es schlecht für ihn aus.«

Natascha schob das Bonbon in ihre Wangentasche und zerbiss die harte Kruste. Ein stechender Schmerz fuhr in ihren Kiefer. »Autsch!«

Lorenz sah sie alarmiert an, doch sie hielt nur ihre Wange und nuschelte: »Zahnschmerzen.« Verdammt! Einer der unteren rechten Backenzähne muckte schon seit ein paar Tagen, aber sie hatte ihm keine Beachtung geschenkt. Vielleicht hätte sie doch gleich zum Zahnarzt gehen sollen. Sie sog Luft durch die geschlossenen Zähne. »Geht schon wieder«, murmelte sie, als der Schmerz langsam nachließ.

Lorenz, der sich selbst gerade ein Kirschbonbon aus der Packung hatte nehmen wollen, betrachtete das Bonbon skeptisch, bevor er es wieder zurück in die Pappschachtel fallen ließ.

Sie standen vor dem Gasthaus, und Natascha ließ den Blick über die umstehenden Häuser schweifen. Alles wirkte friedlich. Aber wer wusste schon, welche Geheimnisse hinter diesen Mauern lauerten?

»Du meinst, er hat von dem Kuckuckskind im eigenen Nest erfahren und ihm sind die Sicherungen durchgebrannt?« Lorenz überprüfte den Sitz seiner Jeans und strich mit einem Kontrollblick über die Hosenbeine. »Aber warum denn erst jetzt? Der Junge ist doch schon vier.«

Natascha betastete vorsichtig mit der Zunge den Backenzahn. Alles in Ordnung. »Anke Feldmann könnte es ihm im Streit erzählt haben. Oder sie wollte endlich ihr Gewissen erleichtern und hat es ihm gebeichtet.«

»Jedenfalls sollten wir ihn mit dem Verdacht konfrontieren. Denn bisher ist es ja nichts weiter als ein Gerücht.«

Natascha dachte an das, was Vivien Wagner ihnen von der Trennung der beiden vor fünf Jahren erzählt hatte. Der kleine Felix war heute vier; es war nicht besonders schwer, da einen Zusammenhang herzustellen.

»Was ist denn das?« Lorenz eilte empört auf seinen Jeep zu. Natascha folgte ihm zum Parkplatz, vorbei an großen Blumenkübeln mit überbordenden violetten Petunien.

Lorenz hob den Scheibenwischer seines Wagens an und zog ein Blatt Papier hervor, das jemand dahintergeklemmt hatte. Er überflog den Inhalt und hielt Natascha das DIN-A4-Blatt entgegen, auf dem jemand in Blockschrift mit dickem schwarzem Filzstift vier Worte hinterlassen hatte:

MARION HENTSCHEL + FRANK FELDMANN

»Ach, das ist ja interessant!« Natascha sah sich um, ob sie den Verfasser oder die Verfasserin noch irgendwo entdecken konnte. Doch niemand war zu sehen. Ein Auto fuhr auf der Hauptstraße an ihnen vorbei, aber der Fahrer achtete nicht auf sie.

Langsam wurden Natascha die vielen Andeutungen und Verwicklungen in diesem Dorf unheimlich. Es gab so viele Gerüchte und Mutmaßungen, denen sie nicht auf den Grund gehen konnten. Sie mussten endlich herausfinden, ob und was an all dem Gerede dran war! Doch das war gar nicht so einfach, wenn niemand Tacheles redete.

»Mir wird das hier langsam zu bunt.« Lorenz öffnete die Fahrertür und stieg in den Jeep. »Lass uns Frau Hentschel befragen!«

Marion Hentschel wohnte in einem schmalen Fachwerkhaus, das sich zwischen zwei schiefergedeckte Häuser duckte wie ein eigenwilliges Kind. Im Inneren war es warm, der Geruch von gedünstetem Gemüse empfing Natascha und Lorenz schon an der Haustür. Marion Hentschel war offenbar auf dem Markt gewesen; auf dem Küchentisch stand noch der Einkaufskorb mit Kartoffeln und Lauch.

Natascha kam gleich zur Sache.

Marion sah sie mit großen Augen an. »Frank und ich?« Heute hatte sie sich mit einem breiten orangefarbenen Baumwollband die Haare zurückgebunden, das so gar nicht mit ihrer Haarfarbe harmonierte. »Wie kommen Sie denn darauf?«

»Wir haben unsere Quellen«, sagte Lorenz knapp. Es war ein Bluff, doch Marion Hentschel zuckte zusammen wie ein erschrockenes Kaninchen.

»Da war nie was, ehrlich!«

Hier in der Küche war der verführerische Essensgeruch noch stärker, und Nataschas Magen knurrte laut. Der Apfelkuchen im »Backes« war zwar lecker gewesen, hatte aber ihren Hunger nicht gänzlich stillen können.

Marion wich an die Arbeitsplatte zurück. Mit der einen Hand

fuhr sie die Maserung der Holzplatte nach, mit der anderen nestelte sie an der hinteren Hosentasche ihrer knallengen Jeans.

»Wie ich das Getratsche hier hasse!«, sagte sie leise. Ihr Blick ging durch das kleine Fenster über der Spüle nach draußen. »Man kann wirklich niemandem etwas anvertrauen.« Sie klang resigniert. »Ich hätte es ahnen müssen.«

»Was, Frau Hentschel?«, fragte Natascha einfühlsam. »Waren Sie mit Frank Feldmann liiert?«

Marion lachte bitter auf. »Nein … Das nicht.« Sie schien einen Moment zu überlegen, wie viel sie den Polizisten erzählen konnte. Doch dann straffte sie sich. »Wahrscheinlich wissen Sie ja eh schon Bescheid«, seufzte sie. »Irgendjemand muss Ihnen schließlich davon erzählt haben.« Sie sah Natascha offen an. »Es war Ines, oder? Nur mit ihr hab ich darüber gesprochen. Aber die anderen wissen es bestimmt jetzt auch. In so einem Kaff bleibt ja nichts geheim.«

Sie ging zu einem der beiden Hängeschränke neben der Spüle und nahm drei Gläser heraus, die sie zusammen mit einer Flasche Mineralwasser auf den Esstisch mit der hellen Leinendecke stellte. »Frank und Anke hatten sich getrennt, ungefähr fünf Jahre ist das jetzt her. Anke hat ihn verlassen, ich glaube, wegen eines anderen, aber das weiß ich nicht genau.« Marion Hentschel setzte sich, gab ihnen mit einem Nicken zu verstehen, ebenfalls Platz zu nehmen, und schenkte Wasser in die Gläser. Sie nahm selbst einen Schluck und begann zu erzählen. Es war eine jener Geschichten, wie sie Tag für Tag überall auf der Welt passieren: Ein Mann ist einsam, eine Frau fühlt sich von ihm und der Melancholie, die ihn umgibt, angezogen, die beiden beginnen ein Verhältnis. Marion hatte an die große, die wahre Liebe geglaubt, aber Frank hatte sie fallen lassen, sobald Anke wieder aufgetaucht war.

»Für ihn war ich nicht mehr als ein Trostpflaster.« Sie trank ihr Glas Wasser mit einem Zug leer und stellte es zurück auf den Tisch. »Und jetzt ist Anke tot, und Sie suchen den Täter.« Wieder sah sie Natascha an, diesmal hatte ihr Blick etwas Provozierendes. »Und da überlegen Sie, ob ich Anke vielleicht getötet haben könnte, damit der Weg zu Frank wieder für mich frei ist. Oder warum sind Sie sonst hier?«

Lorenz legte den zerknitterten Zettel auf den Tisch, der hinter dem Scheibenwischer geklemmt hatte. »Wissen Sie, wer das geschrieben haben könnte?«

Marion zog das Blatt zu sich heran und betrachtete nachdenklich die Buchstaben. »Blockschrift. Sie ist ein bisschen geneigt, oder? Aber mir kommt sie nicht bekannt vor. Möglich, dass es Ines war. Kann aber auch jeder andere hier im Dorf gewesen sein. Wer weiß das schon?« Sie schob den Zettel zurück, und Lorenz steckte ihn wortlos wieder ein. »Manche Dinge kommen eben nie zur Ruhe, auch wenn wir uns das wünschen.« Sie rieb sich mit den Fingerspitzen über die leicht geröteten Augen. »Und manchmal muss man bitter für etwas bezahlen, das man endlich vergessen möchte.«

Natascha war sich nicht sicher, wen oder was Marion Hentschel damit meinte.

Kapitel 33

Natascha saß auf ihrem Sofa im Wohnzimmer, Fritz lag zusammengerollt auf ihrem Schoß und ließ sich kraulen. Außer seinem Schnurren war nichts zu hören, und Natascha starrte gedankenverloren auf die beiden Langbögen an der Wand hinter der Stereoanlage. Schon seit Wochen war sie nicht mehr zum Bogenschießen gekommen, und wenn sie ehrlich war, fehlte ihr dieser Sport auch nicht. Zu Beginn ihrer Zeit in Siegen, als sie frisch aus Köln gekommen war und noch niemanden in der Stadt gekannt hatte, war ihr das Bogenschießen wichtig gewesen. Immerhin hatte sie Tine dabei näher kennengelernt.

Die Konzentration beim Schießen mit dem Bogen fühlte sich anders an als die Trainings im Schießkino. Es war irgendwie ganzheitlich und erdig, elegant. Nicht so gewaltig wie das Schießen mit ihrer Dienstwaffe. Schon mehrmals hatte sie versucht, Simon oder Tine den Unterschied zu erklären, aber es war ihr nie wirklich gelungen. Man musste es selbst erleben.

Trotzdem fand sie meist weder die Zeit, noch konnte sie die nötige Motivation aufbringen, zum Training zu gehen. Vielleicht wäre es sogar besser, sich wieder abzumelden. Für eine Polizistin mit unregelmäßigen Arbeitszeiten, die noch dazu eine Unmenge an Überstunden leistete, war es einfach schwierig, Vereinssport zu betreiben. Für Tine war es leichter; der Friseurladen hatte feste Öffnungszeiten, und für jeden Samstag, an dem sie arbeiten musste, hatte sie einen Nachmittag in der Woche frei.

Natascha seufzte. Manchmal wünschte sie sich auch einen Job mit geregelten Arbeitszeiten und einem Feierabend, der diesen Namen auch verdiente.

Sie dachte an ihre Mutter. Birgit hatte als Krankenschwester oft im Schichtdienst gearbeitet. Während ihrer Abwesenheit waren Natascha und Basti von einer Nachbarin betreut worden. Dora. Wie es der quirligen Lebenskünstlerin mittlerweile wohl ging? Als Natascha zwölf gewesen war und Basti acht, war Dora mit ihrem polnischen Freund nach Kanada ausgewandert. Anfangs waren noch euphorisch klingende Postkarten aus Kitchener gekommen, einer Art deutscher Exklave mit Oktoberfest und Weißwurst, doch die Nachrichten aus Kanada waren immer spärlicher geworden und hatten jedes Mal belangloser geklungen, bis sie irgendwann einfach ganz ausgeblieben waren. Schon seit mehr als zehn Jahren hatte sie nichts mehr von Dora gehört. Ob Birgit eine Adresse von ihr hatte? Natascha beschloss, sie danach zu fragen.

Außerdem wollte sie sich noch bei Basti melden, also nahm sie ihr Handy vom Couchtisch und wählte seine Nummer. Doch wieder erhielt sie nur die Nachricht, dass der Empfänger nicht verfügbar sei.

»Komisch«, murmelte sie. Hatte er wirklich nur die Nummer gewechselt und vergessen, ihr Bescheid zu geben? Oder steckte mehr dahinter, und Birgit machte sich zu Recht Sorgen? Basti hatte schon öfter in Schwierigkeiten gesteckt; schon als kleiner Junge hatte er ein Talent dafür gezeigt, im Mittelpunkt bizarrer Geschichten zu stehen. Doch mittlerweile war er erwachsen und selbst verantwortlich für das, was er tat.

Natascha streichelte Fritz' weiches Fell, spürte aber immer noch diese Unruhe in sich. Also beschloss sie, Basti endlich eine Mail zu schicken.

Beherzt schob sie den Kater von ihrem Schoß auf die Sitzfläche. Er streckte sich kurz, gähnte herzhaft und rollte sich dann auf einem der Sofakissen zusammen. Den dreibeinigen Kater konnte so schnell nichts aus der Ruhe bringen, genau wie Basti. Sie mochte sich gar nicht vorstellen, wie ihr Leben ohne ihren weißhaarigen Mitbewohner aussähe.

In der Küche schenkte sie sich ein Glas kalte Milch ein und ging zurück ins Wohnzimmer, um den Laptop hochzufahren. Während sie auf die Signale ihres Computers wartete, dachte sie an Kims Erfolge am Gemeindehaus-Computer. Die Kollegin hatte herausgefunden, welche Daten zuletzt ausgedruckt worden waren: eine Datei mit dem Namen »Spenden«. Eine erste Untersuchung der Papierschnipsel aus dem Aktenvernichter hatte ergeben, dass es sich zwar um die gleiche Datei handelte, die eingetragenen Daten aber nicht übereinstimmten. Es gab Abweichungen, die sich auf den ersten Blick nicht erklären ließen.

Kim und Bukowski wollten sich um die Rekonstruktion der Daten kümmern. Natascha und Lorenz würden am nächsten Tag Pfarrer Hartwig und Marion Hentschel als Gemeindehelferin dazu befragen. Es war unklar, was dahintersteckte und ob es etwas mit dem Mord an Anke Feldmann zu tun hatte, aber es war eine mögliche Spur. Genauso wie die Beinahe-Affäre von Marion und Frank Feldmann, die Geldprobleme des Ehepaars Feldmann und der noch immer unbekannte Liebhaber Ankes, zu dessen Identität auch Marion Hentschel nichts Erhellendes hatte beitragen können.

Winterberg hatte zwar alle Hebel in Bewegung gesetzt, doch über diesen Mann war so wenig herauszufinden, als hätte er nie existiert. Auch Frank Feldmann war diesbezüglich nach wie vor kein einziges Wort zu entlocken gewesen.

Aber auch das Geheimnis um den dreizehnten Punkt des Femegerichtes, den Ehebruch, und die symbolstarke Anklage des Mörders durch die Zurschaustellung der Leiche auf dem Richtertisch ließen Natascha nicht los. Das Gespräch mit dem Historiker Doktor Hünsborn hatte zwar interessante Zusammenhänge offenbart, sie letztlich in ihren Ermittlungen jedoch nicht weitergebracht.

Aber bevor sie sich noch einmal ausgiebig mit dem Thema beschäftigen konnte, klingelte das Telefon.

Kapitel 34

Zum Abendessen hatte es frischen Quark mit Schnittlauch und Lauchzwiebeln vom Markt gegeben, dazu Brot mit Käseaufschnitt. Es hatte köstlich geschmeckt. Ella liebte diese einfachen Gerichte.

Rolf war wie angekündigt nicht rechtzeitig zum Essen nach Hause gekommen. Er müsse die Zeit nacharbeiten, die er wegen ihres »hysterischen Auftritts« am Mittag zu Hause verloren hatte, behauptete er. Kein Wort zu Bennys Entführung, keine Frage nach ihrem Befinden. Auch wenn sie es sich nicht eingestehen wollte, so schmerzte sein Desinteresse sie mehr, als sie je für möglich gehalten hätte. Nun saß sie hier, die gehörnte Ehefrau, während ihr Mann sich wahrscheinlich irgendwo mit einer gut gebauten Geliebten vergnügte.

Weil Ella vor Verzweiflung fast die Wände hochging, hatte sie ihre Freundin Greta eingeladen. Die hatte zwar dienstags ihren Saunaabend, hatte aber versprochen, in der nächsten Stunde mit einer Flasche Weißwein vorbeizukommen.

Ella begrüßte ihre Freundin, servierte den Rest des Kräuterquarks mit Grissini, und gemeinsam machten sie es sich mit Gebäck und Wein auf dem Sofa bequem.

»Bist du dir denn sicher, dass Rolf fremdgeht?« Greta tunkte ein Grissini in den Quark, biss von der Gebäckstange ab und verdrehte genießerisch die Augen.

Ella schniefte und umklammerte den Empfänger des Babyfons; sie hatte es nicht gewagt, Benny unbeaufsichtigt in seinem Zimmer schlafen zu lassen. Am liebsten hätte sie ihn auf die

Couch neben sich gebettet, aber dann hätte er womöglich etwas von der Unterhaltung mitbekommen, die sie mit Greta führen wollte. Und die war nun wirklich nicht für Kinderohren bestimmt.

»Erzähl, Liebes!« Greta strich mit ihrer warmen Hand über Ellas Unterarm. Die kleine Geste spendete so viel Trost, dass Ella zu schluchzen begann. Endlich war da jemand, der ihr zuhörte, sie ernst nahm!

Sie berichtete zuerst von den vielen Anrufen, die sie seit mehreren Tagen erhielt und die bei ihr mal Angst, mal Wut oder Traurigkeit auslösten.

»Das ist bestimmt Rolfs Geliebte, die sich über mich lustig macht«, schniefte sie, und Greta hob unentschlossen die Schultern.

Auch von der Tarotkarte im verklebten Briefkastendeckel und dem peinlichen Hörerwunsch im Lokalradio erzählte sie, bevor sie auf Bennys mysteriöses Verschwinden zu sprechen kam.

»Wie bitte? Benny ist von eurem Grundstück verschwunden, einfach so? Und du hast keine Ahnung, wer dahintersteckt? Du hättest die Polizei rufen müssen!«

Ella schluckte. Nach Rolfs Wutausbruch am Mittag war sie froh gewesen, die Polizei nicht gerufen zu haben. Sie hätte sich bestimmt lächerlich gemacht oder vielleicht sogar Probleme wegen ihrer Aufsichtspflicht bekommen. Schließlich war es ihre Aufgabe, sich um ihren Sohn zu kümmern, ihn im Auge zu behalten.

»Aber es ist ja nichts passiert«, beschwichtigte sie die Freundin. »Es war dumm von mir, ihn allein im Garten zu lassen.« Doch der Gedanke an den Vormittag schmerzte noch immer, und sie schob ihn beiseite und lenkte das Thema wieder auf Rolf. Das war sicheres Terrain, da konnte ihr niemand einen Vorwurf machen, da war sie ein bemitleidenswertes Opfer.

»Du Arme machst ja ganz schön was mit!« Greta schenkte ihnen von dem Weißwein ein, den Ella im Weinkühler bereitgestellt hatte. »Seit wann, meinst du, läuft das denn zwischen Rolf und der anderen?«

Ella zog eine Grimasse und prostete ihrer Freundin zu. »Seit ein paar Wochen, ich weiß es nicht genau. Es fing schleichend an. Mal hier eine Überstunde, mal da eine. Nach und nach wurden es mehr, dann kamen die Anrufe dazu. Und all die anderen Merkwürdigkeiten. Mittlerweile isst Rolf abends kaum noch zu Hause, und von Benny kriegt er auch nichts mehr mit.«

Sie schniefte und erzählte von der Langeweile in ihrer Ehe und davon, wie abweisend Rolf sich in letzter Zeit verhielt. »Ich fühle mich so gedemütigt!« Eine einzelne Träne rann ihr die Wange hinab, und sie starrte auf die beigefarbene Wand im Wohnzimmer, als wäre im Muster der Raufasertapete eine Lösung in Geheimschrift verborgen.

Greta nippte an ihrem Glas. »Das ist wirklich auffällig. Aber wie erklärst du dir Bennys Verschwinden heute Mittag? Das passt irgendwie nicht ins Bild. Ich kann mir jedenfalls nicht vorstellen, dass Rolfs heimliche Geliebte seinen Sohn entführt. Die will sich doch nicht den Nachwuchs ihres Lovers aufhalsen, oder? Wer sich einen verheirateten Mann angelt, der will nicht die lästige Verantwortung, sondern einen flotten Typen im Bett!«

Ella starrte sie verletzt an. Flotter Typ. Ohne dass sie es verhindern konnte, breiteten sich Bilder vor ihrem inneren Auge aus. Unangenehme Bilder, die Rolf beim Sex mit einer anderen zeigten, leidenschaftlich und zärtlich. Ihr wurde übel. Sie stellte das Glas ab und hielt sich die Hand vor den Mund.

»Und wenn sie sich gar nicht für Rolf interessiert, sondern

195

für Benny? Wenn es ihr eigentlich um den Jungen geht?«, rief sie mit schriller Stimme.

Doch Greta schaute sie nur kopfschüttelnd an. »Du schaust zu viele Krimis, Ella. Noch wissen wir nicht einmal, ob Rolf überhaupt eine Geliebte hat. Wenn das so ist, dann ist das eine Riesen-Sauerei, zugegeben. Aber dass eine Frau was von Benny will und deshalb deinen Mann anbaggert, ist doch total abwegig. So was gibt es nur in Filmen, Ella. Die Wirklichkeit ist doch meistens viel banaler.« Greta rückte näher und nahm sie in den Arm.

Es tat so gut, sich all den Frust endlich von der Seele zu reden! Kurz dachte Ella an Vivien aus dem Dorf, die sich so sehnlich ein Kind wünschte, aber das war wirklich eine absurde Idee, da hatte Greta völlig recht. Sie sah schon Gespenster und fühlte sich verfolgt. Damit ihre Freundin sie nicht für völlig übergeschnappt hielt, verschwieg sie die Sache mit dem Facebook-Account. Dafür gab es bestimmt eine ganz einfache Erklärung.

Ella redete und redete, und Greta hörte ihr zu und schenkte ihnen immer wieder Wein nach. Lange nachdem auch eine zweite Flasche geleert war, rief sich Greta ein Taxi. Ihren Wagen ließ sie vor dem Haus stehen, um ihn vor dem Nachmittagsdienst am nächsten Tag abzuholen.

Es war mittlerweile fast elf Uhr, und Rolf war noch immer nicht zu Hause. Vielleicht hatte er eine SMS geschickt? Ella ging zu ihrer Handtasche, um das Handy hervorzuholen. Sie nahm es aus seiner Schutzhülle und aktivierte das Display. Nichts. Kein Anruf von Rolf, keine SMS. Es war unfassbar!

Wütend riss sie den Magnetverschluss der Ledertasche wieder auf und warf das Handy zurück in das Chaos aus Einkaufszetteln, Bonbons und Schminkutensilien. Doch plötzlich fiel ihr Blick auf etwas, das da nicht hineingehörte. Es sah aus wie ein goldenes Kreuz auf blauem Grund. Mit zitternden Fingern griff sie in ihre Tasche und ahnte tief in ihrem Inneren, was sie gleich in Händen halten würde.

Eine Tarotkarte! Ella drehte die Karte um und starrte auf das Motiv. *Der Magier.*

Das Herz schlug ihr bis zum Hals. Es gab nur eine Möglichkeit, wie die Karte in ihre Handtasche gekommen sein konnte: Greta. Sie musste sie beim Verlassen der Wohnung, als Ella noch weinend auf dem Sofa gesessen hatte, in die Tasche gesteckt haben.

Ella wurde schwindlig, und sie tastete taumelnd nach dem Sideboard, um sich abzustützen. Brechreiz stieg in ihr auf, und sie schaffte es gerade noch bis zur Gästetoilette, wo sie sich schluchzend erbrach.

Kapitel 35

»Krüger, hallo?« Natascha hörte am anderen Ende der Leitung nur ein überlautes Rauschen und hätte fast schon wieder aufgelegt. Doch dann vernahm sie die Stimme ihrer Mutter.

»Hallo, Liebling. Geht es dir gut?« Es klang aufgesetzt. Dieser Gesprächsauftakt verhieß nicht Gutes.

»Ich hab Basti bisher nicht erreicht, falls du deswegen anrufst.« Natascha ging direkt in die Offensive. Wenn ihre Mutter so vorsichtig anfing, dann handelte es ich fast immer um ihren Bruder. Was er ausgefressen hatte, worüber sie sich Sorgen machte und was alles im Augenblick bei ihm nicht so gut lief. Seit Natascha zurückdenken konnte, hatte Birgit stets bei ihr Trost und Rat gesucht, auch als sie noch viel zu jung dafür gewesen war. Aber Birgit hatte niemanden sonst gehabt, dem sie sich hatte anvertrauen wollen. Nur Dora, doch die war irgendwo im fernen Kanada. »Hat er eine neue Nummer?«

Birgit seufzte. »Er hat sein Handy abgemeldet. Das sei ›Konsumscheiß‹, eine ›Geißel des modernen Menschen‹.«

Natascha hob die Augenbrauen. Ja, das klang ganz nach Basti, aber bisher hatte er seine Gesellschaftskritik nie so konsequent durchgezogen. Zumindest nicht, wenn es ihm irgendwelche Nachteile eingebracht hätte oder er auf Bequemlichkeiten hätte verzichten müssen.

»Und was ist mit Festnetz oder E-Mail? Irgendwie muss er doch erreichbar sein.«

»In der WG haben sie kein Festnetztelefon. Und ob und

wann er seine E-Mails liest, weiß nur der Himmel. Ich jedenfalls hab keine Ahnung.« Birgit klang resigniert, und dennoch hörte Natascha einen sorgenvollen Unterton.

Natascha fragte, warum ihre Mutter nicht einmal bei ihm vorbeifuhr, sie wohnten schließlich beide in Köln. Aber aus irgendeinem Grund wollte Birgit dies nicht. Da lag wohl noch mehr im Argen, als sie bisher zugegeben hatte. Hatte Hanno etwas damit zu tun? Natascha hatte keine Ahnung, wie der neue Freund ihrer Mutter auf deren erwachsene Kinder reagierte. Kannten Hanno und Basti sich?

»Hat Basti was ausgefressen, Mama? Du hast ihn doch sonst nicht so begluckt.«

Birgits Atem rauschte im Hörer. »Ich hab einfach so ein blödes Gefühl. Er hat sich so verändert, seit er mit dieser Nadya zusammen ist. Das Mädchen gefällt mir irgendwie nicht. Und jetzt zieht er sich so zurück, ist nicht erreichbar. Ich mache mir einfach Sorgen.«

Nadya, darum ging es also! Im Gegensatz zu seinen vorherigen Beziehungen schien es Basti endlich einmal richtig ernst mit einer Frau zu sein. Wenn man ihn überhaupt mal sah, dann nur noch in Begleitung seiner Freundin. Seit er Nadya kannte, lebte er vegan und versuchte, Mutter und Schwester von seiner neuen Lebensweise zu überzeugen. Nicht, dass das bei ihrem kleinen Bruder etwas Neues gewesen wäre. Aber diesmal steckte mehr Vehemenz hinter seinen Bekehrungsversuchen. Anders als vor zwei Jahren, als er in die Politik hatte gehen wollen, um sich gegen rechte Gewalt zu engagieren. Oder als er gegen den Überwachungsstaat auf die Straße gegangen war.

Natascha schmunzelte bei der Erinnerung an Bastis Aktivismus. Wie oft hatten sie zusammengesessen und bis spät in die Nacht diskutiert, weil ausgerechnet sie als Polizeibeamtin sein

Feindbild repräsentierte! »Meine eigene Schwester!«, hatte er immer wieder lamentiert. Seine Redegewandtheit hatte sie beeindruckt, doch seine Versuche, sie von dieser Berufswahl abzubringen, waren gescheitert.

»Nadya kleidet sich vielleicht ein bisschen schrill, aber du glaubst doch nicht, dass sie einen schlechten Einfluss auf ihn ausübt, oder, Mama?«

»Ach, ich weiß einfach nicht. Und sein Studium ...«, begann Birgit, doch Natascha unterbrach sie brüsk.

»Mama! Hör auf endlich damit! Basti muss selbst sehen, wie er zurechtkommt. Er ist vierundzwanzig. Und wenn er noch zehn Jahre studieren und sich so lange mit Jobs über Wasser halten will, dann ist das ganz allein seine Sache.«

Sie hasste diese Gespräche, denn sie liefen immer auf den gleichen Tenor hinaus: Sie, Natascha, war als Polizeibeamtin, als Verfechterin von Recht und Ordnung, Mamas ganzer Stolz. Die große Tochter, die ihr Leben im Griff hatte. Und dann war da noch Basti, der Hallodri und ständige Revolutionär, das ewige Sorgenkind seiner Mutter.

Dabei war die Rollenverteilung gar nicht immer so deutlich gewesen, zum Beispiel bei Nataschas Studienabbruch. Aber das vergaß Birgit allzu gern.

»Ich werde Basti eine Mail schicken und ihn bitten, sich bei mir zu melden. Du wirst sehen, alles ist in Ordnung.« Sie legte so viel Zuversicht wie möglich in ihre Stimme.

Birgit erinnerte sie noch einmal an die Einladung für Sonntag. Doch wieder konnte und wollte Natascha sich nicht festlegen. Sie würde einfach Simon fragen, ob er Lust zu einem Besuch in Köln hatte.

Nachdem sie aufgelegt hatte, schickte sie eine Mail an ihren Bruder und drohte ihm darin mit Freundschaftsentzug, wenn er sich nicht umgehend bei Birgit meldete. Doch ganz so fröhlich, wie sie die Mail formuliert hatte, fühlte sie sich plötzlich gar nicht mehr. Die große Schwester in ihr teilte die Sorge um den jüngeren Bruder.

Basti hatte sich tatsächlich verändert ...

Kapitel 36

Natascha holte sich ein Glas Tomatensaft an den Rechner, wartete, dass Fritz auf ihren Schoß sprang, und öffnete eine der Suchmaschinen. Vielleicht würde sich Basti heute Abend ja noch melden, und bis dahin wollte sie im Internet recherchieren. Das Gespräch mit Dr. Hünsborn hatte ihre Fragen zum Hexenthema nicht beantworten können. Sie musste selbst auf die Suche gehen. Die Geschichte der Hexenverfolgung im Siegerland sei gut erforscht, hatte der Historiker gesagt. Dann ließ sich auch etwas finden.

Doch schon der erste Suchbegriff brachte ein ernüchterndes Ergebis, denn es gab mehrere Hunderttausend Treffer. Das scheint ja eine lange Nacht zu werden, dachte sie, und begann, sich in das Hexenthema einzulesen.

Manche Webseiten waren sachlich informativ gehalten, andere wirkten esoterisch und abgehoben. Natascha überflog die meisten Seiten nur und hoffte, dabei über irgendwelche Details zu stolpern, die sie mit Anke Feldmann in Verbindung bringen konnte.

Doch je mehr sie sich mit dem Hexenglauben beschäftigte, desto abwegiger erschien ihr diese Spur. Oder konnte es sein, dass die junge Mutter einem geheimen Konvent angehört hatte? Dass hier, in dieser ländlichen Region mit den schroffen Felsen und riesigen Waldgebieten, die Menschen ihre Zimmerecken gegen Geister oder Hexen ausräucherten, erschien ihr völlig abwegig.

Natascha rief sich das Bild der jungen Mutter ins Gedächtnis. Das hennarote Haar, der weite orangefarbene Rock. Wenn man wollte, könnte man Anke Feldmann Praktiken der weißen oder schwarzen Magie andichten. Irgendjemand würde es schon glauben und weitererzählen, und binnen kürzester Zeit wüsste jeder eine passende Geschichte dazu. Aber genauso gut war es möglich, dass Anke Feldmann wirklich etwas mit moderner Hexerei zu tun hatte. Die Tarotkarten konnten ein Hinweis darauf sein.

Kurz vor Mitternacht rief Simon an. Im Hintergrund hörte sie Stimmengewirr und Gläserklirren.

»Ich bin hier in einer Kneipe«, erklärte er überflüssigerweise.

»Wie geht's dir? Alles okay?« Nataschas Müdigkeit war augenblicklich verflogen. »Was treibst du so?«

Simon lachte, und dieses Lachen schien die Distanz von mehreren Hundert Kilometern plötzlich auf einen Katzensprung zu reduzieren. Aber nur beinahe. Wenn da nicht die lebhaften Hintergrundgeräusche gewesen wären ... »Wir haben irgendetwas Scharfes aus Hackfleisch gegessen und es mit viel Tequila runtergespült. Mit Zitrone!« Er lachte wieder, und Natascha stellte sich vor, wie er da inmitten mannshoher Pappkakteen stand, ein Tequila-Glas in der Hand. Sehnsucht nach Simon überkam sie, Fernweh, der Wunsch nach Abwechslung vom Polizistenalltag mit all seinen starren Dienstvorschriften und dem immerwährenden Gefühl, auf der Stelle zu treten.

»Und du? Was machst du gerade?«, wollte er wissen.

Natascha überlegte. Sollte sie ihm von dem Mordfall erzählen? Von Hexen, dem Femegericht und von den Tarotkarten, oder sollte sie erwähnen, dass sie ihren Bruder nicht erreichen konnte?

Sie entschied sich für Birgits Einladung nach Köln. »Hast du

Lust, mich zu ihr zu begleiten?«, fragte sie und wünschte sich gleichzeitig, er würde ablehnen. Dann hätte sie eine plausible Ausrede und könnte die Begegnung mit Hanno noch eine Weile hinauszögern. Gleichzeitig hegte sie die Hoffnung, dass es dann vielleicht gar keinen Hanno mehr in Birgits Leben geben würde.

Eifersüchtiges Huhn!, schalt sie sich. Was war schon dabei, dass ihre Mutter endlich einen passenden Partner gefunden hatte? Die Chance, ihren leiblichen Vater kennenzulernen oder zumindest seinen Namen herauszufinden, war ohnehin verschwindend gering. Daran würde auch ein Hanno an Birgits Seite nichts ändern.

»Gern!«, meinte Simon und versuchte offenbar gleichzeitig, einige Kollegen davon abzuhalten, Bussis auf sein Handy zu drücken. Es klang nach einer lustigen Runde, und Natascha wünschte sich an seine Seite, wollte mit ihm unter Pappkakteen stehen und Tequila trinken.

»Ich vermisse dich!«, sagte Simon noch. »Und ich freu mich auf Freitag!« Dann verabschiedete er sich von Natascha, während im Hintergrund jemand lautstark eine weitere Runde Tequila orderte.

Natascha befand sich auf einer verborgenen Waldlichtung und blickte voller Entsetzen auf einen großen Scheiterhaufen, von dem rot glühende Funken in den dunklen Nachthimmel stiegen. Schwarz gewandete Polizisten tanzten um eine nackte junge Frau, die wie an unsichtbaren Fäden über den züngelnden Flammen schwebte. Sie regte sich nicht ... sie war tot! Der monotone, Angst einflößende Singsang der Polizisten wurde von einer dumpfen Trommel begleitet, die den Takt vorgab.

Natascha selbst stand in einem kniehohen Brennnesselfeld und trug eine Uniform, deren Besätze den Schein des orange-roten Feuers reflektierten. Entsetzt starrte sie auf die nackten Brüste des Opfers und versuchte mit krächzender Stimme, etwas zu rufen. Doch der Gesang der Polizisten war zu laut, der Trommelschlag zu gewaltig, um sie zu übertönen. Im Hintergrund der Lichtung, in den Schatten verborgen, meinte Natascha, eine schemenhafte Gestalt auszumachen, aber nur für einen Moment, dann war sie verschwunden.

Ein schwarzer Ritter näherte sich der Feuerstelle. Mähne und Schweif seines eleganten Fuchses leuchteten im Widerschein des Feuers. Immer wieder rief Natascha etwas, das sie selbst nicht verstehen konnte. Und als sich endlich jemand zu ihr umdrehte, um ihr Gehör zu schenken, verschmolz der Rhythmus der Trommel mit ihrem eigenen Herzschlag. Der gleichförmige Singsang der Polizisten verlor sich in Fritz' Schnurren, und in den Rauchschwaden auf der Lichtung erkannte sie die Konturen ihres Schlafzimmers.

Schweißgebadet und mit klopfendem Herzen lag Natascha im Bett und starrte ins Halbdunkel. Die Bettdecke hob und senkte sich über ihrem Brustkorb. Fritz sprang vom Bett und trottete in die Küche zu seinem Napf mit dem Trockenfutter.

Was hatte sie den Polizisten im Traum so Wichtiges mitteilen wollen? Es hatte irgendetwas mit der Frau über den Flammen zu tun gehabt. Mit Anke Feldmann. Doch egal, wie angestrengt Natascha auch grübelte: Sie konnte sich nicht mehr erinnern; der Traum hatte sein Geheimnis mitgenommen.

Kapitel 37

Hinter den Ausläufern des Rothaargebirges lauerte die Sonne und wartete auf ihren großen Auftritt. Doch noch war der Himmel dunkel, überzogen von dem eigentümlichen Blauschwarz, das nur vom sichelförmigen Mond und dem Meer der Sterne beleuchtet wurde.

Man mochte es töricht nennen, dass er sich auf dem Gehweg näherte, aber er liebte den Nervenkitzel und die angenehm prickelnde Angst, möglicherweise erwischt zu werden.

Das Licht der Straßenlaternen malte große helle Kreise auf den Gehweg; ein Auto fuhr an ihm vorüber, doch er sah nicht auf. Tat, als suchte er etwas in seiner Hosentasche. Erst als das Dröhnen des Motors kaum noch zu hören war, richtete er sich auf und ging weiter.

Er hatte sich gegen den Weg durch das Wäldchen entschieden, denn sonst hätte er durch das Maisfeld des Hübner-Bauern gehen müssen, und das gefiel ihm nicht. Keine unnötigen Spuren hinterlassen!

Still war es. Das Auto von eben war nicht mehr zu hören; wahrscheinlich stand es nun auf einem der Höfe und der Fahrer war längst ins Haus gegangen. Von irgendwo hinter ihm drang leises Muhen aus einem Stall, es klang zufrieden. Träumten Tiere so wie Menschen? Niemand konnte es mit Sicherheit sagen. Gemächlich ging er weiter, lauschte auf ein Geräusch, das hier nicht hingehörte. Aber die Stille, die ihn umgab, war tief, beinahe gespenstisch.

Das Gartentörchen stand offen, und er ging wie selbstver-

ständlich in den Vorgarten, huschte über den schmalen Kies-
weg unterhalb des Wohnzimmerfensters und trat um die
Hausecke. Noch wenige Schritte, und er würde von der Straße
und vom Nachbarhaus aus nicht mehr zu sehen sein.

Der Kies knirschte, winzige Steine kullerten auf den Rasen.

Im Haus war alles ruhig, die Rollläden waren heruntergelassen, und er stellte sich vor, wie die Bewohner in ihren Betten
lagen und schliefen. Ella auf der linken Seite des Ehebettes, ihr
Mann auf der rechten. Rücken an Rücken, doch ohne einander zu berühren. Benny im Schlafsack in seinem Gitterbett, bei
dem zwei Stäbe herausgenommen worden waren, damit er
auch allein aufstehen konnte. Wie ein großer Junge.

So schliefen sie in letzter Zeit immer. Während der Hitze-
periode Anfang des Monats hatten sie die Rollläden oben gelassen, damit in der Nacht frische Luft durch die gekippten
Fenster ins Haus kam. Stundenlang hatte er mit seiner Kamera
da gesessen und sie beobachtet, gefilmt und fotografiert. Alle
drei.

Sie waren so schrecklich eingefahren in ihren Handlungen,
folgten einer einstudierten Routine. Das machte es einfach für
ihn. Manchmal zu einfach, fand er.

Und endlich war ihr ein Fehler unterlaufen!

Die Geschehnisse des Tages mussten Ella durcheinanderge-
bracht haben, denn heute hatte sie ihren Kontrollgang rund
ums Haus nicht gemacht, und deshalb stand noch das Fenster des Hauswirtschaftsraumes offen. Nachdem Benny im Bett
lag, hatte sie zuerst auf dem Sofa gesessen, in ihre hässliche
orangefarbene Decke eingewickelt, dann war sie zum Telefon
gegangen. Etwa eine Stunde später war ihre Freundin gekommen, mit der sie dann unmäßig viel gebechert hatte. Erst als die
Freundin mit dem Taxi wegfuhr, schloss sie die Rollläden in

den Wohn- und Schlafräumen. Und nach zwei Flaschen Wein dürfte sie nicht mehr allzu lange wach geblieben sein, dachte er hämisch.

Ihr Mann kam eineinhalb Stunden später, es war schon nach Mitternacht, fast halb eins. Seither herrschte Ruhe, kein Zeichen, dass noch jemand wach war.

Das tiefe Fenster zum Hauswirtschaftsraum stand nach wie vor offen. Er hatte es vom Hügel hinter dem Maisfeld aus durch das Fernglas gesehen.

Leise schlich er zu dem Fenster an der Rückseite des Hauses, schaute sich kurz um, ob ihn auch niemand beobachtete. Nein, alles war ruhig. Direkt unter dem Fenster stand die Waschmaschine, daneben eine große Plastiktasche, randvoll mit Altpapier. Er kletterte durchs Fenster, gelangte umständlich auf die Waschmaschine. Früher war er beweglicher gewesen. Er wurde eben auch nicht jünger.

Mit einem leisen Geräusch rutschte er von der Maschine herunter, landete auf den Fliesen und ging auf Zehenspitzen zur Tür. Er lauschte. Nichts. Alles blieb ruhig.

Aus seiner Hosentasche nahm er das kleine braune Fläschchen und ließ zwei winzige Tropfen auf seine Zunge perlen. Vorsichtshalber. Nicht, dass er auf einmal husten musste.

Vorsichtig öffnete er die Tür und betrat die Küche. Die Digitalanzeigen von Mikrowelle und Herd sandten ein diffuses Blau in den Raum, sodass er sich leicht orientieren konnte. Die Küche ging ins Wohnzimmer über. Von dort aus erreichte man das Schlafzimmer. Leises Schnarchen drang aus dem Zimmer, dazwischen tiefes, regelmäßiges Atmen. Gut. Ella und ihr Mann schliefen tief und fest.

Er schlich aus der Küche und betrat den Flur. Auch Bennys Zimmertür war angelehnt und ließ sich, ohne ein Geräusch zu verursachen, öffnen. Ein Nachtlicht steckte in der Steckdose und tauchte das Zimmer in einen rötlichen Schein. Benny lag bäuchlings im Bett; die nackten Arme schauten aus dem kurzärmligen Schlafanzug hervor und hielten jeweils ein Stoffschaf und einen Plüschmond umschlungen. Die bunte Decke mit dem Wickie-Aufdruck lag zusammengeknüllt am Fußende. Bennys Gesicht war der Wand zugewandt. Man sah nur den blonden Hinterkopf und den Rücken, der sich ganz sachte hob und senkte. So leicht nur, dass man es fast nicht bemerkte.

Wie gern würde er jetzt zu ihm gehen, ihm über das Haar streichen und ihm sagen, dass alles gut werden würde! Benny musste nur noch ein wenig Geduld haben, dann würde er ihn erlösen. Erlösen und davor bewahren, dass sich seine Wurzeln noch tiefer in diesem fauligen Morast verankerten.

Ihm eine neue Heimat geben.

Aber noch war es nicht so weit. Das musste noch warten.

Leise, um den Jungen nicht zu wecken, griff er in seine Hosentasche und holte die Karte hervor. Etwas umständlich steckte er sie zwischen die Blende des Türgriffs und das Holz auf der Innenseite der Tür.

Dann huschte er zurück in die Küche, nicht mehr als ein Schemen, lauschte noch einmal den gleichmäßigen Atemzügen aus dem Schlafzimmer und schloss leise die Tür des Hauswirtschaftsraumes hinter sich. Es war ein Leichtes, über die Waschmaschine wieder nach draußen zu klettern, und kurz darauf ging er wie selbstverständlich den Bürgersteig entlang, als unternähme er einfach nur einen kleinen nächtlichen Spaziergang.

Wie gern wäre er dabei, wenn sie am nächsten Tag die *Mäßigkeit* entdeckte!

Kapitel 38

Am nächsten Morgen fuhr Natascha bereits um halb sieben zur Dienststelle. Sie war in der Nacht mehrmals wach geworden und hatte über die Bedeutung ihres Traumes nachgedacht. Die tanzenden und schwarz gewandeten Polizisten waren sicherlich auf die intensive Beschäftigung mit dem Hexenthema zurückzuführen, die nackte Frauenleiche ebenfalls. Aber warum sie selbst in einem Brennnesselfeld gestanden hatte und was sie den Polizisten hatte zurufen wollen, blieb im Nebel des Traumes verborgen, sosehr sie auch grübelte. Um fünf Uhr war sie dann endgültig aufgestanden, weil sie ohnehin keine Ruhe mehr fand, duschte und aß eine Schale Müsli mit klein geschnittenem Apfel. Diesmal hatte sie zwar nicht von engen Verliesen geträumt, aber ein Albtraum von einem rituellen Scheiterhaufen war genauso verstörend.

Sie dachte immer wieder über die Geschehnisse in Weissbach nach, an die eigentümliche Stimmung im Dorf, an die subtile Feindseligkeit und ihr Gefühl, beobachtet zu werden. Gab es etwas, das sie dort nur unbewusst wahrgenommen hatte und das sich ihr jetzt so nachdrücklich im Traum zeigen wollte?

Ein schneller Check ihres E-Mail-Postfachs hatte nichts Neues gebracht; von Basti war keine Nachricht eingegangen. Um Birgit nicht noch weiter zu beunruhigen, würde sie ihr erst mal nichts davon erzählen, sondern abwarten. Mittlerweile ärgerte sie sich, dass ihr Bruder sich so egoistisch verhielt. Er könnte ihnen doch wenigstens eine Kontaktadresse hinterlassen!

Halbwegs munter radelte sie zur Dienststelle und kettete ihr Rad an der Regenrinne an. Sie hatte das Gebäude kaum betreten, als ihr auch schon Kim Schröder entgegenkam.

»Gut, dass ich dich so früh erwische!« Kim hatte offensichtlich eine Nachtschicht eingelegt, denn ihr Gesicht wirkte grau; unter ihren grünen Augen schimmerten dunkle Ränder. Die Uniformhose war zerknittert, und auf dem rechten Hosenbein prangte ein brauner Kaffeefleck. Selbst ihre hellblonden Locken schienen an diesem Morgen an Spannkraft verloren zu haben und hingen ihr kraftlos auf die Schultern. »Wir haben die Verbindungsdaten von Anke Feldmanns Handy ausgewertet.«

»Du hast die ganze Nacht durchgearbeitet? Was habt ihr herausgefunden?«

Kim wischte sich mit einer fahrigen Geste über die Augen und seufzte. »Nicht viel. Anke Feldmann hat ihr Handy wirklich kaum benutzt. Von den letzten zehn Telefonaten hat sie sieben mit dem Anschluss im Gemeindehaus geführt, die anderen drei mit ihrem Festnetzanschluss zu Hause. Weitere vier gingen an unterschiedliche Mobiltelefone, deren Besitzer wir gerade noch ermitteln. Alles in allem liegen diese Gespräche allerdings bis zu einem halben Jahr zurück. Das aktuellste ist von Dienstagnachmittag vorletzter Woche und kam vom Gemeindehaus.«

»Schade.« Natascha hatte mehr erwartet. Die meisten Leute hatten ein Smartphone, in dem sie ihr halbes Leben abgespeichert hatten. Fotos, E-Mails, Verbindungsdaten, Chats – all das verriet mehr über sie, als ihnen wahrscheinlich bewusst war. »Besaß sie vielleicht noch ein weiteres Mobiltelefon, von dem ihr Mann nichts weiß? Habt ihr die Anbieter überprüft?«

Kim zuckte müde mit den Schultern und ging auf den Trakt des Wach- und Wechseldienstes zu. Mit einem Surren öffnete sich die Milchglastür, und sie betraten den schmalen Flur, von dem mehrere Türen in kleinere Büroräume abgingen. So früh am Morgen herrschte eine ungewohnte Stille; im Laufe des Tages würde es hier von Polizisten und Bürgern nur so wimmeln. »Soweit wir bisher herausgefunden haben, hatte sie nur das eine Handy, ein ziemlich altes Gerät übrigens. Aber vergiss nicht, dass Weissbach in einem Funkloch liegt! An vielen Stellen des Ortes hat man keinen Empfang. Was soll man da schon großartig mit einem Smartphone anfangen?«

Natascha folgte ihr. »Haben Schmitz und die Kriminaltechniker schon was Konkretes zu den Faserspuren im Kofferraum sagen können? Wie sieht es mit den Würgemalen aus, gibt's da schon mehr?«, fragte sie, obwohl sie wusste, wie lange man manchmal auf die Ergebnisse warten musste. Egal, wie sehr sich die Mitarbeiter im Labor beeilten.

Kim verneinte und reichte ihr einen schmalen Zettel mit einer Telefonnummer. »Aber dafür haben wir hier was Interessantes. Vor ein paar Minuten hat ein Thomas Irle angerufen. Er trägt in Weissbach Zeitungen aus. Irle fängt meist um fünf Uhr morgens mit seiner Tour an. Gegen Viertel vor sechs war er heute in der Pfarrgasse, und da hat er es direkt gesehen: Auf der hellen Hausfassade der Feldmanns prangt in großen schwarzen Buchstaben das Wort *MÖRDER*! Mit schwarzer Farbe gesprüht. Ich hab zwei Kollegen rausgeschickt, die sich das näher anschauen und die Nachbarn und gegebenenfalls Feldmann dazu befragen.«

»Ach, Mist!«, seufzte Natascha. Da hatte sich der Mob ja schnell zusammengefunden und einen Schuldigen ausgemacht: Frank Feldmann. Der schwieg sich weiterhin beharrlich darüber aus, was er am Freitagnachmittag gemacht hatte. Für die Dorfbewohner kam das natürlich einer Schuldzuweisung gleich; offenbar hatte sich rumgesprochen, dass sein Alibi geplatzt war.

»Ich schau mir die Schmiererei nachher zusammen mit Lorenz an. Aber mit Feldmann möchte ich selbst sprechen.«

Hoffentlich spielen die Bewohner Weissbachs jetzt nicht verrückt!, dachte sie. Ein wütender Mob hatte ihnen gerade noch gefehlt! Sie dachte an die feindselige Stimmung in Weissbach, an die verschwörerischen Blicke, die sich die fünf Frauen bei der gemeinsamen Befragung zugeworfen hatten. Und an den Zettel hinter dem Scheibenwischer von Lorenz' Jeep, den ein noch unbekannter Denunziant dort hinterlassen hatte.

In diesem Dorf lag so einiges im Argen – der Mord an Anke Feldmann war nicht das Einzige.

Kapitel 39

»Mama! Aufdehn!«

Benny stand in seinem Bettchen und reckte die Arme in die Höhe, damit sie ihn aus dem Bett hob. Dabei könnte er doch auch durch die Schlupfsprossen klettern. Ella gähnte, beugte sich zu ihm hinunter und nahm ihn in die Arme. Sie drückte ihn an sich und wiegte ihn, als hätte sie ihn eine ganze Woche nicht gesehen. Dabei waren sie doch nur eine Nacht voneinander getrennt gewesen.

Eine Nacht, in der sie ausnahmsweise einmal gut geschlafen hatte – aber erholt fühlte sie sich trotzdem nicht. Wahrscheinlich ist der Wein daran schuld, dachte sie und ging mit Benny in die Küche. Rolf war schon früh am Morgen ins Büro gefahren. Sie hatte sich schlafend gestellt, denn sie hatte nicht mit ihm reden, nicht so tun wollen, als wäre alles in bester Ordnung. Und er hatte seinerseits auch keine Anstalten gemacht, sie zu wecken.

Ella kochte sich mit der Padmaschine einen Kaffee, bereitete ein Müsli mit Haferflocken und Banane für Benny zu und schüttete für sich selbst ein paar Cornflakes in ein Schälchen. Eigentlich hatte sie überhaupt keinen Hunger. Die Ereignisse der letzten Tage waren ihr auf den Magen geschlagen, und der Wein am Vorabend hatte sein Übriges getan.

Benny und Ella frühstückten, ohne viel miteinander zu sprechen. Benny panschte mit dem Löffel in seinem Müsli, verteilte eingeweichte Haferflocken auf Tisch und Kinderstuhl und krähte vor Freude, doch Ella beachtete die Schmierereien kaum. Sie hielt die Tasse mit dem heißen Kaffee in beiden Händen und starrte ihren Sohn an, ohne ihn wirklich wahrzunehmen. Dass er gestern einfach so mit einer fremden Person mitgegangen war, erschien ihr heute wie ein böser Traum. Wer lockte in diesem verschlafenen Kaff denn kleine Jungen in den Wald?

Sie nahm einen Schluck von dem Kaffee. Auf der anderen Seite war da die Sache mit Anke aus der Pfarrgasse. Bisher hatte Ella versucht, den Gedanken an diesen Mordfall nicht zu nah an sich heranzulassen. Aber das war unmöglich; selbst beim Einkaufen in Wilnsdorf war der Mord Gesprächsthema Nummer eins gewesen, und in der Lokalzeitung hatte ein Reporter nun schon zum zweiten Mal reißerisch über den Fall berichtet. Auch gestern auf dem Markt hatten die Leute über Anke Feldmanns Tod getuschelt, und Ella war schnell wieder nach Hause gegangen, weil sie sich dort so unwohl gefühlt hatte. Beobachtet. Irgendwie schienen auf einmal alle Weissbacher Männer potenzielle Mörder zu sein.

Sie trank noch einen Schluck Kaffee und stellte dann abrupt die Tasse ab. Potenzielle Mörder – das galt auch für Rolf!

Und dann war da die Sache mit Greta, die sie für ihre Freundin gehalten hatte. Doch wer anders als sie hätte ihr die Tarotkarte unterschieben können?

»Ella, du wirst hysterisch«, sagte sie laut und schob das Schälchen mit den unangetasteten, inzwischen aufgeweichten Cornflakes von sich.

Benny sah sie fragend an, dann griff er mit beiden Händen in seinen Haferflockenbrei.

Wenig später hatte Ella Benny gewaschen und angezogen und in seinem Zimmer die Rollläden hochgezogen. Der Himmel war bewölkt; es sah nach Gewitter aus. Das passt ja prima zu meiner Stimmung!, dachte Ella und schüttelte Bennys Bettdecke mit dem Wickie-Motiv auf.

In der Küche beseitigte sie die Haferflocken-Sauerei, die Benny hinterlassen hatte, und lauschte ins Kinderzimmer, wo er mit den großen Legosteinen spielte. Zu seinem dritten Geburtstag hatte er einen Bauernhof mit Tieren bekommen, und seither quiekte, krähte, muhte und brummte es beinahe täglich aus seinem Zimmer. Ella war froh, dass sie Benny hören konnte; das gab ihr das Gefühl, die Kontrolle zurückgewonnen zu haben, die sie gestern verloren hatte. Ihr Herzschlag beschleunigte sich gleich wieder, als sie an Bennys Verschwinden dachte. Heute würde sie mit ihm nicht das Haus verlassen, das hatte sie sich geschworen. Zur Not würden sie sich eben ein paar Folgen *Bob der Baumeister* auf DVD anschauen. Hauptsache, Benny blieb in ihrer Obhut.

Das Handy auf dem Wohnzimmertisch vibrierte und meldete den Eingang einer SMS. Ella eilte zum Tisch und zog das Telefon aus seiner Schutzhülle. Greta hatte geschrieben. Blitzartig zuckte das Bild der Tarotkarte vor ihrem inneren Auge auf, die sie gestern Abend in ihrer Handtasche gefunden hatte. Die Karte, die nur Greta dort versteckt haben konnte. Ihre Hände zitterten so stark, dass sie mehrmals die falschen Tasten drückte. Als endlich die Nachricht auf dem Display erschien, starrte sie ungläubig darauf. Diese SMS konnte unmöglich von Greta stammen!

Doch der Absender war eindeutig, und auch die Kleinschreibung war so charakteristisch für Greta. Ella drückte die Nachricht weg, öffnete das Menü erneut und hoffte einen irrationalen Moment lang, einen anderen Text vorzufinden. Sie musste sich beim Lesen getäuscht haben, anders konnte es gar nicht sein, denn Greta würde so etwas nie schreiben.

Aber die seltsame Nachricht blieb, wie sie war, und die Buchstaben begannen, sich vor Ellas Augen zu drehen.

du bist ja völlig durchgeknallt – verschwinde und lass mich in ruhe – greta

Ella ließ das Handy sinken und blickte aus dem Fenster auf die menschenleere Hauptstraße. Sie hatte keine Ahnung, warum Greta so etwas schreiben sollte. Doch es musste irgendeine logische Erklärung für all das geben. Als ihr Blick weiter nach rechts wanderte, erstarrte sie. Gretas Auto stand nicht mehr vor dem Haus! Barfuß eilte Ella nach draußen.

Ja, der Peugeot war fort. Greta musste ihn irgendwann am Morgen geholt haben, ohne auch nur kurz bei ihr zu klingeln. Und nun hatte sie diese SMS geschrieben.

Das passte alles überhaupt nicht zusammen!

Ella stand neben ihrem verkratzten Briefkasten und starrte verwirrt auf die leere Straße.

»Huhu!« Ingrid von nebenan jätete schon wieder Unkraut. Sie winkte Ella kurz zu, bückte sich aber sogleich wieder, um mit einem Messer in ihrem Rasen herumzustochern.

Ellas schlechtes Gewissen lenkte ihren Blick automatisch auf den Vorgarten, der immer noch zur Hälfte mit gelb blühendem Löwenzahn durchzogen war. Der anderen Hälfte hatte sie immerhin schon den Garaus gemacht. Gestern. Als Benny verschwunden war und sie diese schreckliche Angst ausgestanden hatte. Ella merkte, wie sich erneut ein Knoten in ihrem Hals bildete, der ihr die Luft zum Atmen nahm und ihr Tränen in die Augen trieb.

Doch durch den Tränenschleier hindurch entdeckte sie etwas zwischen den gelb blühenden Wiesenpflanzen. Etwas Weißes, das da nicht hingehörte. Sie trat näher und bückte sich. Kleine Disteln pikten ihr in die nackten Fußsohlen, doch sie ignorierte den Schmerz. Ein zusammengeknülltes Blatt Papier. Ella nahm es und faltete es auseinander.

Für einen Moment verstummten alle Geräusche um sie her. In ihrem Kopf setzte ein Summen ein, breitete sich aus und wurde immer lauter. Ihre Hände begannen zu zittern, und sie starrte eine gefühlte Ewigkeit auf die Worte, die dort standen – in ihrer eigenen Handschrift!

Lass die Finger von meinem Mann, du Schlampe!

Kapitel 40

Natascha hatte Frank Feldmann zu einer weiteren Befragung vorgeladen. Sie hoffte, dass ihn die Nacht zur Vernunft gebracht hatte und er ihr heute endlich verraten würde, was er am Freitagnachmittag gemacht hatte.

Feldmann hockte nun vor Nataschas Schreibtisch und starrte sie aus müden Augen an. Sein Zopf hatte sich gelöst, am Oberkopf wurde sein dunkelblondes Haar langsam licht. Er hatte bei einem Kumpel in Siegen geschlafen, hatte er erklärt. Felix war bei seinen Großeltern, und Natascha war froh, dass die beiden nicht im Haus gewesen waren, als das Graffito aufgesprüht worden war. Wer weiß, wie die Situation sonst ausgegangen wäre!

»Noch einmal: Sie haben behauptet, Sie wären am Freitagnachmittag zu Hause gewesen«, begann Natascha und blickte auf das Aufnahmegerät zwischen ihnen. »Aber wir wissen, dass das nicht stimmt. Also, erzählen Sie uns endlich, wo Sie am Freitag waren! Ist Ihnen nicht klar, dass Sie sich mit Ihrem Schweigen nur verdächtig machen, Ihre Frau umgebracht zu haben?« Sie blickte ihm offen ins Gesicht und wartete auf eine Reaktion, auf eine Regung, die ihn verraten würde.

Feldmanns Hände begannen zu zittern, er ballte sie zu Fäusten und schien zu überlegen, was er sagen durfte. Natascha ließ ihn einen Moment gewähren, und beobachtete seinen inneren Kampf, der sich durch Kaubewegungen und nervöses Blinzeln bemerkbar machte. Doch dann wurde es ihr zu bunt.

»Herr Feldmann. Sind Sie Felix' leiblicher Vater?«

Frank Feldmanns Kopf ruckte hoch, und er starrte sie entsetzt an, offensichtlich überfordert von dem unerwarteten Themenwechsel. »Was?«

»Wir wissen längst, was in Weissbach geredet wird. Über Ihre Trennung von Ihrer Frau, ihren Seitensprung beziehungsweise die Affäre. Sogar Ihre Vaterschaft wird öffentlich angezweifelt.« Natascha lehnte sich im Stuhl zurück. »Sollten Sie von alldem erst kürzlich erfahren haben, ergibt sich da für uns ein ganz klares Motiv. Und Sie haben uns belogen, was den Freitagnachmittag angeht. Wissen Sie, wie das für uns aussieht, Herr Feldmann?«

Der Elektriker war kreidebleich geworden. Langsam schien er zu begreifen, worauf Natascha hinauswollte.

»Und nicht nur wir zählen da eins und eins zusammen. Auch für die Leute in Weissbach sind Sie verdächtig.« Natascha war unerbittlich, drängte Feldmann in die Ecke. »Sie wissen es vielleicht noch nicht: Unbekannte haben in der vergangenen Nacht die Fassade Ihres Hauses mit einem unschönen Graffito versehen. Wollen Sie wissen, was da jetzt steht?« Sie machte eine bedeutungsvolle Pause, dann fügte sie hart hinzu: »*Mörder!*«

Feldmanns Lippen bewegten sich lautlos; dann begann er, unartikulierte Laute auszustoßen, und ließ Kopf und Schultern hängen.

»Ich weiß nichts von einer Affäre meiner Frau, verdammt noch mal! Das hab ich doch Ihrem Kollegen gestern schon hundertmal gesagt! Und natürlich bin ich Felix' Vater! Was soll das?« Er strich sich mit einer fahrigen Bewegung eine Locke aus der Stirn und seufzte vernehmlich. »Ja, es stimmt ... Ich war am Freitagnachmittag mit Felix in Siegen«, begann er leise. »Ich hab ihn zu meinen Eltern gebracht und ... und bin dann in die neue Spielhalle am Ortsende von Geisweid gefahren. Die haben brandneue Geräte, die ich unbedingt ausprobieren wollte. Ich ... ich bin öfter da«, gestand er kaum hörbar.

Natascha nickte. Plötzlich fügten sich einige Bruchstücke des Mosaiks zusammen. Feldmann ging regelmäßig ins Casino und verzockte sein Gehalt, statt es mit seiner Familie zu teilen. Hatte seine Frau in die Spendenkasse der Kirchengemeinde gegriffen, um die wachsenden Schulden zu bezahlen? Und Marion Hentschel wusste davon?

»Ich schäme mich dafür. Doch ich komme nicht dagegen an.« Feldmann vermied den Blickkontakt. Er schluckte krampfhaft, und sein Adamsapfel hüpfte unruhig auf und ab. »Deshalb habe ich Ihnen nichts von meiner Fahrt nach Siegen erzählt! Aber ich habe nichts mit Ankes Tod zu tun. Wirklich.« Sein Kopf ruckte hoch, und Frank Feldmann sah Natascha beinahe trotzig an. »Ich habe sie doch geliebt, verflucht!« Dann verbarg er sein Gesicht in den Händen und begann, hemmungslos zu schluchzen.

Kapitel 41

Bevor sie erneut nach Weissbach aufbrachen, suchten Natascha und Lorenz die Spielhalle in Geisweid auf. Die Videoaufzeichnungen zeigten eindeutig, wie Feldmann ab fünfzehn Uhr neun verschiedene Geräte bedient hatte; um halb sechs hatte er das Lokal wieder verlassen. Egal, von welcher Seite man die Geschehnisse des vergangenen Freitags betrachtete: Feldmann konnte seine Frau nur schwerlich getötet und anschließend noch zu dem Richtertisch nach Wilnsdorf gebracht haben. Anke Feldmann war zwischen fünfzehn und zwanzig Uhr getötet worden; enger ließ sich der Zeitraum nicht eingrenzen. Zu diesem Zeitpunkt war Frank Feldmann aber im Casino gewesen; ab achtzehn Uhr dreißig bis spät in den Freitagabend hinein hatte er immer wieder von seinem Festnetz in Weissbach aus telefoniert – offenbar auf der Suche nach seiner Frau. Dies hatte Kim inzwischen über den Telefonanbieter in Erfahrung gebracht.

Doch wer war Anke Feldmanns unbekannter Geliebter? Noch immer hatten sie darauf keine Antwort gefunden. Winterberg hatte die Klärung dieser Frage zu seiner persönlichen Mission erklärt.

Natascha und Lorenz hatten an diesem Morgen in Weissbach als Erstes das Graffito an Feldmanns Haus in Augenschein nehmen und dort nach Hinweisen auf die Sprayer suchen wollen, doch Pfarrer Hartwig hatte später am Vormittag noch wichtige Termine, also würden sie zuerst ihn aufsuchen, um ihn noch mal zu den Unstimmigkeiten in der Spendenkasse zu befragen.

Auch Marion Hentschel sollte sich zu diesem Thema noch einmal äußern.

Sie verließen gerade die Autobahn, als Nataschas Handy klingelte. »Unbekannte Nummer?«, murmelte sie und nahm das Gespräch entgegen.

»Natascha, hi!« Es dauerte ein paar Sekunden, bis sie die Stimme zweifelsfrei erkannte. Sie klang seltsam belegt, undeutlich.

»Basti!« Sie umklammerte das Handy. »Wo bist du? Mama macht sich ...«, setzte sie an, doch er unterbrach sie.

»Mama, Mama! Die hat doch bloß ein Problem mit Nadya. Ich hab deine Mail gelesen. Spielst du jetzt wieder die große, oberbesorgte Schwester?«

»Basti!« Es sollte gar nicht so genervt klingen, doch sie konnte ihren Ärger nicht unterdrücken. »Mama macht sich Sorgen um dich. Melde dich doch einfach mal bei ihr! Das ist doch nicht zu viel verlangt!«

»Bin ich ein Baby, oder was? Ich kann doch machen, was ich will, echt!« Er nuschelte, als wäre er betrunken. Oder bekifft. Verdammt! Sie hatte im Moment überhaupt keine Zeit, sich mit ihrem Bruder zu beschäftigen. Die Differenzen zwischen Birgit und Basti waren doch nicht ihr Problem! Sie hatte sich schon vor Jahren von diesen Konflikten distanziert. Hatte sie zumindest gedacht.

»Basti, du, ich hab jetzt leider keine Zeit. Ich ruf dich nachher an, okay? Lorenz sah kurz zu ihr, konzentrierte sich dann aber wieder auf die Straße.«

»Machst grad wieder einen auf Bullenschwein, oder was?« Basti kicherte übertrieben laut in den Hörer, und Natascha krallte das Handy so fest, dass die Kanten in ihre Finger schnitten. Das musste sie sich wirklich nicht anhören! Was auch immer in ihren Bruder gefahren war, es war besser, jetzt aufzulegen. Vielleicht würde er später wieder ansprechbar sein. Sie zischte noch ein »Tschüss, Basti« in den Hörer und unterbrach das Gespräch.

»Mein Bruder«, warf sie Lorenz als Erklärung hin und starrte verärgert aus dem Fenster, ließ die Landschaft an sich vorüberziehen und formulierte eine weitere Mail an ihren Bruder. Telefonisch erreichen konnte sie ihn schließlich immer noch nicht.

Pfarrer Jürgen Hartwig empfing sie in seiner Wohnung. Sie lag im oberen Stockwerk des Gemeindehauses und war über eine metallene Außentreppe hinter dem Gebäude erreichbar. Am Fuß der Treppe standen zwei Terrakotta-Kübel mit Margeriten, deren Blüten in der morgendlichen Hitze die Köpfe hängen ließen.

Die Wohnung war hell und modern eingerichtet; im Wohnzimmer stand zu Nataschas Erstaunen eine Spielekonsole neben dem Fernseher.

Hartwig, der ihrem Blick gefolgt war, lachte. »Haben Sie geglaubt, als Mann Gottes würde ich mich von jeglichen irdischen Freuden fernhalten?« Er lächelte gewinnend. »Auch ich messe mich gern mal mit starken Gegnern!«

Er ließ sich im Sessel am Fenster nieder, dessen cremefarbene Sitzfläche deutliche Abnutzungsspuren zeigte. Die zugehörige Couch war so weich, dass Lorenz beinahe im Sitz versank. Natascha setzte sich deshalb vorne auf die Kante.

»Wir haben den Computer aus Ihrem Büro untersucht.« Sie nahm einen Schluck von dem kalten Wasser, das der Pfarrer aus dem Kühlschrank in der angrenzenden Küche geholt hatte. Trotz der relativ frühen Stunde staute sich in der Dachwohnung bereits die Hitze. Bestimmt würde es heute noch ein

Gewitter geben. »Wir haben festgestellt, dass eine der gespeicherten Dateien manipuliert wurde.«

Es folgte eine unangenehme Stille, in der man das Gezwitscher der Vögel in den Bäumen hinter dem Haus plötzlich überlaut hörte.

Der Pfarrer blickte auf seine im Schoß gefalteten Hände. Er war es offenbar gewohnt, Stille auszuhalten, und strahlte Ruhe und Ausgeglichenheit aus. »Gab es einen Grund für die Untersuchung? Meine Helferin Frau Hentschel konnte mir nichts Genaueres dazu sagen.«

»Wir ermitteln in einem Mordfall, Herr Pfarrer«, sagte Lorenz. »Selbstverständlich ist das ein Grund.«

Hartwig nickte betroffen. »Entschuldigung. Sie haben natürlich recht.« Dann straffte er die Schultern und sah zwischen Lorenz und Natascha hin und her. »Was soll ich lange um den heißen Brei herumreden? Ich weiß von den Manipulationen, ja.« Er räusperte sich. »Es geht um die Spenden-Datei, nicht wahr?« Sein Blick war offen, doch noch etwas anderes lag darin. Schuld?

»Seit wann wissen Sie davon?«, fragte Natascha.

»Seit ein paar Wochen. Vier oder fünf vielleicht.« Er sprach leise und vorsichtig, als wägte er jedes seiner Worte vorher genau ab.

»Und wie sind Sie mit diesem Wissen umgegangen?« Lorenz klang unbeteiligt. Aber Natascha wusste, dass es in ihm arbeitete.

»Haben Sie die Person darauf angesprochen?«, hakte sie nach, »oder wissen Sie gar nicht, wer dafür verantwortlich ist?«

Hartwig seufzte. »Ich fühle eine gewisse Schuld an den Vorkommnissen«, begann er. »Wir sammeln schon seit mehreren Jahren Spenden für die neue Autobahnkirche. Sie kennen sie vielleicht, sie steht ganz in der Nähe des Autohofs.«

225

Natascha dachte an das Gebäude an der A 45, dessen schnee-weiße Dächer spitz aus dem tiefen Grün des Waldes hervorrag-ten. Wenn man auf der Autobahn in Richtung Frankfurt daran vorbeifuhr, wirkte es wie ein riesiges Geschenkpaket für Gott, das jemand geöffnet hatte, um die Gebete der Gläubigen direkt und ungehindert in den Himmel zu schicken.

»Es fehlten immer nur kleinere Beträge in der Geldkassette. Mal fünfzig Euro hier, mal hundert da. Niemals so viel, dass es einem sofort hätte auffallen müssen.« Der Pfarrer blickte auf seine schwarze Bundfaltenhose und streckte das rechte Bein aus, als wollte er so die Bügelfalte schonen. »Selbstverständlich habe ich meinen Mitarbeitern, den ehrenamtlichen Helfern und den Gemeindemitgliedern vertraut. Allen.« Er sah Nata-scha an. »Wieso sollte ich auch misstrauisch werden?«

»Aber Ihr Vertrauen wurde enttäuscht?«, fragte sie, und der Pfarrer nickte.

»*Enttäuschung* ist vielleicht nicht das richtige Wort. Ich empfinde eher eine gewisse *Ratlosigkeit*. Jemand in meiner Gemeinde leidet so große Not, dass er Gelder genommen hat, die eigentlich für ein Gotteshaus bestimmt sind. Und ich kann mir zu Recht vorwerfen, die Notlage nicht rechtzeitig erkannt zu haben. Deshalb habe ich zunächst einmal herauszufinden versucht, wer Hilfe benötigt. Ich wollte die Sache unter vier Augen regeln, verstehen Sie? Ich wollte die Person nicht beschä-men oder bloßstellen. Ich wollte einfach nur helfen.«

Lorenz rutschte auf dem hellen Ledersofa hin und her. Er war nicht sonderlich empfänglich für Hartwigs Menschen-freundlichkeit. »Und wer hat die Gelder genommen?«, hakte er nach, doch der Pfarrer zuckte nur langsam mit den Schul-tern. »Anke Feldmann vielleicht?«, fragte Lorenz.

Hartwigs Kopf ruckte nach oben. »Himmel, nein!«

»Frank Feldmann ist spielsüchtig, wussten Sie das? Die

Familie hat deshalb Schulden, und da ist doch so ein Griff in die Kasse leicht getan«, erklärte Lorenz, doch Jürgen Hartwig winkte entschieden ab. »Das mit den Schulden wusste ich nicht. Aber nein, Anke hätte so etwas niemals getan! Dafür war sie viel zu ehrlich! Doch ich weiß trotzdem nicht, wer es gewesen sein könnte. Leider«, murmelte er. »Sonst hätte ich schon längst etwas unternommen.«

Natascha konnte sich lebhaft vorstellen, wie Hartwig, ganz der verständnisvolle Seelsorger, an das Gewissen des Diebes appellierte. Aber mit Großmut kamen sie hier nicht weiter, sie brauchten etwas Konkretes, mit dem sie arbeiten konnten.

»Wer hat Zugang zu Ihrem Büro und zum Computer?«, fragte sie und zog einen Notizblock aus ihrem Rucksack. »Sie und Frau Hentschel. Wer noch?«

»Jutta Hardt. Und Vivien Wagner vom Kinderturnen.« Er dachte nach. »Auch Volker Hardt. Er erledigt Hausmeistertätigkeiten und hat natürlich auch sämtliche Schlüssel.«

Natascha sah den Rentner mit der randlosen Brille und dem grauen Haarkranz vor sich, den sie bei ihrem ersten Besuch in Weissbach kennengelernt hatten – als Lauscher an der Wand, während sie in seinem Wohnzimmer die Frauen befragt hatten. Neben seinen Namen setzte sie ein Ausrufezeichen.

»Wer von den genannten Personen könnte Ihrer Meinung nach am ehesten das Geld genommen haben? Oder gab es Einbrüche, die nicht gemeldet wurden, Hinweise auf das Eindringen unbefugter Personen?« Natascha dachte an Frank Feldmann und seine Spielsucht. Hatte nicht etwa seine Frau das Geld entwendet, sondern Frank? Hatte er sich Zugang zu den Spendengeldern verschafft? Anke könnte ihm erzählt haben, wo sie aufbewahrt wurden …

Hartwig hob zweifelnd die Schultern. »Ehrlich gesagt, kann

und will ich mir das bei niemandem vorstellen. Es handelt sich doch um Gelder für ein Gotteshaus!«

»Könnten Sie sich denn einen Grund denken, warum Marion Hentschel die manipulierte Spendenliste verschwinden lassen wollte?«

Jürgen Hartwig riss die Augen auf. »Hat sie? Das wusste ich nicht... Aber warum sollte sie so etwas tun?« Er schüttelte ratlos den Kopf.

So kamen sie nicht weiter. »Wir möchten Sie bitten, noch einmal gründlich darüber nachzudenken, wer, wenn auch nur theoretisch, für den Diebstahl infrage kommen könnte.« Natascha sah ihn eindringlich an. »Sie haben unsere Karte, bitte melden Sie sich, wenn Ihnen jemand einfällt! Vergessen Sie nicht, dass wir es hier nicht nur mit Diebstahl, sondern in erster Linie mit einem Mordfall zu tun haben. Es sollte also auch in Ihrem Interesse liegen, dass das Ganze so schnell wie möglich aufgeklärt wird. Schließlich sollen Ihre Schäfchen hier in Weissbach doch wieder ruhig schlafen können, nicht wahr?«

Sie verließen die Wohnung des Pfarrers, der plötzlich gar nicht mehr so souverän, sondern sehr nachdenklich wirkte. Pfarrer Hartwig hatte zumindest einen leisen Verdacht, wer das Geld aus der Kassette in seinem Büro entwendet hatte, da war Natascha sich sicher.

Kapitel 42

Ella saß am Küchentisch und starrte auf den zerknitterten Zettel. Der Bordeaux hinterließ eine angenehme Schwere; sie hoffte, dass diese bald bis in ihr Gehirn hinaufkriechen und dort für Betäubung sorgen würde. In diesem Moment wünschte sie sich den Rotwein als immerwährenden Begleiter, als Benebler und Betäuber all ihrer Gedanken und Gefühle. Sie strich sich das Blatt wieder und wieder glatt, breitete es vor sich auf dem Küchentisch aus und zog an den Rändern, um es zu straffen. Ein dunkelroter Fleck prangte in der rechten oberen Ecke. Beim Öffnen der Flasche war ihr der Korken aus der Hand gerutscht und hatte eine nasse Spur auf dem Papier hinterlassen.

Wie war der Zettel in ihren Vorgarten gekommen? Ella war sich sicher, ihn ins Altpapier im Hauswirtschaftsraum geworfen zu haben!

Sie hatte ihn tatsächlich selbst geschrieben. Vorgestern, während Rolf im Arbeitszimmer am Computer gesessen und sie diese Talkshow im Fernsehen angeschaut hatte. Sie hatte den Folienstift genommen, mit dem Benny sein Zimmer bemalt hatte, und wie von selbst waren diese Worte auf dem Papier entstanden. So, als hätte ein hinterhältiger kleiner Geist dabei ihre Hand geführt.

Sie hatte sich vorgestellt, was Rolf wohl so alles mit seiner Geliebten anstellte – all die Dinge, die er ihr nun schon so lange vorenthielt. Sie hatte sich eine junge, hübsche blonde Frau mit üppigem Busen und flachem Bauch in seinen Armen vorgestellt. So eine, wie aus der Sonnenmilch-Werbung. An Greta, ihre Freundin mit dem rotblonden Pagenkopf, hätte sie im Traum nicht gedacht.

Aber jemand anders.

Denn warum sonst sollte dieser Zettel hinter Gretas Scheibenwischer gesteckt haben? Nur so konnte es gewesen sein! Das erschien ihr mittlerweile als die einzig mögliche Erklärung für Gretas sonderbares Verhalten. Sie hatte ihr Auto holen wollen und dabei den Zettel entdeckt – den ganz offensichtlich Ella geschrieben hatte. Und weil sie sich durchschaut und ertappt fühlte, war sie davongefahren, ohne zu klingeln. Dabei hätte Ella zu gern gewusst, welche Erklärung Greta wohl für all das gehabt hätte – auch für die Tarotkarten.

Sie hatte schon mehrmals das Menü ihres Handys geöffnet, um Greta anzurufen und ihr die Meinung zu sagen. Doch immer wieder hatte sie das Telefon beiseitegelegt. Es war einfach alles viel zu schmerzhaft.

Ella nahm noch einen Schluck Wein. Langsam entfaltete der Alkohol seine Wirkung; ihre Gedanken drifteten immer weiter ab, schwebten über Ereignissen in der Vergangenheit, über schönen Momenten mit Rolf. Der Augenblick nach Bennys Geburt fiel ihr ein, wie sie sich beide über das rotgesichtige und mit Käseschmiere bedeckte kleine Wesen gebeugt hatten, das von nun an ihren Alltag bestimmen würde. Der Gedanke an diese wunderschöne Zeit hinterließ einen bitteren Nachgeschmack, und Ella schluckte.

»Mama? Weins' du?« Benny stand neben ihr und streichelte mit seinen warmen Händen zaghaft über ihren Unterarm.

Ella erwachte aus ihrem Tagtraum und sah ihren Sohn an. Er starrte mit großen Augen zu ihr empor und sah verwirrt aus.

»Es ist alles in Ordnung, Benny. Mama ist ein bisschen müde; da tränen einem manchmal die Augen. Kennst du das auch?« Sie nahm ihren Sohn in die Arme, strich ihm über das weiche blonde Haar und versuchte, von ihrem Kummer abzulenken.

Benny wand sich aus der Umarmung und zog Ella zum Kühlschrank. »Saft!«, bestimmte er, und sie holte ihm ein Glas aus der Vitrine und mixte ihm eine Apfelschorle.

»Lass es dir schmecken, mein Schatz!«

Benny nahm das Saftglas und legte etwas auf den Tisch, das er vorher in der Hand gehalten hatte. Eine Karte. Ella starrte auf das Motiv und fühlte, wie ihre Beine weich wurden. Als hätte sie keine Kontrolle mehr über ihren Körper, sackte sie in sich zusammen und ließ sich unsanft auf den nächstbesten Stuhl fallen.

Diese Karte hatte Benny nicht aus dem Liebesroman auf ihrem Nachttisch gezogen. Sie zeigte nicht *Die Liebenden* und nicht den *Magier*. Auf der Karte war ein Engel in einem weißen Gewand zu sehen, der Flüssigkeit von einem Kelch in einen anderen goss. Darunter stand: *Mäßigkeit*, darüber *XIV*, die römische Vierzehn. Ella spürte, wie ihr Gesicht heiß wurde. Scham breitete sich in ihr aus, legte sich wie eine zweite, hitzige Haut um ihren Leib und presste ihr erneut Tränen in die Augen. Ich trinke zu viel, dachte sie, und jemand macht sich darüber lustig … Greta.

Sie knüllte die Tarotkarte in ihrer Hand zusammen und hieb mit der Faust auf den Tisch. »Benny, wo hast du diese Karte her?« Ihre Stimme klang schrill. Der Junge sah sie erschrocken an und stellte sein Glas ab.

»An Tür.«

»An welcher Tür?«

»In mein'n Ssimmer.« Benny sah aus, als würde er jeden Moment zu weinen anfangen.

»Komm her!« Ella nahm ihren Sohn tröstend in die Arme.

231

»Entschuldige bitte, mein Süßer! Ich wollte dich nicht anschreien.« Benny ließ sich kurz drücken, dann machte er sich los und tappte wieder zurück ins Kinderzimmer.

Ella starrte auf den Küchentisch, auf dem neben der Tarotkarte und dem Rotweinglas noch immer dieser handgeschriebene Zettel lag. Der Bordeaux im Glas war mittlerweile handwarm geworden, doch das machte ihr nichts aus. Obwohl ihre Wangen noch vor Scham brannten, schenkte sie sich nach und trank in großen, gierigen Schlucken. Es war beinahe ein Zwang, begleitet von der Hoffnung, ihre Gedanken mit dem Alkohol ganz und gar ausschalten zu können.

Doch es funktionierte nicht. Immer wieder grübelte sie darüber, wie dieser Zettel wohl an Gretas Auto gekommen war. Greta hatte ihn wohl kaum selbst aus dem Altpapier im Hauswirtschaftsraum gefischt, und auch Rolf würde sich nicht so seltsam verhalten. Und, schlimmer noch: Wie kam die Tarotkarte in Bennys Zimmer? Greta war ganz sicher am Vorabend nicht dort gewesen, das hätte sie doch bemerkt. Oder?

Ein ungeheuerlicher Verdacht keimte in ihr auf und wurde mit jedem Schluck größer, wuchs zu einem beklemmenden Gefühl der Bedrohung heran: Jemand war in ihrer Wohnung gewesen. In Bennys Zimmer!

Kapitel 43

Die Sonne brannte von einem wolkenlosen Himmel, und obwohl er sich immer weiter ins Gebüsch zurückzog, konnte er ihr nicht entkommen. Sein Kopf schmerzte, und das Denken war verlangsamt, doch er konnte seine Position nicht verlassen. Wie unter Zwang hockte er auf seinem Beobachtungsposten und hoffte, *sie* noch einmal zu sehen. Das Auto der Freundin war fort, und er wusste nicht, was seither im Haus passiert war. Das ärgerte ihn maßlos; er hasste diese Ungewissheit und das Gefühl, keine Kontrolle zu haben. Sie hatte die *Mäßigkeit* erhalten, so viel hatte er beobachtet. Doch nun zeigte sie sich nicht mehr, weder vor dem Haus noch in Küche und Wohnzimmer, die er gut einsehen konnte.

Mit dem Fernglas schwenkte er langsam von rechts nach links, in Richtung Ortseingang. Vor ihm öffnete sich das schmale Tal, in dessen Senke sich die Häuser des Dorfes schmiegten. Die Hauptstraße floss wie ein grauer Fluss aus Teer zwischen den grünen Hügeln entlang und endete am Ortsausgang abrupt im bewaldeten Nirgendwo. Der Sportplatz lag ein Stück außerhalb von Weissbach. Durch das Fernglas erkannte er das kleine Vereinsheim. Das Emblem der Spielervereinigung Weisstal hing neben der dunklen Holztür, auf der anderen Seite ein holzumrandeter Glaskasten mit den aktuellen Spielständen. Mit seinem Stofftaschentuch wischte er sich den Schweiß von der Stirn. Was würde er nicht alles für einen Schluck Wasser geben! Er fühlte sich ausgetrocknet, regelrecht ausgedörrt wie eine alte Pflaume. Doch noch war er nicht bereit, seinen Posten zu verlassen. Erst wollte er *sie* sehen.

Vom Weg hinter dem Vereinsheim näherte sich nun ein Traktor. Er meinte sogar, das Motorengeräusch zu hören. Die besondere Lage des Ortes trug den Schall bis zu ihm hinauf. Der Traktor blieb stehen, und aus dem Schatten der Bäume und Sträucher auf der anderen Seite lösten sich gleichzeitig vier Gestalten, als wären sie hier verabredet. Irgendetwas an ihrer Haltung irritierte ihn. Sie sahen nicht so aus, als würden sie sich zur Feldarbeit treffen, denn der eine von ihnen trug trotz der sengenden Hitze einen schwarzen Motorradhelm.

Er vergrößerte den Zoom und holte die Gesichter der Männer näher heran. Der Traktorfahrer war mittlerweile abgestiegen. Es war Dominik Berger vom Bühl'schen Hof, der nur wenige Hundert Meter Luftlinie von seinem Beobachtungsposten entfernt lag. Berger bewegte sich irgendwie anders als sonst, wirkte bulliger und riss immer wieder in einer zornigen Geste einen Arm in die Luft, als forderte er die anderen zu etwas auf. Auch der rote Benedikt Wagner war dabei, der Bruder der dicken Vivien, und der junge Vanderhorst. Der Lockenkopf war gerade mal neunzehn oder zwanzig Jahre alt und hatte kürzlich seine Banklehre abgeschlossen. Was hatte der mit den anderen zu schaffen? Vanderhorst ging zurück zum Gebüsch, sah sich mehrmals über die Schulter um und kehrte mit einem länglichen Gegenstand zurück, den er den anderen stolz zeigte.

Ihm wurde in seinem Versteck immer heißer, und er hatte das Gefühl, nicht mehr genug Luft zu bekommen. Unruhig rutschte er auf dem Stein herum, der ihm eine relativ bequeme Sitzposition ermöglichte. Das, was sich da vor seinen Augen abspielte, gefiel ihm überhaupt nicht. Vanderhorst hatte ein Gewehr dabei! Er zeigte es mit prahlerischen Bewegungen herum, hielt es immer wieder in die Höhe und brüllte etwas.

Wenn er doch nur verstehen könnte, was sie sagten!

Berger ging nun zum Traktor, schwang sich auf den Sitz und ließ die mächtige Traktorgabel mit den gelben Zinken auf- und niederfahren. Die Aggressivität dieser Geste war beinahe greifbar, und ein Engegefühl machte sich in seinem Brustkorb breit. Eine schreckliche Ahnung kam in ihm auf, und die Hand mit dem Fernglas zitterte mit einem Mal. Was, wenn sich die Aggressionen der Männer gegen ihn richteten? Machten sie gerade Front gegen einen aus ihren eigenen Reihen? Was, wenn sie trotz all seiner Vorsichtsmaßnahmen etwas entdeckt hatten, das auf ihn hinwies, wenn er seine Spuren nicht gut genug verwischt hatte?

Da braute sich etwas zusammen, und er schien das Ziel zu sein!

Kalter Schweiß brach ihm aus allen Poren.

Kapitel 44

Vor einem schmalen Fachwerkhaus in der Pfarrgasse saß ein grauhaariges Ehepaar auf einer roten Kunststoffbank und starrte den beiden Polizeibeamten, die sich vom Gemeindehaus her näherten, mit unverhohlener Neugier entgegen.

»Eine Sauerei ist das!«, sagte der Mann mit krächzender Stimme, schob sich den Cord-Hut aus der Stirn und wies mit dem Gehstock zum Haus der Feldmanns hinüber. »Wegsperren sollte man die!« Er behielt für sich, wen er damit meinte, die Schmierfinken oder Frank und Felix Feldmann.

Natascha nickte den beiden Alten nur flüchtig zu und ging mit Lorenz zielstrebig zur Hausnummer siebzehn.

Schon von Weitem war der schwarze Schriftzug zu sehen. Je näher sie dem Haus kamen, desto kälter wurde es Natascha. Sie dachte an die Videoaufzeichnungen aus dem Spielcasino, die Frank Feldmann, in sich gekehrt an den Geräten sitzend, gezeigt hatten. Sah das Lächeln des kleinen Felix, der seine Mutter verloren hatte und nun auch noch hinter dieser verschandelten Fassade leben sollte. Bestimmt würde er irgendwann erfahren, was da gestanden hatte, auch wenn die Schmähung dann längst überstrichen war. Vielleicht würde der Vorwurf gegen seinen Vater sogar im Kindergarten wiederholt werden: *Mörder!* Der arme Junge!

»Ich will wissen, wer das gemacht hat!«, zischte Natascha. Unbändige Wut erfüllte sie. Dachte denn niemand an den kleinen Felix? Sie blieb stehen und starrte auf die Buchstaben auf der Fassade neben der Haustür. *MÖRDER*. Etwa einen halben

236

Meter hoch, mit schwarzer Farbe unordentlich aufgesprüht und dann verlaufen. Offenbar waren die Sprayer in Eile gewesen.

Lorenz, der hinter ihr stand, seufzte. »Schweinerei.«

Feldmanns Opel stand vor der Tür, und Natascha ging auf die Haustür zu und klingelte mehrmals, doch niemand öffnete. War er vielleicht zu Fuß im Dorf unterwegs? Hoffentlich organisierte er ein paar Dinge, um seinen Sohn möglichst lange vom Haus fernzuhalten. Zumindest so lange, bis jemand das Graffito entfernt hatte.

»Wir sollten über Polizeischutz für Frank Feldmann nachdenken«, sagte sie und schirmte die Augen gegen die Sonne ab, um durch eines der beiden Seitenfenster mit den bunten Stoffblumen ins Innere des Hauses zu schauen. Aber die Gardine hielt alle neugierigen Blicke draußen. »Wer weiß, was den Leuten hier sonst noch einfällt!«

Obwohl die Kollegen früher am Morgen schon Fotoaufnahmen gemacht hatten, fotografierte Lorenz den Schriftzug noch einmal und marschierte anschließend auf das gegenüberliegende Haus zu. Der Putz des schmalen Baus war rissig und bröckelte schon an einigen Stellen herab. Ein junger Mann Anfang zwanzig in schwarzen knielangen Shorts und weißem Muskelshirt öffnete nach dem zweiten Klingeln und fuhr sich über die nach hinten gegelten schwarzen Haare.

»Ja?«, fragte er betont gelangweilt. Ein Piercing blitzte am oberen Lippenbändchen auf.

»Herr Neumann? Polizei«, antwortete Lorenz und wies sich aus.

Neumann nickte und verdrehte die Augen. »Ich hab Ihren Kollegen doch schon erzählt, dass ich nichts mitgekriegt hab. Hatte gestern Abend zwei oder drei Pils getrunken und einen alten Bruce-Lee-Schinken eingelegt. Da hätte mich sowieso nicht interessiert, was draußen los ist. Bin dann irgendwann vorm Fernseher eingepennt und am frühen Morgen todmüde rüber ins Bett gewankt. Da hab ich auch nix gehört. Mein Schlafzimmer geht aber auch nach hinten raus«, fügte er noch hinzu und gähnte demonstrativ.

»Hatten Sie viel Kontakt mit den Feldmanns? Haben Sie vielleicht mal mit Frank Feldmann ein Bier getrunken? Immerhin sind Sie Nachbarn.«

Neumann sah Natascha so entgeistert an, als hätte sie ihn gebeten, sein Pils mit ihr zu teilen, und schüttelte den Kopf. »Nee, echt nicht. Der ist nich' meine Baustelle!« Er spannte den Brustkorb an, und Natascha erkannte die leichten Erhebungen von Brustwarzen-Piercings unter dem weißen Rippen-Shirt. »Ich mach hier sowieso nicht auf guter Freund oder so. Die Mieten in dem Kaff sind billig, der Rest ist mir egal. Leben und leben lassen, sag ich immer. Ich misch mich nicht in die Angelegenheiten der anderen, und ich erwarte, dass man mich in Ruhe lässt. Dann bin ich auch ein ganz umgänglicher Mensch.«

Sie verabschiedeten sich von Neumann und wandten sich wieder Frank Feldmanns Haus zu. Die Befragung der anderen Nachbarn würde einige Zeit in Anspruch nehmen. Doch darum würden die Kollegen sich kümmern.

»Ich werfe mal einen Blick auf das Grundstück.« Natascha zwängte sich zwischen der Hainbuchenhecke und der Hauswand hindurch in den Garten. Er war dunkel und klein, aber liebevoll angelegt. Die Rasenfläche, die den größten Teil des Gartens einnahm, wurde von einem schmalen Staudenbeet eingefasst, und es gab eine kleine Kräuterspirale, aus der es angenehm würzig duftete. Vom Haus ging eine Balkontür auf eine Terrasse aus Natursteinen, die von blühenden Hortensien umgeben war. Steinstufen führten auf den Rasen. Eine Schaukel hing in einem knorrigen Apfelbaum, das Gras darunter war abgewetzt. Natascha sah sich überall aufmerksam um.

»Hier ist nichts. Feldmann ist nicht zu Hause.« Sie blickte durch die Balkontür ins Innere des Hauses, sah die Sitzecke im Wohnzimmer, die zum Fernseher hin ausgerichtet war. Nur gut, dass dieses Kleinod unangetastet geblieben war, dass in Haus und Garten niemand randaliert oder etwas zerstört hatte!

Beim erneuten Hindurchzwängen durch die Hecke blieb Natascha mit dem Hosenbein an einem Ast hängen, der ihr unangenehm ins Bein schnitt. »Autsch«, murmelte sie und zupfte an dem Jeansstoff, um ihn zu lösen. Dabei fiel ihr Blick auf den Buntkies, der als Schutz vor Staunässe am Fuß der Hauswand aufgeschichtet war. Zwischen den hellen und dunklen Steinen lugte etwas Rosafarbenes hervor.

Sie bückte sich danach. »Lorenz, schau mal!«

»Was ist das?« Mit spitzen Fingern nahm er ihr das etwa fingerbreite Stoffstück aus der Hand. An einem Ende steckte ein schwarzer Aluminiumring, offenbar Teil eines Verschlusses. Das andere Ende war ausgerissen, der Stoff hing fransig herab. Mit rotem Garn waren Buchstaben in das rosafarbene Band eingestickt.

»... *mmerfestival Sie* ...«, las Lorenz vor und schwenkte das Bändchen hin und her. »Das könnte ›Sommerfestival Siegen‹ geheißen haben.«

Natascha nickte. Ja, das Band sah aus wie eines der Eintrittsbändchen, die es auf Festivals gab. Manche Leute trugen gleich mehrere davon am Handgelenk, sozusagen als Trophäe, die besagen sollte: Ich war dabei! Sie kramte in ihrem Rucksack nach einer Plastiktüte, um ihren Fund zu verstauen. »Hoffentlich hängt es mit der Sprühaktion zusammen! Jedenfalls sieht es noch relativ sauber aus; lange lag es sicher nicht hier draußen.«

Lorenz stimmte ihr zu. »Wir bringen es nachher gleich zu Schmitz. Die Kriminaltechniker können sicher einiges damit anfangen.«

Natascha verstaute die Tüte sorgsam in ihrem Rucksack. »Die Zielgruppe für dieses Festival ist überschaubar. Erst recht in einem Dorf wie Weissbach. Es dürfte nicht so schwer sein, den Besitzer dieses Bändchens ausfindig zu machen.«

Kapitel 45

Sie waren losgezogen – die Gesichter rot vor Erregung. Berger mit dem Traktor voranweg, dann Vanderhorst mit dem Gewehr und die anderen hinterher. Als sie am Abzweig zur Hauptstraße ankamen, verlor er sie kurz aus den Augen, aber sie tauchten schnell wieder auf. Sie riefen etwas, johlten und reckten die Arme in die Höhe, als skandierten sie einen Schlachtruf. Aber er konnte nicht genau verstehen, was es war. Es klang wie »Mörder«.

Ihm wurde übel. Die Männer waren mittlerweile so aufgeheizt, sie würden ihn umbringen, wenn sie ihn erwischten! Seine Gedanken rasten. Was sollte er jetzt machen? Panisch huschte sein Blick über das Dorf. Das Fernglas wackelte in seinen zitternden Händen, alles war verschwommen, unscharf. Dabei war es doch richtig gewesen, er hatte handeln müssen! Ankes Lügen hatten endlich ein Ende haben müssen, das mussten sie einsehen! Aber würden sie ihm in ihrem Wahn überhaupt zuhören?

Der Treck erreichte nun den Ort, zog die Hauptstraße entlang. Bei *ihr* vorbei, ohne haltzumachen. Am Nachbarhaus öffnete sich die Tür, zwei Jugendliche kamen heraus. Die Jungs von den Müllers, beide in dem Alter, in dem man seine Kraft nicht immer unter Kontrolle hatte. Doch statt dem Geschehen Einhalt zu gebieten, schlossen sie sich nach einem hitzigen Wortwechsel mit Vanderhorst dem Zug an! Und auch von Gegenüber kam jemand, eine junge Mutter mit einem Kleinkind im Buggy, Nadine Kühnemund. Auch sie folgte nach nur kurzem Zögern dem Tross, der nun langsam größer wurde.

Und jetzt konnte er auch die Rufe eindeutig identifizieren. »Mörder, raus aus deinem Haus!«

Ihm schwindelte, er fühlte sich einer Ohnmacht nah. Was sollte er jetzt tun? Hier hocken bleiben und hoffen, dass die Meute sich wieder beruhigte, oder tiefer in den Wald flüchten? Noch wusste niemand, dass er sich hier oben verborgen hielt. Doch er wollte sich nicht ausmalen, was geschehen würde, wenn sie ihn entdeckten. Sie waren so voller Hass und Verachtung! Und sie waren sich so einig!

Mittlerweile hatten sich noch mehr Dorfbewohner der Gruppe angeschlossen. Alle liefen johlend hinter dem röhrenden Traktor her. Berger ließ immer wieder den Motor aufheulen und stachelte sie damit noch weiter auf, denn dem Motorjaulen folgten noch lautere Rufe.

Aber er konnte sich nicht bewegen, sich nicht zu einer Entscheidung durchringen. Jeder Schritt konnte der falsche sein, konnte tödlich enden. So wie bei Anke. Dabei hatte er sie eigentlich gar nicht töten wollen. Sie hatte nur endlich die Wahrheit sagen sollen! Es war ein Unfall gewesen! Wäre sie ihm nicht so nahe gekommen, hätte sie nicht so gewinselt, sich angebiedert und ihm angeboten, dann hätte er sie nicht packen müssen. Wie hätte er denn sonst ihre Heucheleien, ihre Lügen stoppen sollen? Sie hatte endlich still sein sollen. Wäre sie nicht so laut gewesen, hätte er nicht so fest zudrücken müssen.

Die Hand mit dem Fernglas verfolgte den Tross, der noch immer durchs Dorf zog. Nicht mehr lange, und sie würden sein Haus erreicht haben. Dann würden sie merken, dass er nicht zu Hause war. Auf wen würde sich dann ihr Zorn richten? Er wollte nicht darüber nachdenken.

Doch plötzlich änderten sie ihren Weg, bogen in den alten

Ortskern ab. Die Straßen wurden enger, der Traktor langsamer.

Irritiert beobachtete er das Geschehen. Erst wollte er gar nicht glauben, was er da sah, und er hätte beinahe angefangen zu lachen. Erleichtert lehnte er sich zurück ins Gebüsch, lauschte seinem ruhiger werdenden Herzschlag und erlaubte sich ein leises Kichern.

Sie hatten gar nicht ihn gesucht. Das Objekt ihrer Aggressionen war jemand anders!

Kapitel 46

»Lorenz, sei mal still! Hörst du das?« Natascha stellte die Wasserflasche zurück in den Fußraum des Jeeps, warf die Beifahrertür wieder zu und ging um den Wagen herum. »Da ruft doch jemand!«

Die Rufe kamen von irgendwo hinter dem Gemeindehaus, waren aber zu weit entfernt, um sie genau zu orten. Ein schwerer Motor jaulte auf, und der Schall schickte ein dröhnendes Echo um die Häuser.

Jörg Lorenz sah sie fragend an. »Ich kann nur einen Traktor hören.« »Mir war, als hätte jemand um Hilfe gerufen«, antwortete Natascha und war sich auf einmal überhaupt nicht mehr sicher. Wahrscheinlich reagierte sie schon über. Doch dann vernahm sie den Hilferuf noch einmal, diesmal deutlicher. Andere Rufe mischten sich darunter und wurden immer wieder vom Brummen des Traktors überlagert, waren aber nun ganz klar zu hören. Der Tumult schien von irgendwo außerhalb des Ortes zu kommen.

»Los! Wir fahren hin! Frau Hentschel muss erst mal warten.« Lorenz schwang sich auf den Fahrersitz und ließ den Motor an. Natascha öffnete die nächstgelegene Tür und kletterte schnell auf die Rückbank hinter den Kollegen. Er wendete hektisch, manövrierte den Wagen jedoch geschickt zwischen den runden Blumenkübeln hindurch und verließ in rasantem Tempo die Pfarrgasse, um dann durch die gewundenen Sträßchen des historischen Dorfkerns zu brausen. Natascha hielt immer wieder den Kopf aus dem geöffneten Fenster, versuchte, über das

Motorgeräusch die Hilferufe zu lokalisieren, und dirigierte Lorenz vorbei an den hohen, schmalen Fachwerkhäusern. Ein Glück, dass ihnen auf den schmalen Gassen niemand entgegenkam!

Am Dorfbrunnen unter der riesigen Linde hielt Lorenz abrupt an.

Ein etwa zehnjähriges Mädchen in einem blau-weiß gestreiften Kleid saß, einen Aluroller neben sich, auf dem Brunnenrand und sah ihnen neugierig entgegen. Lorenz ließ die Scheibe an der Beifahrerseite nach unten gleiten.

»Die anderen sind alle Richtung Löschteich gelaufen!« Das Mädchen zeigte mit ausgestrecktem Arm über die Dächer der tiefer gelegenen Häuser, im Hintergrund erhob sich ein Hügel. Zwischen den Baumwipfeln konnte man ein großes dunkles Dach erkennen sowie mehrere runde Heuballen auf einem Feld dahinter. »Wollt ihr auch mitmachen?«, fragte sie mit einem Blick auf Lorenz' großen Jeep.

»Mitmachen? Wobei? Was ist denn da überhaupt los?«, rief Natascha, doch das Mädchen zuckte nur mit den Schultern und schnappte sich den Roller.

»Weiß nicht. Aber die waren so laut und sahen ziemlich wütend aus.« Sie stellte den Roller in Position und ließ eine Kaugummiblase vor dem Mund platzen. »Ich muss jetzt los, die Katha kommt gleich zu uns rüber, wir wollen Trampolin springen!« Damit rollte sie in Richtung Kirche davon, und Lorenz startete den Motor wieder.

»Das klingt nicht gut«, murmelte er, und Natascha lehnte sich zum Fenster hinaus. »Fahr erst mal wieder runter auf die Hauptstraße!«, drängte sie. »Von dort kommt das Traktorgeräusch.«

Lorenz legte den Rückwärtsgang ein und jagte den Jeep rückwärts durch die Lindenstraße, vorbei an niedrigen Fachwerkhäuschen und einem Hovawart, der an einer langen Kette lief, einen Innenhof bewachte und ihnen aufgebracht hinterherbellte. Der Motor heulte, Natascha duckte sich, um Lorenz' Sicht durch die Heckscheibe nicht zu behindern. Mit gekonntem Schwung wendete er den Wagen in einer gepflasterten Garageneinfahrt und fuhr in hohem Tempo in Richtung Hauptstraße, die etwas tiefer lag als der Ortskern.

Doch als er am Bushäuschen abbiegen wollte, musste er jäh abbremsen. »Verdammter Mist!« Er hieb mit der Hand auf die Hupe.

Eine ältere Frau in Kittelschürze und schmutzigen blauen Gummistiefeln ging in gemächlichem Tempo mitten auf der Straße. Mit einem Stock hielt sie ungefähr ein Dutzend Kühe in Schach, die über den Asphalt trotteten. Wenn eines der braunweiß geschecktem Tiere zu weit ausscherte, schob sie es sanft mit dem Stock wieder zurück zur Herde. Lautes Muhen begleitete die Prozession.

»Lassen Sie uns durch! Polizei!«, rief Natascha durchs Fenster, und Lorenz drückte noch einmal ungeduldig die Hupe. Die Bäuerin drehte sich langsam um und zuckte mit den Schultern, schob dann jedoch mit einem lauten »Ho!« die Kühe umständlich zur Seite. Das Fleckvieh gehorchte nur widerwillig, und die Bäuerin musste mehrmals ein Tier zurückdrängen, das wieder auf die Straßenmitte ausscheren wollte.

Es dauerte eine gefühlte Ewigkeit, bis der Tross so weit nach rechts ausgewichen war, dass der Jeep daran vorbeifahren konnte.

»Wie kommen wir zum Löschteich?«, fragte Lorenz die Bäuerin, als er neben ihr kurz stoppte.

»Einfach geradeaus.« Sie zeigte mit dem Stock in die Richtung und schob mit einem erneuten »Ho! Lisa!« eine Kuh zurück in die Herde.

Lorenz beschleunigte wieder und folgte der mit Kuhfladen und Schlammplacken übersäten Straße. Hinter der nächsten Kurve passierten sie das Gasthaus »Zum Backes«, weiter hinten erkannten sie einen umzäunten Löschteich. Doch da war niemand zu sehen.

»Guck mal, da!« Natascha wies auf einen Feldweg, der neben der Einfahrt zum Parkplatz der Kneipe begann und langsam anstieg. Im Hintergrund erhob sich ein bewaldeter Hügel und deutlich sichtbar der Hof, dessen Dach sie vom Dorfbrunnen aus gesehen hatten.

»Der Bühl'sche Hof«, rief Lorenz. »Das ist das größte Gehöft weit und breit, war es früher schon.«

Der Weg, der offenbar dorthin führte, war schmal und durchschnitt weite Wiesenflächen, die durch Stacheldraht und Weidezäune geschützt waren. Vermutlich eine Abkürzung.

»Festhalten!«, warnte Jörg Lorenz und bog abrupt in den Feldweg ein. Der Jeep neigte sich bedrohlich zur Seite, und Natascha wurde gegen die Innenverkleidung der Tür gedrückt. Der Fensterheber bohrte sich schmerzhaft in ihre linke Hüfte, und sie schrie kurz auf. Lorenz drosselte die Geschwindigkeit ein wenig, und obwohl Natascha sich mit beiden Händen am Griff über der Tür festklammerte, wurde sie komplett durchgeschüttelt. Elvis am Rückspiegel tanzte wie ein Irrwisch.

Lorenz preschte über den holprigen Weg, versuchte so gut wie möglich, tiefen Mulden auszuweichen, und rumpelte mehrmals über die Grasnarbe in der Wegmitte. Nataschas Unterarmmuskeln verkrampften sich, so fest klammerte sie sich am Türgriff fest. Das Röhren des Jeeps war so laut, dass sie die Hilferufe und das Gejohle nicht mehr hören konnte. Eine dichte

Baumreihe verstellte mittlerweile die Sicht auf den Bühl'schen Hof.

Zwischen Kuhweiden und Feldern mit fast reifem Mais rasten und ruckelten sie dahin, und Natascha hielt weiterhin die Augen nach dem röhrenden Traktor offen. Doch außer ein paar träge in der Sonne liegenden Kühen konnte sie nichts erkennen.

Plötzlich bremste Lorenz ruckartig, und Natascha schlug mit der Stirn hart gegen die Kopfstütze. Ein großer roter Blitz jagte durch ihren Kopf und explodierte vor ihrem inneren Auge in tausend grelle Lichtpunkte. Der Wackel-Elvis war nach hinten geflogen, gegen die Lehne des Rücksitzes geprallt und mit verdrehtem Unterkörper auf dem Polster liegen geblieben. Mit der verbogenen Spiralfeder an der Hüfte bot er ein seltsam makaberes Bild.

»Autsch!« Sie rieb sich die schmerzende Stelle an der Stirn mit dem Handballen und ließ sich zurück in den Sitz fallen. Das würde eine schöne Beule geben!

»Mist, verdammter!«, fluchte Lorenz und stellte den Motor aus. »Schnell, steig aus! Wir müssen zu Fuß weiter, der Weg ist versperrt!« Mit einem Satz sprang er aus dem Wagen und riss die Hintertür auf.

Ein riesengroßer Heuballen lag wie ein überdimensionierter Spielstein vor ihnen auf dem Feldweg und machte ein Weiterkommen unmöglich.

»Lass uns über die Wiesen laufen, dann erreichen wir den Hof da oben schneller!« Natascha lief schon auf die angrenzende Weide zu, und Lorenz folgte ihr.

Er setzte zu einer Antwort an, doch Natascha hielt den Zeigefinger an ihre Lippen. »Still!«, sagte sie, und beide verharrten einen Moment. Ihr Herz schlug laut, fast schmerzhaft, und das Blut rauschte ihr in den Ohren. Doch da heulte der Traktor erneut auf, und irgendwo krachte ein Schuss! Dann war plötzlich alles still. Gespenstisch still.

»Hinlegen!«, flüsterte Lorenz und warf sich zeitgleich mit Natascha in das hohe Gras. Grasbüschel kitzelten ihr Gesicht, und sie hielt sich die Hand vor die Nase, um den Niesreiz zu unterdrücken.

»Los! Wir müssen uns beeilen.« Lorenz schlich in gebückter Haltung auf den Weidezaun zu. »Achtung! Der Zaun ist geladen.«

Irgendwo hinter den Bäumen ertönte ein Schrei, dann folgte mehrstimmiges rhythmisches Rufen. Natascha lief trotz der Hitze ein Schauer über den Rücken. Was war da nur los?

Sie robbten unter dem Zaun hindurch, ohne ihn zu berühren. Natascha stieß sich dabei das Knie an einem spitzen Stein an und biss vor Schmerz die Zähne zusammen. Der Schweiß rann ihr in Strömen den Rücken hinunter, das T-Shirt klebte ihr auf der Haut, und ihr Mund war schrecklich trocken. Doch eine nagende Angst trieb sie weiter, und nur ein einziger Gedanke beherrschte sie: Wir dürfen nicht zu spät kommen! Bitte, wir dürfen nicht zu spät kommen!

In geduckter Haltung rannten sie über die Weide, vorbei an träge wiederkäuenden Kühen. Unbeeindruckt von der Aufregung ihrer Besucher, blickten sie ihnen aus großen Augen nach, leckten sich die Mäuler und schlugen mit den Schwänzen, um aufdringliche Fliegen zu verscheuchen.

Die Geräusche hinter der Baumreihe wurden eindeutiger: mehrstimmiges, wütendes Rufen, dazwischen das Heulen des schweren Traktormotors. In einer unbewussten Geste griff Natascha im Laufen nach ihrem Holster und zog die Pistole heraus. Sie spürte das kühle Metall in ihren Fingern und entsicherte sie mit einem metallischen Klicken. Lorenz, der vor ihr lief, hielt seine Waffe bereits in der Hand; Natascha hörte ihn keuchen. Schweiß brannte ihr in den Augen, und sie versuchte, ihn mit einer schnellen Bewegung fortzuwischen.

Lorenz erreichte die Reihe der mächtigen alten Buchen als Erster. Ein kurzer Blick über seine Schulter zurück genügte, und sie beide wussten, dass sie sich blind aufeinander verlassen konnten.

Natascha suchte Schutz hinter dem nächstbesten Baum, stellte sich seitlich, um besser sehen zu können, und hetzte dann weiter. Lorenz folgte ihr. In gebückter Haltung eilten sie von Stamm zu Stamm und näherten sich so dem Hof immer mehr. Hinter einer schief gewachsenen Buche versteckt, konnte Natascha sich erstmals einen groben Überblick verschaffen.

Der Bühl'sche Hof umfasste drei Gebäude; der Stall aus rotem Backstein bot sicher fünfzig oder sechzig Tieren Platz. Ein Stück versetzt stand das zweistöckige Wohnhaus im Sechzigerjahre-Stil; rote Hängepetunien vor den Fenstern verströmten ländlichen Charme. Die frisch gekalkte Scheune stand im rechten Winkel zum Stall. Auf den Dächern der Gebäude glänzten dunkle Solarkollektoren in der Sonne. Doch all das nahm Natascha nur am Rande wahr, denn ihre ganze Aufmerksamkeit galt dem Monstrum von Traktor vor der Scheune. Die Hinterreifen maßen gut zwei Meter; der Fahrer mit der schwarzen Baseballkappe saß unerreichbar weit oben. Immer wieder ließ er den Motor aufheulen, und die Leute ringsum johlten.

Schnell erfasste Natascha Details, Personen, die ihr bekannt vorkamen: Volker Hardt, der Lauscher mit der Halbglatze, neben ihm ein jüngerer, rothaariger Mann. Beide reckten schreiend Schaufeln in die Höhe. Ein Mann in gelben Gummistiefeln rief etwas, und die anderen stimmten in den Sprechchor ein. »Mörder! Mörder!«, schallte es über den Hof, ein etwa sechsjähriger Junge warf dicke Steine gegen die Scheunenwand. Die beiden Mädchen, die Natascha am Vortag auf der Tischtennisplatte gesehen hatte, stimmten in das Gebrüll ein; eine hielt ihr Smartphone in die Höhe und filmte das Geschehen. Das halbe Dorf schien auf den Beinen zu sein, stand johlend und klatschend neben dem röhrenden Traktor. Ein unglaubliches Chaos herrschte vor, doch von ihrer Position hinter der Buche konnte Natascha nicht erkennen, gegen wen sich die kollektive Aggression richtete. So sehr sie sich auch reckte, es war unmöglich auszumachen, was sich zwischen Traktor und Stalltor befand.

Ein furchtbarer Verdacht stieg in ihr auf, und in Lorenz' Augen las sie das gleiche Entsetzen, das auch sie empfand.

Natascha huschte zum nächsten Baum, der näher am Hof stand. Sie hörte, dass Lorenz ihr folgte, als ein weiterer krachender Schuss über den Hof gellte.

Ein Schrei ertönte über das Brummen des schweren Motors hinweg, so durchdringend, dass Natascha ein eisiger Schauer den Rücken hinunterlief.

»Los!«, rief Lorenz und sprintete los, die Waffe auf das Geschehen gerichtet. Natascha rannte hinter ihm her. Ihr Blick war fokussiert und gleichzeitig um ein Vielfaches erweitert. Sie spürte das holprige Kopfsteinpflaster unter den Sohlen ihrer Chucks, sah Lorenz auf die Menschenmenge zulaufen, hörte das Gemurmel der Leute. Dieselabgase stiegen ihr in die Nase. All die Eindrücke verschmolzen zu einem Bild, das sich in ihrem Inneren zu einer Melange aus grauen und grünen Wolken formte.

»Polizei!«, rief Lorenz, und die Leute drehten sich zu ihnen um, beinahe wie in Zeitlupe.

Natascha rannte auf die Seite des Hofes zu, versperrte mit

gezogener Waffe den Ausgang. Es dauerte quälende Sekunden, bis auch der Traktorfahrer verstanden hatte, dass das Spiel aus war. Er stellte den Motor ab, und sofort kehrte eine gespenstische Ruhe auf dem Hof ein. Selbst die Vögel in den Bäumen waren verstummt.

Mit Entsetzen sah Natascha, was passiert war. Die Traktorgabel, die an anderen Spätsommertagen riesige Heuballen aufhob, stand auf halber Höhe. Die spitz zulaufenden gelben Zinken steckten tief im Holz des Scheunentores und hatten dort einen Menschen an seiner Kleidung aufgespießt. Der leblose Körper hing zwischen den Zinken, der Kopf vornübergesunken, das blaue Fischerhemd an das Scheunentor getackert. Helles rotes Blut sickerte aus einer Schusswunde an der linken Schulter.

Die Weissbacher hatten sich zusammengerottet, um den, den sie für den Mörder Anke Feldmanns hielten, aus ihrer Mitte zu tilgen!

Kapitel 47

Kim Schröder massierte sich den verspannten Nacken. Sie hatte in der vergangenen Nacht nicht nur Anke Feldmanns Handy überprüft, sondern auch ihren Laptop. Doch der enthielt so viele Ordner und Dateien, dass sie nur zu einer groben Vorab-Sichtung gekommen war. Irgendwann zwischen zwei und drei Uhr nachts mussten ihr die Augen zugefallen sein. Jedenfalls war sie um halb fünf mit dem Kopf auf der Tastatur aufgewacht, schmerzende Tastenabdrücke in der weichen Haut ihrer rechten Wange.

Danach hatte sie sich eine Kanne Kaffee gekocht und weiter die Ordner auf dem Rechner durchgesehen. Es war eine gleichermaßen langweilige wie langwierige Aufgabe. Anke Feldmann hatte entweder keinen Sinn für Ordnung oder keine Ahnung von vernünftigen Computer-Ordnungssystemen gehabt. In mehreren Unterordnern hatte sie dieselben Fotoreihen abgelegt – einmal als Original, dann als Kopie derselben. Dabei handelte es sich hauptsächlich um Schnappschüsse von Felix. Mal saß der Junge mit dem brünetten Haar im Sandkasten im Garten, mal war er beim Ponyreiten oder thronte mit Feuerwehrhelm im Löschfahrzeug und grinste stolz in die Kamera. Auch Pflanzen waren ein beliebtes Motiv gewesen, seien es nun blühende Rhododendren in Vorgärten oder schneebedeckte Fichten auf verschiedenen Anhöhen. Aber auf keinem Foto waren Menschen zu sehen, die irgendeinen Hinweis auf ihren Mörder hätten geben können. Auch der Desktop war mit unbenutzten Ordnern zugemüllt; Verknüpfungen führten ins

Leere oder auf die externe Festplatte, die genauso chaotisch angelegt war wie der Rechner selbst. Hier fanden sich noch einmal dieselben Fotos wie auf dem Laptop, nur anders sortiert.

Kim lehnte sich auf dem Stuhl nach hinten und streckte die Arme durch, bis es knackte. Langsam legte sie den Kopf in den Nacken und atmete tief durch. Es sah nicht danach aus, als würde sie hier noch etwas finden, das sie weiterbrachte.

Die Textdateien auf dem Laptop enthielten überwiegend Kochrezepte, Anschreiben an das Finanzamt oder die Krankenkasse wegen Kostenerstattungen für Zahnbehandlungen oder aber Anleitungen zum Sockenstricken und -stopfen. In zwei weiteren Ordnern war der Mailverkehr mit einer Freundin namens Katrin abgelegt, doch beim groben Überfliegen konnte Kim nur Belanglosigkeiten entdecken.

Es war ihr unangenehm, in dermaßen privaten Angelegenheiten einer fremden Frau zu schnüffeln, selbst wenn es dabei half, ein Verbrechen aufzuklären.

Kim dachte an die Fotos von Anke Feldmann, die im Besprechungsraum neben dem Flipchart hingen. Auf einer Aufnahme lächelte sie fast schüchtern auf die Betrachter herab – auf dem nächsten lag sie mit verdrehtem Körper auf diesem Steintisch im Wald; im Hintergrund leuchteten die Nummerntäfelchen aus dem Grün des Waldbodens, als wollten sie die Naturliebe dieser Frau posthum verspotten.

Sie beugte sich wieder zum Bildschirm und wanderte mit dem Mauszeiger über den Verzeichnisbaum mit den letzten Ordnern, als es an der Tür klopfte.

»Hallo, Kim!« Martin Bukowski hob kurz die Hand zum Gruß, bevor er eintrat. »Hannes Winterberg hat gerade angerufen. Du sollst umgehend in den Datenbanken nach einem Dominik Berger und einem Konstantin Vanderhorst suchen.«

Er las die Namen von einem gelben Zettel ab. »Es sei dringend, sagt er. Klang ganz schön aufgeregt.«

Kim hielt ihm die geöffnete Hand hin, um den Notizzettel entgegenzunehmen. »Hat er gesagt, warum?«

Bukowski schüttelte den Kopf. »Irgendwas in Weissbach.« Er blickte sie aus müden, geröteten Augen an.

Er sollte mal an die frische Luft gehen, dachte Kim, sagte aber nichts.

»Ich mach dann mal mit dem Geldkram der Familie Feldmann weiter«, murmelte er und schlurfte zur Tür.

Kim wandte sich kopfschüttelnd von ihm ab und öffnete mit einem Mausklick einen der noch übrig gebliebenen Ordner auf Anke Feldmanns Laptop.

Es war einer jener Ordner, die auf jedem Rechner vorinstalliert waren, meist ungenutzt blieben und nur Platz wegnahmen. Ein Fluch entfuhr ihren Lippen, und sie klatschte überrascht in die Hände. »Das gibt's doch gar nicht!«

»Was ist?« Martin Bukowski drehte sich wieder zu ihr um. »Hast du schon was über die beiden Männer herausgefunden?«

Doch Kim schüttelte nur den Kopf, ohne ihm richtig zuzuhören. »Um die kannst du dich kümmern. Ich hab hier erst mal Wichtigeres zu tun.«

Sie starrte auf die Ansammlung von Textdateien, die sich, nach Datum sortiert, vor ihr auftaten. Die letzte war vom zwölften August, einem Tag vor Anke Feldmanns Tod. »Ich glaube, das hier ist der Schlüssel zu Anke Feldmanns Tod!«, rief sie und öffnete die erste Datei.

Kapitel 48

Wenige Minuten nach Nataschas Notruf waren die ersten Streifenwagen auf dem Bühl'schen Hof erschienen, gefolgt von den Rettungssanitätern, die den schwer verletzten Frank Feldmann auf eine Trage gehoben hatten und ihn wenig später mit gellenden Martinshörnern nach Siegen ins Krankenhaus gebracht hatten.

Natascha und Lorenz hatten mit den Kollegen noch einige Befragungen vor Ort durchgeführt und die Personalien der Beteiligten an der Hatz auf Feldmann aufgenommen, waren dann aber von Hannes Winterberg in die Dienststelle zurückbeordert worden. Kim Schröder hatte wichtige Neuigkeiten.

Verschwitzt und schmutzig waren sie in der Dienststelle angekommen und saßen nun mit Winterberg im Besprechungsraum, neugierig auf Kims Ergebnisse.

»Worum geht es denn bei den Daten, die Kim auf Anke Feldmanns Laptop gefunden hat?«, fragte Natascha gespannt und nahm sich zögerlich einen Keks aus der Blechdose, die Hannes Winterberg ihr hinhielt.

»Um E-Mails, mehr weiß ich auch noch nicht. Ich saß noch mit Vivien Wagner in meinem Büro, als Kim mich anrief. Aber sie war ganz aufgeregt und meinte, es sei ein Durchbruch.« Winterberg wippte nervös mit dem rechten Bein, die Kreppsohlen seiner Schuhe quietschten rhythmisch auf dem Boden. »Das Krankenhaus hat inzwischen angerufen«, erklärte er und zog die Keksdose wieder zu sich. »Frank Feldmann ist außer

Lebensgefahr. Die Schusswunde an der linken Schulter ist ernst, aber nicht lebensbedrohlich.«

Lorenz atmete erleichtert aus, und auch Natascha fiel ein Stein vom Herzen. Es war verdammt knapp gewesen! Sie mochte sich gar nicht vorstellen, was ohne ihr rechtzeitiges Eingreifen noch alles auf dem Bühl'schen Hof geschehen wäre. Als Polizei und Krankenwagen auf den Hofplatz gefahren waren, waren die Hetzer und Gaffer plötzlich ganz still geworden und hatten sich in Kleingruppen zurückgezogen. Vielen stand mit einem Mal das schlechte Gewissen ins Gesicht geschrieben. Vielleicht waren sie über ihr eigenes Handeln erschrocken, vielleicht auch über die Dynamik, die das Geschehen bekommen hatte. Sicher war jedenfalls, dass niemand so schnell die Ereignisse dieses Tages vergessen würde. Dafür würden schon die Anzeigen sorgen, die den meisten Teilnehmern der Hetzjagd wegen öffentlicher Aufforderung zu einer Straftat drohten.

Die Schusswaffe hatte neben dem Treppenaufgang zum Wohnhaus gelegen, wo der Schütze sie in seiner Panik hingeworfen hatte. Sie würde den Kriminaltechnikern alles verraten, was sie wissen mussten. Dass der junge Konstantin Vanderhorst geschossen hatte, war einstimmig von den meisten Umstehenden bestätigt worden. Zusätzlich existierte ein Video von den Geschehnissen um und auf dem Hof, das eines der Mädchen, Nora Günther, mit dem Smartphone aufgenommen hatte. Der Mitschnitt würde sicher noch Aufschluss über die genaue Beteiligung der einzelnen Weissbacher an der Hatz auf Frank Feldmann geben. Schon jetzt stand jedoch fest, dass außer Vanderhorst, der festgenommen worden war, vor allem Dominik Berger auf seinem Traktor und Benedikt Wagner federführend agiert hatten. Sie würden sich für ihr Handeln verantworten müssen.

Natascha schnaubte bei dem Gedanken an das fehlende Mit-gefühl und die Sensationslust der beiden Heranwachsenden, die dem Pulk gefolgt waren und die Hatz auf Feldmann gefilmt hatten.

»Wir haben doch gar nichts gemacht!«, hatte Nora Günther noch auf dem Hof mit trotziger Miene erklärt, während ihre dunkelhaarige Freundin Carolin Liebherr auffällig still und mit den Händen in den Hosentaschen neben ihr gestanden hatte. Die defensive Haltung hatte Natascha stutzig gemacht.

»Zeigt mal eure Handgelenke!«, hatte sie gefordert. Als sie gesehen hatte, dass Nora im Gegensatz zu ihrer Freundin kein rosafarbenes Festivalbändchen trug, hatte sie eins und eins zu-sammengezählt.

»Das hab ich verloren«, murmelte Nora Günther leise, und Natascha wusste auch ohne weitere Erklärungen, wo.

»Wir haben es in Frank Feldmanns Hecke gefunden. Du hast es verloren, als ihr das hässliche Graffito an seine Haus-wand gesprüht habt. Richtig?«

Die fünfzehnjährige Nora brach in Tränen aus, und Nata-scha musste sich abwenden, um nicht die Beherrschung zu ver-lieren. Die beiden dummen Dinger hatten Frank Feldmann mit ihren Schmierereien öffentlich als Mörder gebrandmarkt und damit möglicherweise die Initialzündung für die darauf fol-gende Hatz geliefert. Einer Hatz, die beinahe tödlich geendet hätte.

Natascha sah zu Lorenz; in seinem Haar hingen noch ein-zelne Grashalme, auf der Jeans prangte ein großer Schmutz-fleck, und die rechte Wange zierte ein langer Kratzer, den er sich beim Robben durchs Gebüsch zugezogen haben musste. Sie selbst sah nicht besser aus, und trotzdem musste sie in gut einer Stunde Nora Günther und Carolin Liebherr mit ihren Eltern empfangen, damit sie eine Aussage machen konnten.

»Ihr hattet Glück.« Winterberg sah kopfschüttelnd von Natascha zu Lorenz. »Wegen der Schusswaffen, meine ich.« Dabei ließ er es bewenden und zog eine der Thermoskannen zu sich, die noch vom Morgen auf dem Tisch stehen mussten. »Ihr auch?«, fragte er und goss ihnen Kaffee in zwei Tassen, ohne ihre Antwort abzuwarten. »Ich bin auf die Auswertung des Filmes auf Nora Günthers Smartphone gespannt. Mal sehen, wer noch bei dieser üblen Sache mitgemischt hat! Der Junge tut mir leid. Er ist doch noch ein Kind, völlig unschuldig. Felix bleibt vorerst bei seinen Großeltern.« Er nippte an seiner Tasse und verzog angewidert das Gesicht. »Erschreckend, wozu die Leute in der Lage sind! Und das nur, weil sie nicht schon gemeinsam mit Feldmann im Sandkasten gesessen haben. Aber wie heißt es so schön? Erst in der dritten Generation kann man sich langsam als Einheimischer fühlen.«

Natascha nickte. Sie hätte gern etwas Passendes gesagt. Aber ihr fiel nichts ein; ihr Gehirn war wie leer gefegt, der Wortschatz auf ein Minimum beschränkt. Eine bleierne Müdigkeit breitete sich in ihrem Körper aus, und sie nahm dankend die Tasse mit dem lauwarmen Kaffee entgegen, den Winterberg ihr hingeschoben hatte. Er schmeckte fürchterlich, doch sie kippte ihn in einem Zug hinunter. Das Koffein brauchte keinen angenehmen Geschmack, um zu wirken.

»Während ihr in Weissbach wart, hab ich einige von Anke Feldmanns Freundinnen hier antanzen lassen. Abgesehen von Marion Hentschel, um die ihr euch kümmern wolltet.« Winterberg drehte seinen Stuhl und setzte sich rittlings darauf. »Ich wollte endlich wissen, wer sich hinter Ankes Affäre verbirgt.«

»Und? Wussten Anke Feldmanns Freundinnen da mehr als ihr Mann?« Obwohl Natascha auf die Antwort gespannt war, stand sie auf, ging zum Fenster und streckte die Schultern durch. Ihr Körper fühlte sich immer noch an, als würde er durchgeschüttelt, und die Stelle, an der ihr der Fensterheber gegen die Hüfte geprallt war, schmerzte. An ihrer Stirn prangte eine Beule.

»Ganz sicher weiß eine was darüber!«, sagte Lorenz genervt. Sein kariertes Kurzarmhemd hatte dunkle Flecken unter den Achseln, und auch Natascha fühlte sich verschwitzt und klebrig.

»Ich hab die Frauen – Jutta Hardt, Ines Schuster sowie Vivien und Stefanie Wagner – zu den Gerüchten befragt, die sich um die Abstammung des Jungen ranken«, erklärte Winterberg. »Alle behaupteten, von nichts zu wissen. Außer Vivien Wagner. Die bekam nämlich Muffensausen, als ich ihr erklärt habe, dass dieser potenzielle leibliche Vater ihre Freundin Anke auf dem Gewissen haben könnte.« Hannes Winterberg zeigte auf die Pinnwand hinter sich, wo neben den Fotos von Anke nun auch eines von Felix hing, daneben eine Fotografie, auf der alle drei Feldmanns abgebildet waren. Sie saßen ordentlich frisiert und in heller Kleidung auf dem Sofa und lächelten gut gelaunt in die Kamera.

Der Gedanke, dass die drei nie wieder so einträchtig beisammensitzen würden, versetzte Natascha einen Stich. Unwillkürlich musste sie an früher denken, als sie selbst mit Basti und ihrer Mutter für das obligatorische Weihnachtsfoto für die Großeltern posiert hatte. Es hatte sie damals noch nicht gestört, dass kein Vater dabei war. Doch mittlerweile wünschte sie sich wenigstens ein einziges Foto, das sie gemeinsam mit ihrem Erzeuger zeigte. Oder ein Passbild von ihm. Irgendetwas, das seine Existenz bewies.

Sie dachte an das Foto von ihrer Mutter und Hanno vor irgendwelchen weiß blühenden Büschen, das Birgit ihr kürzlich per Mail geschickt hatte. Mit einer zornigen Handbewegung wischte Natascha das geistige Bild beiseite und sah zu Winterberg hinüber, der sie irritiert anschaute.

»Was ist los?«, fragte er und bedachte sie dabei mit diesem Blick, von dem sie nie wusste, ob er nun Sorge oder Verständnis enthielt. Vielleicht ja auch beides.

»Alles in Ordnung, Hannes«, murmelte sie. »Ich bin ganz schön erledigt.«

Winterberg schien sich damit zufriedenzugeben. »Leider konnte uns Vivien Wagner auch keinen Namen nennen. Anke Feldmanns Affäre war offenbar nur eine kurze Geschichte während des Kölner Karnevals. Ein One-Night-Stand, sagt Wagner.« Er sah Natascha immer noch an.

»Verdammt noch mal! Treten wir denn nur auf der Stelle?«, herrschte sie ihn an. Sie wusste selbst nicht, warum sie so barsch reagierte. Ihre Stirn pochte von plötzlich eintretenden Kopfschmerzen. »Sorry!« Sie massierte sich mit den Fingerspitzen die Schläfen. »Ich bin ein bisschen angeschlagen. War nicht so gemeint.«

Winterberg tat es mit einer gelassenen Geste ab. »Schon gut. Mir geht die ganze Geschichte auch nah.«

Das war längst nicht alles, aber Natascha beließ es dabei. Die Kollegen mussten nicht wissen, was die zweifelhafte Herkunft des kleinen Felix für ihr eigenes Leben bedeutete. Dass sie hier plötzlich wieder mit einem wichtigen Teil ihrer eigenen Lebensgeschichte konfrontiert wurde, mit Dingen, denen sie machtlos ausgesetzt gewesen war.

»Ich werde mich weiter dahinterklemmen, auch wenn ich mir kaum Hoffnungen mache, noch Genaueres zu erfahren. Wenn das Opfer sich nur für eine Nacht mit irgendeinem Typen eingelassen und sich weder seinen Namen irgendwo notiert hat noch ein Foto von ihm besitzt, dann wird es schwierig.« Er zog die Augenbrauen hoch. »Und in diesem prekären

Fall gehe ich davon aus, dass Frau Feldmann alles, was mit ihrem Seitensprung zusammenhängt, in ihrem Gedächtnis aufbewahrt hat, statt es irgendwo aufzuschreiben.« Es klang bitter.

Natascha stimmte ihm zu. So wie es aussah, war mit Anke Feldmann auch der Name von Felix' potenziellem Vater verblichen, ausradiert mit einem Gedächtnis, das nicht mehr preis geben würde.

Es klopfte. Ohne auf eine Antwort zu warten, wurde die Tür aufgerissen. Kim Schröder hastete in den Raum, einen schwarzen Laptop unter den Arm geklemmt. Ihre Wangen waren vor Aufregung gerötet.

Natascha hoffte, dass Kims Entdeckung so wichtig war, wie sie angekündigt hatte.

Kapitel 49

Die unerwarteten Ereignisse des Nachmittags hatten ihn erschöpft, und er hatte sich danach für eine halbe Stunde zu Hause aufs Sofa gelegt. Er gähnte und rieb sich die Augen, die Müdigkeit ließ sich nicht abstreifen. Sein Blick fiel auf das Seil auf dem Tisch vor ihm. Die letzte Nacht war lang gewesen. Und nach seinem nächtlichen Ausflug hatte er nicht mehr wirklich in den Schlaf finden können, bis der Wecker geklingelt hatte. Unerbittlich.

Doch es war spannend gewesen, *sie* mitten in der Nacht, schlafend in ihrem Bett, zu beobachten, sie nicht nur zu sehen, sondern auch zu hören. Wenn er sich getraut hätte, hätte er sie sogar riechen und fühlen können. Nur wenige Meter Dielenboden und ein Türspalt hatten sie von ihm getrennt. Noch viel aufregender wäre es allerdings gewesen, den friedlich schlummernden Benny zu streicheln. Ob der Junge gemerkt hätte, dass ein Fremder ihn berührte?

Er würde es herausfinden, bald.

Es lief gut. Gestern Vormittag hatte sie die *Mäßigkeit* erhalten. Und trotzdem trank sie immer weiter. Eine alkoholisierte oder gar alkoholabhängige Mutter war nun wirklich nicht für die Erziehung eines so prächtigen Jungen wie Benny geeignet! Sie ahnte gar nicht, wie sie sich immer weiter ins Verderben stürzte und sich mehr und mehr in seine Hände begab!

Sollte sie ruhig so weitermachen. Es würde ohnehin nicht mehr lange dauern, bis er sie so weit hatte. Dann würde sie an allem zweifeln, an sich, an ihrer Ehe, ihrer Familie, ihrer ganzen ach so heilen Welt. An ihrer Wahrnehmung. Und dann wäre es bald vorbei mit ihr.

Er strich über das Seil, fühlte die weiche Baumwolle unter seinen Fingerspitzen, die feine Flechtarbeit. Wie es sich wohl auf ihrer Haut anfühlte?

Schade nur, dass er bei Anke noch kein Seil besessen hatte! Es wäre so viel passender gewesen. Ganz automatisch fiel sein Blick auf seine Hände. Starke Finger, die zupacken konnten, auch wenn man das vielleicht gar nicht erwartete.

In der Nacht war Anke ihm wieder erschienen, in diesem Dämmerzustand zwischen Schlafen und Wachen. Hatte ihn angefleht, war vor ihm auf die Knie gesunken, ihr rotes Haar floss wie heiße Lava ihren nackten Rücken hinunter. Das Bild übte eine unwirkliche, morbide Faszination auf ihn aus, und er schüttelte sich, um es wieder loszuwerden.

Um sie loszuwerden.

Doch durch ihren Tod hatte sie sich in sein Gedächtnis gefressen, hineingeätzt, eingebrannt. Ihr sinnloses Winseln um Verständnis, ihre geheuchelten Versprechungen, die Andeutungen, die sie gemacht hatte. Als fiele er auf so etwas herein! Er ließ sich nicht von ihr hereinlegen, er stand über solchen Dingen. Schon lange.

Nur nachts, wenn es in seiner Seele schwarz wurde wie die Dunkelheit vor dem Fenster, war sie ganz nah. Dann fühlte er ihren Hals mit dem knorpeligen Kehlkopf, dann hörte er das Knacken und ihre gedämpften Schreie, sah ihre sinnlosen Tritte gegen das Holz hinter ihr und das Hervorquellen ihrer Augäpfel. In solchen Nächten erwachte er schweißgebadet und mit klopfendem Herzen und wünschte sich andere Träume.

Er musste sie loswerden, und es gab nur eine Möglichkeit: durch *sie*.

Kapitel 50

»Habt ihr schon auf mich gewartet?« Kim schob sich durch den Türspalt in den Raum und schloss die Tür leise hinter sich, als hätte sie eine Schulklasse beim Diktat gestört. »Ich war noch schnell was kopieren.«

Sie stellte den Laptop auf dem Tisch ab, ließ ihn aber geschlossen. Den Stapel Blätter, der unter ihrem Arm gesteckt hatte, legte sie ebenfalls ab und zeigte mit dem Finger auf den Laptop.

»Ihr ahnt nicht, was ich da drin gefunden hab!«, sagte sie triumphierend und blickte sie der Reihe nach an. Sie sah müde aus; das Gesicht wirkte verquollen, unter den geröteten Augen lagen dunkle Schatten. Aber sie strahlte. »Ich hab eine Extraschicht eingelegt, um die restlichen Ordner auf Anke Feldmanns Laptop zu durchforsten.« Sie warf einen Seitenblick zu Winterberg, der die Schultern hob, aber schwieg. »Zuerst hab ich nicht viel Interessantes gefunden: Kochrezepte, Briefwechsel mit Behörden, Strick- und Stopfanleitungen. Zum Hauskauf gab es einen separaten Ordner. Sah alles so weit ganz normal aus. Zumindest bei der Kreditvergabe schien alles mit rechten Dingen zugegangen zu sein.« Sie schwieg bedeutungsvoll.

Winterberg nickte Kim auffordernd zu, damit sie weitersprach. Die Spannung im Raum war kaum zu ertragen.

»Ich hab natürlich nach versteckten Ordnern gesucht, aber da war nichts. Zumindest nichts, was ich ohne großen technischen Aufwand finden könnte. Und ich kann einiges finden.« Sie grinste in die Runde und ließ ihre ebenmäßigen Zähne aufblitzen. »Aber da hab ich viel zu kompliziert gedacht, es geht auch einfacher. Auf jedem Rechner gibt es vorinstallierte Dateien. Eine davon heißt ›Beispielmusik‹. Kennt ihr ja bestimmt. Das ist wahrscheinlich so ziemlich der letzte Ordner, in dem man für gewöhnlich nach irgendwelchen Dateien sucht. Und das hat sich Anke Feldmann zunutze gemacht und hat genau da einen Ordner versteckt. Und darin hab ich dann das hier gefunden.«

Sie winkte mit dem Stapel Blätter, den sie mitgebracht hatte.

»Was ist das?«, fragte Winterberg und drehte ihre Hand so, dass er auf den mehrseitigen Ausdruck schauen konnte.

»Der Ordner heißt ›ER‹ und enthält lauter Textdateien«, erklärte Kim.

»›ER‹?« Winterberg nahm ihr ein paar Blätter aus der Hand und sah sie sich an. »Steht da auch irgendwo ein Name?«

Kim zählte die restlichen Seiten ab und bildete für jeden einen kleinen Stapel, den sie weiterreichte. Winterberg erhielt die ihm fehlenden Seiten und fächerte sie unter die anderen.

»Nee, leider nicht«, antwortete Kim. »Ich hatte ja auch auf einen Namen oder zumindest ein Foto oder eine E-Mail-Adresse gehofft. Aber mit so was hab ich nicht gerechnet.« Sie hielt die oberste Seite in die Höhe. »Lest euch das mal durch!«

Natascha blickte auf ihre Ausdrucke. Sie enthielten kopierte E-Mails von einem *kyrill*@mailueberfall.de.

In einer Betreffzeile stand *Geheimnis;* die zugehörige Mail enthielt nur vier Worte:

Ich kenne dein Geheimnis.

Abgeschickt war die Mail am 03.02. dieses Jahres um 14.31 Uhr an Anke Feldmanns E-Mail-Adresse.

»Was für ein Geheimnis?«, wollte Lorenz wissen, doch Kim zuckte nur mit den Schultern.

»Das steht nirgends. Aber lest mal weiter!«

Die nächste Mail, datiert vom 05.02. um 21.13 Uhr, beinhaltete wieder eine diffuse Anschuldigung:

Ich weiß, was du gestern getan hast.

Sie arbeiteten sich langsam durch die E-Mails, Seite für Seite. Bis auf gelegentliches Blätterrascheln war es still im Raum, jeder las in seinen Unterlagen.

Hat dir das Eis gestern im Garten geschmeckt? Du hättest Felix auch eins geben sollen, stand da. Und: *Dein Bikinioberteil ist knapp.*

»Er hat sie beobachtet! Jeden Tag, wie es aussieht«, bemerkte Lorenz. »›ER‹ könnte der One-Night-Stand sein.«

»Oder jemand ganz anderes. Ein Stalker aus dem Ort vielleicht?«, fragte Natascha, und Winterberg fügte hinzu:

»Oder was meint ihr: Könnte die Karnevalsaffäre aus Weissbach kommen und sie gestalkt haben?«

»Das glaube ich nicht«, erwiderte Kim. »So eine Beziehungskiste wäre doch schwer geheim zu halten. Dann hätte bestimmt eine ihrer Freundinnen zumindest einen Verdacht geschöpft, oder?«

»Wir brauchen endlich Fakten! Anke Feldmann wurde via Mail belästigt, und niemand wusste davon. Was gibt es noch, von dem wir nichts wissen?« Winterberg stand auf und ging vor dem Flipchart hin und her. Die Kreppsohlen seiner Camel-Boots quietschten auf dem Linoleumboden. »Wie sieht es mit der IP-Adresse aus? Hast du schon eine Anfrage an den E-Mail-Provider gestellt?«

Kim sah ihn an, als hätte er sie gerade aufgefordert, das Alphabet fehlerfrei aufzusagen. »Na klar. Die Antwort müsste bald eintrudeln. Und wenn wir die IP-Adresse des Rechners haben, müssen wir nur noch den Internetprovider fragen, von welchem Anschluss aus die Mails verschickt wurden. Im Idealfall«, fügte sie hinzu.

»Und wenn es nicht ideal läuft?« Winterberg war stehen geblieben und setzte sich auf die Kante des Tisches, um Kim anzusehen.

Sie zog eine Grimasse. »Tja. Dann haben wir es mit jemandem zu tun, der sich mit Computern auskennt. Das würde die Sache beträchtlich erschweren.«

»Er war auch in ihrer Wohnung, guck mal hier!«, sagte Lorenz und tippte auf ein Blatt. »Hat dort eine Packung Kondome auf dem Esstisch abgelegt. Hört euch das mal an:

Schützt vor übertragbaren Krankheiten UND vor einer Schwangerschaft.«

»Können wir irgendwie herausfinden, was sie ihm geantwortet hat?« Natascha ließ gespannt den Blick über die Ausdrucke gleiten. »Die an sie adressierten Mails hat sie komplett kopiert, inklusive Kopfzeile und Sendedaten. Aber eine Antwort von ihr kann ich nirgends entdecken. Sie muss doch irgendwie auf die Belästigungen reagiert haben!«

»Das weiß ich leider nicht. Ihr Postausgang ist leer, die ver-

schiedenen Eingangsordner enthalten nur belangloses Zeug.«
Kim klang so enttäuscht, wie Natascha sich fühlte. »Nach
allem, was wir wissen, hat sie ohnehin nur selten gemailt oder
sich im Internet getummelt. Ab und zu hat sie Kleidung oder
Bücher bestellt, hin und wieder auch Sachen bei ebay erstei-
gert. Aber keine ihrer Aktivitäten im Netz scheint mit diesem
›Kyrill‹ zusammenzuhängen.«

»Den One-Night-Stand sollten wir nicht aus den Augen
verlieren.« Lorenz zog eine der Kaffeekannen zu sich, schraub-
te sie auf und blickte hinein. Dann verzog er das Gesicht,
schob sie wieder zurück in die Tischmitte und nahm sich
stattdessen einen der aufgeweichten Schokoladenkekse, die
vom Morgen noch auf einem Teller lagen. »Dieser ›Kyrill‹
wusste von ihrer außerehelichen Affäre und unterstellt, dass
nicht Feldmann Felix' Vater ist. Er wollte sich mit Anke Feldmann treffen, doch sie ist offensichtlich nicht darauf eingegangen.«

»Also sind ›ER‹ und Frau Feldmann alles andere als ein Liebespaar gewesen«, resümierte Winterberg. »Wir können aber
auch noch nicht ausschließen, dass Mister One-Night-Stand
und ›Kyrill‹ dieselbe Person sind. Vielleicht hat Anke Feldmann das Verhältnis beendet, sofern es überhaupt eines war,
und der Typ hat ihr dann aufgelauert und sie gestalkt.«

Natascha stand auf und ging wieder zurück zu ihrem Fens-
terplatz. Durch die gekippte Scheibe wehte ein laues Lüftchen
ins Zimmer.

»Hört euch das mal an! Die letzte Mail, die sie abgespeichert
hat. Datiert vom 12. 08. um 18.16 Uhr, also einen Tag vor ihrem
Tod.« Natascha fächelte sich mit dem Papierstapel Luft zu,
dann blickte sie wieder auf die letzte Seite ihres Ausdrucks und
las vor:

»Es bringt dir gar nichts, zur Polizei zu gehen. Denn wer einmal lügt, dem glaubt man nicht.«

»Von welcher Lüge redet der?«, fragte Lorenz.

Kim pustete sich spöttisch eine hellblonde Locke aus der Stirn. »Fremdgehen, ein Seitensprung, Techtelmechtel, Verhältnis, Bettgeschichte. Nenn es, wie du willst!«

»Hm, ich weiß nicht…«, murmelte Natascha.

Winterberg legte seinen Stapel beiseite. »Starker Tobak. Anke Feldmann wurde ein halbes Jahr lang von einem Stalker bedroht und hat sich nicht an uns gewandt. Und an ihren Ehemann offenbar auch nicht, sonst hätte sie das Zeug auf dem Computer nicht versteckt.«

»Klar. Weil darin der Ehebruch zur Sprache kommt«, wandte Lorenz ein.

»Ja, aber soweit wir wissen, waren die beiden doch zu dieser Zeit getrennt und noch nicht verheiratet.« Natascha schüttelte den Kopf. »Ich kann kaum glauben, dass Frank Feldmann nichts von der Affäre seiner späteren Frau wusste? Schließlich wusste doch so gut wie jeder im Dorf Bescheid. Meint ihr nicht, dass ihm da nicht irgendwer mal was gesteckt hat? Frank Feldmann ist doch bei der Feuerwehr, ihr könnt mir nicht erzählen, dass da nicht getratscht wird!«

Winterberg nahm seine Wanderung durch den Raum wieder auf, die Arme auf dem Rücken verschränkt. »Es ist doch wirklich bizarr«, murmelte er. »Da beäugen die Dörfler jeden Fremden mit Argusaugen, aber eine der Ihren wird monatelang von einem Stalker verfolgt, und keiner weiß davon.«

Oder sie wollen es nicht bemerken, dachte Natascha. Das war wohl der Preis der virtuellen Freiheit.

Kapitel 51

Die Befragungen von Nora Günther und ihrer Freundin Carolin Liebherr im Beisein der Eltern hatten Nataschas Ärger über die beiden Sprayerinnen noch verstärkt und ein bohrendes Gefühl der Ratlosigkeit hinterlassen. Es war ihr schwergefallen, ihre Emotionen nicht in das Gespräch einfließen zu lassen und professionell und objektiv zu bleiben. Immer wieder hatte sie an den schwer verletzten Frank Feldmann denken müssen, der hilflos wie eine Gliederpuppe zwischen den gelben Zinken der Traktorgabel gehangen hatte, von einer Kugel getroffen und bewusstlos.

Sie stand von ihrem Schreibtisch auf und ging zu Lorenz' Schildkrötensammlung, rückte zwei Exemplare so, dass deren Blick nicht länger auf sie gerichtet war, sondern auf Lorenz' Computer. Nun sah es so aus, als könnten sie an den Ermittlungen teilhaben und geheimes Wissen abspeichern.

Die Mädchen hatten zugegeben, den Schriftzug auf Frank Feldmanns Haus gesprüht zu haben, und hatten außerdem tiefe Einblicke in die dörflichen Strukturen ermöglicht. Beide waren unabhängig voneinander davon ausgegangen, der allgemeinen Meinung der Dorfbevölkerung – und der Wahrheit – Ausdruck verliehen zu haben. »Dass alle so denken, hat man am Gerede der Leute bemerkt«, hatte Nora mit unschuldigem Blick erklärt. Es war beängstigend gewesen.

Winterberg hatte währenddessen Konstantin Vanderhorst, den Schützen vom Bühl'schen Hof, noch mal in die Mangel genommen. Der Junge hatte anfangs jede Schuld von sich gewiesen. Als Winterberg ihn jedoch auf das Filmmaterial sowie die übereinstimmenden Zeugenaussagen aufmerksam machte, brach er regelrecht zusammen. Unter Tränen entschuldigte er sich und schwor, so etwas nie wieder zu machen. Winterberg verwies ihn kühl an Feldmann. »Bei ihm müssen Sie sich entschuldigen, nicht bei mir.«

Vanderhorst war nach Winterbergs Bericht an die Staatsanwältin dem Haftrichter vorgeführt worden und mittlerweile längst auf dem Weg in die Justizvollzugsanstalt Attendorn. Er würde sich wegen versuchten Mordes und Diebstahls der Waffe verantworten müssen, auch wenn er sich am Waffenschrank seines Vaters bedient hatte. Mit dem Mord an Anke Feldmann hingegen hatte Vanderhorst definitiv nichts zu tun. Am Freitag hatte der Sparkassen-Auszubildende bis in die späten Abendstunden an einer offiziellen Veranstaltung seines Arbeitgebers teilgenommen. Um Vanderhorst senior und dessen laxen Umgang mit seinen Sportwaffen würden sich die Kollegen kümmern.

Dominik Berger hingegen, der Hofbesitzer mit dem Ungetüm von Traktor, war »selbstsicher bis zur Arroganz« aufgetreten. Er behauptete, Feldmann beschützt zu haben. »Die hätten ihn sonst mit Forken und Schaufeln vermöbelt. Oder direkt erschossen. Ich hab ihn vor dem Mob geschützt. An meinem Traktor wär doch niemand vorbeigekommen!«

Winterberg stand die Wut noch immer ins Gesicht geschrieben, als er den Kollegen von der Befragung erzählt hatte.

Natascha fragte sich, wie weit die Situation hätte eskalieren müssen, bis jemand aus dem Dorf eingegriffen hätte. Wenn überhaupt jemand den Mut aufgebracht hätte. Sie mochte sich einfach nicht vorstellen, dass Feldmann niemanden auf seiner Seite gehabt hatte. Gingen alle in Weissbach so einfach davon aus, dass er seine Frau umgebracht hatte?

Das Handy auf dem Schreibtisch meldete piepsend den Eingang einer Nachricht. Basti!, schoss es ihr durch den Kopf, und sie hätte die Nachricht am liebsten ignoriert. Nach den erschütternden Ereignissen in Weissbach wollte sie sich nicht auch noch mit den Problemen ihres Bruders beschäftigen müssen.

Doch die Nachricht kam von Simon, und Natascha lächelte still in sich hinein. Das war natürlich etwas anderes.

Kaum öffnete sie die MMS, erschien auch schon Simons Gesicht auf dem Display. Die blonden Haare waren verstrubbelt, das dunkelblaue T-Shirt betonte seinen muskulösen Oberkörper, und im Hintergrund sah sie Ausschnitte des Brandenburger Tores. Zuerst rauschte es stark, dann konnte sie verstehen, was er sagte. Sie lehnte sich im Stuhl zurück und genoss die kleine Videobotschaft. Er zeigte und erläuterte ihr das Berliner Wahrzeichen, schwärmte von den Burgern beim Mittagessen, schwenkte kurz zu den Pfälzer Kollegen, mit denen er unterwegs war, und drückte am Schluss einen dicken Kuss auf die Handy-Kamera.

Natascha merkte auf einmal, wie sehr sie ihn vermisste. Seine lustige und manchmal oberlehrerhafte Art, wenn er ihr von seinem Tag erzählte, sein Mund, der sie mit Küssen überzog, und seine Hände, die genau wussten, wie sie zugreifen sollten.

Sie schaute sich das Video noch einmal an, antwortete ihm mit einem einfachen Kussmund-Smiley und steckte ihr Handy wieder ein. Noch zwei Tage, dann war er wieder hier, bei ihr.

Wenig später saß sie mit Jörg Lorenz, Hannes Winterberg und Martin Bukowski im abgedunkelten Besprechungsraum. Die Luft flimmerte; das angekündigte Gewitter war ausgeblieben, die Schwüle hatte sich jedoch über der Stadt niedergelassen und brachte die Menschen zum Schwitzen. Natascha zupfte immer wieder an ihrem T-Shirt, doch es half nichts. Sie fühlte sich klebrig und unwohl und wünschte sich nichts sehnlicher als eine erfrischende Dusche. Doch die musste warten.

Winterberg hatte in der Zwischenzeit die Staatsanwältin über den neuesten Stand informiert und die weiteren Schritte eingeleitet. Sie hatte ihm in den meisten Punkten zugestimmt, war dann in ihren roten Sportwagen gestiegen und hatte das Gelände der Polizei mit laut aufheulendem Motor verlassen. Zur Freude des Teams.

Bukowski kümmerte sich um die nötige Technik, sodass sie sich nun endlich den Film von Nora Günthers Smartphone anschauen konnten.

»Die Qualität ist nicht besonders gut, aber ich hoffe, dass es trotzdem funktioniert«, meinte er entschuldigend, obwohl er doch gar nicht für den Zustand des Filmmaterials verantwortlich war.

»Hauptsache, er liefert uns handfeste Beweise.« Winterberg nahm sich einen der Stühle und setzte sich hinter Natascha und Lorenz. Bukowski startete den Film und nahm ebenfalls Platz.

Nataschas Gehirn brauchte mehrere Sekunden, um die vom Auge gesendeten Signale zu entschlüsseln. Ein Wirrwarr aus verwackelten Farbflecken erschien auf dem Bildschirm, die Ränder wirkten seltsam ausgefranst und in sämtliche Richtungen verzogen. Als hätte man Wasser über ein bereits vollendetes Aquarellbild laufen lassen. Doch nach kurzer Gewöhnungszeit konnte sie mehr erkennen, wurden Details sichtbar.

Nora hatte mitten aus dem Pulk heraus gefilmt, der Frank Feldmann durch Weissbach getrieben hatte. Es fehlte die

Szene, als sie unweit der Pfarrgasse auf Feldmann trafen, doch dieses Detail war zur Klärung der Schuldfrage nicht mehr nötig. Man sah vereinzelt Häuser am Bildrand; in einem Fachwerkhaus lehnte eine ältere Frau auf einem dunklen Kissen im Fenster, vor einem anderen standen zwei Kinder in blauen Jeans-Latzhosen und starrten der Gruppe hinterher. Ein weißer Lieferwagen parkte am Straßenrand, die Fahrerin trug gerade eine Palette mit Eiern in der Hand, ihr stand der Mund offen. Bäume, Sträucher, Büsche – alles zog in einem dunklen Grün durchs Bild.

Hinterköpfe wurden sichtbar. Manche blond, manche dunkel oder grau, andere mit Hüten oder Mützen bedeckt, wieder andere kahl.

Die Menschen waren in Bewegung, die Kamera hüpfte auf und ab, immer wieder, im Takt von Nora Günthers Schritten. Natascha musste mehrmals markante Punkte im Film fixieren, damit ihr von dem Gewackel auf dem Bildschirm nicht übel wurde.

Doch am schlimmsten war der Ton. Völlig übersteuert rauschte, pfiff und brummte es aus den Lautsprechern des Laptops, und Lorenz biss die Zähne zusammen, weil es in den Ohren wehtat. Am lautesten war das Knistern und Rascheln von Noras Schritten zu hören und ein Keuchen, das vermutlich von Carolin oder Nora stammte.

Der Film glich einem Albtraum.

Mehr als ein Dutzend Menschen lief johlend hinter dem großen Traktor Dominik Bergers her. Pfiffe und mehrstimmiges Rufen begleiteten das Dröhnen des Traktors, jemand rief etwas, das wie »Verrecke!« klang. Das Tempo der Gruppe hinter dem Traktor war erstaunlich hoch; wie groß musste erst Feldmanns Angst gewesen sein, sich nicht vor dem bedrohlichen Mob in Sicherheit bringen zu können?

Je länger Natascha auf die wirren Bilder achtete und die Kakofonie grausiger Mordlust hörte, desto mehr erkannte sie. Nach einiger Zeit konnte sie einzelne Personen ausmachen.

»Der Typ mit den gelben Gummistiefeln ist Vivien Wagners Freund, Matthias Holzner«, sagte Bukowski. Holzner wirkte harmlos und leicht dümmlich, ganz anders als der Rothaarige neben ihm, der immer wieder die Fäuste in die Luft hob und etwas rief, das wie ein Schlachtruf klang.

»Das ist Benedikt Wagner, Viviens Bruder«, erklärte Winterberg.

»Schon wieder Vivien Wagner«, murmelte Natascha. Doch sie konnte die junge Frau selbst nirgends entdecken. Wahrscheinlich war sie zu dieser Zeit bereits in Winterbergs Büro gewesen, so wie ihre Freundinnen auch. Wie sie wohl reagiert hätten, wären sie in Weissbach gewesen? Hätten sie mitgemacht, zugeschaut oder sich gegen die Menge gestellt?

Natascha konnte es nicht einschätzen.

Die nächste Einstellung zeigte die Gesichter der beiden Mädchen Nora und Carolin, die breit in die Kamera grinsten. Bergers Traktor und das Johlen der Menge dröhnten rhythmisch im Hintergrund. Selbstaufnahmen inmitten eines Lynchmobs.

Winterberg schüttelte den Kopf, sagte aber nichts. Vielleicht dachte er an seine eigene Familie, an die Probleme, die er mit Niklas hatte. Die Ereignisse um seinen Sohn hatten ihn in den letzten Wochen verletzlicher gemacht.

Der Film auf dem Laptop lief unerbittlich weiter, die Horde trieb Frank Feldmann vorwärts, den asphaltierten Weg zum Bühl'schen Hof hinauf. Im Hintergrund tauchte das Wohnhaus mit den Solarmodulen auf, kurz darauf sah man auch die Scheune. Die Gruppe wurde langsamer, der Abstand zum vorausfahrenden Traktor vergrößerte sich. Das Keuchen auf dem Film wurde lauter.

Als sie den Hof erreichten, blieben die Häscher stehen und bildeten einen Halbkreis zwischen Scheune und Stall. Natascha konnte Gesichter erkennen; verschwitzte, vergnügte, empörte und frohlockende.

Berger hatte die Gruppe einmal mit dem Traktor umrundet und war stehen geblieben. Die gelben Zinken der Traktorgabel waren nach unten gelassen, und das Gefährt erinnerte an einen konzentrierten, gereizten Stier, der den Torero fixierte.

Aber für Frank Feldmann war all das kein Spiel, es war ein Rennen um Leben und Tod. Sein Lauf wirkte unkoordiniert, in Panik ruckte sein Kopf hin und her, er suchte hektisch nach einem Ausweg. Doch auf der einen Seite stand die geifernde Meute, bewaffnet mit Schaufeln und Mistgabeln, auf der anderen Seite wartete der mächtige Traktor mit seinen Zwei-Meter-Reifen. Feldmann fuhr im Lauf herum und rannte auf die Scheune zu; Natascha erkannte eine kleine geöffnete Tür in der Mitte des riesigen Tores und ahnte, was Feldmann vorgehabt hatte. Wenn er rechtzeitig die Tür erreicht hätte und in die Scheune hätte schlüpfen können, hätte Berger mit seinem Traktor keine Chance gehabt. Er hätte sein eigenes Scheunentor zerstören müssen, um ihm zu folgen. Doch es war anders gekommen.

Sie wussten längst, dass Feldmann verloren hatte. Dass er wenig später, von der Traktorgabel an seinem Hemd aufgespießt, am Scheunentor gehangen hatte und wehrlos allem ausgeliefert gewesen war, zu dem sich seine Peiniger noch hatten hinreißen lassen.

Natascha zwang sich hinzusehen, auch wenn sich alles in ihr dagegen sträubte. Doch die entscheidende Szene fehlte, der Schuss. Nora Günther hatte aufgehört, das unglaubliche Geschehen auf dem Hof zu filmen. Stattdessen hatte sie sich die

Hand mit dem Smartphone vor den Mund geschlagen; man sah die Lippen und Zähne näher kommen, dann hörte man einen schrillen Schrei.

Noras Schrei.

»Mach das aus!«, rief Natascha und sprang von ihrem Stuhl auf. Plötzlich ertrug sie die schwüle Enge zu Lorenz und Bukowski nicht mehr, den Geruch, der von ihnen ausging, Winterbergs betroffenes Seufzen hinter sich.

Bukowski hielt den Film an, alle schwiegen und starrten den Laptop-Monitor an, auf dem eben noch der wütende Mob sein Opfer gejagt hatte. Auf dem dunklen Hintergrund erschienen nun weißgraue Schlieren, waberten von links unten nach rechts oben. Der Bildschirmschoner.

»Ich kann mir das im Moment nicht angucken, sorry«, erklärte sie. »Ich weiß gerade sowieso nicht, was das mit dem Mord an Anke Feldmann zu tun hat. Sollen das doch die Kollegen auswerten!«

Natascha seufzte. Sie brauchte dringend eine Pause, um wieder klar denken zu können.

»Geh nach Hause!« Hannes Winterberg klopfte ihr väterlich auf die Schulter. »Ich mach das hier mit Bukowski.«

»Wolltest du heute nicht früher zu Hause sein?«, fragte sie vorsichtig, doch Winterberg winkte ab.

»Es bringt mir nichts, daheim Däumchen zu drehen, während der Mörder von Anke Feldmann immer noch frei herumläuft. Die Sache mit Niklas läuft, und ich verlasse mich auf die Kollegen.«

Er klang optimistisch, und Bukowski schaute irritiert von einem zum anderen.

»Geh schon!«

Sie zögerte noch immer, doch Winterberg winkte sie nach draußen.

»Ich kläre das mit Niklas. Versprochen.«

»Ich werd dich dran erinnern«, antwortete sie und verließ erleichtert den Raum. Sie hatte das dringende Bedürfnis nach einer ausgiebigen Dusche und einer Kuschelstunde mit Fritz. Der Kater würde sie vielleicht auf andere Gedanken bringen.

Kapitel 52

Es ploppte, als Ella die zweite Flasche Bordeaux öffnete. Irgendwo in ihrem Hinterkopf mahnte eine leise Stimme, dass sie es mit dem Alkohol lieber langsam angehen lassen sollte. Aber ihr Bewusstsein war schon viel zu sehr gedämpft, um dieser Stimme noch viel Beachtung zu schenken. Sollte sie sich doch morgen wieder melden!

Benny lag endlich im Bett. Er hatte ein ziemliches Theater gemacht, hatte beim Zähneputzen die Kiefer fest zusammengepresst und ihr dann die volle Ladung Zahnpastaschaum über das T-Shirt gespuckt. Sie hatte sich gerade noch davon abhalten können, ihn wütend zu schütteln. Es nervte. Benny sollte einfach still sein und schlafen! Sie hatte keine Energie mehr, um sich auf Machtspielchen mit ihm einzulassen. Sie würde sowieso gewinnen, also konnte er es gleich lassen.

Zur Strafe hatte sie ihm keine Gutenachtgeschichte vorgelesen, und er hatte sich beleidigt umgedreht und ihr den Rücken zugewandt. Dieses Verhalten hatte Ella so sehr an seinen Vater erinnert, dass sie wutentbrannt das Zimmer verlassen und die Tür hinter sich zugeknallt hatte.

Nun hatte sie ein schlechtes Gewissen und redete sich gleichzeitig ein, richtig gehandelt zu haben. Sie ließ sich nicht auf der Nase herumtanzen – nicht von einem Dreijährigen und auch nicht von dessen Vater! Basta!

Sie trank noch einen Schluck Rotwein und verdrängte die mahnende Stimme an den Rand ihres Gewissens, wo sie immer leiser wurde. Selbst das Motiv dieser *Mäßigkeit*-Karte erschien ihr nicht mehr vor ihrem inneren Auge, obwohl es sie den ganzen Tag verfolgt hatte.

Ihr Blick fiel auf die beiden Wohnzimmerfenster, die heruntergelassenen Jalousien. Die Abendsonne beschien die Rollläden, ein leiser Lichtschimmer leuchtete durch die winzigen Lamellen-Zwischenräume ins Zimmer. Man sah die Konturen von Sofa, Couchtisch und Fernsehschränkchen. Der Rest war dunkel.

In der Küche waren die Jalousien dicht. Kein Spalt, durch den jemand hindurchschauen konnte, kein Spielraum, um die Lamellen anzuheben. Die Küchenlampe beleuchtete den Tisch, ließ die Anrichte und die Arbeitsplatte jedoch im Schatten. Die Digitalanzeigen von Herd und Mikrowelle verströmten ein kaltes blaues Licht. Es schien Ella eine halbe Ewigkeit her zu sein, dass sie am Vorabend zur gleichen Zeit bei geöffneter Terrassentür und strahlendem Sonnenschein die Käseplatte für Greta und sich angerichtet hatte. Greta ...

Ella fror trotz des schwülen Spätsommerabends vor den Fenstern. Die Strickjacke kratzte an den Armen, aber das war ihr egal. Auch, dass Rolf mal wieder Überstunden machte, war ihr gleichgültig. Per SMS hatte er es ihr mitgeteilt, nicht einmal persönlich am Telefon. Doch der Wein lullte sie mit wohltuender Gleichgültigkeit ein, zumindest vorübergehend.

Niemals hätte sie es für möglich gehalten, dass es einmal so kommen würde. Rolf war zu Anfang ihrer Ehe noch so zuvorkommend gewesen; Ella hatte ihm auch ihre intimsten Wünsche anvertraut, und er hatte ihr zugehört, war immer für sie da gewesen. Alles hätte gut werden können, aber dann waren sie in dieses vermaledeite Dorf gezogen. Der Kontakt zu ihren Freundinnen und Bekannten war im Laufe der Monate immer weniger geworden. Zuerst waren die meisten zu bequem gewesen, zu ihr zu fahren. Dann wurde sie bei kleinen Partys vergessen, später lud man sie nicht einmal mehr zu den wichtigen Feiern ein. Ella war zu einem Geist aus der Vergangenheit geworden, gefangen in dem schicken roten Eigenheim auf dem Lande wie in einem goldenen Käfig.

Und nun war auch Greta nicht mehr da.

Ein Geräusch an der Terrassentür ließ Ella herumfahren. Es klang wie ein Schaben oder Kratzen. Sie klammerte sich mit steifen Fingern an den Stiel des Weinglases und hielt den Atem an. Nur kein Geräusch verursachen! Eiskristalle schienen sich in ihren Adern zu bilden, lähmten ihre Bewegungen, machten sie starr. Da! Schon wieder! Einzig ihr heftiger Herzschlag zeigte, dass ihr Körper noch funktionierte, dass ihr betäubter Geist nicht gefangen war in einem Korsett der Angst.

Es klapperte erneut an den Jalousien, gefolgt von einem Rums, dann erklang ein Maunzen. Amy! Ingrids verdammte Katze versuchte wieder einmal, durch die Terrassentür einzudringen!

Oder doch nicht?

Ella saß starr da und lauschte den Geräuschen, aber von außen drangen nur noch Vogelgezwitscher und das ferne Knattern eines Rasenmähers herein. Die Uhr im Wohnzimmer tickte überlaut. Die Katze – oder wer oder was auch immer an ihrer Terrassentür gekratzt hatte – war offenbar verschwunden.

Ella goss sich Wein nach, dann ging sie mit unsicheren Schritten zum Sofa, holte ihren Laptop und setzte sich. Das bauchige Weinglas und die grünbraune Flasche Bordeaux standen auf dem niedrigen Glastisch neben ihr, das Babyfon lag in Reichweite. Während der Jingle des hochfahrenden Laptops ertönte, überprüfte sie mit einem Blick noch einmal die Rollläden in Wohnzimmer und Küche. Alles war dicht. Niemand kam in ihr Haus, ihr Heim, ihre Festung. Nicht, solange sie wach war.

Doch die Unruhe, die sich in ihr breitmachte, drängte sie, vom Sofa aufzustehen. Sie ging erneut die Räume im Erdgeschoss ab: die Küche, den angrenzenden Hauswirtschaftsraum, das Badezimmer, Bennys Zimmer. Sie öffnete die Tür. Der Junge lag friedlich in seinem Bett, das rötliche Nachtlicht erhellte den Raum ein wenig. Wickie auf der Bettdecke zwinkerte ihr fröhlich zu. Alles war in Ordnung.

Auch die Haustür war abgeschlossen, das kleine Flurfenster verriegelt. Es war wirklich alles sicher.

Mit einem etwas besseren Gefühl setzte sie sich wieder auf das Sofa und nahm ihren Laptop auf den Schoß. Sie würde hier ausharren, bis Rolf nach Hause kam und die nächste Wache übernahm. Dann erst würde sie schlafen gehen. Sollte Rolf doch selbst zusehen, wie er zurechtkam!

Bis dahin würde sie im Netz surfen und endlich schauen, was mit ihrem Facebook-Account los war.

Kapitel 53

Nach der Dusche fühlte sich Natascha beinahe wie neugeboren. Schweiß, Schmutz und Ärger waren abgespült, hatten sich mit dem nach Granatapfel duftenden Schaum vereinigt und waren in einem blubbernden Strudel im Abfluss verschwunden.

Nun saß sie in bequemem T-Shirt und gemütlichen Shorts auf einem der Barhocker in der Küche und trank ein Glas kalte Milch. Die Zeitung lag ausgebreitet vor ihr, aber Natascha konnte sich nicht auf den Inhalt konzentrieren. Viel zu viele Bilder wirbelten ihr durch den Kopf: das Graffito an Feldmanns Hauswand, die anschließende Jagd auf den jungen Witwer und diese Eigendynamik, die Gerüchte und Selbstjustiz entwickelt hatten. Der Film auf dem Smartphone war der beste Beweis dafür.

Sie dippte lustlos ein Stück geschälter Möhre in den Kräuterquark, der schon seit vier Tagen abgelaufen war. Zum Kochen hatte sie keine Lust, außerdem musste sie sowieso dringend einkaufen. Den Restbestand an Wurst und Käse hatte sie am Sonntag gemeinsam mit Simon auf die Pizza gelegt, bevor sie sich mehrere Folgen von *Game of Thrones* angeschaut hatten. Zumindest partiell hatten sie auch etwas von den Filmen mitbekommen, der Rest war leidenschaftlich ignoriert worden.

Sie dachte wehmütig an diesen schönen Abend zurück und betrachtete Fritz, der sich auf der Fensterbank in der Küche zusammengerollt hatte. Natascha beneidete ihn um diese unbedingte Entspannung.

Sie selbst war immer noch angespannt. Den Gedanken an Bastis Anruf hatte sie den ganzen Tag beiseitegeschoben.

Doch nun, da sie allmählich zur Ruhe kam, holte die Sorge um ihren Bruder sie mit aller Macht ein. Sein aggressiver Anruf am Vormittag war eine Frechheit gewesen, und sie hatte sich sehr darüber geärgert. Doch nun überwog das ungute Gefühl ihren Zorn, denn Basti hatte zwar schon allerlei ausgefressen, aber noch nie so abfällig mit ihr geredet.

Sie wählte die Nummer ihrer Mutter in Köln und erzählte ihr von ihrem Telefonat mit Basti.

»Ach, das passt irgendwie zu dem Rest.« Birgit klang erschöpft. Natascha wurde hellhörig. Was lief da in Köln, von dem sie nichts mitbekam? »Wir sind in seine WG gefahren.«

Wir. Mit Hanno schien es also wirklich ernst zu sein, wenn er schon in Familienangelegenheiten einbezogen wurde. Der Gedanke versetzte Natascha einen leichten Stich, für den sie sich gleichzeitig schämte.

»Nadya war auch da«, fuhr Birgit fort. »Halt mich für eine Glucke, aber ich glaube, Basti ist in irgendwelche unsauberen Sachen verstrickt.«

Natascha rief sich Bastis Anruf ins Gedächtnis. »Wovon sprichst du? Von Drogen?«

Am anderen Ende blieb es einen Moment still. »Vielleicht sind auch Drogen im Spiel, ja«, seufzte Birgit schließlich. »Aber ich glaube, die ganze WG dreht da was. Überall in der Wohnung lagen Zeitungen herum, auch ausländische. Stapel von Papieren türmten sich im Flur, die wie Flugblätter aussahen. Und es wohnen schon wieder ganz andere Leute da. Auch nicht mehr dieser Jurastudent. Björn hieß er, glaub ich, sondern so ein rothaariger Bursche, der angeblich Medizin studiert. Aber er sieht überhaupt nicht aus wie jemand, der Arzt werden will.«

Natascha fragte sich, wie denn wohl ein angehender Arzt aussehen könnte.

»Und sie sind alle so verbissen! Alles dreht sich bei ihnen um Veganismus und Tierschutz. Ach, und natürlich um Gentechnik.«

Natascha verdrehte die Augen. Da hatte Basti ja ein schönes Grüppchen um sich geschart. Das passte zu ihm. Sie konnte sich lebhaft vorstellen, wie er in einer schlabberigen Leinenhose gemeinsam mit Nadya, irgendeinem angehenden Arzt, der überhaupt nicht wie einer aussah, und anderen im Schneidersitz rund um einen niedrigen Tisch saß, Tee trank und dabei über Konsumterroristen herzog. Wahrscheinlich qualmten in den Zimmerecken Räucherstäbchen, und indisches Sitar-Gedudel rieselte aus den Boxen der Anlage.

Sie musste unwillkürlich an Anke Feldmann und ihre Tarotkarten denken, schob den Gedanken an ihre Arbeit aber schnell beiseite. Das hier war privat.

»Was du immer hast!«, sagte sie. »Wie heißt es so schön? Jeder Jeck ist anders.«

Doch Birgit gab sich damit nicht zufrieden. »Hast du schon mal von Feldbefreiungen gehört?«

»Wie bitte?« Natascha setzte sich aufrecht und legte das Stück Möhre beiseite, das sie noch in der Hand gehalten hatte. Feldbefreiung war kein Kavaliersdelikt. »Was hat Basti denn damit zu tun?« Eine eigentümliche Unruhe breitete sich in ihr aus. Bei Räucherstäbchenqualm gegen Gentechnik zu wettern, war etwas völlig anderes, als nachts auf abgesperrte Versuchsfelder zu klettern und Pflanzen auszureißen.

»So genau wissen wir es ja nicht«, antwortete ihre Mutter. »Aber auf den Flugblättern steht so was. Hanno hat sich im Internet informiert.« Auf ihre Worte folgte eine Stille, die Natascha in den Ohren gellte.

»Vielleicht ist alles nur ein Irrtum, ein Missverständnis?« Doch sie glaubte selbst nicht daran. Auf einmal passten so viele Dinge zusammen: Basti mit seiner neuen Radikalität. Die ätherisch wirkende Nadya mit ihrem verzückten Lächeln, das Natascha von Anfang an Unbehagen bereitet hatte. Seine ständig wechselnden WG-Mitbewohner. Und dass er seit geraumer Zeit kaum noch zu erreichen war.

»Natascha, ich habe Angst, dass er in illegale Machenschaften verstrickt ist. Hanno hat erzählt, dass Feldbefreier mit Geldbußen und sogar Gefängnisstrafen belegt werden. Er spricht von Sachbeschädigung und Hausfriedensbruch.«

Natascha schluckte. Das klang nach Ärger. Verdammt, warum musste ihr kleiner Bruder denn so schrecklich anstrengend sein? Konnte er sich nicht einfach mal ein wenig anpassen und sozialverträglichen, leiseren Protest üben? Musste man unbedingt zu brachialen Methoden greifen, um die Welt zu verändern? Man konnte doch auch im Kleinen, im eigenen sozialen Umfeld, anfangen!

»Vielleicht erfährst du ja Genaueres von ihm«, sagte Birgit in Nataschas Gedanken hinein. »Du kannst es uns dann ja am Sonntag erzählen.«

Natascha seufzte. »Okay, ich versuche mein Möglichstes.« Damit waren die Würfel gefallen: Sie würde am Sonntag zusammen mit Simon nach Köln fahren, um endlich Birgits Lebensgefährten kennenzulernen.

Kapitel 54

Ellas Hand zitterte. Unmerklich erst, dann immer stärker.

Ihre Unterarme fühlten sich verschwitzt an, gleichzeitig fröstelte sie. Das leise Surren der Laptop-Lüftung klang plötzlich wie das Summen eines aggressiven Wespenschwarms, der drohend auf sie zugeflogen kam. Schützend riss sie die Arme nach oben, ein leiser Schrei entwich ihrem Mund.

Doch da war nichts. Nur ihr Laptop. Ein Kloß breitete sich in ihrer Kehle aus und ließ nur noch winzige Mengen Luft hindurch. Gerade so viel, dass sie nicht erstickte.

Ella griff sich an den Hals, schluckte. Nahm das Rotweinglas und ließ den Bordeaux in schnellen Schlucken die Kehle hinabrinnen. Die Besserung trat sofort ein, und Ella schloss erleichtert die Augen.

Sie legte die rechte Hand auf die Computermaus, führte den Pfeil auf dem Bildschirm langsam in die Adressleiste des Browsers. Die Facebook-Startseite erschien, und Ella gab Namen und Passwort ein, bestätigte und wartete auf den Zugang.

Er wurde ihr verwehrt, genau wie zuvor – doch das war noch nicht das Schlimmste.

Ella starrte auf den Bildschirm; vor ihren Augen verschwammen das abgedunkelte Wohnzimmer, die blau schimmernde Küche, alles schien sich zu drehen, mal rechtsherum, mal linksherum, viel zu schnell. Ihr Magen fühlte sich an, als stülpte er sich von innen nach außen. Brannte. Ein durchdringender und unmenschlich hoher Laut entwich ihren Lippen und verkümmerte zu einem ängstlichen Wimmern.

Ihr Profilfoto war nicht mehr da!

Keine Ella mit vom Nordseewind verwuschelten Haaren, im Hintergrund die Kite-Surfer von Sankt Peter-Ording. Keine Erinnerung an unbeschwerte, schöne Zeiten. Keine Ella.

Ein eisiger Schauer lief ihr den Rücken hinunter, begann im Nacken, überzog die Schulterblätter mit Gänsehaut und floss in Kaskaden bis zu ihren Oberschenkeln, wo er ein unangenehmes Kribbeln hinterließ.

Benny. Er lächelte keck und unbeschwert in die Kamera. Das Grübchen in seiner rechten Wange war deutlich zu sehen, die helle Narbe am Kinn, die er sich vor ein paar Wochen bei einem Sturz vom Trampolin zugezogen hatte.

Das Foto war ihr völlig unbekannt.

Ella ging ganz nah mit dem Gesicht zum Bildschirm, versuchte, den Schwindel einzudämmen und die Aufnahme besser zu erfassen. Benny trug sein blaues Krümelmonster-T-Shirt, die blonden Haare waren verwuschelt, seinen Mund zierte ein schmaler Schmutzbart. Wie von Schokoladeneis. Ella erstarrte. Das Bild war gestern aufgenommen worden! Als Benny im Wäldchen verschwunden war! Sie konnte sogar im Hintergrund den Zaun erkennen, der ihr Grundstück begrenzte. Und Bennys Spielturm mit der hellblauen Fahne. Der Fahne, die sie extra für den Turm genäht hatte.

Ella starrte auf den Bildschirm, unfähig, sich zu regen. Auf dem Foto trug er das grün-blaue Halstuch mit dem Traktor. Und seit gestern war es verschwunden!

Eine Angst, größer als jede andere, die sie bisher gefühlt hatte, breitete sich in ihr aus wie ein schwarzer Ölteppich nach einer Schiffskatastrophe. Quälende Sekunden später entdeckte sie das kleine Symbol der Erdkugel neben dem Foto. Die Sichtbarkeit ihres Facebook-Profils war auf »alle« gestellt.

Jetzt konnte jeder, der wollte, in ihren hinterlegten Foto-alben wühlen, alte Statusmeldungen lesen und Daten einsehen, die ursprünglich nur für ausgewählte Personen bestimmt ge-wesen waren. Alles war für alle Welt sichtbar, und sie konnte nichts dagegen unternehmen.

Der nächste Schwindel erfasste sie, doch der hatte nichts mehr mit dem Alkohol zu tun. Dessen Wirkung war jäh ver-pufft; Ella war schlagartig ernüchtert.

Ihr Blick fiel auf die letzte Statusmeldung, aktualisiert vor zwei Stunden und dreizehn Minuten:

Weiß jetzt, was Sache ist: Mein Mann, der Arsch, geht mit mei-ner »besten« Freundin ins Bett. Das schreit nach Rache!

Neben dem Text war ein Bild zu erkennen: Vor einem gelben Hintergrund saß eine Königin in einem roten Gewand, in den Händen ein Schwert und eine Waage. Wie Justitia. Über dem Bild stand *XI*, die römische Ziffer Elf. Unter der Königin war zu lesen: *Gerechtigkeit*.

Ella sackte auf dem Sofa zusammen, jeder Energie beraubt. Sie konnte nicht einmal mehr denken; nur Fragmente und Fet-zen schwirrten in ihrem Kopf umher, trafen in einem Wirbel aufeinander und verdrehten sich zu einem wirren Kauder-welsch.

Übrig blieb ein Bild aus der Zeitung. Eines, das sie bisher verdrängt hatte, das sie nicht hatte sehen wollen. Anke Feld-mann. Die Tote aus Weissbach.

Kapitel 55

Nataschas Nacht war kurz gewesen, aber immerhin frei von Albträumen. Nach einer erneuten Zahnschmerzattacke hatte sie lange gebraucht, um wieder einzuschlafen. Mehrmals hatte sie sich Simons Videobotschaft angeschaut und dabei auf ihren Zahn gelauscht, doch der Schmerz war genauso schnell gegangen, wie er gekommen war. Der Rest der Nacht blieb ruhig.

Winterberg kam gut gelaunt in ihr Büro, gute Neuigkeiten im Gepäck. Niklas ging es besser, in der Schule wurde er als eine Art Märtyrer gefeiert – eine Rolle, die der Junge offensichtlich sehr genoss. Alte Freunde, die sich von ihm abgewandt hatten, suchten wieder Kontakt zu ihm. Die Schläger waren zwar noch nicht identifiziert, aber die Suche lief.

Auch Frank Feldmanns Zustand hatte sich stabilisiert, nachdem die Kugel operativ entfernt worden war. Er musste noch zur Beobachtung im Krankenhaus bleiben, war aber alles in allem glimpflich davongekommen. »Ein paar Zentimeter weiter nach unten, und die Lunge wäre betroffen gewesen«, fasste Winterberg zusammen.

Lorenz nickte erleichtert und wollte gerade zu einer Frage ansetzen, als die Bürotür aufflog und krachend gegen die Wand stieß. Kim stürmte herein.

»Leute, ihr müsst sofort nach Weissbach fahren!«, rief sie. »Wir haben Nachricht vom E-Mail-Provider und wissen jetzt, von welchem Anschluss ›Kyrill‹ seine E-Mails an Anke Feldmann verschickt hat!«

»Wir haben ›Kyrill‹?« Natascha sprang auf und schnappte

sich ihren Rucksack. Endlich hatten sie eine Spur! »Wer ist es?«

»Die Mails wurden alle aus Weissbach verschickt«, erklärte Kim. »Aus der Friedhofsgasse. Der Anschluss läuft auf einen Volker Hardt.«

Natascha starrte die Kollegin fassungslos an. »Volker Hardt?« Der Rentner im Hausmeisterkittel war ihr von Anfang an unsympathisch und suspekt gewesen.

Natascha, Lorenz und Winterberg eilten durchs Treppenhaus nach unten zum Mitarbeiterparkplatz, immer zwei Stufen auf einmal nehmend.

»Der Hausmeister stalkt Anke Feldmann, und später mischt er bei der Jagd auf ihren Mann mit. Was hat er mit Feldmanns zu schaffen?«, brummte Lorenz.

Natascha drängten sich unangenehme Bilder auf, die Hardt und Anke in eindeutigen Situationen zeigten, doch sie schüttelte die unwirklichen Bilder wieder ab. Nichts war unmöglich. »Er hat uns belauscht, als wir seine Frau und ihre Freundinnen befragt haben«, berichtete sie Winterberg, der bis eben noch auf dem Handy telefoniert hatte. »Und er kann Anke Feldmann ständig im Blick gehabt haben, Tag und Nacht.«

Lorenz öffnete die Tür zum Mitarbeiterparkplatz hinter dem Gebäude, Natascha und Winterberg huschten an ihm vorbei. »Angeblich hat er zur Tatzeit zwei Kirchenbänke repariert, bei denen die Rückenlehnen lose waren. Allein. Niemand hätte bemerkt, wenn er zwischendurch verschwunden wäre.« Lorenz schwang sich auf den Beifahrersitz, gleich nachdem Winterberg die Fernbedienung des Oktavia betätigt hatte.

Natascha kletterte in den Wagenfond. Hannes Winterberg schloss die Fahrertür und startete den Motor.

»Ich hab Kollegen aus Wilnsdorf vorgeschickt, die sollen Hardt in seiner Wohnung halten, bis wir da sind.« Mit quietschenden Reifen fuhr Winterberg an und schnitt beim Abbiegen auf die Hauptstraße einen blauen Twingo, als er den Wagen zur nahe gelegenen Hüttentalstraße lenkte. Die auf Betonstelzen gebaute Schnellstraße führte den Verkehr über die Stadt hinweg und entlastete so die Innenstadt, besonders zu den Stoßzeiten. In der Bevölkerung hatte sich der Name »HTS« für das Betonmonstrum aus den Siebzigerjahren eingebürgert.

»Was hast du gestern noch mit Bukowski herausgefunden?« Natascha suchte zwischen zusammengeknüllten Brötchentüten, einer halb vollen Flasche Mineralwasser und glänzenden Schokoladenpapieren Platz für ihre Füße. Die Prellung an der Hüfte schmerzte noch immer; das Gurtschloss drückte unangenehm dagegen.

»Wir haben die gefilmten Personen mit den Daten der Befragung abgeglichen und konnten alle zweifelsfrei zuordnen.« Winterberg ignorierte das gelbe Leuchten der Ampel an der Kreuzung und gab Gas. »Siebzehn Personen haben sich an der Verfolgung beteiligt. Auf den ersten Blick schienen es mehr zu sein.« Er überholte drei Lkws und scherte vor einem roten Bulli wieder ein. »Es gab auch kritische Teilnehmer. Die Kneipenwirtin Franziska Quast zum Beispiel hat am Rand des Geschehens gestanden und immer wieder versucht, einzelne Personen zur Vernunft zu bringen. Aber niemand ließ sich wirklich von ihr in ein Gespräch verwickeln. Die meisten haben abgewinkt und sind grölend weiter hinter Feldmann hergegangen.«

»Was hat Hardt auf dem Video gemacht?«, fragte Lorenz. Sie verließen die HTS und fädelten sich in den Verkehr in Richtung Autobahn ein.

»Er ist grölend hinter dem Traktor hergelaufen, zusammen mit Benedikt Wagner und Matthias Holzner.« Winterberg wechselte auf den Autobahnzubringer, vorbei am Tierheim und dem riesigen schwedischen Möbelmarkt, die seit ein paar Jahren wie ein Begrüßungskomitee neben der Autobahnabfahrt standen. »Der eine ist der Bruder von Vivien Wagner, der andere ihr Freund. Aber sie saß während der Aktion in meinem Büro.« Er legte den fünften Gang ein und befuhr die linke Spur der A 45. »Hardt wähnt sich scheinbar in völliger Sicherheit. Er mäht momentan den Rasen rund ums Gemeindehaus.« Winterberg grinste. »Schön blöd, die Droh-Mails zwar von einem anonymen E-Mail-Account, aber aus dem heimischen Netzwerk zu verschicken!«

Natascha wollte eine sarkastische Bemerkung machen, als ihr Handy klingelte. Sie zog es aus der Hosentasche. Birgit.

»Hast du schon was wegen Basti und dieser Feldbefreiungssache herausgefunden?«

Natascha verneinte. Sie würde bei den Kollegen in Köln anrufen und herauszufinden versuchen, ob es über ihren Bruder eine Kriminalakte gab. Doch dazu brauchte sie einen ruhigen Moment allein, ohne ihre Kollegen. »Nein, Mama. Ich bin noch nicht dazu gekommen.« Ihr war bewusst, dass es nach einer Ausrede klang. Doch sie konnte es nicht ändern und versprach, sich schnellstmöglich zu melden.

Enttäuscht verabschiedete Birgit sich, und Natascha starrte aus dem Fenster, sah in die Hänge gepresste Dörfer, vereinzelte Wiesen zwischen den Nadelwäldern und breite Schneisen, die der Sturm Kyrill vor einigen Jahren in den Wald geschlagen hatte.

Winterberg und Lorenz besaßen genug Taktgefühl, zu schweigen und so zu tun, als hätten sie nichts gehört.

Kurz vor der Autobahnabfahrt nach Wilnsdorf leuchteten der rote Hochbau des Hotels und die weiße Autobahnkirche aus dem Dunkelgrün des Elkersberges, im Hintergrund drehten sich die Rotorblätter mehrerer Windräder. Die beiden

Gebäude auf der Kuppe machten neugierig; die Kirche sah von hier wie eine moderne Gedenkstätte aus. Ihre beiden spitzen Dächer ragten wie weiße Kronen in den hellblauen Himmel.

»Pfarrer Hartwig hat sich übrigens wegen der Spenden-Datei gemeldet.« Winterberg verließ die Autobahn. Das Blaulicht auf dem Dach ließ die Lkw-Fahrer zur Seite fahren, doch viel zu langsam. »Ihm ist jemand eingefallen, der sich eventuell an den Spendengeldern vergriffen haben könnte: Marion Hentschel, die Gemeindehelferin. Das deckt sich ja mit unseren Überlegungen nach ihrem gescheiterten Vernichtungsversuch.«

Natascha dachte an die Frau mit den farbigen Baumwollbändern in den kurzen Haaren, die ihnen in einer Mischung aus Resignation und Selbstvorwürfen von ihrer kurzen Affäre mit Frank Feldmann erzählt hatte.

»Ich ruf an, dass sie sich zur Verfügung hält. Die gestrige Hatz hat unsere ganzen Pläne über den Haufen geworfen!« Nachdem sie das Telefonat beendet hatte, wandte sie sich wieder an ihre beiden Kollegen. »Volker Hardt hat Anke Feldmann also gestalkt. Aber macht ihn das automatisch zu ihrem Mörder? Normalerweise geht es den Stalkern doch um vermeintliche Liebe, sie wollen besitzen und unter Druck setzen. Die Verfolgungen dauern mitunter Jahre an, aber es ist wirklich selten, dass ein Stalker sein Opfer auch tötet.«

»Es ist vielleicht nicht die Regel, kann aber trotzdem vorkommen. Genauso wie Entführungen oder Geiselnahmen«, widersprach Lorenz. »Stalker sind krank. Die handeln nicht rational.«

»Er hat sie beobachtet und bedroht, ist in ihr Haus eingedrungen.« Winterberg passierte das Ortsschild von Wilnsdorf und fuhr auf der Bundesstraße in Richtung Hessen. Für den steilen Anstieg schaltete er einen Gang zurück. »Und mit seiner Vermutung über das Kuckuckskind Felix hat er sie unter Druck gesetzt. Anke Feldmann war eingeschüchtert, und er hat das für seine Zwecke ausgenutzt. Fragt sich, was er sich davon versprochen hat.«

»Sex?« Lorenz zuckte die Schultern. »Anke Feldmann eilte ein gewisser Ruf voraus. Hardt könnte das gereizt haben.«

Kapitel 56

Kim saß im Besprechungszimmer und sah Martin Bukowski hinterher, der zum dritten Mal in der letzten halben Stunde zur Toilette gegangen war. Kein Wunder, bei dem Konsum an Mineralwasser! Irgendwas stimmte mit ihm nicht. Das Gerede über seine angebliche Trinkerei fiel ihr wieder ein. Ob sie ihn darauf ansprechen sollte? Wie ging man damit um, wenn ein Kollege ein Alkoholproblem hatte? Schwieg man es tot, oder suchte man besser die Aussprache?

Sie starrte auf den Bildschirm, rieb sich die müden Augen. Seit mehr als zwei Stunden saß sie nun schon mit Martin Bukowski vor den Unterlagen der Feldmanns, überprüfte noch einmal die Kontobewegungen, durchforstete die Ordner aus Feldmanns kleinem Büro und war einmal mehr genervt von der Trägheit ihres Kollegen. Der Hunger machte sie noch gereizter als ohnehin schon.

Die Tür ging auf, und Bukowski kam mit hängenden Schultern zurück, nahm einen großen Schluck aus seiner Wasserflasche und kratzte sich am Hals, bis rote Striemen zurückblieben.

»Na, quält dich der Nachdurst?« Die Worte waren schon heraus, bevor Kim sie zurückhalten konnte.

Martin Bukowski runzelte die Stirn und sah sie fragend an. »Nachdurst? Wieso?«

»Ist bestimmt anstrengend mit so einem kleinen Wurm zu Hause, oder? Und dann der stressige Job ... Wir brauchen alle unsere Auszeiten.« Kim setzte das belangloseste Lächeln auf, das ihr möglich war.

Bukowski setzte sich wieder neben sie und schüttelte irritiert den Kopf. »Was willst du?«

Sie seufzte laut, dann drehte sie sich zu ihm um, sah ihm direkt ins Gesicht. Automatisch suchte sie nach weiteren Anzeichen seines schlechten Zustandes und registrierte die Augenringe, die schlaffe und gerötete Haut, den Mundgeruch. Auch wenn sie sich am liebsten abgewendet hätte, hielt sie dem Blickkontakt stand.

Martin Bukowski blinzelte, seine Pupillen zwei winzige schwarze Punkte in hellem Blau.

»Trinkst du?«

Er brauchte offenbar einen Moment, um ihre Worte zu begreifen. »Was?«

»Ich seh doch, was mit dir los ist! Du rennst ständig aufs Klo, kippst dir literweise Wasser in den Bauch und siehst, wenn ich das mal so sagen darf, ziemlich bescheiden aus.« Sie lehnte sich in ihrem Stuhl zurück und wartete auf Bukowskis Antwort. Die kam prompt.

»Ich hab gerade ziemlichen Stress. Meine Tochter schläft nur wenige Stunden am Stück; meine Frau tigert nachts mit dem schreienden Baby auf dem Arm durch die Wohnung, und hier gibt es mehr Arbeit, als wir mit den wenigen Leuten bewältigen können. Statt Brände wirklich zu löschen, kippen wir überall nur Wasser drauf, und es schwelt unter dem Rauch weiter. Bis sich das Feuer wieder neu entzündet und weiterbrennt. Jeden gottverdammten Tag aufs Neue!« Er war laut geworden, sprang auf und ballte die Hände zu Fäusten.

Kim erschrak. Das war nicht der Martin Bukowski, den sie kannte.

»Aber wie kommst du auf die absurde Idee, ich würde trinken? Kannst du mir das mal verraten?«

»Weil du dich verändert hast, verdammt! Ständig verschwindest du und lässt mich hier mit dem ganzen Kram allein. Und immer wieder vergisst du irgendwas, das dann irgendein Kollege für dich erledigen muss. So wie die Konten von Feldmanns. Da ist immer noch nicht jede Bewegung überprüft. Wir brauchten die Auswertungen schon gestern, und du hast es die ganze Zeit vergessen. Hätte ich dich nicht daran erinnert, stünden wir immer noch ohne Unterlagen da. Das ist ein verdammter Mist!«

Auch Kim war laut geworden und aufgesprungen; die beiden standen einander gegenüber wie zwei Kampfhähne, zwischen sich nur den schmalen Tisch mit den Kontoauszügen und Versicherungsordnern der Feldmanns.

»Ich hab's halt vergessen, na und? Ist dir das noch nie passiert? Außerdem sind die Sachen doch jetzt da, was willst du noch?« Er fegte mit der flachen Hand die Unterlagen vom Tisch. Auszüge, handbeschriebene Zettel, Computerausdrucke, Fotokopien – alles verteilte sich wie Herbstlaub auf dem hellgrauen Linoleum und blieb dort liegen.

»Was soll denn der Scheiß!« Kim merkte selbst, dass sie überreagierte und dabei war, sämtliche Grenzen der Kollegialität zu überschreiten, aber sie konnte nicht aufhören. Viel zu viel hatte sich in den letzten Tagen in ihr aufgestaut. Bukowskis langsame Art und seine Vergesslichkeit, die den Kollegen und ihr selbst noch zusätzliche Arbeit machten. »Du glaubst doch wohl nicht, dass ich da jetzt auf dem Boden rumkrieche und das Zeug für dich wieder sortiere!«

Bukowski wollte etwas erwidern und riss die Augen auf, doch plötzlich glitt sein Blick zur Seite weg; der hochgewachsene Mann sackte nach unten und landete mit einem dumpfen Geräusch auf dem Boden.

»Hey, Martin!« Kim rannte um den Tisch herum, wo der Kollege reglos zwischen all den Papieren lag, die Arme seltsam schlaff neben dem Körper. Die zu weit gewordene Uniformjacke war halb geöffnet, und das hellblaue Hemd hing ihm aus der Hose. Ohne darüber nachzudenken, warf Kim sich neben ihn und suchte seinen Puls. »Martin! He, wach auf! Martin, komm schon!«

Keine Reaktion, aber sie fühlte sein Herz schlagen und schloss für einen kurzen Moment erleichtert die Augen.

»Was ist denn hier los?« Wie aus weiter Ferne vernahm sie die Stimme ihres Kollegen Klaus Quandel, hörte, wie er nach dem Notarzt telefonierte und sich neben sie hockte. Alles ging blitzschnell, seltsam automatisiert, ohne dass Kim etwas denken oder fühlen konnte.

Es war, als wäre sie eine Außenstehende, die die gesamte Szene nur beobachtete. Sie sah Bukowski in stabiler Seitenlage zwischen all den Papieren liegen, schaute Notarzt und Sanitätern zu, die wenig später samt Koffer und Trage eintrafen und Martin Bukowski eine Infusion legten.

»Diabetisches Koma«, erklärte der Arzt. »Wir müssen den Stoffwechsel stabilisieren.«

Bukowski öffnete die Augen und sah Kim mit matten Augen an. In seinem Blick lag etwas Undefinierbares, das eine Welle von Mitleid in ihr auslöste. Sie lächelte begütigend, aber es fühlte sich irgendwie unecht an. Sie schämte sich für ihre ungerechtfertigten Vorwürfe, für die gemeinen Worte, die sie ihm in ihrer Wut entgegengeschleudert hatte.

»Er ist total unterzuckert. War sein Diabetes nicht bekannt?«, fragte der Arzt.

Quandel zuckte mit den Schultern, Kim schüttelte den Kopf. »Ich wusste von nichts.«

»Ich hab da wohl was verdrängt«, flüsterte Bukowski und lächelte hilflos.

Die beiden Sanitäter hoben ihn auf die Trage, und Kim tät-

300

schelte unbeholfen seine Schulter. »Das eben tut mir leid, Martin. Echt.«

»Schon gut.«

Dann trugen sie den Polizisten nach draußen, um ihn ins wenige Kilometer entfernte Krankenhaus zu fahren. Kim sah ihnen hinterher. In ihr herrschte ein einziges Gefühlschaos.

»Was war denn hier los?« Klaus Quandel blickte auf das Chaos aus Zetteln auf dem Fußboden. »Euer Geschrei hat man ja über den ganzen Flur gehört.«

»Wir haben uns gestritten.« Kim wurde schwindelig, und sie setzte sich auf einen der Stühle und stützte den Kopf in die Hände. »Ich war genervt, weil Martin in letzter Zeit so unzuverlässig war. Hat Termine verschlampt, ist ständig aufs Klo gerannt, war total unkonzentriert und hat nicht viel auf die Reihe bekommen.« Sie sah Quandel zerknirscht an. »Ich dachte, er trinkt«, fügte sie leise hinzu. »Dabei hat sich bei ihm ein Zuckerschock angekündigt.« Sie schluckte. »Ich hätte es merken müssen, stattdessen pflaume ich ihn auch noch an!« Es tat ihr wirklich leid, und das schlechte Gewissen legte sich wie ein kratziger, unbequemer Mantel über sie.

Quandel strich ihr über die Schulter. »Mach dir keine Vorwürfe! Niemand von uns hat was gemerkt. Ich auch nicht.«

»Aber ich hab ihm unterstellt, er würde *trinken!*« Sie stand auf und ging aufgebracht im Büro auf und ab. »Dabei hätte er mehr Aufmerksamkeit, mehr persönliche Anteilnahme verdient, jemanden, der ihn einfach mal fragt, wie es ihm geht.«

»Ja«, antwortete Quandel nüchtern. »Das stimmt. Aber so aufmerksam hätte jeder von uns sein können. Quäl dich also

301

nicht mit Selbstvorwürfen!« Er begann, die Papiere vom Boden aufzusammeln, und Kim half ihm, froh, etwas Sinnvolles zu tun zu haben.

»Wir sollten seine Frau anrufen.« Kim stand auf und ging zum Telefon.

Kapitel 57

Er hatte sich mit der Erledigung seiner Vormittagsaufgaben beeilt, damit er sich so schnell wie möglich an den Computer setzen konnte. Denn er war neugierig, ob *sie* seine letzte Botschaft erhalten hatte.

Ein Blick in das E-Mail-Postfach verschaffte ihm eine tiefe Genugtuung: Gestern Abend hatte es auf ihrem Facebook-Profil mehrere fehlgeschlagene Einloggversuche gegeben, die Fehlermeldungen waren automatisiert an die von ihm eingerichtete Mailadresse geschickt worden. Die Einloggversuche konnten nur von ihr stammen.

Grinsend saß er vor dem Bildschirm und wäre am liebsten durch die Wohnung getanzt.

Also hatte sie die *Gerechtigkeit* als Bild neben dem Facebook-Eintrag erhalten. In Verbindung mit der Statusmeldung über ihren untreuen Gatten wurde daraus ein nettes Spiel mit Worten und Bedeutungen. Ein Spiel nach Regeln, die nur er kannte und die er nach Gutdünken ändern konnte.

Er nahm einen Schluck aus der Flasche neben der Tastatur und stellte sie wieder zurück. Die Cola stand noch vom Vorabend dort und schmeckte schal, doch er hatte keine Lust, eine frische aus dem Kühlschrank zu holen.

Gestern Abend hatte er *sie* wie immer beobachten wollen, aber sie hatte ungewöhnlich früh die Rollläden heruntergelassen. Offenbar glaubte sie, so vor irgendetwas sicher zu sein.

Zuerst hatte er sich darüber geärgert, dann jedoch hatte er gesehen, dass es *die* Gelegenheit für ihn war. Er hatte noch eine gute Stunde bis zum Einbruch der Dunkelheit gewartet, bevor er das Seil in einen Leinenbeutel gepackt und ihn unter seiner Jacke versteckt hatte.

Diesmal schlug er den Weg durch das Maisfeld und das kleine Wäldchen ein, den er von seinem letzten Besuch kannte. Er würde ihn auch in der Dämmerung problemlos finden.

Der Zaun um ihr Grundstück war aus Leichtmetall; auf den Querstreben konnte er seine Füße abstellen und sich dann über den Zaun schwingen. Es ging nicht gut, aber na ja. Vielleicht sollte er mehr Sport treiben, falls das Klettern nun zu einer täglichen Beschäftigung wurde. Er dachte daran, wie einfach er eine Nacht zuvor in ihr Haus hatte eindringen können. Doch gestern Abend war das Fenster des Hauswirtschaftsraumes geschlossen und wie alle anderen im Erdgeschoss mit Rollläden gesichert gewesen.

Er musste bei der Vorstellung grinsen, dass sich jemand hinter Plastikjalousien sicher fühlte. Wer in ein Haus wollte, kam auch hinein. War ihr das nicht bewusst?

Im Schatten der Solarlampen des Gartens war er vorsichtig zwischen den Brombeerbüschen hindurch und an Bennys Spielturm vorbei bis zur Terrasse geschlichen, immer auf der Hut vor ihrem Mann. Aber dessen schwarzer BMW war so laut, dass man ihn rechtzeitig nahen hörte. Außerdem ging Steinseifer immer durch die Vordertür ins Haus und schaute abends so gut wie nie in den Garten. Und falls doch, dann hätte er sich einfach zwischen den dichten Büschen versteckt.

Gegen seinen Husten hatte er vorsichtshalber wieder die Tropfen genommen, aber seine Vorsichtsmaßnahmen waren gar nicht nötig gewesen. Ihr Mann kam viel später; Ingrid von nebenan saß wie immer bei halb geöffnetem Fenster vor der Glotze, und die anderen Nachbarn konnten den Garten nicht einsehen. Nur einmal hatte er Angst gehabt, dass *sie* die Rollläden hochziehen und nach draußen spähen würde: Eine zierliche schwarz-weiß gescheckte Katze war langsam zur Terrasse geschlichen und hatte an den Jalousien der Terrassentür gekratzt. Erst hatte er sie mit Zischlauten zu vertreiben versucht, aber davon hatte sie sich überhaupt nicht beeindrucken lassen. Also warf er mit einem Kiesel nach dem Tier, das daraufhin maunzend davonstolzierte.

Danach blieb alles ruhig, und er schlich zur Terrasse und brachte das Seil an. Genau so, wie er es sich ausgemalt hatte.

Er trank den Rest der schalen Cola, schaltete den Computer aus und ging beschwingten Schrittes nach unten, getragen von dem unbestimmten Gefühl, dass heute noch viel passieren würde.

Kapitel 58

Sie erreichten das Haus der Hardts in der Friedhofsgasse, vor dem ein Streifenwagen stand.

Lorenz drückte mehrmals auf den runden Messingknopf der Klingel, und im Inneren wurde es schlagartig laut. Kreutzer, ein schnauzbärtiger Kollege aus Wilnsdorf, öffnete ihnen und verdrehte die Augen. Mit einer Kopfbewegung wies er zu einer Tür links neben dem Eingang hinüber.

Sie folgten dem Polizisten durch die niedrige Tür in die Küche. Feiner Kuchenduft hing über dem Raum wie ein leichtes, transparentes Tuch. Im Backofen brannte Licht, aber niemand achtete darauf.

Hardt saß breitbeinig auf einem Holzstuhl und sprang auf, als Natascha den Raum betrat. Den knielangen grauen Kittel hatte er nach dem Rasenmähen offenbar abgelegt, er lag über einer der Stuhllehnen. Die Ärmel seines grau-gelb karierten Flanellhemdes waren bis über die Ellbogen hochgekrempelt. Dunkle Schweißflecken prangten unter seinen Achseln und auf dem Brustkorb.

»Setzen Sie sich bitte, Herr Hardt!« Natascha ignorierte seine Einwände und stellte sich neben den Tisch. Lorenz und Winterberg postierten sich neben der Tür und nickten den uniformierten Kollegen zu, die daraufhin den Raum verließen. Nur Kreutzer blieb bei ihnen.

»Was soll das hier?« Hardts unsteter Blick flog von einem zum anderen. »Was soll ich denn Schlimmes gemacht haben?« Er blickte zu seiner Frau Jutta, die mit rot geweinten Augen auf der blau gepolsterten Eckbank saß. Sie hielt eine halb geschälte Kartoffel in der einen Hand, einen Sparschäler in der anderen und starrte hilflos auf die Polizisten in ihrer Küche. Kleine Stückchen braungelber Kartoffelschale lagen auf dem Tisch.

»Bitte, helfen Sie uns, Frau Kommissarin!« Ihre Stimme zitterte. »Hier liegt ein Irrtum vor!«

Flehend reckte sie die Arme in die Höhe, und Hardt zischte Lorenz an:

»Da sehen Sie, was Sie angerichtet haben! Meine Frau ist völlig durcheinander! Sie ist herzkrank, wussten Sie das? Man muss jegliche Aufregung von ihr fernhalten!« Er schob wütend den Unterkiefer nach vorn. »Weissbach ist ein Irrenhaus geworden, seit die Feldmann'sche tot ist!«

Lorenz ignorierte Hardts Ausbruch und klärte ihn über den Grund ihres Erscheinens auf. »Deshalb werden wir Ihre Computer mitnehmen. Alle.«

Volker Hardt sprang erneut vom Stuhl auf. »Meinen Computer? So ein Schwachsinn! Warum denn? Ich hab doch nichts getan!«

Jutta Hardt schlug aufweinend die Hände vor den Mund; der Sparschäler fiel polternd auf den Tisch.

Ihrem Mann schien schlagartig bewusst zu werden, was das bedeutete. Seine Gesichtsmuskeln erschlafften, die Schultern sackten nach unten, er wirkte plötzlich viel kleiner, harmlos fast. Doch Lorenz ließ sich davon nicht beirren, sondern starrte ihn weiterhin ungerührt an.

»Kommen Sie!« Hardt seufzte und führte Kreutzer und Lorenz in ein kleines Arbeitszimmer in der oberen Etage, wo sein Computer stand. Es dauerte nicht lange, und die beiden Polizisten kamen wieder nach unten und stellten die Komponenten in den Flur neben der Eingangstür. Der Computer sah neu und leistungsstark aus, das Gehäuse war aus schwarzem Kunststoff.

Hardt drückte Lorenz noch eine rote externe Festplatte und einen dunkelblauen USB-Stick in die Hand.

Kreutzer packte den abmontierten Router dazu, und gemeinsam trugen die beiden Beamten die Komponenten zu Winterbergs Octavia.

Hardt, der neben ihnen herlief, schimpfte immer wieder, dass sie vorsichtig sein sollten, weil er wichtige Daten auf dem Rechner gespeichert habe. Doch die beiden anderen ignorierten ihn. Kurz darauf fuhr Winterberg mit quietschenden Reifen davon.

Natascha war bei Jutta Hardt in der Küche geblieben. Die Mittfünfzigerin saß mit gefalteten Händen und gesenktem Kopf am Küchentisch; man sah einen grauen Ansatz in den brünetten gewellten Haaren. Die halb geschälte Kartoffel lag am Rand des Tisches und färbte sich langsam braun. Eine unbedachte Bewegung von Jutta Hardt, und die Kartoffel würde auf die hellen Küchenfliesen fallen.

Die Frau tat Natascha leid. Wie würde sie reagieren, wenn sie mehr Details aus dem geheimen Leben ihres Mannes erfuhr? Vielleicht wäre es besser, einen Arzt zu rufen, bevor sie befragt wird, dachte Natascha und zückte ihr Handy. Überraschenderweise hatte sie hier Empfang.

Kapitel 59

Benny saß vor dem Fernseher und sah sich irgendeine Doku-Soap auf einem der Privatsender an. Es ging um Leute, die völlig heruntergekommene Häuser renovierten. Vielleicht nicht gerade ein pädagogisch wertvoller Sendeinhalt, aber so war der Junge zumindest beschäftigt.

Ella starrte auf ihr Käsebrot. Schon der Gedanke an Essen verursachte ihr Übelkeit, und die Kopfschmerzen schienen immer stärker zu werden. Nie wieder Alkohol, dachte sie voller Sarkasmus. Der Rotwein war momentan ihr einziger Freund. Einer, dem sie ihre Sorgen anvertrauen konnte. Rolf und Greta kamen dafür ja nicht mehr infrage. Und wen hatte sie sonst schon in diesem Nest?

Die anderen Bewohner taten, als existierte sie gar nicht. Ließen sich, um Höflichkeit zu beweisen, auf der Straße höchstens zu einem gezwungenen Lächeln hinreißen.

Ella schob den Teller mit dem Brot beiseite und nahm die Packung mit den Kopfschmerztabletten aus dem Körbchen auf dem Regal über der Eckbank. Hektisch drückte sie zwei Tabletten aus dem Blister, warf sie sich in den Mund und spülte sie mit ein paar Schlucken Wasser hinunter. Wie im Film.

Und wie in einem Film fühlte sie sich auch. Unwirklich. Verkatert und ohne Kontrolle über die wenigen Dinge, die ihr in ihrem Leben noch wichtig waren: ihre Freundschaft zu Greta, ihre einst so glückliche Ehe mit Rolf. Benny. Und das Gefühl von Sicherheit in ihrem eigenen Heim. Wie sollte sie sich in diesem Haus noch geborgen fühlen, nachdem jemand unbemerkt hier eingedrungen war, in dem Haus, in dem ihre Freundin sie heimlich hinterging und ihr Angst einjagen wollte? Doch wo sonst sollte sie sich sicher fühlen, wenn nicht hier?

Tränen traten ihr in die Augen. Scheißdrehbuch!

Sie warf den Blister zurück in den Korb und stand ruckartig auf. Der Stuhl polterte zu Boden, doch Benny blickte nicht einmal zu ihr herüber. Fasziniert starrte er auf die Werbung, die über den Bildschirm flimmerte. Baumarktwerbung mit Baggern. Welch eine Wonne für einen Dreijährigen!

Ella eilte ins Bad, weil sich eine weitere Übelkeitswelle ankündigte. Saurer Geschmack füllte ihren Mund aus. Der Kopfschmerz pochte gegen ihre Schläfen; vor ihren Augen begann sich alles zu drehen. Kalter Schweiß brach ihr aus allen Poren und erzeugte Schüttelfrost. Ella hielt sich am Badewannenrand fest und fixierte die blauen Seepferdchen am Wannenboden, die ein Ausrutschen verhindern sollten. Ganz langsam gewann sie wieder die Oberhand über ihren Körper. Die Übelkeit ließ nach, der Kopfschmerz verzog sich in den Nacken, das Zittern der Hände hörte auf.

Ella richtete sich auf und sah in den Spiegel. Ein graues Gesicht mit dunklen Ringen unter den hellen Augen blickte ihr entgegen, der Mund zusammengekniffen, die Lippen gelblich rosa. Kein Wunder, dass sich Rolf von ihr abgewandt und stattdessen mit Greta eingelassen hatte! Die war zwar älter als sie, aber sie konnte wenigstens noch lachen. Denn das Lachen war ihr längst vergangen, und zwei tiefe Falten zogen sich unschön an ihren Mundwinkeln nach unten.

Das Urlaubsfoto aus Sankt Peter-Ording erschien vor ihrem inneren Auge. Die lachende Ella am Strand, das Gefühl von Freiheit, das sie damals so genossen hatte. Doch das war nun alles so fern, so unrealistisch, als hätte es nie existiert. Vielleicht wurde sie ja langsam verrückt und merkte es gar nicht. Vielleicht hatte sie das Foto von Benny, das nun auf ihrem Facebook-Profil prangte und ihr eine schlaflose Nacht beschert hatte, ja selbst geschossen und online gestellt. Und hatte dann dummerweise das Passwort vergessen.

Doch irgendetwas sagte ihr, dass es nicht so war. Dass alles noch viel schlimmer war als ein langsames Abdriften in eine Parallelwelt.

Da waren die Tarotkarten.

Mit müden Schritten ging sie ins Wohnzimmer, wo Benny noch immer fasziniert dem Geschehen auf dem Bildschirm folgte. Ein junges Paar stand vor einem maroden Fachwerkhaus und stritt sich über die Farbe der Außenfassade.

So banale Probleme müsste man haben!, dachte Ella und wünschte sich plötzlich Rolf herbei. Doch der saß jetzt in seinem Büro oder hielt sich irgendwo anders auf, sie wollte gar nicht genau wissen, wo.

Mit schweren Beinen schlurfte Ella zur Terrassentür und wäre beinahe über Bennys Sandalen gestolpert, die schon seit gestern dort lagen. Genervt schob sie sie mit dem Fuß beiseite und öffnete die große Glastür. Wohlige Morgenwärme streichelte ihre Arme. Ella trat barfuß und im Nachthemd nach draußen und wandte ihr Gesicht mit geschlossenen Augen der Sonne zu. Die Wärme tat ihr gut und ließ sie wenigstens für einen kurzen Moment vergessen, was in den letzten Tagen geschehen war. Ein Eichelhäher keckerte, und sie drehte den Kopf in seine Richtung, lauschte dem Gesang des Vogels. Wie gern wäre sie jetzt eine Eichelhäher-Dame und flöge mit ihrem bunt gefiederten Partner davon! Weit weg in eine Welt ohne Schmerz und ohne Sorgen.

Etwas streifte ihre rechte Wange. Ella riss die Augen auf und fuhr sich mit der Hand hektisch übers Gesicht. Ein Blatt oder ein Ast, dachte sie im ersten Moment. Reg dich nicht auf! Doch ein Blatt oder ein Ast wäre nicht so weich, nicht so geschmeidig. Als sie den Blick hob, entdeckte sie etwas Weißes, das von einem der dicken Äste des alten Holunderstrauchs baumelte. Etwa fingerdick.

Ein Baumwollseil. Ella brauchte zwei, drei Augenblicke, um das Gesamtbild zu erfassen. Um den gewundenen Knoten zu erkennen, die Schlaufe. Dann entfuhr ihr ein lautes Stöhnen. Ihr Herz schlug schmerzhaft gegen den Brustkorb, sie taumelte rückwärts und wäre fast gestolpert.

In ihrem Garten, an dem alten, knorrigen Holunderstrauch, der vor rotschwarzen Früchten beinahe zu bersten schien, baumelte ein Strick. Ein Henkersknoten.

Kapitel 60

Jutta Hardts Hausarzt hatte versprochen, in der nächsten Stunde nach seiner Patientin zu schauen. Kreutzer und sein Kollege blieben noch im Hause Hardt und würden dort auch die weiteren Befragungen durchführen.

Natascha und Lorenz machten sich indessen auf den Weg zu Marion Hentschel.

Die Gemeindehelferin erwartete sie bereits; auf dem Esstisch in der Küche standen drei Kaffeetassen, auf der Arbeitsplatte neben der Spüle eine Porzellankanne mit Glasfilter. Marion Hentschel bat sie an den Tisch und goss heißes Wasser in den Kaffeefilter. Der frische Kaffee roch verführerisch.

»Sind Sie wegen Frank hier?«, fragte sie und stellte die Porzellankanne auf den Tisch. Sie passte zum Milchkännchen und der Zuckerdose. Das ganze Arrangement wirkte unangenehm privat. Als wären sie zu einem Kaffeekränzchen hier. »Es heißt, es geht ihm besser ...«

»Ja. Doch deshalb wollten wir Sie nicht sprechen.« Natascha ließ sich Kaffee einschenken, nahm ihn aber schwarz. »Wir wissen, dass Sie Gelder für den Kirchenbau entwendet haben.«

Marion stellte die Porzellankanne auf den Tisch und starrte sie an. »Wie bitte?«

»Ihr Daten-Vernichtungsversuch am Dienstag war nicht besonders geschickt, Frau Hentschel.« Lorenz ließ die Kaffeetasse in seiner Hand kreisen. »Es war nicht schwer heraus-

313

zufinden, um welche Dateien es sich handelte.« Marion klammerte sich so an der Tischkante fest, dass weiße Halbmonde unter ihren Fingernägeln erschienen. Sie schüttelte langsam den Kopf. »Es ist nicht so, wie Sie denken.« Mit einem Wischlappen von der Spüle wischte sie nervös über die Wachstuchdecke.

»Wie ist es dann? Erklären Sie es uns!«, forderte Natascha sie auf und nippte an dem starken Kaffee.

Offenbar um Zeit zu gewinnen und den bohrenden Blicken der Beamten zu entkommen, ging Marion Hentschel mit dem Lappen zur Spüle. Mit gesenktem Kopf spülte sie ihn aus, bis das Wasser längst wieder klar war.

»Frau Hentschel?« Natascha konnte ihre Gereiztheit nur schwer verbergen. Doch Marion drehte sich nicht um, sondern wrang den Lappen umständlich aus und faltete ihn zu einem kleinen Quadrat zusammen.

»Ich habe das Geld nicht genommen«, antwortete sie leise, den Kopf noch immer gesenkt.

»Also decken Sie jemanden?«, fragte Lorenz.

Marion Hentschel drehte sich ruckartig um. »Wie meinen Sie das?«

»Wie ich das meine? Also ehrlich! Jetzt verkaufen Sie uns nicht für dumm, Frau Hentschel!« Lorenz war laut geworden und knallte seine Tasse scheppernd auf den Tisch. »Wir wissen genau, dass Sie die Dateien manipuliert haben!«

Das entsprach streng genommen nicht der Wahrheit – bisher wussten sie nur, dass Frau Hentschel die Beweise für die Manipulationen zu vernichten versucht hatte –, der kleine Bluff wirkte Wunder.

Marion Hentschel zuckte zusammen, dann ließ sie sich auf den roten Holzstuhl neben dem Tisch fallen. »Ja.« Sie blickte gequält von Lorenz zu Natascha. »Ich habe die Daten ver-

314

ändert, ja. Aber nicht für mich. Und ich habe kein Geld genommen, ehrlich! Das müssen Sie mir glauben!«

»Wer dann?«, wollte Natascha wissen.

Marion seufzte. »Es ist ein bisschen kompliziert. Ich habe Anke einmal dabei beobachtet, wie sie Scheine aus der Kasse genommen hat. Zuerst wollte ich sie darauf ansprechen und sie bitten, das Geld wieder zurücklegen. Aber dann habe ich es irgendwie doch nicht geschafft.«

»Was haben Sie stattdessen getan?« Lorenz lehnte sich zurück und verschränkte die Arme vor der Brust. Die Stimmung im Raum hatte sich spürbar verändert; das Kaffeekränzchen entwickelte sich zu einer spannungsgeladenen Befragung.

»In der Folge fiel mir auf, dass immer wieder kleinere Beträge verschwanden. Mir war klar, dass jemand die Diebstähle entdecken würde, spätestens Pfarrer Hartwig bei der nächsten Abrechnung. Und ich wollte helfen, auch wenn ich heute weiß, dass das der falsche Weg war. Anke und Frank hatten doch immer Geldprobleme. Also hab ich angefangen, die Abrechnungen im Computer so anzupassen, dass es aussah, als wäre gar kein Geld verschwunden.« Sie klang zerknirscht. »Anke hatte ja, wie gesagt, auch nie richtig viel entwendet, und ich hab gehofft, dass niemand etwas merken würde.«

»Und wie lange sollte das noch gehen?« Lorenz' Stimme klang hart.

Marion hob hilflos die Schultern. »Darüber hatte ich noch nicht nachgedacht.«

Lorenz beugte sich vor, die Finger auf dem Tisch verschränkt. »Wissen Sie, was ich glaube? Sie haben Anke Feldmanns Gelddiebstähle gedeckt, um etwas gegen sie in der Hand zu haben. Das war doch ein wunderbares Instrument, um sie zu erpressen. Ging es um ihren Mann Frank? Oder wollten Sie sich mit Ihrem Schweigen bei ihm lieb Kind machen? Die Affäre mit ihm vielleicht sogar wieder aufleben lassen? Wenn man unglücklich verliebt ist, neigt man ja zu den absurdesten Liebesdiensten, nicht wahr? Oder gibt es womöglich noch mehr, was Sie uns bisher gar nicht verraten haben?«

Marion schluckte und sah in ihren Schoß hinunter. Ihre Finger spielten mit dem Bund ihres schwarzen T-Shirts, wollten ihn ebenso falten wie den Spüllappen. Ihre Schultern sackten nach unten. »Ich weiß nicht genau, warum ich es getan habe.«

»Oh, ich bin sicher, dass es Ihnen einfällt, wenn Sie darüber nachdenken.« Lorenz ließ nicht locker.

»Ganz ehrlich, ich wollte nur helfen. Frank arbeitet sich den Rücken krumm, und trotzdem reicht das Geld vorn und hinten nicht. Aber dann ... Es hat sich verselbstständigt, ich hatte keine bestimmte Idee, was ich mit meinem Wissen über Anke anfangen wollte ...«

Ich weiß, was du gestern getan hast. Natascha dachte an die anonymen Mails, die Anke bekommen hatte. Bisher waren sie davon ausgegangen, dass »Kyrill« ein Mann war. Warum eigentlich? Nur, weil Anke den Ordner »ER« genannt hatte? Sie könnten sich in diesem Punkt genauso gut getäuscht haben und waren in die gleiche Falle getappt wie Anke Feldmann. War es denkbar, dass Marion Hentschel die Erpresser-Mails geschickt hatte?

»Wo waren Sie eigentlich am vergangenen Freitag?« Marion Hentschel wurde bei Nataschas Frage blass.

»Sie meinen doch wohl nicht, ich ...« Sie sah Natascha empört an, doch dann straffte sie sich, und ihr Gesicht nahm einen trotzigen Ausdruck an. »Ich habe den ganzen Nachmittag im Garten hinter dem Haus gearbeitet. Und am Abend habe ich ferngesehen. Allein.«

Lorenz' Handy klingelte, und er fischte es nach einem bezeichnenden Blick auf Natascha umständlich aus der Hosentasche. »Ja?«, meldete er sich und drehte den Kopf zur Seite. »Wie bitte?! Ja, ist in Ordnung, machen wir.« Er entschuldigte sich mit einer Geste und ging in den Flur. Wenig später kam er wieder und wandte sich an Marion Hentschel. »Sie halten sich bitte zu unserer Verfügung und bleiben für uns erreichbar! Natascha, wir treffen uns jetzt mit Winterberg.«

Draußen auf der Straße kickte Lorenz einen Kieselstein beiseite, der scheppernd gegen eine mit gelben und orangefarbenen Dahlien bepflanzte Zinkwanne flog. »Bukowski ist vorhin zusammengeklappt. Zuckerschock.«

»Wie bitte?« Natascha blieb stehen und starrte den Kollegen an. »Und wie geht's ihm jetzt?«

»So weit wohl ganz gut. Er liegt im Weidenauer Krankenhaus, seine Frau ist gerade bei ihm.«

Natascha dachte an Eva Bukowski, die schmale und schüchterne blonde Frau. Sie mochte sich gar nicht ausmalen, welch ein Schock die Nachricht für die junge Mutter gewesen sein musste. Hoffentlich ging es Bukowski bald wieder besser! »War sonst noch was?«

Lorenz stöhnte auf. »Das Techtelmechtel von Anke Feldmann ist wie vom Erdboden verschluckt. Weder ihre Schwester noch ihre Eltern oder Freundinnen von früher wussten etwas von dieser Affäre. Absolute Fehlanzeige! Langsam kommen mir Zweifel an der Existenz des Mannes.« Lorenz und Natascha stiegen in den Wagen.

»Aber Winterberg hatte noch andere interessante Neuigkeiten: Anke Feldmanns Handtasche wurde gefunden. Am Autohof bei Wilnsdorf.«

Kapitel 61

Kim Schröder hatte sich mit einem Laptop, Volker Hardts Router und einer asiatischen Nudelpfanne im Pappbecher in ein selten benutztes Büro des Polizeigebäudes zurückgezogen.

Nach Bukowskis Zusammenbruch waren immer wieder Kolleginnen und Kollegen zu ihr gekommen, hatten sie trösten oder über das Geschehen ausquetschen wollen. Irgendwann hatte es ihr gereicht, und sie war mit den Geräten in den zweiten Stock geflüchtet, um in Ruhe arbeiten zu können. Das half ihr, nicht weiter über Martin Bukowski und ihre Schuldgefühle ihm gegenüber nachzudenken.

Während der Laptop die Daten des Routers lud, kaute sie lustlos auf den Nudeln herum. Sie waren klebrig und versalzen, aber sie stillten wenigstens den Hunger.

Auf dem Bildschirm erschienen Zahlenkolonnen, Buchstaben, Typenbezeichnungen, eine Auflistung aller Geräte, die sich jemals über Volker Hardts Anschluss ins Internet eingewählt hatten. Ein Klick auf die Gerätebezeichnung gab noch mehr Informationen preis: neben der IP-Adresse, die der Router einem Gerät zuordnet, auch die MAC-Adresse, quasi der Geburtsname des Gerätes, vergeben vom Hersteller. Sie war so einmalig und aussagekräftig wie ein menschlicher Fingerabdruck. Man musste nur wissen, was man mit diesen Informationen anfangen wollte.

Kim griff zu ihrer Kaffeetasse und nahm einen tiefen Schluck, genoss das leicht herbe Aroma. Eine Wohltat für ihre Geschmacksknospen und hoffentlich eine Möglichkeit, den salzigen Nachgeschmack der Nudeln abzutöten.

Sie klickte sich weiter durchs System. Hardts Computer konnte sie über die MAC-Adresse zweifelsfrei zuordnen. Der war zuletzt gestern Abend für eine Stunde und neunundvierzig Minuten online gewesen. Kim notierte sich die Daten auf einem kleinen Block, um sie an Winterberg weiterzugeben. Mit Details brauchte sie nicht anzukommen, sie musste die Interpretation der Daten schon vorab leisten.

Kim stellte die Tasse ab und wickelte eine störrische Strähne um den Zeigefinger. Mit einem weiteren Mausklick betrachtete sie die übrigen Daten des Routers. Interessant. Volker Hardt hatte behauptet, nur diesen einen Rechner zu besitzen.

Die WLAN-Protokolle sagten etwas anderes.

Kapitel 62

Winterberg stand mit seinem silberfarbenen Octavia auf dem riesigen Lkw-Parkplatz am Wilnsdorfer Autohof. Am Rande des Plateaus, zurückgedrängt von Hotel, Tankstelle, Fast-Food-Restaurant und Spielhalle, ragte die schneeweiße Autobahn-kirche in den Himmel. Von Nahem betrachtet erinnerte sie an eine futuristische Lagerhalle mit geteerter Auffahrtrampe. Hier-für also waren die Spendengelder bestimmt, an denen Anke Feldmann sich vergriffen hatte.

Lorenz parkte neben Winterberg, die beiden Autos wirk-ten verloren auf dem weiträumigen Parkplatz, auf dem heute nur eine Handvoll Lkws stand, die meisten aus den Benelux-ländern oder Polen.

Wind schlug ihnen beim Aussteigen entgegen, das Rauschen der Autobahn unterhalb des Plateaus war überlaut zu hören.

Natascha sah sich um. Zwei weiße Reisebusse aus dem All-gäu hielten vor dem roten Hotelturm; einige Senioren verlie-ßen gerade schnatternd die Busse und versammelten sich um eine jüngere Frau in gelber Jacke.

»Die Tasche lag da unten im Gebüsch.« Winterberg wies auf die Böschung hinter der Kirche, die steil in Richtung Auto-bahn abfiel. »Die Mitarbeiter der Stadtreinigung haben sie gefunden. Auf den ersten Blick wurde nichts gestohlen, jeden-falls war das Portemonnaie mit Personalausweis, Führerschein sowie Geld- und Krankenversicherungskarte noch drin. Und dreiundsiebzig Euro und ein paar Cent.«

»Und wie kam die Handtasche in das Gebüsch? Sollte hier

ein Verbrechen stattgefunden haben, so hätte das doch jemand merken müssen!« Natascha sah sich um. Für einen gewöhnlichen Donnerstagnachmittag war in der Gegend erstaunlich viel los: Typische Familienautos, Vans und Kombis, parkten vor dem Fast-Food-Restaurant, an den Zapfsäulen der Tankstelle hatten sich Schlangen von Pkws aus unterschiedlichen Regionen gebildet, ein Raucher in weißer Jogginghose ließ seinen Terrier in den Büschen pinkeln. Am Freitag, dem Tag der Tat, war es hier sicher ebenso belebt gewesen.

»Ist es denn überhaupt wahrscheinlich, dass Anke Feldmann hier getötet wurde?« Lorenz runzelte die Stirn. »Vielleicht in einem Lkw auf der Ladefläche?«

»Vergiss nicht, dass Anke Feldmann in ihrem eigenen Wagen zur Fundstelle gefahren wurde. Aber dort wurde sie nicht getötet! Allerdings bin ich skeptisch, was die potenziellen Zeugen angeht. Es wäre nicht das erste Mal, dass die Leute wegschauen, nichts mit dem zu tun haben wollen, was da passiert.« Natascha beobachtete wieder die Autoschlange an Tankstelle und Hamburger-Restaurant. Es war noch nicht lange her, da hatte sie schon einmal die Mitarbeiter der Fast-Food-Kette und der Spielhalle befragt. Damals war ein Jugendlicher spurlos verschwunden.

»Aber wer hat die Tasche ins Dickicht geworfen, ohne das Geld zu nehmen? Der Mörder, um sich eines Beweisstückes zu entledigen?«, meinte Winterberg, doch Lorenz schüttelte zweifelnd den Kopf.

»Es wäre logischer, die Handtasche mitzunehmen und an anderer Stelle zu entsorgen.« Er hielt kurz inne. »Vielleicht möchte der Täter eine falsche Spur legen und unsere Ermittlungen bewusst auf diese Stelle hier lenken?«

»Aber warum?«, fragte Natascha. »Es wäre doch sicherer, die Tasche komplett verschwinden zu lassen, statt sie hier ins

Gebüsch zu werfen, wo ohnehin unklar ist, wann sie entdeckt wird.«

Sie drehte sich um und blickte zu dem futuristisch anmutenden Gebäude hinter ihnen. »Denkt doch mal nach: Anke Feldmann hat Spendengelder für die Autobahnkirche entwendet. Und ihre Tasche lag hier im Gebüsch. Wäre es nicht möglich, dass sie selbst die Tasche hier hingeworfen hat? Um das Augenmerk auf die Kirche oder die Diebstähle zu lenken? Oder als eine Art Hilferuf?«

Lorenz schien etwas einwenden zu wollen, als Winterbergs Handy klingelte.

Er drehte sich halb von ihnen weg, doch seine Reaktion war unmissverständlich: Es war etwas passiert. Hannes Winterberg biss die Zähne zusammen, schüttelte den Kopf und boxte mit der Faust gegen seinen Oberschenkel. Dann nickte er und legte auf. »Ein Notruf. Aus Weissbach.«

Kapitel 63

Natascha und Lorenz fuhren zurück nach Weissbach, um mit einer gewissen Ella Steinseifer zu sprechen, die den Notruf abgesetzt hatte.

Die Frau, die ihnen öffnete, war Mitte dreißig, schlank und trug ein Nachthemd aus türkisfarbener Seide. Einer der Spaghettiträger war verrutscht und zeigte einen schmalen Streifen weißer Haut auf der gebräunten Schulter, dort, wo vielleicht ein Bikiniträger gesessen hatte. Die Hilflosigkeit, die sie ausstrahlte, war fast greifbar. Die gelockten Haare waren von jenem hellen Blond, wie man es meist nur bei Kindern sah, aber sie hingen ihr strähnig und ungepflegt bis auf die Schultern. Ihr Gesicht war verquollen und gerötet, als hätte sie viel geweint, und ihre Bewegungen wirkten fahrig.

»Frau Steinseifer?«, vergewisserte sich Lorenz und stellte sich und Natascha vor.

Mit zitternder Stimme bat sie darum, zuerst die Dienstausweise sehen zu dürfen, bevor sie die beiden Ermittler mit nervöser Geste hineinwinkte und schnell die Haustür hinter ihnen schloss. Lorenz warf Natascha einen zweifelnden Blick zu, und auch sie fragte sich, was genau sie im Inneren des Hauses wohl erwarten mochte.

»Mama!« Kaum hatten sie das abgedunkelte Wohnzimmer betreten, sprang ein etwa dreijähriger Junge vom Sofa auf, der die gleichen hellen Haare hatte wie die junge Frau. »Is' das?«

»Das sind Polizeibeamte, Benny«, flüsterte Ella Steinseifer und schien sich plötzlich bewusst zu werden, dass sie die beiden Beamten im Nachthemd empfing. Sie grinste schief, nahm ihren Sohn bei der Hand und verschwand hinter einer Tür, die vermutlich ins Schlafzimmer führte.

Lorenz blickte Natascha mit hochgezogener Braue an, und sie zuckte mit den Schultern. Sie wusste auch noch nicht, was sie von dieser Situation halten sollte, aber die abgedunkelte und ungelüftete Wohnung und der Zustand der Frau verhießen nichts Gutes.

Nach etwa einer Minute kam Ella Steinseifer, den kleinen Benny im Schlepptau, wieder und bat sie an den Esstisch. Sie hatte eine beigefarbene Trainingshose angezogen und ein weites dunkelblaues T-Shirt. Auf dem Tisch standen eine geöffnete Flasche Rotwein und ein bauchiges Rotweinglas mit eingetrockneten Weinresten. Von der Frau ging unverkennbar Alkoholdunst aus.

»Frau Steinseifer, Sie hatten sich bei uns gemeldet«, eröffnete Natascha behutsam das Gespräch. Lorenz hielt sich bewusst zurück.

Die Frau setzte sich auf die Kante eines Stuhls, presste die Knie zusammen und nickte. Sie schluckte vernehmlich und blickte zu ihrem Sohn, der sich ängstlich an ihre Beine klammerte und mit leicht gesenktem Kopf immer wieder zu Lorenz schaute.

»Ich dachte zuerst, dass Rolf fremdgeht«, begann sie mit brüchiger Stimme, »aber das ist, glaub ich, gar nicht so. Mit Greta, wissen Sie? Und dann kamen die Karten. Das war alles so unheimlich, und gestern war das mit meinem Facebook-Profil ... und vorher der Zettel an Gretas Auto. Und jetzt das!« Tränen traten ihr in die rot geweinten Augen, und sie zeigte zur Terrassentür.

Natascha verstand kein Wort.

»Langsam, Frau Steinseifer. Beruhigen Sie sich erst mal!«

324

Neben einem Teller mit einem angebissenen Käsebrot lag eine Packung Taschentücher, und sie bot der aufgelösten Frau eines an. Die nahm es und schnäuzte sich ausgiebig, behielt das Taschentuch in der Hand und knüllte es zusammen.

»Jetzt einmal der Reihe nach!« Natascha blickte zu der Terrassentür mit den vorgezogenen Vorhängen. »Was ist dort draußen? Mein Kollege möchte einmal nachschauen.«

Lorenz stand auf und zog den Vorhang zur Seite. Sofort wurde es heller im Raum, die Sonne warf ein honiggelbes Rechteck auf den Dielenboden. Die Terrasse bestand ebenfalls aus Dielen und führte über eine breite Treppe mit Metallgeländer in den Garten. Im Hintergrund erkannte Natascha einen Spielturm mit Rutsche, Schaukel und Spielhaus. Tannen und Fichten begrenzten das Gelände im hinteren Bereich. Es war groß und für ein Grundstück im Siegerland erstaunlich eben. Die meisten Hausbesitzer mussten sich hier mit terrassenförmigen Abstufungen behelfen, wenn sie ebene Bereiche haben wollten.

»Meinen Sie das?« Lorenz war auf die Terrasse getreten und zeigte auf einen weißen Strick, der von einem ausladenden Holunderstrauch herabbaumelte. Er sah aus wie ein Henkerstrick, und Natascha erschrak über die morbide Assoziation.

Ella Steinseifer zuckte zusammen, biss sich auf die Lippe und nickte. Natascha sah, dass sie die Finger ihres Sohnes nun so festhielt, dass der Junge irritiert zu ihr emporblickte.

»Haben Sie uns deshalb gerufen?« Natascha legte eine Hand auf den Arm der Frau. Er fühlte sich verschwitzt an, und die Ausdünstungen des Alkohols stachen unangenehm in ihrer Nase.

Lorenz blieb auf der Terrasse, fotografierte den Strick und nahm ihn dann mit Handschuhen ab, um ihn einzutüten.

»Ich weiß nicht, wer all das tut.« Ella Steinseifers Stimme brach. Natascha spürte die Angst der jungen Mutter.

»Was ist noch passiert? Können Sie uns das erzählen?«

Ihr Gegenüber nickte und nahm die Packung Taschentücher, umklammerte sie, als böte sie ihr Halt.

»Karten«, erklärte sie mit krächzender Stimme. »Ich hab Tarotkarten bekommen.«

Nataschas Hand zuckte zurück, als hätte sie sich an Ella Steinseifers Arm verbrannt. Tarotkarten! Ihre Gedanken rasten. *Der Tod*, die Nummer dreizehn. Anke Feldmanns Leiche auf dem Richtertisch, die entblößten Brüste, die Strafe für Ehebruch.

Sollte sich hier etwa alles wiederholen?

»Die lag auf der Terrasse, unter diesem Seil.« Ella bückte sich umständlich unter den Tisch, hob eine Karte auf, die daruntergefallen war. Die Rückseite war blau mit einem goldfarbenen Kreuz. Wie bei Anke Feldmanns Karte.

»*Der Gehängte*«, murmelte Natascha und blickte auf die Figur, die kopfüber an einem Holzkreuz hing; den Kopf umgab ein gelb leuchtender Strahlenkranz wie eine Aureole. Ella presste die Lippen zusammen, und Natascha lief ein kalter Schauer über den Rücken. Die Drohung war unheimlich, fast greifbar.

»Sie haben noch mehr Karten bekommen?«, fragte sie vorsichtig, und Ella stand auf, wankte ins Schlafzimmer. Dann kam sie mit einem Buch wieder zurück.

»Hier.« Sie blätterte hektisch darin, und drei Karten rutschten heraus. Eine landete auf dem Boden: *Die Liebenden*.

Natascha hob sie vorsichtig auf.

»Das war die erste.« Ella biss sich auf die Unterlippe, dann hielt sie eine andere Karte hoch. »Dann kam die.« *Der Magier*. »Danach diese hier.« *Die Mäßigkeit*. »Und gestern bekam ich auf Facebook noch eine, *die Gerechtigkeit*. Jemand hat mein Profil gehackt, die Einstellungen verändert und diese Karte eingestellt. Und ein Foto von Benny.«

Sie klang mittlerweile etwas gefasster, die Stimme zitterte nicht mehr so stark. Ihr Sohn stand neben dem Stuhl und vergrub das Gesicht in ihrem Bauch, umschlang ihre Hüften. Lorenz kam herein und setzte sich.

»Vorgestern war ich mit Benny draußen. Ich hab im Garten gearbeitet, er hat hinten im Sandkasten gespielt. Und als ich ihm was zu trinken geben wollte, war er plötzlich weg. Ich habe ihn überall gesucht, aber er war verschwunden. Auch die Nachbarn hatten ihn nicht gesehen. Und auf einmal war er wieder da. Jemand hat ihn aus dem Wäldchen gebracht, über den Zaun gehoben und ist unbemerkt wieder verschwunden.«

Lorenz sah sie fragend an. »Haben Sie die Polizei informiert?«

Ella senkte den Kopf. »Nein. Ich dachte, Sie halten mich für durchgeknallt oder hysterisch.« Sie hob wieder den Blick und schaute ihn an. »Was hätte ich auch sagen sollen? Benny war ja wieder da, und ich wusste auch gar nicht, wo er gewesen war!«

Sie schluckte schwer, und Natascha erkannte, dass ihr das Geständnis sehr schwerfiel.

Plötzlich schlug eine Tür, und kurz darauf betrat ein hochgewachsener Mann das Wohnzimmer. Auf den ersten Blick wirkte der Mittvierziger attraktiv. Der anthrazitfarbene Anzug mit dem hellgrauen Hemd ließ ihn elegant erscheinen. Doch beim zweiten Hinsehen erkannte Natascha einen Bauchansatz; die gesamte Erscheinung des Mannes war irgendwie aus der Form geraten wie ein gestürzter Pudding. Die bleiche Gesichtshaut unterstrich diesen Eindruck noch.

»Rolf Steinseifer.« Er drückte ihnen die Hand, und auch Natascha und Lorenz stellten sich vor.

Benny rannte zu ihm und umschlang seine Beine. »Papa!«

327

Steinseifer nahm seinen Sohn auf den Arm, küsste ihn flüchtig auf die Wange und setzte sich, den Jungen auf dem Schoß, zu ihnen an den Tisch. Benny verbarg das Gesicht an seiner Schulter.

»Was ist hier überhaupt los?« Rolf Steinseifers Blick glitt zu seiner Frau, die auf ihre zitternden Finger starrte.

Lorenz klärte ihn über den Anruf seiner Frau auf, zeigte auf den Strick in der Tüte, verschwieg aber die Tarotkarten.

»Ich verstehe nicht...« Es klang aufrichtig. »Ella, was bedeutet das?« Er fuhr sich durch das braune Haar, das an den Schläfen bereits grau wurde.

Ella verbarg das Gesicht in den Händen. »Betrügst du mich mit Greta, Rolf?«, fragte sie mit leiser Stimme.

Ihr Mann sah sie entgeistert an. »Wie bitte?«

Natascha und Lorenz hielten sich zurück, beobachteten die Interaktion des Ehepaares.

Ella Steinseifer hob den Kopf und sah ihrem Mann trotzig ins Gesicht. »Und, ist es so? Betrügst du mich?«

Der Junge blickte ängstlich zu seiner Mutter, und Rolf Steinseifer schüttelte langsam den Kopf. »Kann mich mal bitte jemand aufklären, worum es hier eigentlich geht?« Er sah Hilfe suchend zu Lorenz. »Tut mir leid, aber ich verstehe immer noch nicht, was los ist. Da werde ich angerufen und gebeten, so schnell wie möglich nach Hause zu kommen, und dann erwartet mich hier die Polizei, und meine Frau fragt mich, ob ich sie betrüge. Noch dazu mit ihrer besten Freundin!«

Er war laut geworden, und der Junge kletterte von seinem Schoß und lief ins Wohnzimmer, wo er den Fernseher einschaltete. Die Eltern ließen ihn gewähren.

Dann berichtete Ella Steinseifer mit stockender Stimme von verstörenden anonymen Anrufen, von den vielen Überstunden ihres Mannes, von den Tarotkarten und ihrem gehackten

Facebook-Account. Und davon, dass vermutlich jemand in ihr Haus eingedrungen war, während sie alle ahnungslos in ihren Betten gelegen und geschlafen hatten.

Rolf Steinseifer schien ehrlich schockiert zu sein, nahm die schlaffen Hände seiner Frau in seine kräftigen. »Ella, warum hast du mir denn nichts davon erzählt?«

Die Frage stellte sich Natascha auch, aber die Antwort, die nun nur so aus Ella hervorsprudelte, war so erschreckend alltäglich: Ella Steinseifer lebte völlig isoliert in einem Dorf, in dem grundsätzlich allen Fremden misstraut wurde. Ihr Mann war fast nie zu Hause, ihre einzige Aufgabe bestand darin, Kind und Haus zu versorgen. Und beides hatte ein Unbekannter angetastet, ihren schützenden Händen entzogen. All ihre Sicherheiten waren plötzlich infrage gestellt worden, eine diffuse Bedrohung lag über allem, die sie nicht greifen konnte.

Und irgendwo gab es eine Verbindung zu Anke Feldmann.

Kapitel 64

Natascha saß mit Lorenz in dem urigen Schankraum des »Backes«. Die kleinen Sprossenfenster ließen nur wenig Licht herein. Lorenz hatte um einen Rückzugsort gebeten. Auf dem Tisch zwischen ihnen stand ein Holztablett mit einem Teller voller belegter Brötchen, garniert mit Radieschenscheiben und Petersilie. Franziska Quast, die Wirtin, hatte sie mit höflicher Zurückhaltung in die Tischmitte gestellt, ebenso zwei Flaschen Wasser sowie eine Thermoskanne Kaffee.

Natascha hatte von Steinseifers aus mit Winterberg telefoniert, damit zwei Kolleginnen nach Weissbach kamen, die im Wechsel bei der Familie bleiben sollten. Um jegliche Hysterie im Ort zu vermeiden, sollten sie darauf achten, dass es nicht nach Polizeischutz aussah, auch wenn es letztlich nichts anderes war.

»Wir sollten uns jetzt erst noch mal sortieren«, meinte Lorenz mit vollem Mund. »Damit wir nichts übersehen.« Er schlug seinen Schreibblock vor sich auf und sah Natascha erwartungsvoll an.

»Okay«, begann sie. »Wir wissen, dass ein gewisser ›Kyrill‹ Anke Feldmann per E-Mail bedroht und gestalkt hat. Die Mails wurden allesamt vom Anschluss Volker Hardts aus verschickt, der wiederum am Mob gegen Frank Feldmann beteiligt hat. Wir nehmen an, Hardt vermutet oder weiß, dass Felix ein Kuckuckskind ist. Also erpresst er Anke, will vielleicht sogar Felix' wahren Vater identifizieren. Über seine Motive wissen wir nichts Genaues. Ging es ihm vielleicht um

Sex? Er ist verheiratet, seine Frau ist herzkrank. Im Ort können Anke Feldmann und Hardt sich nicht treffen. Das ist zu riskant. Also hat er Anke vielleicht zu einem Treffen auf dem Autohof überredet, wo die Situation dann eskalierte und Anke ihre Handtasche ins Gebüsch warf. Ihr Pech, dass sie tagelang nicht entdeckt wurde.« Sie sah Lorenz erwartungsvoll an, doch der neigte unentschlossen den Kopf.

»Warum sollten sie sich aber ausgerechnet an dieser Kirche treffen, für die die Spendengelder bestimmt waren?«

»Vielleicht ging es nicht um die Kirche, sondern um die verkehrsgünstige Lage«, mutmaßte Natascha. Sie nahm eine mit Gouda belegte Brötchenhälfte, zupfte das Petersilienblatt ab und legte es auf den Tellerrand. »Man erreicht dieses Plateau aus beiden Fahrtrichtungen der A 45, sowohl aus Dortmund kommend als auch aus Frankfurt. Wir könnten noch einen Mitwisser von außerhalb haben, der sich in der Gegend nicht auskennt. Da ist so ein zentraler Platz nahe der Autobahn der perfekte Treffpunkt.«

»Hm.« Lorenz verzog wenig überzeugt den Mund. »Noch mal zurück: Nehmen wir an, Hardt kennt diesen potenziellen Seitensprung und will Anke damit konfrontieren. Was könnte er sich noch davon versprechen?«

»Geld?«, antwortete Natascha schulterzuckend. »Anke könnte die Spenden für den Kirchenbau entwendet haben, um Hardt zu bezahlen.«

Lorenz griff sich nachdenklich ans Kinn. »Möglich. Und Marion Hentschel ihrerseits hat Anke beim Diebstahl erwischt und hat ihr Wissen für sich behalten, um sie möglicherweise später damit zu erpressen.«

»Ich verstehe bloß nicht, warum er diese Schnitzeljagd mit den Tarotkarten veranstaltet. Und wie Ella Steinseifer nun ins Bild passt.« Natascha biss in das Käsebrötchen, und prompt meldete sich ihr Backenzahn wieder, diesmal nur mit einem leichten Pochen.

»Benny könnte ebenfalls ein Kuckuckskind sein. Und Hardt weiß davon.«

»Aber woher?« Natascha befühlte mit der Zungenspitze den Zahn. Nichts. »Ella Steinseifer lebt nach eigenen Angaben im Dorf sehr zurückgezogen und hat so gut wie keinen Kontakt zur Dorfgemeinschaft.«

»Ich habe keine Ahnung«, seufzte Lorenz und stand auf.

Natascha lehnte sich zurück, blickte aus dem Fenster. Im Hintergrund erhob sich ein Hügel, ein riesiger grüner Mähdrescher fuhr über ein Feld und wirbelte meterhohe Staubwolken auf. Als wollte er sich darin verstecken.

Lorenz ging zu einem grauen Wandtelefon neben der Tür zur Küche, um Winterberg in Siegen anzurufen. Die Schlinge um Volker Hardts Hals zog sich zu.

Natascha beobachtete den Kollegen, der mit vorgehaltener Hand in den Hörer sprach. Nicht mehr lange, und sie könnten diesem seltsamen Dorf den Rücken kehren, um nie wieder zurückzukehren. Diesem Dorf, in dem ältere Männer junge Frauen über Wochen beobachteten und per E-Mail belästigten und sie anschließend töteten, wenn sie ihnen nicht zu Willen waren. Und in dem angeblich niemand etwas mitbekam, obwohl alles Fremde argwöhnisch beäugt wurde. Natascha biss erneut in das Brötchen und trank einen großen Schluck. Morgen Abend würde sie erst einmal mit Simon eine kleine Wiedersehensfeier veranstalten; vielleicht wäre vorher sogar noch Zeit, etwas Leckeres zu kochen. Sie dachte an Gemüse aus dem Wok mit einer Sauce aus Kokosmilch. Das Wasser lief ihr im Mund zusammen.

Sie genoss noch die Vorfreude auf den Abend, als Lorenz zum Tisch zurückkam. Er wirkte verärgert.

»Was ist los?«, fragte sie beunruhigt. Das Gemüse in Kokossauce war vergessen.

»Dieses verfluchte Funkloch! Winterberg hat mehrmals versucht, uns per Handy zu erreichen. Aber in diesem Kaff weiß man ja nie, ob man erreichbar ist oder nicht.« Lorenz schlug mit der flachen Hand auf den Tisch, das Geschirr klirrte leise. »Kim hat sich die WLAN-Protokolle und Hardts Rechner angeschaut. Und jetzt haben wir ein Problem.«

Natascha merkte, wie ihre Anspannung zurückkehrte. »Welches?«

»Die E-Mails wurden eindeutig von Hardts Anschluss gesendet, und Kim hat auch herausgefunden, von welchem Rechner. Aber es ist definitiv nicht der, den er uns mitgegeben hat.«

»Er hat also noch irgendwo einen anderen Computer, dessen Existenz er uns verschwiegen hat.«

Lorenz seufzte. »Noch schlimmer. Sein WLAN ist nicht gesichert. Nicht nur er, sondern jeder Mensch im Umkreis von etwa hundert Metern um Hardts Haus kann die E-Mails über diesen Internet-Anschluss verschickt haben.«

Natascha ließ sich gegen die Stuhllehne fallen, ein plötzliches Gefühl der Erschöpfung machte sich in ihr breit. »Damit wären wir wieder am Anfang«, stöhnte sie.

Kapitel 65

Ella saß am Esstisch, vor sich eine Tasse Tee. Die beiden Polizeibeamten waren gegangen und hatten versprochen, jemanden zu ihrem Schutz zu schicken. Bis zum Eintreffen der Polizistinnen sollte Rolf bei ihr bleiben.

So saßen sie zusammen, Rolf brühte Tee auf und stellte die dampfende Glaskanne auf den Tisch zwischen ihnen. Es war irgendeine Mischung aus Johanniskraut und Melissenblättern. Ella hatte keine Ahnung, wo Rolf diesen Tee aufgetrieben hatte. Wahrscheinlich stammte er von Ingrid. Die war immer so perfekt organisiert; bestimmt hatte sie auch Beruhigungstee im Haus. Das Weinglas und die Flasche hatte Rolf kommentarlos beiseitegeschoben, und Ella war ihm dankbar, dass er sich mit Vorwürfen zurückhielt.

Die Anspannung zwischen ihnen war dennoch fast greifbar. Ella ertappte sich mehrmals dabei, wie sie zu der leeren Weinflasche auf dem Tisch hinübersah. Rolf trommelte nervös mit den Fingern auf der Tischplatte.

»Was ist?«, fragte sie. Seine Hände sahen gar nicht aus wie die eines Mannes, der Tag für Tag am Computer oder in Besprechungen saß. Eher wie die eines Arbeiters, kräftig und schwielig.

»Nichts.« Rolf blies den Atem hörbar aus und trommelte weiter, dabei sah er immer wieder in den Flur, als rechnete er damit, dass Benny jeden Moment aus seinem Zimmer gelaufen kam. Aber der hielt ein Mittagsschläfchen. Ella war sehr froh darüber. Die gesamte Situation musste auch für ihn anstrengend sein. Ihr war bewusst, dass sie sich ihrem Sohn gegenüber anders verhielt als sonst. Achtloser, gestand sie sich ein und spürte einen Stich im Herzen. Ihre eigenen Probleme nahmen sie inzwischen so sehr gefangen, dass für ihren kleinen Jungen nicht mehr genug Raum in ihren Gedanken war.

»Du kannst es nicht ertragen, hier untätig herumzusitzen.« Es war eine Feststellung, keine Frage, und Rolf kniff die Lippen zusammen. »Es ist alles so unwirklich.« Er blickte durch die Terrassentür in den sonnenbeschienenen Garten, wo zwei Eichelhäher auf dem Dach von Bennys Kletterturm saßen und einander zukeckerten. Die hellblaue Fahne auf der Turmspitze flatterte im leichten Sommerwind. Im Schatten der Büsche lauerte Amy, Ingrids schwarz-weiße Katze. Ella mied den Blick zum Holunderstrauch.

»Wenn die Tarotkarten und der Strick nicht wären, könnte man tatsächlich meinen, alles wäre nur eingebildet. Nicht real.« Er sprach leise, trotzdem hörte Ella den Vorwurf in seinen Worten. »Ich meine, es ist im Grunde doch nichts passiert«, fügte er hilflos hinzu.

Ella ballte unter dem Tisch die Hände zu Fäusten. »Benny wurde entführt«, zischte sie. »Und jemand war in unserer Wohnung! Nachts!«

Rolf hob die Augenbrauen und trank einen Schluck aus dem Teeglas. »Das ist beides doch gar nicht bewiesen. Vielleicht ist Benny einfach mit jemandem mitgegangen, den er kennt. Obwohl ich nicht verstehe, wieso er in diesem Punkt so trotzig schweigt. Wie dem auch sei: Wir wissen nichts über die Hintergründe! Und das mit dem Zettel aus unserem Altpapier lässt sich bestimmt auch erklären. Vielleicht hat Benny ihn gefunden und dann einfach in den Vorgarten geworfen. Er ist ein kleines Kind!«

»Und was ist mit der Toten aus dem Dorf? Anke Feldmann

335

aus der Pfarrgasse?« Ella hatte Mühe, ihre Stimme unter Kontrolle zu halten. Merkte Rolf denn gar nichts? »Ich soll Polizeischutz bekommen! Die Beamten scheinen meine Befürchtungen also zu teilen!«

Er sah sie an und seufzte. Dann nahm er ihre Hand in seine und sprach in sanftem Ton zu ihr. »Liebes, das ist doch kein richtiger Polizeischutz. Da würde dann jemand draußen im Auto sitzen und beobachten, was in unserem Haus passiert. Das Telefon würde abgehört, solche Sachen. Das kennt man doch aus dem Fernsehen. Und hier passiert nichts von alldem. Es kommen zwei Polizistinnen, die hier abwechselnd bei dir bleiben sollen, falls wieder jemand anruft. Dann rufen die einmal ›buh‹ ins Telefon, und dann wird dieser Stalker wahrscheinlich schon mit seinen Anrufen aufhören. Glaub mir, das ist nur irgend so ein Wichtigtuer! Oder eine Wichtigtuerin. Und«, er hielt immer noch ihre Hand und lächelte sie an, »Anke wurde nicht gestalkt, sondern *umgebracht*. Meistens sind das doch Beziehungstaten. Du wirst sehen: In ein paar Tagen ist alles aufgelöst, und wir lachen darüber. Wetten?«

Rolf zog ihre Hand an seinen Mund und küsste sie. So, wie er es sagte, klang es auf einmal harmlos, wie ein Scherz, ein Streich. Ella merkte, wie ihre Anspannung nachließ. Vielleicht entfaltete der Tee seine Wirkung, vielleicht lag es auch an Rolfs Worten. Jedenfalls fühlte sie sich besser, optimistischer und voll neuer Energie. Sie ließ sich doch von so etwas nicht unterkriegen!

Ella entzog ihm ihre Hand und stand auf. »Ich weiß, dass du gern noch ins Büro fahren möchtest. Für zwei oder drei Stunden ist es sicher okay.« Sie blickte auf die Uhr. Es war halb vier. »Gleich kommen die Polizistinnen, und vorher möchte ich hier wenigstens noch kurz durchsaugen.« Sie räumte die beiden Teetassen in die Spüle in der Küche und wischte über den Esstisch. »Ich denke, du kannst gehen. Du hast recht; was soll denn schon groß passieren? Benny und ich bleiben im Haus. Und wenn noch so eine Karte auftaucht, dann landet sie eben gleich in der Feuerschale. Benny wird sich freuen, wenn wir mal wieder ein kleines Lagerfeuer machen!« Sie lachte.

Rolf sah sie erleichtert an und stand auf. »Danke, Liebes. Im Büro brennt's wirklich.« Er nahm seine Umhängetasche und gab ihr einen Abschiedskuss. »Und wenn was ist, dann melde dich! Ich bin immer für dich da.«

Plötzlich fühlte es sich wieder an wie früher, bevor sie in dieses Dorf gezogen waren. Ella spürte ein warmes Hochgefühl in sich aufsteigen. Jetzt wurde alles gut!

Ella trank noch ihren Tee, dann holte sie den Staubsauger aus dem Hauswirtschaftsraum und entrollte das Kabel, als es an der Haustür klingelte. Mist, sie hatte doch noch saugen wollen, bevor die Polizei kam! Die beiden sollten nicht denken, dass es bei ihnen immer unordentlich aussah.

Ella huschte zur Tür, bevor es ein zweites Mal klingelte. Benny würde sich erschrecken, und sie wollte ihn lieber sanft wecken. Sicher würde es ihm Spaß machen, eine echte Polizistin im Haus zu haben. Vielleicht trug sie ja sogar eine Uniform.

Sie riss die Haustür auf, eine Entschuldigung für die Unordnung im Haus, das Chaos, auf den Lippen. Doch dann stutzte sie. »Sie?«, fragte sie überrascht.

»Darf ich reinkommen?«, bat ihr Besuch lächelnd und putzte sich sorgsam die Schuhe an der Fußmatte ab. »Ich muss mit Ihnen reden.«

Kapitel 66

»Auf ein Neues«, seufzte Natascha und faltete die Wanderkarte auseinander. Die Wirtin hatte sie von der Wand genommen und ihnen zur Verfügung gestellt. Ohne das technische Equipment aus dem Büro waren sie fast aufgeschmissen, und Natascha fragte sich zum wiederholten Male, ob die idyllische Lage des Dorfes und die Nähe zur Natur die steinzeitlichen Verhältnisse, was die Kommunikationstechnik betraf, wirklich aufwiegen konnten. Wohl kaum.

»Hier wohnt Hardt.« Sie kennzeichnete die Friedhofsgasse, die fast im Zentrum des kleinen Ortes lag, mit einem Kreuz. Direkt angrenzend befanden sich Kirche und Friedhof; rundherum schlängelten sich die engen Gassen des Ortskerns, der Dorfbrunnen mit der alten Linde, die Pfarrgasse, in der Frank und Felix Feldmann wohnten ...

Lorenz nahm seine Untertasse zur Hand, drehte sie um und legte sie mitten auf die Karte. »Das dürfte bei dem Maßstab in etwa dem Radius von einhundert Metern entsprechen.«

Natascha umrandete den Teller mit dem Kugelschreiber und gab ihn dem Kollegen zurück. »Okay, jetzt haben wir grob den Empfangsbereich von Hardts Router.« Sie blickte auf die Karte und ließ ächzend die Schultern fallen. »Das ist ja fast das halbe Dorf! Die meisten der Bewohner im Dorfkern können Hardts WLAN empfangen. Hat nie jemand dem Mann gesagt, dass er es sichern sollte?«

Es war nur schwer vorstellbar, dass Hardt genug Raffinesse besaß, um mit unterschiedlichen Rechnern zu arbeiten. Wer so naiv mit seinem Internetzugang umging, hatte wahrscheinlich keine Ahnung von IP- und MAC-Adressen und dem Verwischen virtueller Spuren. Und ganz bestimmt war er nicht dazu in der Lage, einen Facebook-Account zu knacken, oder?

Aber es war nicht ausgeschlossen.

»Theoretisch kann man mit seinem Auto durch die Gegend fahren und auf die Suche nach einem ungesicherten WLAN gehen. Dafür reicht ein Smartphone«, erklärte Lorenz. »Das wäre aber bestimmt aufgefallen. So, wie man hier als Fremder beäugt wird, kann man nicht mal eben rumfahren und offene Netze suchen. Nein, ich gehe davon aus, dass wir es mit jemandem aus dem Dorf zu haben.« Er blickte wieder auf die Karte. »Fragt sich nur, mit wem.«

Natascha nickte resigniert. Sie waren so nah dran gewesen! Innerhalb des Kreises befanden sich die Wohnungen der meisten Leute, die sie bisher kennengelernt hatten: Familie Feldmann, ihr gepiercter Nachbar Neumann. Vivien Wagner samt Freund Matthias Holzner und Bruder Benedikt; Stefanie und Thomas Wagner, Ines Schuster und ihr Mann; Marion Hentschel. Die Kirche und das Gemeindehaus; Konstantin Vanderhorst, der Schütze vom Bühl'schen Hof.

Nur der »Backes«, das Feuerwehrgerätehaus und der Bühl'sche Hof lagen deutlich außerhalb der Markierung.

Schweigend starrten sie auf die Karte, als in der Küche das Wandtelefon klingelte. Nataschas Konzentration ließ nach, sie hatte das Gefühl, alles schon unzählige Male im Geiste durchgegangen zu sein. In der Theorie hatte so vieles auf Volker Hardt als Täter hingewiesen. Doch der Einsatz der Tarotkarten wollte nicht richtig passen. Das Spiel mit der Angst. Andererseits: Was wussten sie schon über Hardt und seine Leidenschaften, außer, dass er sich möglicherweise für einsame Frauen in den besten Jahren interessierte?

»Entschuldigen Sie bitte, Telefon für Sie!« Die Wirtin kam an ihren Tisch. »Ihr Kollege aus Siegen.«

Wegen der Unsicherheiten im Handynetz hatten sie Winterberg die Nummer der Wirtschaft gegeben, damit sie auf jeden Fall erreichbar waren. Lorenz sprang auf, sprach ein paar Minuten mit dem Kollegen und kam zurück.

»Hannes hat mithilfe von Frank Feldmann die Handtasche seiner Frau gecheckt. Auf den ersten Blick schien tatsächlich nichts zu fehlen; sämtliche Dokumente und auch das Portemonnaie mit Geld waren noch da. Aber Feldmann ist sich ganz sicher, dass seine Frau ständig ein Tarot-Deck bei sich trug. Und das ist verschwunden.«

Er setzte sich Natascha gegenüber und nahm das Bestimmungsbuch für die Tarotkarten zur Hand, das zwischen ihnen auf dem Tisch gelegen hatte. Es steckte schon seit Montagnachmittag in ihrem Rucksack, sie hatte sich zwischendurch in das Thema Tarot einlesen wollen, war aber noch nicht weit gekommen. Lorenz blätterte ziellos durch die Seiten.

»Der Täter hat es also offenbar an sich genommen«, sinnierte Natascha, und Lorenz ergänzte:

»Und spielt nun die Karten bei Ella Steinseifer aus.«

Sie öffnete ihr eigenes Päckchen mit den Tarotkarten und fischte die obersten Karten heraus, breitete sie fächerartig auf dem Tisch aus. Die Farben Grau, Gelb und Hellblau dominierten die Motive, römische Ziffern gaben eine Reihenfolge vor, die Bezeichnungen versprachen erste Deutungsansätze.

»Die Karten haben also eine viel größere Bedeutung, als wir bisher angenommen haben.« Sie dachte an ihre Internet-Recherche zum Hexenthema, an Séancen, Pendeln, Wahrsagerei. Hatte nicht Vivien Wagner auch davon erzählt? Ihre eigene Sitzung auf der Oberstufenparty fiel ihr wieder ein. Lina mit den Dreadlocks, die Räucherstäbchen, die sphärische Musik. Ziemlich klischeebeladen war es gewesen und ein alberner Partyspaß. Doch das hier war Ernst, bitterer Ernst.

»Jemand benutzt die Tarotkarten, um Ella Steinseifer zu bedrohen, ihr mit einem vermeintlichen Blick in die Zukunft Angst zu machen. Um Gott zu spielen«, fügte sie verächtlich hinzu.

Lorenz sortierte die Karten auf dem Tisch, begann mit der Null, dem *Narr*, und endete mit der Einundzwanzig, der *Welt*. Nachdenklich betrachteten sie die Reihe. Natascha fluchte, weil sie so gut wie nichts über Archetypen wusste.

»Tut mir leid, aber mir sagt das alles überhaupt gar nichts.« Lorenz stöhnte.

»Diese Karten hier hat Ella Steinseifer bekommen.« Natascha schob die Eins, *den Magier*, nach oben. Es folgten die Sechs, *die Liebenden*, die Elf, *die Gerechtigkeit*, die Zwölf, *der Gehängte*, die Dreizehn, *der Tod*, und die Vierzehn, *Mäßigkeit*. Doch sie konnte darin kein System erkennen, nichts, was irgendwie auffällig war. Auch eine Sortierung nach der ausgespielten Reihenfolge ließ sie ratlos zurück. Sie addierten und multiplizierten die Zahlenwerte, bildeten Quersummen, suchten im Buch nach numerologischen Bedeutungen.

Auch die im Begleitbuch erläuterten Bedeutungen der Karten halfen ihnen nicht weiter. *Der Magier* stand für die ersten Schritte in einer neuen Angelegenheit, *die Liebenden* konnten für eine Beziehung oder ein Arbeitsverhältnis stehen, die Karte *Gerechtigkeit* verlangte eine Entscheidung vom Betroffenen, und *der Gehängte* wies auf allzu große Gemütlichkeit. *Der Tod* zeigte eine Veränderung der Lebenssituation an, und die Karte *Mäßigkeit* bezog sich auf eine ausweglose Situation. Nichts von alldem hatte einen erkennbaren Bezug zu Ella Steinseifer oder Anke Feldmann; gleichzeitig war jede Deutung denkbar, und mit genügend Fantasie würde auch jeder Betrachter etwas Passendes finden.

»Das ist wie beim Horoskop-Lesen«, seufzte Natascha und warf das Buch ärgerlich auf den Tisch. »Man kann sich alles so zurechtbiegen, wie es einem passt.«

»So ein Quatsch!«, schimpfte Lorenz. »Das ergibt alles überhaupt keinen Sinn!« Er sprang auf, lief zwischen den Tischen auf und ab und drückte die Hände gegen die Schläfen.

Natascha starrte müde und mit dröhnendem Kopf auf die Karten. Wieder und wieder las sie die Bedeutungen nach, ohne daraus schlau zu werden. Da passte nichts zusammen – schon gar nicht, wenn man die Situationen berücksichtigte, in denen Ella Steinseifer die Karten erhalten hatte.

Sie stand auf, bestellte sich noch ein Glas Cola und ging zurück zum Tisch, der aussah, als würden sie sich auf eine Sitzung zum Orakeln vorbereiten. Die Cola war kalt und mit einer extra dicken Zitronenscheibe gewürzt. Das Koffein nahm ihrem Geist die Schwere, die wie ein grauer Schatten auf ihren Gedanken gelastet hatte. Und plötzlich sah sie das, was sie vorher übersehen hatte.

»Lorenz, komm mal her!«

Er kam zu ihr und wippte ungeduldig mit den Füßen. »Was hast du herausgefunden?«

»Wir sind bisher davon ausgegangen, dass uns der Stalker mit den Tarotkarten irgendwas Wichtiges oder Tiefschürfendes mitteilen möchte. Deshalb haben wir diese ganzen Rechenspiele veranstaltet und sind die Bedeutungen mehrmals durchgegangen. So, wie es in dem Buch steht und wie jemand es macht, der Ahnung davon hat.«

Lorenz schnaubte.

»Vergeblich! Und weißt du, was? Ich glaube, dass es da gar nicht viel zu entdecken gibt.«

»Was meinst du?« Lorenz blinzelte verwirrt.

»Anke Feldmann hatte die Karte *der Tod* in der Hand, als sie starb. Und Ella Steinseifer hat uns erzählt, dass sie *die Mäßigkeit* bekommen hat, weil sie zurzeit viel trinkt. Sie hat es als Anspielung verstanden, sich zu mäßigen. Die Bedeutung der Karten ist aber laut Buch eine ganz andere, als es auf den ersten Blick den Anschein hat. Verstehst du?«

Lorenz schüttelte den Kopf. »Nee. Kein bisschen.«

»Die Karte *die Liebenden* soll auf ein Liebespaar hindeuten, *die Gerechtigkeit* symbolisiert wahrscheinlich das, was der Täter als gerecht empfindet. Er übt Gerechtigkeit für ein Vergehen. Und mit dem *Magier* meint er vielleicht sich selbst. Weil er glaubt, zaubern zu können, oder weil er sich für magisch hält, dass ihm alles möglich ist, oder was weiß ich. *Der Gehängte* ist eine perfide und sehr reale Drohung in Verbindung mit dem Henkerstrick. Ich glaube, dass unser Täter wie wir beide überhaupt keine Ahnung von Tarot hat.«

Lorenz blickte skeptisch drein. »Aber das bringt uns doch jetzt kein bisschen weiter. Schließlich trifft das auf ganz viele Leute zu.«

Natascha zeigte auf die Wanderkarte mit dem eingezeichneten Radius.

»Überleg mal, was wir sonst noch für Symbole beziehungsweise Bilder haben: Anke Feldmanns entblößte Brüste als Hinweis auf den Ehebruch. Der Richtertisch mit den zwölf Femepunkten. Der Henkerstrick in Ellas Garten. All das sind wahnsinnig starke Bilder. Und auch bei den Tarotkarten geht es dem Täter nur um die Bilder, nicht um die tatsächlichen Bedeutungen der Karten.«

Sie fuhr mit dem Zeigefinger den Radius nach. »Fällt dir jemand ein, der innerhalb des eingezeichneten Radius wohnt und einen starken Umgang mit Symbolen hat?« Es reizte sie, direkt mit ihrem Verdacht herauszuplatzen, aber sie wollte erst Lorenz' Meinung hören. Wollte hören, ob sie sich verrannt hatte und täuschte, oder ob er denselben Schluss zog.

Lorenz riss die Augen auf, nickte. »Ich verstehe, was du meinst!«

Er sprang auf, Natascha stopfte die Unterlagen achtlos in ihren Rucksack und warf mit einem kurzen Gruß einen Zwanzigeuroschein auf den Tisch. Dann liefen sie zum Auto und fuhren zu ihrem Ziel, so schnell es die engen Gassen erlaubten.

Kapitel 67

»Bitte, kommen Sie doch rein!« Ella trat zur Seite und ließ ihren Gast eintreten. »Schauen Sie sich bitte nicht so genau um, ich wollte gerade Ordnung schaffen!.«

Nach dem Besuch der beiden Kommissare hatte sie zumindest sämtliche Rollläden hochgezogen und ein Wohnzimmerfenster geöffnet, um frische Luft und die helle Nachmittagssonne in die Wohnung zu lassen. Benny schlief noch, also führte sie ihren Besuch an den Esstisch und bot ihm ein Glas Wasser an. »Oder möchten Sie lieber Kaffee oder Tee?«

»Nein, vielen Dank. Wasser ist bei diesen Temperaturen am besten.«

Ihr Blick fiel auf die leere Weinflasche, die noch immer auf dem Tisch stand. Sie wollte sie wegräumen, doch Pfarrer Hartwig ergriff höflich lächelnd ihre Hände.

»Ich hoffe, ich mache Ihnen keine Umstände«, begann er, doch Ella unterbrach ihn. »Nein, nein, das ist schon in Ordnung. Ich bekomme ohnehin gleich Besuch.« Sie seufzte. Saugen könnte sie auch, wenn die Polizistin da war. Denn sie würden ja nicht beisammensitzen und Mensch-ärgere-dich-nicht spielen oder Gerichtsshows im Fernsehen anschauen. Sie würde einfach so tun, als wäre die Beamtin gar nicht da, auch wenn ihr das schwerfallen würde. Dabei bin ich doch sonst so gut im Wegblenden von Wahrheiten, gestand sie sich ein.

345

»Ich bin in eigener Sache hier«, begann der Pfarrer. Er wirkte verlegen, und Ella setzte sich zu ihm, schenkte sich noch etwas von dem Beruhigungstee ein. »Weissbach ist ein kleiner Ort, zweihunderteinunddreißig Einwohner, dazu der Nachbarort mit vierhunderteinundsechzig Seelen. Das ist nicht viel.« Er sah sie beinahe hilflos an, legte den Kopf dabei leicht schräg, einige dunkelblonde Haarsträhnen fielen ihm ins Gesicht. »Uns fehlen einfach ein paar helfende Hände für die Gemeindearbeit. Noch sind die regelmäßig stattfindenden Gruppen gesichert, das Kinderturnen, der Kindergottesdienst, der Handarbeitstreff. Aber auf lange Sicht können wir nicht mehr alle Angebote aufrechterhalten, und das wäre sehr schade. Denn gerade die Kinder profitieren von den Gruppen in ihrem direkten Wohnumfeld.«

Er sah sich im Wohnzimmer um, sein Blick fiel auf Bennys Holzeisenbahn, die unterhalb des Fensters aufgebaut war. Der Zug mit den bunten Waggons lag umgekippt daneben, als hätte es ein großes Schienenunglück gegeben. »Sie haben doch auch einen kleinen Sohn, oder?«

Ella nickte und blickte in Richtung Kinderzimmer. »Benny schläft noch. Er ist drei, und ich wollte ihn sowieso demnächst beim Turnen anmelden.« Das stimmte so nicht ganz, aber das musste der Pfarrer ja nicht wissen. Sie ahnte schon, worauf das Gespräch hinauslaufen würde.

»Ach, das ist gut!« Er lächelte erleichtert, dann räusperte er sich. »Ich würde Sie gern für die ehrenamtliche Arbeit gewinnen. Sie müssen nicht gleich eine Gruppe übernehmen, aber wenn Sie sich in der Gemeinde ein wenig einbringen möchten, könnten Sie Kuchen für die Dorffeste backen oder Kaffee beim Seniorennachmittag ausschenken. Ich habe den Eindruck, dass Sie noch nicht richtig in die Dorfgemeinschaft integriert sind. Vieles würde für Sie leichter, wenn die Weissbacher Sie besser kennenlernen könnten.«

Ella nickte langsam. Der Pfarrer hatte recht; wenn sie eine Vertraute hier im Ort hätte, wäre manches vielleicht nicht passiert. Sie würde darüber nachdenken.

»Maama!« Benny stand mit verwuschelten Haaren und roten Schlafbäckchen in der Tür, seinen goldbraunen Teddy im Arm.

»Komm her, mein Süßer!« Ella streckte die Arme aus, und der Junge kam angeschlurft, den Blick auf den Pfarrer geheftet. Sie beugte sich vor, um Benny auf den Schoß zu ziehen, doch er strahlte plötzlich über das ganze kleine Gesicht und ging direkt zu ihrem Besucher. Auffordernd reckte er die Arme in die Höhe.

Lachend kam der Pfarrer der stummen Bitte nach und hob Benny auf. Der Junge jauchzte und rief: »Eis! Will Eis!«

Es wirkte fast, als würden die beiden sich kennen. Aber woher? Ella erstarrte. Gänsehaut überzog ihre Arme, gleichzeitig kam sie sich völlig hysterisch vor. Überreizt und angegriffen von den Geschehnissen der letzten Tage. Pfarrer Hartwig war eine vertrauenswürdige Person und strahlte eben etwas aus, das Benny gefiel. »Benny, komm her zu mir! Der Herr Pfarrer möchte bestimmt nicht so überfallen werden.« Ihr Gaumen war völlig trocken, sie musste die Worte förmlich herauspressen.

Doch Benny lachte den Pfarrer an und wiederholte begeistert: »Eis!«

Hartwig setzte ihn auf seinen Schoß, umschlang ihn mit den Armen und flüsterte ihm ins Ohr, dass er später wieder ein Eis bekommen werde. Ein Schokoladeneis.

Ella sprang auf. »Lassen Sie sofort meinen Jungen los!« Ihre Stimme klang schrill. Sie streckte die Arme aus, wollte nach Benny greifen. Doch ehe sie ihren Sohn berühren und an sich ziehen konnte, registrierte sie eine Bewegung. Ein stechender

Schmerz durchfuhr sie. Das Letzte, was sie hörte, bevor sie schmerzhaft auf dem Boden aufprallte, war Bennys frohes Lachen und seine Bitten um ein Eis.

Dann wurde die Welt schwarz.

Kapitel 68

Kim brauchte nach dem Trubel um Bukowski und das stundenlange Starren auf den Bildschirm dringend eine Pause. Der Kopf reagierte mit pochenden Schmerzen auf die Überanstrengung, der Rücken brannte, ihr Körper schrie nach Bewegung und frischer Luft. Also ging sie die wenigen Hundert Meter ins Einkaufszentrum, wo leicht bekleidete Teenager auf Bänken der Hitze trotzten, Kleinkinder nach einem Eis bettelten und Geschäftsleute mit gelockerten Krawatten und Kurzarmhemden im Café saßen und eiskalten Hugo schlürften. Die verstohlenen Blicke der Passanten bemerkte sie kaum; das Auftreten von uniformierten Polizeibeamten schien immer automatisch mit Kriminalität oder einer akuten Gefahr in Verbindung gebracht zu werden. Dabei war sie bloß hier, um sich beim Italiener einen großen gemischten Salat zu besorgen.

Kaum war sie zurück in der Polizeiwache, wurde sie von ihrer Kollegin Hanne in der Eingangsschleuse mit den Worten begrüßt:

»Bukowski hat aus dem Krankenhaus angerufen. Du sollst dich so schnell wie möglich bei ihm melden!«

Hanne reichte ihr lächelnd die Krankenhausnummer des Kollegen, und Kim merkte, wie sich schon wieder ihr schlechtes Gewissen regte. Mit leichtem Bedauern stellte sie den Salat auf einen der Tische im Mannschaftsraum, dann rief sie bei Bukowski an. Er war so schnell am Telefon, dass er wahrscheinlich schon mit dem Apparat auf dem Schoß im Klinikbett gesessen hatte.

»Kim! Gut, dass du anrufst!« Er klang aufgeregt und redete sofort drauflos. Offenbar wollte er erst gar kein ungutes Gefühl zwischen ihnen aufkommen lassen. Sie hatten sich bisher immer gut verstanden, und das wollte Kim nicht gefährden, indem sie etwas totschwieg. Deshalb beschloss sie, die unschöne Sache noch einmal anzusprechen.

»Hör mal, Martin, es tut mir ehrlich leid wegen heute Vormittag«, begann sie, doch ihr Kollege unterbrach sie entschlossen:

»Lass es gut sein, Kim, und hör mir lieber zu!«

Etwas in seiner Stimme ließ sie aufhorchen.

»Heute Morgen hat eine Zeugin angerufen, ich hab den Anruf entgegengenommen. Aber da ging es mir schon ziemlich schlecht ...« Er klang bedrückt. »Und dann hab ich es total vergessen. Erst vorhin, nachdem Eva und das Baby wieder weg waren, ist es mir wieder eingefallen.«

»Was, Martin?«

»Die Anruferin wollte anonym bleiben«, antwortete er, »arbeitet aber im Kirchenkreis, wie sie sagt.«

Kim spürte, wie sich trotz der Hitze die feinen Härchen an ihren Armen aufrichteten.

»Es geht um den Pfarrer, Jürgen Hartwig. Der war vorher in einer anderen Gemeinde tätig.«

»In Hoheroth, ich weiß«, erwiderte Kim. »Und danach hat er die Pfarrei in Weissbach übernommen.«

»Ja, richtig. Aber er ist nicht freiwillig dorthingekommen.« Bukowski hustete. »Eigentlich gehört Weissbach zur Kirchengemeinde Wilnsdorf, so wie der Nachbarort auch. Das war viele Jahre so. Und plötzlich bekam Weissbach eine eigene Pfarrstelle. Die Zeugin hat sich gewundert, warum. Weissbach ist viel zu klein und hat eigentlich gar nicht genug Gemeindemitglieder, um eigenständig sein zu können, auch nicht, wenn man die Nachbargemeinde dazunimmt.«

Stimmt, das ist mir auch aufgefallen, dachte Kim. Aber sie hatte das nicht weiter hinterfragt.

»Also hat sich die Anruferin ein wenig informiert. Unerlaubt. Hat ein bisschen telefoniert und Akteneinsicht genommen, was ihr eigentlich gar nicht erlaubt war. Das ist auch ein Grund, warum sie anonym bleiben möchte. Der Hauptgrund jedoch liegt in der Natur ihrer Aussage.« Bukowski wurde von einem Hustenanfall geschüttelt.

»Was sagt sie?«, drängte Kim gespannt, nachdem sich der Kollege wieder beruhigt hatte.

»Man hat Hartwig halbwegs unauffällig abgeschoben und ihm die kleinste verfügbare Gemeinde zugewiesen, damit er möglichst wenig Schaden anrichten kann. Und damit hat man ihn trotzdem noch unter Kontrolle; besser, als wenn man ihn ganz abschieben würde.«

Gänsehaut kroch Kims Arme empor und ließ sie frösteln. »Sexueller Missbrauch?«

»Das geht aus den Dokumenten nicht eindeutig hervor. Sicher ist aber eines: Hartwig hat versucht, einen fünfjährigen Jungen zu entführen.«

Kapitel 69

Hinter dem rechten Ohr pochte dumpfer Schmerz, zwischen den Schulterblättern brannte es unangenehm. Was war nur mit ihr geschehen?

Ella schlug die Augen auf, blinzelte in grelles Sonnenlicht und hob die rechte Hand, um sich gegen die Helligkeit abzuschirmen. Sie lag auf den hellen Fliesen im Badezimmer, zwischen Badewanne und Waschbecken. Komisch. Wie war sie hierhergekommen?

Wie ein Blitz jagte ihr ein Bild durch den Kopf – Benny auf dem Schoß des Pfarrers, die grüne Weinflasche, die aus dem Nichts auf sie zugeschnellt war und ihr Blickfeld gestreift hatte, bevor sie krachend auf ihrem Hinterkopf aufgeschlagen war.

Ruckartig setzte sie sich auf. Schwindel erfasste sie, und sie hielt sich am Wannenrand fest. Der Schmerz hinter ihrem Auge war so stark, dass ihr die Tränen kamen. Aber das war egal. Wo war Benny?

Ella zog sich auf die Beine, taumelte aus dem Badezimmer in den Flur, suchte mit den Augen nach ihrem Sohn. »Benny?«, rief sie. »Benny! Wo bist du?«

Wie ein großes schwarzes Tuch legte sich Angst um ihr Herz, die Angst, ihren Sohn erneut verloren zu haben. »Benny?«, schrie sie. Sie stolperte zum Esstisch und sah den umgekippten Stuhl, das dunkelgrüne Kissen lag daneben auf dem Holzboden. »Benny!«

Die Sonne schien durch die Terrassentür ins Wohnzimmer,

352

dort, wo der Henkerstrick im alten Holunderbusch gehangen hatte. Die Polizei hatte den Strick mitgenommen. Hatte denn nicht eine Polizistin zu ihrem Schutz kommen sollen? Wo blieb sie nur?

»*Benny!*« Ella kreischte nun, taumelte durch die Wohnung und wusste doch, dass er nicht da war. Nicht hier, nicht in ihrer Obhut. Nicht in dem Haus, in dem sie einst Sicherheit verspürt hatte – Sicherheit, die ihr Stück für Stück genommen worden war, bis nur noch dieses lähmende Gefühl der Angst übrig geblieben war. Pfarrer Hartwig! Hatte er ihr die Tarotkarten geschickt? War er verantwortlich für die Anrufe, den Henkerstrick? Hatte er ihr Facebook-Profil gehackt und war in ihr Haus eingedrungen?

Warum?

Was hatte sie ihm denn getan?

Und wo, vor allem, war Benny?

Kapitel 70

Natascha und Lorenz waren, so schnell sie konnten, zum Gemeindehaus gefahren. Auf dem Parkplatz aus klassischem Verbundpflaster stand der cremefarbene Audi des Pfarrers; die anderen beiden Stellplätze waren leer. Auf der angrenzenden Wiese lagen noch einzelne Grashäufchen, man sah deutlich die Mähstreifen, die Hardts Rasenmäher hinterlassen hatte. Rund um die Tischtennisplatte stand das Gras noch höher. Hier war Volker Hardt wohl von den Polizisten bei seiner Arbeit unterbrochen worden.

Natascha sprang aus dem Jeep. Brüllende Hitze schlug ihr entgegen. Die Luft über dem Weg, der zum rückwärtigen Eingang des Hauses führte, flimmerte. »Er weiß nicht, dass wir kommen.«

Gemeinsam mit Lorenz umrundete sie das flache Gebäude und hastete die Außentreppe zur Wohnung des Pfarrers hoch. Das Metall knirschte und knackte unter ihren Schritten, die Treppe vibrierte leicht.

Auf dem kleinen Podest vor der Haustür lauschten sie auf Geräusche aus dem Inneren des Hauses, doch außer den Vögeln in den Bäumen hinter ihnen und einem entfernten Motorengeräusch war nichts zu hören.

Natascha schirmte die Augen gegen die Sonne ab und blickte durch die kleine rautenförmige Glasscheibe in der Haustür, konnte aber nur die Garderobe und einen weißen Schuhschrank ausmachen. Alles sah aufgeräumt und ordentlich aus. Der Vorraum verriet nichts über den Verbleib des Bewohners.

Lorenz schellte. »Herr Pfarrer, machen Sie auf! Polizei! Bitte öffnen Sie die Tür!«

Stille antwortete ihnen. Irgendwo im Dorf bellte ein Hund, ein zweiter stimmte mit ein. Eine Katze raste unter der Treppe entlang; einer der Terrakotta-Töpfe mit den inzwischen vertrockneten Margeriten fiel krachend um und schepperte gegen das Gestänge der Metalltreppe.

»Lass uns unten nachschauen!« Natascha empfand plötzlich ein drängendes Gefühl der Eile. Dabei war völlig unklar, ob sie die richtigen Schlüsse gezogen hatten. Sie waren lediglich einem vagen Verdacht gefolgt, wacklig und brüchig. Ganz anders als am Morgen, als es um die Protokolle von Hardts Router gegangen war. Doch diesmal fühlte es sich mächtiger an, bezwingend fast.

»Ich ruf Winterberg an, damit er uns Verstärkung schickt! Wir brauchen hier mehr Leute.« Lorenz zückte im Laufen sein Handy, blickte auf das Display und fluchte. »Verdammt! Wieder kein Netz!«

Er rannte über die Wiese die wenigen Meter zurück zum Auto, starrte immer wieder auf sein Telefon und blieb dann stehen. Offensichtlich hatte er eine Verbindung. Natascha sprang über die Reihe der Fahrradständer vor dem Gemeindehaus und rüttelte an den Glastüren, doch sie blieben geschlossen. Auch auf ihr lautes Klopfen reagierte niemand, die Rufe verhallten ungehört. Wo war Hartwig?

Sie wollte über die Wiese zur Kirche laufen, als sie Lorenz rufen hörte. Er gestikulierte wild mit den Armen, blieb dann abrupt stehen und signalisierte ihr, schnell zu ihm zu kommen.

»Hartwig!«, ächzte er, als sie in Hörweite war. »Ich weiß jetzt, warum er hierher versetzt wurde: Vor eineinhalb Jahren hat er in einer anderen Gemeinde versucht, einen kleinen Jungen zu entführen.« Natascha blieb stehen, starrte ihren Kollegen an. »Wie bitte? Und dann ist der noch im Kirchendienst?« Die Ungeheuerlichkeit verschlug ihr fast die Sprache.

Ihre Gedanken überschlugen sich, die Ereignisse der vergangenen Tage ratterten wie im Zeitraffer an ihrem inneren Auge vorüber. Anke Feldmanns Leiche auf dem Richtertisch, Felix und die Tannenbäume, das *Mörder*-Graffito an Feldmanns Hauswand. Ella Steinseifer und ihr Sohn Benny. Die Tarotkarten ...

Plötzlich war keine Zeit mehr, jede Sekunde konnte über Leben und Tod entscheiden. Sie kletterten eilig in den Jeep, und noch ehe Natascha die Beifahrertür geschlossen hatte, wendete Lorenz auf dem Parkplatz und fuhr dabei rückwärts in die Büsche, die Wiese und Pflaster voneinander trennten. Es gab ein unschönes Knirschen, als die Dornen den Lack des Jeeps verkratzten, doch Lorenz ignorierte den Schaden und raste hinunter zur Hauptstraße. Mit quietschenden Reifen bog er in Richtung Ortsausgang ab.

Ein Glück, dass Ella Steinseifer und ihr Sohn nicht allein zu Hause waren! Der Ehemann hatte versprochen zu bleiben, bis die beiden Kolleginnen vom Personenschutz eintreffen würden.

Schon von Weitem sahen sie den rot gestrichenen Neubau der Steinseifers. Die gelben Löwenzahnblüten leuchteten im Vorgarten – doch das Bild wirkte weder fröhlich noch idyllisch. Irgendetwas stimmte nicht! Es dauerte einen Moment, bis Natascha registrierte, dass etwas fehlte. Die Autos! Weder der Wagen der Kolleginnen noch Ella Steinseifers ockerfarbener Golf standen vor dem Haus! »Auch der BMW von Rolf Steinseifer ist nicht da!« Sie zeigte Lorenz die verlassen wirkende Straße.

»Mist!« Er fuhr rechts ran, bremste abrupt vor dem roten Haus, und die beiden Beamten sprangen aus dem Jeep. Beim Zuschlagen der Tür wäre Natascha beinahe mit Ella Steinseifer zusammengeprallt. Sie erschrak nicht nur wegen des plötzlichen Erscheinens der jungen Mutter, sondern vor allem über ihr Aussehen. Die Haare umrahmten wirr ihr fleckiges Gesicht. Die stark geröteten Augen waren weit aufgerissen, die Oberlippe wirkte geschwollen. Und war das, was ihr blondes Haar verklebte, Blut? Reflexartig und völlig verängstigt schlug Ella Steinseifer ihre Hände vor den Mund.

Natascha wollte nach dem Grund für ihren aufgelösten Zustand fragen, wollte sich einen Überblick verschaffen, die unerwartete Situation verstehen. Doch Ella Steinseifer schrie verzweifelt nach ihrem Sohn, raufte sich die Haare und schrie wieder:

»Benny! Wo ist Benny?«

Lorenz eilte zu ihr und packte sie an den Oberarmen. »Frau Steinseifer, hören Sie mich? Bitte, beruhigen Sie sich! Was ist passiert?«

»Benny! Er hat Benny entführt!« Tränen rannen Ellas Wangen hinunter, die sie hastig wegwischte.

Natascha schloss für einen kurzen Moment die Augen. Nein, das durfte nicht wahr sein! Wo waren die beiden Kolleginnen, wo Rolf Steinseifer? Obwohl sie die Antwort bereits ahnte, fragte sie: »Wer hat Benny entführt?«

Ella wand sich aus Lorenz' Umklammerung und ballte die Hände zu Fäusten. »Er war hier. Pfarrer Hartwig! Er hat mich niedergeschlagen und Benny mitgenommen!« Sie schlug kraftlos gegen die Scheibe von Lorenz' Jeep; es gab ein dumpfes Geräusch. »Wo ist Benny? Wo ist mein kleiner Sohn?«

Noch einmal schlug sie auf den Wagen ein, rief immer wieder nach Benny, und es gelang Natascha kaum, zu ihr vorzudringen, geschweige denn sie zu beruhigen.

»Wir müssen wissen, was passiert ist! Nur so können wir Ihnen helfen!«

Lorenz umfasste erneut ihre Schultern, sprach ebenfalls besänftigend auf sie ein. Plötzlich hielt ein dunkelblauer Ford auf der anderen Straßenseite. Die beiden Kolleginnen! Warum erschienen sie erst jetzt?

Barbara Jenkins und Petra Fährmann eilten herbei und entschuldigten sich für ihr spätes Erscheinen.

»Vollsperrung auf der Autobahn«, erklärte Barbara. »Alle Straßen sind dicht, selbst mit Martinshorn kamen wir nicht schnell genug durch. Das gesamte Wilnsdorfer Stadtgebiet ist eine einzige Blechlawine. Und bei Steinseifers funktionierte der Telefonanschluss nicht!«

Hartwig schien den Telefonstecker gezogen zu haben. Als Ortskundiger wusste er bestimmt, wie unzuverlässig das Handynetz in Weissbach funktionierte.

»Was ist passiert?« Petra Fährmann stellte sich und ihre Kollegin vor. Sie sahen gehetzt aus. »Es tut uns wirklich leid, dass wir nicht schneller hier sein konnten.«

Natascha sah Ella Steinseifer an, dass sie von der Situation völlig überfordert war. »Wir gehen rein!«, entschied sie und schob Ella kurzerhand zu Petra Fährmann hinüber, die beruhigend auf sie einsprach und langsam mit ihr ins Haus ging. Barbara Jenkins blieb draußen und fragte, was passiert sei.

Natascha setzte sie kurz ins Bild. Lorenz saß im Dienstwagen, sprach über Funk mit der Zentrale und schilderte die neue Situation.

»Ruft einen Arzt für Ella Steinseifer!«, bat Natascha. »Lorenz und ich veranlassen, dass umgehend eine Fahndung nach Hartwig und Benny herausgegeben wird. Außerdem brauchen wir bei der Suche nach dem Jungen Verstärkung!«

Natascha war fest entschlossen, den Jungen zu finden – auch wenn sie noch nicht genau wusste, wo sie mit der Suche beginnen sollte.

Kapitel 71

Der Junge war nun endlich ruhig.

Die Situation war eskaliert, schon wieder. Genau wie bei Anke! Er hatte gar nicht vorgehabt, sich Ella zu zeigen. Hatte sie nur aus der Ferne in den Wahnsinn treiben wollen, Zweifel in ihr säen, sie in den Grundfesten erschüttern wollen.

Und alles hatte so gut angefangen! Es war ihm gelungen, sie ihrem Mann zu entfremden; die Ehe der beiden war nur noch eine Farce. *Sie* hatte angefangen zu trinken, ein deutliches Zeichen ihrer Unsicherheit. In den nächsten Wochen wäre sie dem Alkohol immer mehr verfallen, hätte sich ganz und gar ihrem Selbstmitleid hingegeben und ihren Sohn vernachlässigt. Und dann wäre es nur noch eine Frage der Zeit gewesen, bis die Nachbarn oder andere wohlmeinende Gemeindemitglieder eingegriffen hätten. Vielleicht hätte man zuerst mit ihrem Mann gesprochen, vielleicht wäre auch jemand direkt zum Jugendamt gegangen. Und er hätte weiterhin auf seinem Beobachtungsposten gesessen und dabei zugesehen, wie man ihr Benny wegnahm und den Jungen in eine bessere, eine ehrlichere Familie gab. In eine Familie, die ihn verdiente.

»Hätte, wäre, wenn!«, schalt er sich. Er hatte es verbockt! An irgendeiner Stelle war sein sorgfältig ausgeklügelter Plan fehlerhaft gewesen. Vielleicht war er mit dem Henkerstrick zu weit gegangen, denn dass plötzlich diese dünne Kommissarin und ihr sorgfältig frisierter Kollege bei ihr aufgetaucht waren, war nicht geplant gewesen. Sie hätte sich vor lauter Angst noch weiter verkriechen sollen, doch stattdessen hatte sie die Polizei gerufen!

Und da hatte er unbedingt herausfinden müssen, was sie wusste. Und ob sie ihn verdächtigte.

Mit klopfendem Herzen hatte er an ihrer Tür geklingelt, freundliche Worte auf den Lippen. Mitleid hätte er spenden wollen, für eine arme, bedrängte Seele in seiner Gemeinde. Wenn er nur einen Funken Angst oder Misstrauen in ihrem Blick entdeckt hätte, hätte er angefangen zu reden. Denn reden konnte er, das war Teil seiner Profession.

Doch sie hatte so unschuldig und völlig ahnungslos gewirkt, dass er im gleichen Augenblick wusste, dass sie ihn nicht verdächtigte und keine Ahnung davon hatte, wer hinter allem steckte. Sie ließ ihn sogar ein, und da beschloss er, in aller Ruhe mit ihr zu reden, sich Stück für Stück an den Besuch der Kommissare heranzutasten, um herauszufinden, was sie dachte. Und warum sie die Polizei gerufen hatte.

Doch dazu war es nicht gekommen. Plötzlich hatte Benny vor ihnen gestanden, und die Angst, enttarnt zu werden, hatte ihn jedes kühle Kalkül vergessen lassen. Er hatte handeln müssen, sofort. Spontan und unüberlegt. Keine Zeit, die Folgen abzuschätzen!

Der Schlag war heftig gewesen, und als sie zu Boden gegangen war, hatte Benny erst gelacht, hatte alles wahrscheinlich für ein Spiel gehalten. Aber beim Anblick des Blutes in den hellen Haaren seiner Mutter hatte er zu brüllen angefangen. So laut, dass es ihm in den Ohren gegellt hatte. Es war kaum möglich gewesen, den Jungen zu beruhigen oder ihn auch nur festzuhalten. Immer wieder hatte er nach seiner Mutter geschrien und um sich getreten. Er hatte ihn mit seinem Geschrei ganz verrückt gemacht!

Oh, wie sehr er Situationen hasste, in denen alles aus dem

Ruder lief und ihm nicht genug Zeit blieb, mit Bedacht vorzugehen! Zum Glück waren ihm rechtzeitig die Codein-Tropfen gegen die Hustenattacken eingefallen. Neulich hatte er sie einmal versehentlich überdosiert und daraufhin ziemlich mit Schläfrigkeit und Übelkeit zu kämpfen gehabt.

Diese Erfahrung kam ihm nun zugute, und zusammen mit dem Rotwein ergaben sie eine Mischung, die *sie* lange schlafen lassen würde. Für immer.

Es war nicht leicht gewesen, ihr die Tropfen einzuflößen, sie ins Bad zu schaffen und gleichzeitig den Jungen in Schach zu halten, aber es war ihm gelungen. Sie hatte unmöglich am Esstisch liegen bleiben können. Ihr Besuch hätte sie beim ersten Blick durch das Fenster dort entdeckt und die Polizei verständigt.

Der Kleine war schließlich aus Angst verstummt. Doch damit würde er schon zurechtkommen. Er selbst hatte mit ganz anderen Dingen zurechtkommen müssen. Man durfte im Leben nicht zimperlich sein.

Seine Mutter hatte ihn verhätschelt und verweichlicht, hatte ihm nie Grenzen aufgezeigt. Heute wusste er, warum sie so nachsichtig mit ihm gewesen war. Sie hatte ein schlechtes Gewissen gehabt!

Er dachte an diesen einen Moment, der alles für ihn verändert, der ihm den Boden unter den Füßen weggerissen hatte. Der Moment, seit dem er sich entwurzelt, einsam und tief in seinem Inneren fehlerhaft und unvollständig fühlte. Wie eine Fichte nach einem alles mit sich reißenden Orkan.

Sie hatte auf dem Sterbebett gelegen, im Schlafzimmer seines Elternhauses. In dem Bett, das sie jahrelang mit ihrem Mann geteilt hatte. Dem Mann, den er bis zu diesem Zeitpunkt für seinen Vater gehalten hatte. »Du bist ein Kuckuckskind«, hatte sie leise gesagt und dabei die Augen fest geschlossen gehalten. »Dein Vater wusste nichts davon.«

Er hatte wie versteinert auf ihre verknitterten Hände mit den Altersflecken gestarrt, die kraftlos auf der weißen Bettdecke geruht hatten, auf die brüchigen Fingernägel, die bläulichen Adern, die die Haut durchzogen. Und er war unfähig gewesen, einen klaren Gedanken zu fassen, seinem Mund nur ein einziges Wort zu entlocken. Er war verstummt, für dreizehn lange Tage.

Erst am Abend nach ihrer Beerdigung hatte er die Sprache wiedergefunden. Doch da war niemand gewesen, der ihm Antworten auf seine Fragen hätte geben können.

Keine Mutter, kein Vater. Niemand.

Er war allein. Allein und unvollständig. Entwurzelt.

Doch das war nun vorbei.

Irgendwann hatte er Antworten bekommen. Gott hatte sie ihm gegeben. Und er hatte sich endlich nicht mehr einsam gefühlt. Ja, er hatte seine Bestimmung gefunden, hatte sogar verstanden, warum es ihn schließlich zur Kirche gezogen hatte. Irgendwann hatte einfach alles zusammengepasst, jedes einzelne Puzzleteil war an seinen Platz gelangt und ergab nun das große, schöne Bild seiner selbst. Nur in seiner Funktion als Seelsorger, als sorgenvoller Kümmerer und Hirte der verlorenen Seelen, war es ihm möglich, die gellende Stimme in ihm zum Schweigen zu bringen, die ihn verhöhnte, fehlerhaft und schmutzig zu sein, und stattdessen so vielen anderen Schicksalen ins Angesicht zu blicken. Tiefe Geheimnisse zu lüften und ihre Folgen zu mildern.

Benny neben ihm war noch immer still. Es war schwierig gewesen, die Tropfen für den kleinen Körper richtig zu dosieren. Er wusste nicht, wie viele Tropfen den Jungen zum Wegtreten bringen würden und wo die magische Grenze verlief, hinter der nur noch der ewige Schlaf lauerte.

Kapitel 72

Die Fahndung nach Ella Steinseifers Golf lief auf Hochtouren, sämtliche Kräfte waren im Einsatz. Doch bisher fehlte von dem Wagen jede Spur. Winterberg war unterwegs, würde aber mindestens noch eine halbe Stunde brauchen, bis er Weissbach erreichte. Wenn die Vollsperrung auf der Autobahn andauerte, noch länger. Doch so viel Zeit blieb ihnen nicht.

Lorenz und Natascha, die in halsbrecherischem Tempo zur Kirche gefahren waren, parkten in einer kleinen Nebenstraße, schlichen in geduckter Haltung zu dem Gotteshaus mit den Bruchsteinwänden hinüber. Die Sonne beschien den weißen Kirchturm mit dem Wetterhahn und ließ ihn der Situation zum Hohn beinahe fröhlich aufblitzen.

Ohne viele Worte teilten sie sich auf. Natascha lief zum Hintereingang, Lorenz steuerte auf den Vordereingang zu. Die verwitterten Grabsteine im Hintergrund ließen Natascha frösteln. Hoffentlich war Benny nichts passiert! Natascha drückte sich an die kalte Bruchsteinmauer. Ihr Blick huschte hin und her, scannte den Bereich hinter der Kirche. Die Wiese, ein Meer aus Gänseblümchen. Die Rückwand des verwitterten Holzschuppens vom Nachbargrundstück war spröde; zwei Latten hingen schief in der Verankerung. In den Himbeerbüschen auf der anderen Seite saß eine Elster, ihr langer Schwanz zitterte beim Versuch, einen alten Kronkorken mit dem Schnabel aufzuheben. Der Haselnussbusch daneben würde im Herbst reichlich Früchte tragen. Auf den Hügeln abseits vom Bühl'schen Hof fuhr ein Mähdrescher übers Feld.

Hinter der Holztür erklang plötzlich ein Poltern, Stimmen drangen an Nataschas Ohr. Ihre Linke wanderte automatisch zur Waffe, berührte den Griff aus Metall, bereit, jederzeit zuzugreifen. Mit der anderen Hand ergriff sie die verschnörkelte Türklinke, drückte sie mit einem Ruck nach unten und riss gleichzeitig die Tür auf.

Vor dem Altar stand Jörg Lorenz, breitbeinig und offenbar unter Hochspannung. Ihm gegenüber, auf der anderen Altarseite, kauerte Volker Hardt, zusammengesunken wie ein verängstigtes Kaninchen.

Kapitel 73

Ella hockte, eingehüllt in ihre orangefarbene Flauschdecke, auf dem Sofa. Ihr Hausarzt war hier gewesen und hatte ihr etwas zur Beruhigung gegeben. Er hatte sorgenvoll und väterlich mit ihr gesprochen. Ella hatte den Eindruck, dass er sie überhaupt nicht ernst nahm. Aber es war ihr in dem Moment egal gewesen. Hauptsache, das Gedankenkarussell drehte sich langsamer und die lähmende Angst um Benny brannte nicht mehr ganz so entsetzlich in ihrer Brust.

Petra Fährmann, die rothaarige Polizistin, saß neben ihr auf dem Sofa und hatte den Fernseher eingeschaltet. Irgendein stumpfes Nachmittagsprogramm flimmerte über den Bildschirm. Es sollte sie wohl ablenken, aber wie sollte Ella vergessen können, was passiert war? Benny war in Hartwigs Gewalt! Er durfte ihm nichts antun!

Sie hätte beim ersten Mal, als Benny entführt worden war, gleich die Polizei informieren sollen, dann wäre all das hier nicht passiert. Sie war schuld, sie allein!

Tränen drückten gegen ihre Lider, und sie presste die Handballen dagegen. Die Polizistin redete mitleidig auf sie ein! Sie sollte still sein! Sie hatte doch gar keine Ahnung, wie sie sich fühlte! Voller Schuld und Scham und dann dieses entsetzliche Gefühl der Leere!

Ella hatte im Wagen der Kripobeamten mitfahren wollen, die nach Benny suchten. Aber man hatte sie nicht gelassen, hatte mit ihr gesprochen wie mit einer armen Irren. Dabei ging es um *ihren* Sohn, sie musste einfach etwas unternehmen! Und sie wollte da sein, wenn man ihn fand. Ihn in die Arme schließen und ganz fest an sich drücken, damit er keine Angst mehr hatte.

Doch man hatte sie überredet, zu Hause zu bleiben und auf das Telefon zu achten. Falls Hartwig anrief. Entführer meldeten sich häufig bei den Angehörigen, hatten sie ihr erklärt. Also müsse sie erreichbar sein. Das Telefon, das Hartwig aus der Steckdose gezogen hatte, war längst wieder eingestöpselt. Doch es schwieg. Ihr Handy war in der Handtasche gewesen, und die war weg. Wahrscheinlich hatte Hartwig sie wie den Autoschlüssel mitgenommen.

Ihr Blick wanderte verstohlen zu der rothaarigen Polizistin, die sich etwas zu trinken einschenkte. Nein, Ella konnte und wollte hier nicht einfach untätig herumsitzen, während Benny in großer Gefahr war. Sie musste etwas für ihn tun!

Zunächst einmal musste sie einen Weg finden, die Polizistin loszuwerden.

Kapitel 74

»Ich will hier doch nur kurz nach dem Rechten sehen«, jammerte Hardt. »Das ist doch meine Aufgabe!« Er sah Natascha und Lorenz flehend an. »Seit wann ist das denn verboten?«

Natascha dachte an seine herzkranke Frau Jutta, von der er angeblich jede Aufregung fernhalten wollte. Statt sich nach der Befragung um sie zu kümmern, lungerte er nun hier in der Kirche herum. Sie schnaubte verächtlich. »Und was haben Sie hier so Wichtiges zu tun?«

Hardt duckte sich noch mehr, er kroch schon fast vor Unterwürfigkeit. Natascha spürte Wut in sich aufsteigen, gemischt mit Abscheu. Hardt hatte Zugang zu allen Gebäudeteilen, kannte sich in sämtlichen Räumlichkeiten aus. Und er arbeitete eng mit dem Pfarrer zusammen! Es war nicht ausgeschlossen, dass er mit Hartwig gemeinsame Sache machte und für ihn hier irgendwo den kleinen Benny versteckte.

»Wo hält sich Pfarrer Hartwig auf?«, zischte Lorenz, der offenbar zum gleichen Schluss gekommen war.

Hardt schob die Unterlippe vor wie ein schmollendes Kind. »Woher soll ich das wissen? Vielleicht ist er ja zu Hause?«

»Nein, ist er nicht.« Natascha ging auf den Hausmeister zu. »Zeigen Sie uns die Nebenräume der Kirche! Die Sakristei, den Keller. Alles!«

Volker Hardt zuckte zusammen, als hätte sie ihn geschlagen.

»Los! Ein bisschen dalli!« Natascha platzte fast der Kragen, sie wollte keine Zeit mit sinnlosem Geplänkel vergeuden. Das

Bild des kleinen blonden Benny, der sich bei ihrem Besuch ängstlich an seine Mutter gedrängt hatte, ging ihr einfach nicht aus dem Kopf. Das war nur wenige Stunden her, doch nun war er verschwunden, entführt von einem Mann, dessen Motive für sie noch immer völlig im Dunkeln lagen. Und sie wusste: Das Unberechenbare war meist besonders gefährlich.

Hardt verzog das Gesicht und nestelte umständlich an seinem Hosenbund, um endlich einen großen Schlüsselbund zutage zu fördern. Sichtlich eingeschüchtert ging er auf eine unscheinbare Tür unterhalb der Kanzel zu und schloss sie auf.

»Bitte.« Er schaltete das Licht ein.

Die Sakristei hatte kein Fenster, die nackte Glühbirne an der Decke flackerte leicht und erhellte den Raum nur mäßig. An der rechten Seite stand eine riesige Truhe, an der Kopfseite waren helle Schränke in die Wand eingelassen. Links befand sich ein niedriger Tisch mit einem Bürostuhl, dessen schiefe Rückenlehne nur noch von einer Schraube gehalten wurde. Darüber waren mehrere Regale mit Gesangsbüchern und Bibeln angebracht.

Der Raum roch muffig, dumpf und dunkel. Natascha rümpfte instinktiv die Nase. Lorenz stürmte zu den Schrankwänden und riss nacheinander die Türen auf.

»Leer.« Er stieß mit der rechten Hand ein paar unbenutzte Kleiderbügel an, die sich klirrend auf der Stange hin- und herbewegten. Hinter der zweiten Tür hingen schwarze und weiße Gewänder, vermutlich für den Gottesdienst. Auf den Schrankbrettern lagen, ordentlich zusammengefaltet, weiße Tücher und Tischdecken, sonst nichts.

Natascha hob den schweren Deckel der dunklen Truhe an. Die Scharniere quietschten schaurig in den Angeln. Sie hielt die Luft an und wappnete sich für das, was sie möglicherweise finden würde. Als es ihr endlich gelang, den Deckel anzu-

369

heben, blickte ihr nur ein Gewirr aus Lichterketten, künstlichen Tannenzweigen, roten Schleifen und goldenen Engeln entgegen.

»Verdammt!«, seufzte sie und ließ den Truhendeckel polternd zurückfallen. »Keine Spur von Benny!«

Lorenz sah sich noch einmal um, klopfte gegen die Wände, um mögliche Hohlräume zu entdecken, und suchte den Boden nach geheimen Öffnungen ab. Nichts. Kein Hinweis darauf, dass der Junge jemals diesen Raum betreten hatte.

»Wo ist Benny Steinseifer?« Natascha war so dicht an Hardt herangetreten, dass sie seine Ausdünstungen riechen konnte. Angstschweiß, diese beißende Mischung, die weiße und grüne Lichter hinter ihren Augenlidern aufblitzen ließ.

Hardt zitterte und hielt sich am Türrahmen fest; dabei flüsterte er immer wieder: »Ich weiß es nicht! Ich weiß es wirklich nicht.«

»Das reicht.« Natascha winkte Lorenz, ihr zu folgen, und ging nach draußen. Die Sonne blendete scharf, und sie schirmte die Augen gegen die Helligkeit ab, sah trotzdem für einen Moment schmerzende Sternchen. Was auch immer Hardt mit Bennys Verschwinden zu tun haben mochte: Hier war der Junge nicht. Aber ihr kam plötzlich eine andere Idee.

»Ich glaube, ich weiß, wo wir suchen müssen! Los, komm!«

Kapitel 75

Ella saß am Küchentisch, vor sich ein Glas Wasser, das ihr die rothaarige Polizistin gefüllt hatte. Die beruhigende Wirkung der Spritze ließ allmählich nach. Oder bildete sie sich das nur ein?

Als Ella sich vorbeugte und nach dem Glas greifen wollte, fuhr ihr ein schmerzender Stich durch den Schädel, dort, wo der Pfarrer sie mit der Weinflasche getroffen hatte. Sie wusste noch immer nicht, warum er sie niedergeschlagen hatte. Warum er Benny entführt, warum er überhaupt irgendetwas getan hatte. Sie kannten einander doch gar nicht wirklich. Ella ging weder in die Kirche noch zu diesen Damenkränzchen und Pfarrer Hartwig und sie waren sich nur einige wenige Male begegnet, zum Beispiel vergangenen Dienstag auf dem Markt. Vielleicht verwechselte er sie ja einfach?

Ganz kurz flackerte ein Gedanke an Anke Feldmann in ihrem Kopf auf, aber er verschwand genauso schnell wieder. Auch mit Anke hatte sie kaum etwas zu tun gehabt.

Ella merkte, dass sie in eine Art Dämmerungsschlaf abdriftete; immer wieder fielen ihr die Augen zu und sie hatte keine Kraft mehr, sie offenzuhalten. Schlafen wäre eine gute Idee, das hatte auch die rothaarige Polizistin gesagt.

Rolfs Stimme ließ sie irgendwann zusammenfahren, und Ella brauchte einen Moment, um sich wieder im Hier und Jetzt zurechtzufinden. Ihr Mann stand mit hängenden Schultern im Türrahmen; er sah schlecht aus, fand Ella. Wie hatte sie sich je in ihn verlieben können? Aber das war jetzt egal. Alles war egal, außer Benny. Der musste wiederkommen, um jeden Preis!

»Hast du Benny mitgebracht?«, fragte sie und sprang auf.

Rolf schaute sie verzweifelt an, schüttelte stumm den Kopf und ging dann mit schleppenden Schritten ins Wohnzimmer hinüber, wo die rothaarige Polizistin noch auf dem Sofa saß. Kurz darauf hörte sie die beiden miteinander tuscheln, leise und wie von fern.

Ella stand lautlos auf, stützte sich am Tisch ab, bis der Schwindel sich von ihr löste und schlich auf Zehenspitzen in den Flur. Rolfs Autoschlüssel lag wie immer auf dem Schuhschrank, und ohne ein Geräusch zu verursachen, griff sie danach. Der kleine Golfball-Anhänger fühlte sich beruhigend kühl in ihren klammen Fingern an.

Barfuß huschte sie zur Haustür. Endlich wusste Ella, was sie zu tun hatte.

Kapitel 76

»Wenn du gläubig bist, dann bete!«, rief Lorenz gegen das Gebrüll des Motors und bremste so abrupt, dass es Natascha erst nach vorn und dann mit aller Kraft in den Sitz zurück drückte. Mit Schwung riss er das Lenkrad des Jeeps herum, verließ die Bundesstraße, der sie eine gefühlte Ewigkeit in halsbrecherischem Tempo gefolgt waren, und bog auf einen schmalen Feldweg ab. Ein Rumpeln erschütterte das Wageninnere. Natascha klammerte sich an den Haltegriff über der Tür und vertraute darauf, dass Lorenz sein Auto unter Kontrolle hatte. Dennoch schluckte sie nervös und konzentrierte sich auf das endlose Grün, das verschwommen am Seitenfenster vorüberzog.

»Wenn die Autobahn gesperrt ist, kommen wir auf der Bundesstraße nicht weiter. Der gesamte Verkehr rollt auf den Nebenstrecken.« Lorenz hielt das Lenkrad fest umklammert und starrte durch die Windschutzscheibe, während der Jeep über Wurzelwerk und durch Schlaglöcher rumpelte. »Wenn wir aber diesen Weg durch den Wald nehmen, kommen wir auf der anderen Seite der Autobahn wieder raus. Dann umgehen wir die Autolawine. Und mit etwas Glück ist außer uns noch niemand auf diese Idee gekommen. Zumindest Lkws werden hier nicht rumschleichen.«

In einer unerwartet schlammigen Kurve verlor Lorenz kurz die Gewalt über den Jeep, die Räder drehten durch, doch dann fing sich der Wagen wieder und raste weiter. Bange Minuten verstrichen, in denen Natascha ein Stoßgebet nach dem ande-

373

ren zum Himmel schickte. Doch irgendwann lichtete sich das Grün, das Rütteln des Jeeps ließ nach, und der Weg wurde ebener, bis er in einer geteerten Straße mündete. Sie hatten es tatsächlich geschafft, waren unverletzt auf der anderen Seite des Waldes angekommen!

Lorenz drosselte die Geschwindigkeit ein wenig. Natascha atmete tief durch und ließ sich wieder in den Sitz sinken. Ihre Schultern schmerzten von der Anspannung.

»Wir sind gleich da.« Lorenz wies mit dem Zeigefinger nach links, und Natascha sah den Elkersberg vor sich, die vielen Hinweisschilder, den roten Hotelturm. Im Hintergrund leuchtete strahlend weiß die Autobahnkirche in den Himmel.

Der riesige Lkw-Parkplatz war zu drei Vierteln belegt; die Vollsperrung hatte offenbar viele Brummi-Fahrer zu einer Rast motiviert. Einige hatten die Türen ihres Fahrerhäuschens geöffnet, andere standen rauchend zusammen oder saßen auf Klappstühlen neben ihren Lastern im Sonnenschein.

»Volltreffer!« Unmittelbar vor der Kirche bremste Lorenz so abrupt, dass die Reifen quietschten, und sprang aus dem Jeep.

Wenige Meter entfernt stand Ella Steinseifers ockerfarbener Golf, mit dem Hartwig mit dem kleinen Benny verschwunden war. Im Fond sah man die Kopfstütze eines Kindersitzes aufragen. Er war leer.

Kapitel 77

Der Junge lag noch immer dort, reglos und still. Blass.

Doch er dachte an *sie*, vergiftet und blutverschmiert auf den Badezimmerfliesen. Die Flasche, mit der er sie niedergeschlagen hatte, hatte er in einem Glascontainer entsorgt. Sie würde ihn nicht verraten können. Und von den Nachbarn hatte ihn bestimmt auch keiner gesehen. *Sie* lebte isoliert, niemand interessierte sich für sie.

Ab jetzt würde alles gut werden. Gott hielt seine schützende Hand über ihn.

Aber was, wenn ihn doch jemand beim Verlassen des Hauses beobachtet hatte? Er biss die Zähne so fest zusammen, dass es schmerzte. Sie würden ihn nicht kriegen. Niemals!

Unruhig lief er hin und her, setzte einen Schritt vor den anderen, änderte an der Wand die Richtung und ging zurück. Wieder und wieder. Linker Fuß, rechter Fuß. Ihm würde schon etwas einfallen!

Doch seine Gedanken gehorchten ihm nicht, wirbelten durcheinander, wollten keine Ruhe geben. Er griff sich an den Kopf und rieb sich die schmerzende Stirn. Aber es half nicht. Immer, wenn er eine vage Idee vor sich aufblitzen sah, zündeten seine Erinnerungen ein Feuerwerk an Eindrücken, das ihn blendete, und jede Lösung zerstob in Fetzen.

Er sah sich selbst als Dreijährigen auf dem Schoß seiner Mutter, ihre geblümte Kittelschürze voller dunkler Soßenflecken.

Felix auf dem Weg in den Kindergarten, den blauen Kinderrucksack auf dem Rücken. Frank Feldmann, der Gehörnte, barfuß beim Straßefegen. Dann aufgespießt an der Scheunenwand, die gelben Zinken der Traktorgabel im Stoff seines Fischerhemdes vergraben. Und sie, die rothaarige Hexe, wie sie vor ihm kniete, flehte, sich anbiederte. Der Urlaub in den Bergen, er mit einer Krachledernen, der Mann, der sein Vater zu sein glaubte, hielt einen Humpen Bier in der Hand und lachte. *Sie* auf dem Sofa in ihrem Wohnzimmer, eingehüllt in diese schreckliche orangefarbene Decke, mit einem Rotweinglas in der Hand. Benny schlafend im Bett. Er selbst als Jugendlicher vor dem Spiegel. *Sie* nichtsahnend auf dem Marktplatz, den *Magier* längst in der Handtasche. Seine Mutter auf dem Sterbebett. Das Geständnis. *Du bist ein Kuckuckskind.* Die Leere, die Haltlosigkeit. Quälende Scham. Wut und Zorn, das brennende Gefühl der Entwurzelung. Das langsame Erwachen »Kyrills«, der gotteswürdige Plan. Rache und das Versprechen, Gutes zu tun. Die anderen Jungen, Kuckuckskinder wie er selbst, zu schützen, ihnen die Möglichkeit zu geben, neue Wurzeln zu schlagen. Wurzeln, die nicht im fauligen Morast der Lüge verrotten mussten.

Alles drehte sich. Schwindel und Übelkeit erfassten ihn; vor seinen Augen tanzten helle Sterne. Er hielt sich an einer der Gebetsbänke fest, damit er nicht strauchelte und stürzte. Doch der Sog der Bilder war stark, wollte ihn in sich hineinziehen, und beinahe hätte er sich ihnen hingegeben, um in ihnen zu versinken.

Doch dann hörte er ein Geräusch. Stimmen.

Plötzlich war er hellwach, sein Herz schlug heftig gegen den Brustkorb. Hektisch blickte er sich um, suchte verwirrt nach einer Lösung. Doch er fand keine.

Kapitel 78

Natascha und Lorenz stürmten auf die Kirche zu. Winterberg sowie weitere Kollegen waren ebenfalls unterwegs, müssten bald hier sein.

Im Vorbeilaufen warf Natascha einen kurzen Blick in den ockerfarbenen Golf – er war leer. Doch Hartwig war hier, an dem Ort, der ihm so wichtig war. Und an dem er auch schon mit Anke Feldmann gewesen war. Der Ort, an dem er sie möglicherweise getötet hatte.

Eine mehrere Meter lange weiße Eisenrampe führte zum Eingang der Kirche. Das Metall antwortete auf jeden ihrer eiligen Schritte mit einem dumpfen Grollen, als forderte das Gebäude sie auf, sich zu mäßigen. Aber Natascha eilte weiter, auf den Eingang zu. Hinter der Glastür schimmerte gelblich warmes Licht.

Leise öffnete Natascha die Tür. Lorenz zückte die Waffe und gab ihr Deckung. Der gesamte Innenraum der Kirche bestand aus unbehandelten Pressspanplatten, die wabenartig verschachtelt waren und sich wie eine Kuppel über den Raum wölbten. Kerzen und indirekte Beleuchtung erhellten das Gebäude und überzogen die Honigfarbe der Holzplatten mit einem unwirklichen Gelb. Die eigentümliche Architektur irritierte Natascha und machte es ihr schwer, den Raum als Ganzes zu erfassen. Die Waben und Fächer entlang der Wände boten unzählige Verstecke, was Hartwig einen klaren Vorteil verschaffte. Er kannte das Gebäude, während Natascha und Lorenz noch die Orientierung fehlte. Auf den ersten Blick waren weder Nebenräume noch ein Notausgang auszumachen.

Nataschas Herz schlug heftig; der geschlossene, kuppelförmige Raum weckte bedrückende Erinnerungen an die Höhle, in der sie einmal gefangen gewesen war – ein Erlebnis, von dem sie längst geglaubt hatte, es verarbeitet zu haben. Aber das spielt jetzt keine Rolle, es ist nicht wichtig, dachte sie und fixierte das große weiße Kreuz auf dem Podest vor den einfachen Hockern aus Pressspan. Sie atmete tief ein und aus, verdrängte die aufkommende Angst und ballte die Hände zu Fäusten. So schnell ließ sie sich nicht unterkriegen!

Lorenz hinter ihr stupste ihr leicht in die Seite und wies mit dem Kinn auf ein kleines rundes Stück aus Metall, das in eines der Holzfächer neben ihnen eingelassen war. Ein Türschloss!

Doch bevor Natascha die nächsten Schritte überdenken konnte, hörten sie plötzlich ein dumpfes Rumpeln, das im gesamten Kirchenraum widerhallte. Wieder und wieder. Rhythmisch. Es fühlte sich an, als bebte die Kirche. Was war das?

»In der gegenüberliegenden Wand ist ein Notausgang«, flüsterte Lorenz. Jetzt sah Natascha die Tür, die in die Wandverkleidung eingelassen war.

Die Geräusche von außen verstummten, es gab noch einen heftigen Schlag, dann war plötzlich Ruhe. Nicht einmal das Rauschen der Autobahn war noch zu hören.

»Los!«, rief Natascha und hastete zwischen den unzähligen Hockern hindurch, die mitten im Raum verteilt waren. Lorenz folgte ihr, stieß gegen einen der niedrigen Würfel, fluchte unterdrückt.

Natascha ergriff die Klinke des Notausgangs und riss die Tür auf – und starrte ins Nichts.

»Vorsicht!«, warnte sie Lorenz, der noch immer die Waffe im Anschlag hielt.

Vom Notausgang aus führte eine Metalltreppe mehrere Meter hinunter auf den Parkplatz, auf dem sich mittlerweile viele Schaulustige versammelt hatten. Die Lkw-Fahrer hatten ihre Führerhäuschen und Klappstühle verlassen, standen in Grüppchen beieinander und starrten zu ihnen und doch nicht zu ihnen. Einige schirmten die Augen gegen die Sonne ab, andere hatten ihre Schirmmütze tiefer ins Gesicht gezogen und den Kopf in den Nacken gelegt. Ein Murmeln trieb durch die Menge, aber Worte waren nicht zu verstehen.

»Das Dach!«, rief Lorenz und zeigte auf eine Feuerleiter hinter ihnen, die von dem kleinen quadratischen Podest aus an der Außenwand nach oben führte. Natascha starrte auf die Leiter. Eine seltsame Ruhe ergriff Besitz von ihr und dämpfte ihre Emotionen.

Sie ergriff die unterste Metallstufe, zog sich mit Schwung nach oben und erklomm mit festen Griffen die Feuerleiter.

Kapitel 79

Der Wind war hier oben stark, rauschte ihm in den Ohren und ließ seine Augen tränen. Die Geräusche der Autobahn klangen seltsam ungleichmäßig, und als er hinuntersah, bemerkte er erstaunt, dass nur die Spuren in Richtung Frankfurt befahren wurden. Die Fahrtrichtung nach Siegen schien gar nicht für den Verkehr freigegeben zu sein.

Aber was kümmerte ihn das? Endlich hatte er seine Mission erfüllt! Es war ihm gelungen, den Jungen von seiner verlogenen Mutter zu befreien. So wie auch schon den kleinen Felix. Der lebte nun mit seinem Vater allein, und niemand würde jemals anzweifeln, dass er der Sohn des Langhaarigen war. Niemand wusste es, außer ihm, denn er sah mehr als die anderen, benutzte zum Sehen auch den Verstand. Und Gottes Eingebung. Aber er würde schweigen. Das hatte er sich geschworen an dem Abend, als »Kyrill« erwacht und der Plan in ihm gereift war, wie er die Jungen, Kuckuckskinder wie er selbst, retten konnte.

Und nun stand er hier oben, war Gott näher als jemals zuvor in seinem Leben, fühlte sich stark und frei und bereit für alles, was Er mit ihm vorhatte. Endlich hatte er sich würdig erwiesen, war stark gewesen, hatte gehandelt und sein Leben selbst in die Hand genommen. Er ließ sich nicht länger von anderen Menschen belügen, jetzt hatte er die völlige Kontrolle über alles, was in seinem Leben passierte. Er würde seine zerrissenen Wurzeln in neuen, guten Boden pflanzen, würde sie pflegen und wachsen lassen, und dann würde ihm kein Sturm der

Welt mehr etwas anhaben können. Dann würde er stark, ja unbesiegbar sein und seine Macht für jene einsetzen, die ihn brauchten. So wie bei dem ersten Jungen. Doch damals in Hoheroth war er noch unerfahren gewesen, hatte Fehler gemacht. Es war ihm nicht gelungen, den Unschuldigen von der Brust seiner verlogenen und heuchlerischen Mutter zu reißen. Doch Gott hatte sich noch einmal gnädig gezeigt; er war vor den irdischen Gerichten bewahrt worden und hatte die wunderbare Gelegenheit bekommen, in Weissbach andere Jungen zu retten.

Jungen wie Felix. Und Benny.

Er schloss die Augen, spürte die Wärme der Sonnenstrahlen auf seinem Gesicht und dankte Gott dafür.

Kapitel 80

Nachdem sie das Ortsschild passiert hatte, beschleunigte Ella den Wagen.

Sie fühlte sich frei, stark und mutig, bereit, sich allem zu widersetzen, was sich ihr in den Weg stellen mochte. Vor ihren Augen erschienen immer wieder Lichtblitze, die in ihrem Kopf brannten, und manchmal drehte sich alles um sie herum. Das mussten die Nachwirkungen der Beruhigungsspritze sein. Die Straße verschwamm zu einem dunkelgrauen Nebel, die weißen Mittelstreifen tauchten mal links, mal rechts neben dem BMW auf.

Ein merkwürdiges Gefühl der Übelkeit kroch durch ihren Körper, sammelte sich als saurer Kloß im Hals. Beinahe hatte sie vergessen, was in den letzten Tagen passiert war. Das mit den Karten und dem Henkerstrick im alten Holunderstrauch. Und Bennys Entführung! Schlagartig war Ella wieder wach, riss die Augen auf und umklammerte krampfhaft das Lenkrad. Auf der linken Fahrbahn kam ihr ein weißer Kleinbus entgegen. Ein schrilles Hupen erklang; die Fahrerin fuchtelte wild mit den Händen, und Ella steuerte zurück auf die rechte Seite, keine Sekunde zu früh.

Hinter ihr ertönten plötzlich Martinshörner, und sie fuhr unwillig an den Randstreifen, um die zwei Feuerwehrwagen, einen Rettungswagen und einen Streifenwagen passieren zu lassen. Ihr Herz setzte für einen Moment aus und schlug dann erbarmungslos weiter, so schnell, dass es wehtat. Benny!

Mit zitternden Händen lenkte Ella die schwarze Limousine auf die Straße zurück, drückte das Gaspedal nach unten und folgte den Einsatzfahrzeugen, die in atemberaubender Geschwindigkeit über die Bundesstraße rauschten. Sie hatte völlig die Orientierung verloren, wusste nicht, wo sie sich befand und war noch nie in ihrem Leben so schnell gefahren. Aber es musste sein. Mit dem sicheren Wissen, wie es nur eine Mutter haben kann, wusste sie, dass die Martinshörner ihrem Kind galten. Benny. Sie würden sie zum Ziel bringen.

Doch hinter der nächsten Kurve stauten sich unzählige Autos, die roten Rücklichter leuchten grell, fast aggressiv auf, als wollten sie Ella verhöhnen. Gerade noch rechtzeitig fand ihr nackter Fuß die Bremse. Nein, nicht anhalten, kein Stau!, schrie es in ihr.

Als wären ihre Gebete erhört worden, bildeten die Wagen vor ihr zögerlich eine Gasse für die Feuerwehr- und Rettungswagen. Und für Ella, die ihnen in rasender Fahrt folgte.

Kapitel 81

Kim Schröder stieß die Beifahrertür auf, noch bevor Hannes Winterberg den Octavia stoppte. Der Platz vor dem weißen Kirchengebäude aus Metall war voller Lastwagen und Menschen. Die Vollsperrung der Autobahn hatte inzwischen ein Heer von Lkw-Fahrern hierhergelockt, die nun im Halbkreis um die Kirche herumstanden und wie gebannt nach oben starrten.

Eine dunkel gekleidete Gestalt stand auf dem flachen Dach des Gebäudes, die Arme ausgebreitet, den Blick zum Himmel gerichtet. Von hier unten sah es aus, als klammerte sie sich an die beiden spitz zulaufenden Türme, die entfernt an Teufelshörner erinnerten.

»Verdammt, was macht der da?«, rief Kim und eilte mit Winterberg auf die Menschenmenge zu, um sie zurückzudrängen. Wo blieb nur die Verstärkung? Die Kollegen aus Wilnsdorf müssten längst hier sein! Und wo waren Feuerwehr und Technisches Hilfswerk? Sie allein würden unmöglich die vielen Leute dazu bringen können zurückzutreten.

Von hinten hörte sie Winterbergs Stimme, blechern, verzerrt und kreischend. Er hielt sich ein Megafon an den Mund und forderte den Schwarzgekleideten auf, vom Dach zu steigen.

Doch der scherte sich nicht darum, sondern trat noch einen Schritt nach vorn, näher an die ungesicherte Kante. Durch die gaffende Meute ging ein Raunen.

Niemand beachtete Kim, sie brüllte und schob, doch für jeden Gaffer, den sie einen Schritt nach hinten drückte, kamen andere zwei Schritte nach vorn. Es war ein hoffnungsloses Unterfangen!

»Wo ist der Junge?«, rief Winterberg nach oben, und das Gemurmel der Umstehenden schwoll an.

»Er ist bei mir!«, schallte es vom Dach. Ein paar Lkw-Fahrer zückten ihre Smartphones und hielten sie in die Höhe.

»Geben Sie auf!«, gellte Winterbergs Stimme über den Platz. »Der Junge hat Ihnen nichts getan!«

Kim drehte sich um, sah Hartwig dort oben mit dem Kopf schütteln. Es wirkte bedohlich und gleichzeitig bestimmt, und Kim suchte hektisch nach einer zweiten Person auf dem Dach. Hatte er den Jungen da oben bei sich? Lebte Benny noch?

Doch sie konnte nichts erkennen. Nur den schwarz gekleideten Pfarrer auf diesem verdammten Kirchendach, über ihm der blaue Himmel, unter ihm der schwarze Asphalt. Und dazwischen nichts.

Und sie standen hier unten und konnten nichts tun.

»Wo ist der Junge?«, wiederholte Winterberg. Die Menge starrte gebannt auf die Kirche, kein Laut war mehr zu hören. Im Hintergrund rauschte der Verkehr über die Autobahn, die Menschen dort in den Autos ahnten nichts von den Ereignissen, die sich in ihrer Sichtweite abspielten.

Plötzlich kam Unruhe in die Gaffer, einige zeigten mit den Fingern in die Höhe, die Smartphones in den Händen bekamen eine neue Ausrichtung.

Kim erstarrte. Da war eine zweite Person auf dem Dach!

Sie stand aufrecht, hielt die Hände beschwichtigend von sich gestreckt und näherte sich langsam der Kante des Kirchendachs, wo Hartwig reglos verharrte. Nun drehte er sich um und ließ die Arme sinken. Ging auf die Person zu.

»Natascha«, murmelte Kim und sprach zum ersten Mal seit vielen Jahren wieder ein Gebet.

Kapitel 82

Er starrte auf die vielen Männer dort unten. Warum standen sie da? Waren auch sie arme Kuckuckskinder, Kuckucksjungen, Kuckucksbrut? Verraten von ihren Müttern, verlassen von ihren Vätern? Gab es etwa so viele?

Die Männer verwirrten ihn.

Das Rauschen der Autobahn zerrte an seinen Nerven, machte ihn unruhig und fahrig. Die Sonne blendete ihn auf dem weißen Metall des Kirchendaches und stach in den Augen, brannte erbarmungslos auf der Haut. In seinem Kopf pochte es, als wollte er jeden Moment platzen.

Irgendetwas war nicht richtig. Er sollte nicht hier stehen. Auch wenn ihn die Männer dort unten priesen und anbeteten, ihn als ihren Retter betrachteten – er sollte bei dem Jungen sein.

Er dachte an den schlaffen kleinen Körper in seinen Armen, als er ihn auf das Sofa gelegt hatte. An die Arme, die herunterbaumelten, den Kopf, der nach hinten gesunken war, die hellen Haare, die seinen Unterarm berührt und ihn gekitzelt hatten.

Hartwig seufzte laut und schloss die Augen. Wartete auf ein Zeichen, was er nun zu tun hatte. Damit er handeln konnte.

Plötzlich hörte er ein sonderbares Knarren und Knirschen hinter sich. Er drehte sich um und riss die Augen auf. Das sollte das Zeichen sein?

Vor seinen Augen erklomm die dünne Polizistin das Dach, die kurzen dunklen Haare wurden vom Wind verweht, doch sie strich sie nicht einmal aus der Stirn. Sie war nur auf ihn konzentriert, sah ihm fest in die Augen, bis in sein Inneres, er konnte sich nicht vor ihr verschließen. Auch als er die Lider schloss, fühlte er ihren Blick.

Er spürte ihre Schritte auf dem Metall. Wie aus weiter Ferne hörte er ihre Worte. Doch sie ergaben überhaupt keinen Sinn. Wovon sprach sie?

Hartwig öffnete die Augen, sah sie näher kommen. Ihr Mund formte freundliche Worte, doch ihr Blick war kalt. Entschlossen und unnachgiebig. War auch sie eine Mutter? Eine von denen, die ihren Kindern die Wahrheit vorenthielten, ihre Wurzeln kappten und einfach so taten, als wäre es unwichtig, woher ein Kind stammte? Von wem es abstammte?

Sie sollte ihn in Ruhe lassen. Sie sollte nicht hier sein!

Er drehte sich wieder zu den Männern auf dem Platz dort unten um und ging lächelnd einen Schritt auf sie zu. Einige hielten ihre Smartphones in die Höhe, fotografierten oder filmten ihn. Das gefiel ihm.

Solange er sich ihnen zuwandte, musste er die dünne Polizistin nicht beachten, konnte einfach so tun, als wäre sie nicht da. Im Verdrängen war er früher gut gewesen, das würde er sich heute zunutze machen. Nur noch dieses eine Mal.

Er ließ den Blick über die Menschen dort unten schweifen, über die vielen Lkws, die Autoschlange hinter der Tankstelle, die Leute, die sich auf der anderen Seite des Parkplatzes versammelten. Bewegung kam in das starre Bild. Blaue Lichter erschienen, dann noch mehr. Löschzüge der Feuerwehr! Und ein Krankenwagen und noch mehr Polizei. So viele Polizeiwagen! Es sah beeindruckend aus. Hinter der Blaulichtkolonne raste ein schwarzer BMW heran. So ein Wagen hatte ihn auch nach Weissbach gebracht, damals, vor vierzehn Monaten. In einem solchen Auto hatte er das erste Mal seinen neuen Pfarrbezirk erreicht. Aber was taten die Kirchenleute hier? Warum kamen sie gemeinsam mit der Polizei?

Hartwig griff in seine Hosentasche, fühlte das warme Weich des blau-grünen Halstuchs mit dem Bagger. Eigentlich wollte er es dem Jungen wieder um den Hals legen, es gehörte schließlich ihm, er hatte es sich ja nur geliehen. Aber dann hatte er es doch mitgenommen. Es gab ihm Halt und ein Gefühl der Sicherheit und des Trostes. Das konnte er jetzt gut gebrauchen.

»Pfarrer Hartwig«, hörte er die Stimme der dünnen Polizistin hinter sich. Fast hätte er sie vergessen. Er drückte das Halstuch fester in seiner Hand, spürte die harten Nähte des Bagger-Aufnähers, der in der Mitte prangte.

Wenn sie doch wieder ginge!

Er starrte auf den schwarzen BMW. Das Auto passte nicht in das Gesamtbild. Nervös kniff er die Augen zusammen, beobachtete, was passierte.

»Pfarrer Hartwig, hören Sie mich?«

Sie sollte ihn in Ruhe lassen! Am besten hörte er überhaupt nicht hin.

Die Fahrertür der schwarzen Limousine öffnete sich. Jemand stieg aus. Eine Frau.

Er erstarrte. Das konnte nicht sein. *Sie?* Sie war doch tot!

Unbändiger, nicht mehr zu stoppender Hass überrollte ihn. Griff ihn an, spülte ihn fort. Sie sollte nicht hier sein! Seine Beine gehorchten ihm nicht mehr; sie führten ein Eigenleben, bewegten sich einfach ohne sein Zutun. Er wollte stehen bleiben, vielleicht doch mit der Polizistin reden. Aber seine Beine begannen zu laufen! Er spürte den harten Boden unter seinen Sohlen, hörte das metallische Knarren bei jedem Schritt, fühlte die Anspannung seiner Muskeln. Aber er konnte es nicht stoppen, es geschah einfach ohne ihn. Mit ihm.

Schritt für Schritt.

Als er den Boden unter den Füßen verlor, dachte er noch kurz an den kleinen Benny, dessen schlaffer Körper auf dem Sofa lag. Und an seine eigene Mutter auf dem Sterbebett und ihr ungeheuerliches Geständnis.

Das Letzte, was er noch bewusst spürte, war ein hohles Gefühl im Bauchraum, das bis in seine Lunge ausstrahlte.

Dann kam das Nichts.

Kapitel 83

Die Entsetzensschreie der Umstehenden waren verstummt. Natascha stand auf dem Dach der Autobahnkirche und starrte auf die Stelle, wo Hartwig soeben noch gestanden hatte. Sie war unfähig, sich zu bewegen.

Was habe ich falsch gemacht?, schoss es ihr durch den Kopf, bohrte sich wie ein Stachel mit Widerhaken in ihren Bauch.

Die Geschehnisse auf dem Parkplatz unter ihr nahm sie nur am Rande wahr. Sie sah Feuerwehr- und Streifenwagen näher kommen, uniformierte Kollegen, die den Pulk der Neugierigen hinter rot-weißes Flatterband verbannten. Kims heller Lockenschopf, daneben Winterberg. Sanitäter in leuchtend orangefarbenen Rettungswesten, die auf den reglosen Mann auf dem Boden zueilten. Hartwig ...

Bei seinem Sprung in die Tiefe war ein kleines blaues Päckchen aus seiner Hosentasche gerutscht, auf dem Rand des Daches aufgeprallt und hatte sich geöffnet. Unzählige Tarotkarten waren in einem bunten Regen durch die Luft gewirbelt. Rot-weiß-gelb-blau-gold-rot-weiß-schwarz-gelb waren sie in die Tiefe gesegelt. Eine einzige Karte hatte sich verirrt, war, nicht durch die Luft geflogen, sondern mit der Rückseite nach oben auf dem Metalldach liegen geblieben.

Natascha ging mit unsicheren Schritten zum Rand und bückte sich, ohne nach unten auf den Parkplatz zu sehen. Sie wollte nicht den zerschmetterten Körper des Pfarrers auf dem schwarzen Asphalt liegen sehen. Sie nahm die Karte in die Hand, drehte sie um und betrachtete das Motiv. Eine bunt gekleidete

Figur wanderte unter einem gelben Himmel über einen Bergrücken, zu ihren Füßen ein kleiner Hund. Darunter die Ziffer Null. Die perfekte Zahl: ein Kreis, kein Anfang und kein Ende. *Der Narr.*

Natascha streckte ihren Arm über den Rand des Kirchendaches und ließ die Karte fallen, die vom Wind ein paar Meter davongetragen wurde, sich in der Luft mehrmals drehte und schließlich dem Boden zutaumelte.

Natascha hatte kaum mitbekommen, wie Lorenz zu ihr auf das Dach gestiegen war und sie zur Feuertreppe geleitet hatte. Auch der Abstieg über die steilen Metallsprossen verschwamm in ihrer Erinnerung. Immer wieder sah sie Hartwig vor sich auf dem leuchtend weißen Plateau des Kirchendaches stehend, die Arme geöffnet wie ein Prophet, der den Pilgern predigte. Ihre sanften, beruhigenden Worte waren gar nicht zu ihm vorgedrungen. Als er sie angesehen hatte, hatten seine Augen geflackert und waren hektisch von einer Seite zur anderen gewandert. Und dann hatte er sich umgedreht, war losgelaufen und den Bruchteil einer Sekunde später aus ihrem Blickfeld verschwunden.

Sie hatte es nicht verhindern können, alles war viel zu schnell gegangen.

»Alles klar?« Winterberg kam zu ihr herüber und tätschelte hilflos ihren Arm. Sie spürte seine Unsicherheit, die Angst, etwas Falsches zu sagen, sich falsch zu verhalten.

»Geht schon.« Natascha vermied es, dorthin zu sehen, wo sich nun die Sanitäter um den reglos am Boden liegenden Hartwig kümmerten. Sein Körper wirkte seltsam verdreht, unter seinem Kopf hatte sich eine größer werdende Lache Blut gebildet, doch er lebte. Der Notarzt bemühte sich, Hartwigs

Vitalfunktionen aufrechtzuerhalten, während zwei Rettungs-
sanitäter eine Trage aus dem Rettungswagen holten.

Rings um die Unfallstelle, verteilt über mehrere Meter, lagen
unzählige Tarotkarten. Kleine Windstöße wirbelten immer
wieder ein paar Karten auf, der Polizeifotograf gab sich Mühe,
das Gesamtbild festzuhalten. »Anke Feldmanns Tarotkarten«,
murmelte Lorenz. »Und ich kann mir schon denken, welche
fehlen.«

Die Sanitäter hoben den schwer verletzten Hartwig behutsam auf die Trage. Er gab ein leises Stöhnen von sich, ansonsten
herrschte eine gespenstische Ruhe. Die Gaffer starrten abwechselnd auf die schwarzgekleidete Gestalt auf der Trage und
die rote Blutlache auf dem vor Hitze flirrenden Asphalt. Mit
einem klirrenden Geräusch verschwand die Trage im Rettungswagen. Der Fahrer eilte nach vorne ins Führerhaus.

»Ich fahre mit!«, rief Natascha, und ehe Winterberg oder
Lorenz Einspruch erheben konnten, war sie hinter dem Notarzt in den Krankenwagen geklettert und hatte die Tür hinter
sich zugezogen.

Kapitel 84

Die Fahrt nach Siegen war wie im Zeitraffer vergangen. Natascha vermochte nicht zu sagen, wie lange sie in dem Rettungswagen gesessen und die Rettungskräfte dabei beobachtet hatte, wie sie Hartwigs Leben zu retten versuchten. Vergeblich. Sie hatten kaum die Zufahrt zum Klinikum erreicht, als die blinkenden Überwachungsgeräte Alarm geschlagen und Hartwig sich mit einem hohlen Seufzer aus dem Leben verabschiedet hatte. Seine Verletzungen infolge des Sturzes waren einfach zu schwer gewesen.

Natascha war es während der Fahrt gelungen, einige verwaschene Satzfragmente aus ihm herauszubekommen, Wörter und Andeutungen, die noch immer in ihr arbeiteten, einen sinnvollen Zusammenhang suchten. Sie war Hartwigs Geheimnis nahegekommen und würde eine Erklärung für sein Handeln rekonstruieren können.

Aber sie hatte nicht erfahren, wo Benny geblieben war. Und ob er überhaupt noch lebte.

Zwei Kollegen aus dem Streifendienst hatten sie inzwischen am Klinikum abgeholt und zurück zur Dienststelle gefahren, wo die Kollegen mittlerweile zusammensaßen und die Ereignisse an der Autobahnkirche rekapitulierten.

»Schau mal, was wir gefunden haben!« Kim setzte sich neben Natascha und schob eine Asservatentüte über den Tisch. »Ein Schlüsselbund. Er lag ein paar Meter von der Unglücksstelle entfernt im Gras. Wahrscheinlich ist er Hartwig bei dem Sturz aus der Tasche gefallen.«

393

Natascha hob die Tüte in die Höhe und betrachtete das Fundstück.

An dem Schlüsselbund hingen drei Schlüssel für Zylinderschlösser, mit verschiedenfarbigen Gummiummantelungen. Eine ovale Metallplakette am Schlüsselring zeigte einen stilisierten Kirchturm und eine Rose. »*Hoheroth, Dorf mit Zukunft*«, las Natascha vor. »Sieht aus wie ein Wohnungsschlüssel.«

»Für das Pfarrhaus oder die Pfarrerswohnung, nehme ich an«, erklärte Winterberg.

Nataschas Kopf ruckte in die Höhe. »Benny!« Sie schlug sich mit der flachen Hand vor den Kopf. »Der Schlüssel gehört zu Hartwigs früherer Wohnung in Hoheroth! Die Pfarrstelle wurde doch noch nicht wieder besetzt – die Wohnung steht bestimmt noch leer.« Natascha sprang auf. »Schnell, bevor es zu spät ist!«

Hoheroth lag östlich von Wilnsdorf und höher als die umliegenden Ortschaften. Die enge Straße schlängelte sich in Serpentinen durch den Wald. Die ehemalige Pfarrerswohnung war in der alten Schule untergebracht und tatsächlich noch nicht neu bezogen, wie sie von der Gemeindesekretärin erfahren hatten.

Eilig liefen Natascha, Lorenz und Winterberg auf das zweistöckige Fachwerkhaus zu. Auf dem Giebel prangte eine alte Uhr, deren großer Zeiger fehlte. Der kleine war irgendwann einmal zwischen der Vier und der Fünf stehen geblieben.

Winterberg zog sich Gummihandschuhe über, holte den Schlüsselbund aus der Tüte und probierte zuerst einen gelb ummantelten Schlüssel aus. Er ließ sich mit etwas Mühe versenken, doch man konnte ihn nicht drehen. Auch der mit Grünspan überzogene Messingknauf der weißgrünen Holztür ließ sich nicht bewegen, Winterbergs Ruckeln war nutzlos.

»Nächster Versuch«, murmelte er, doch der Schlüssel mit dem blauen Gummimantel passte erst gar nicht ins Schloss. Winterberg fluchte. Lorenz ging zu dem schmalen Fenster rechts neben der Tür, spähte durch die schmutzige Scheibe und hob den Ellbogen, um das Glas einzuschlagen. Doch bevor er zustoßen konnte, sprang die Tür auf. Der dritte Schlüssel hatte gepasst.

»Seid vorsichtig!«, mahnte Winterberg, doch Natascha war schon ins dunkle Innere des Hauses gelaufen, riss die erste Tür auf, die von dem engen Flur in eine Küche abging. Muffige Luft schlug ihr entgegen, lag wie grauer Nebel über dem Raum. Unter dem kleinen quadratischen Fenster stand ein Esstisch mit drei Plastikstühlen, auf der gegenüberliegenden Seite ein Gasherd und eine Spüle mit einem Heißwasserboiler, weiße Unter- und Oberschränke. Alles wirkte billig und lieblos, unpersönlich. Natascha riss hektisch die großen Unterschränke auf, aber außer Töpfen und bunten Plstikschüsseln fand sie nichts.

»Hier ist er nicht!«, rief sie in den Flur, und Lorenz antwortete aus dem Nebenzimmer.

»Hier im Schlafzimmer war schon seit Ewigkeiten niemand mehr. Alles voller Staub!« Er hustete und kam in den Flur. Hinter der dritten Tür verbarg sich das Wohnzimmer, ungemütlich und nüchtern wie der Gruppenraum in einer Jugendherberge.

Winterberg trat heraus und schüttelte den Kopf. »Keine Spur. Es sieht nicht danach aus, als wäre in den letzten Monaten überhaupt jemand in diesem Haus gewesen. Alles ist verstaubt, muffig und ungelüftet.«

»Ich gehe nach oben!« Natascha wies auf die steile, weiß

395

gestrichene Holztreppe, die in das Obergeschoss führte, und sprang schon hinauf. Die Stufen knarrten bei jedem Schritt. Winterberg war dicht hinter ihr, Lorenz blieb unten.

Der obere Flur war genauso aufgebaut wie der untere, drei Türen gingen von ihm ab. Natascha stürzte auf den Raum über dem Schlafzimmer zu und drückte die Klinke nach unten. Als sie die Tür langsam öffnete, quietschte es laut und schrill. Bei dem Zimmer handelte es sich um ein weiteres Schlafzimmer, vielleicht ein Gästezimmer. Ein altes Bauernbett stand darin, die Matratze hatte jemand zum Lüften aufrecht hingestellt und gegen das Kopfteil gelehnt.

Die Luft war verbraucht, aber nicht abgestanden. Natascha nahm einen ganz zarten Duft von Vanille wahr.

Ihr Herz machte einen Satz. Sie stieß die Tür ganz auf, lugte hinter das Türblatt. Angespannt wappnete sie sich gegen das, was sie vorfinden mochte.

Hinter der Tür stand ein Sofa, dunkelrot, alt und verschlissen. Und auf dem Sofa lag ein kleiner Körper, zugedeckt mit einer weißen Fleecedecke!

»Benny!« Natascha eilte zu ihm. Der Junge lag auf einem weichen Kissen, das Gesicht war bleich; dunkle Schatten lagen unter seinen Augen. Die Lippen waren nur schmale Striche, blass und farblos. Nichts erinnerte an den Dreijährigen, der wenige Stunden zuvor noch gesund und munter auf dem Schoß seiner Mutter gesessen hatte.

Natascha hörte das Knarren der Dielen, als Winterberg in das Zimmer stürmte, doch sie achtete nicht auf ihn. Ihre Hand steckte schon unter der weißen Decke und tastete nach Bennys kleinem Arm. Hektisch griff sie nach seinem Handgelenk und suchte mit den Fingerspitzen den Puls. Nichts.

Panik glomm in ihr auf. Nein! Benny durfte nicht tot sein! Sie durften nicht zu spät gekommen sein!

Winterberg legte von hinten seine Hand auf ihre Schulter, sagte irgendetwas Beruhigendes zu ihr. Sie schloss die Augen, atmete einmal tief ein und wieder aus, dann tastete sie erneut über die weiche Kinderhaut. Sie war warm! Und da war auch der Puls! Schwach, aber deutlich spürbar.

»Er lebt«, flüsterte sie und sah zu Winterberg auf. Tiefe Erleichterung erfasste sie und umspülte ihren Körper. Natascha ließ die Stirn auf die Sofakante sinken und hörte wie von weither, wie Winterberg erst den Notarzt und dann die Kollegen auf dem Parkplatz der Autobahnkirche verständigte.

Benny war in Sicherheit.

Kapitel 85

Die Klingel im Inneren des Hauses surrte. Es war der gleiche Ton wie beim letzten Mal, doch diesmal war er mit mehr Hoffnung erfüllt. Die Fassade war notdürftig überstrichen worden; der Farbton wirkte etwas heller als der Untergrund, aber zumindest war der schmähende Schriftzug verschwunden. Auch wenn er im kollektiven Gedächtnis der Dorfbewohner wahrscheinlich noch lange haften bleiben würde.

Frank Feldmann wirkte erschöpft und sah älter aus als seine achtunddreißig Jahre. Die Falten um seine Mundwinkel schienen sich in den letzten Tagen tiefer in seine Haut gegraben zu haben, die Lippen wirkten schmaler. Aber sein Blick war nicht gebrochen, der Gang noch immer aufrecht.

»Felix, wir haben Besuch!«

Der Junge kam zögerlich die alte Treppe herunter; wie beim letzten Mal hielt er den großen Pandabären im Arm. Schüchtern lächelte er Natascha an. »Willst du wieder mit mir malen?«, fragte er.

Natascha zerzauste ihm die brünetten Haare. »Heute nicht. Wir möchten gern mit deinem Papa sprechen. Aber ich hab dir etwas mitgebracht.« Sie ging in die Knie und hielt ihm eine Dose bunter Wachsmalstifte hin.

Felix griff danach und strahlte über das ganze Gesicht.

Feldmann lächelte seinen Sohn an und bot ihm an, nebenan im Wohnzimmer fernsehen zu dürfen. Zufrieden flitzte der Junge davon, warf sich aufs Sofa und schaltete mit der Fernbedienung den Fernseher an.

Natascha und Lorenz gingen mit Feldmann in die gemütliche Küche, deren niedrige Decke mit Holzpaneelen verkleidet war. Feldmann bot ihnen Kaffee an, und sie nahmen an dem quadratischen Esstisch Platz. In der Spüle türmten sich Töpfe und Teller.

Frank Feldmann zuckte entschuldigend mit den Schultern. »Wir sind in den letzten Tagen nicht zum Spülen gekommen.«

Natascha winkte ab. »Sie haben sicher gerade ganz andere Dinge im Kopf.«

Feldmann nickte und kniff dabei die Lippen zusammen. Sein leerer Blick offenbarte ein wenig von der Trauer, die ihn erfüllte. Die Trauer um seine Frau und um das Leben, das er verloren hatte. Nichts würde mehr so sein, wie es einmal gewesen war.

»Wir gehen davon aus, dass Ihre Frau die Spendengelder im Gemeindehaus entwendet hat, auch wenn wir es nicht abschließend beweisen können. Sie haben deswegen natürlich nichts zu befürchten; wir wollten aber, dass Sie es wissen. Damit Sie wenigstens mit diesem Teil des Falles abschließen können. Und vielleicht auch, um Ihnen die Abkehr vom Glücksspiel zu erleichtern.« Natascha sagte es ohne Vorwurf, und Feldmann schluckte. »Hartwig wusste von den Diebstählen Ihrer Frau und hat sie über mehrere Wochen hinweg beobachtet und per E-Mail bedroht. Und er wollte sich mehrmals mit ihr treffen, aber sie ignorierte die Anfragen, soweit wir wissen. Doch vergangenen Freitag ließ sie sich schließlich auf ein Treffen mit ihm ein, oben an der Autobahnkirche. Dort kam es zu einer Auseinandersetzung, die dann in den Kirchenräumen eskalierte.« Natascha hielt kurz inne. Sie wollte nicht zu sehr ins Detail gehen, um Feldmann nicht zu verletzen. »Dort hat er auch die Tarotkarten Ihrer Frau an sich genommen und ihre Handtasche ins Gebüsch geworfen.« Sie erzählte nicht, dass Hartwig die Karten in der Folge dazu benutzt hatte, Ella Steinseifer zu bedrohen.

»Wir werden Weissbach verlassen.« Feldmann blickte zum Wohnzimmer hinüber, aus dem die Geräusche eines Werbespots zu ihnen herüberschallten. »Ich kann nicht mehr in diesem Haus leben, nicht in diesem Ort. Hier ist zu viel Schreckliches passiert.«

»Ich kann Ihre Entscheidung gut verstehen«, sagte Natascha, und Lorenz nickte. »Manchmal ist es besser, woanders noch einmal neu anzufangen.«

»Neu anfangen . . .« Frank Feldmann hob die Schultern und ließ sie wieder sinken. »Ich werde uns erst einmal eine Wohnung in Siegen suchen, danach sehen wir weiter. Jetzt ist für mich erst mal nur Felix wichtig.« Er nippte an der Kaffeetasse, die er in der Hand hielt. »Wir werden Anke einäschern lassen und sie im Friedhofswald beerdigen. Das hatte sie sich immer gewünscht.« Seine Stimme wurde leise. »Für später.« Seine Augen füllten sich mit Tränen, doch er blinzelte sie weg. »War er es wirklich? Hartwig?«

Natascha nickte. »Wir wissen jetzt, dass sich Pfarrer Hartwig in das offene WLAN von Volker Hardt eingeloggt hat. Er hat sich eine E-Mail-Adresse eingerichtet, von der aus er Ihre Frau bedroht hat. So konnte er davon ausgehen, dass ihm so schnell niemand auf die Schliche kommt.«

»Aber warum hat er das gemacht?« Feldmann schüttelte den Kopf, mied den Blickkontakt zu Natascha. »Anke hat ihm doch nichts getan . . .«

»Seine Mutter hat Hartwig auf dem Sterbebett offenbart, dass er nicht das Kind seines längst verstorbenen Vaters war. Er war ein Kuckuckskind. Er hat nie herausgefunden, wer sein leiblicher Vater war. Dieses Geständnis hat Hartwig den Boden unter den Füßen weggerissen, seine ganze heile Welt ging in Scherben, er verlor alle Sicherheit, all seine Wurzeln. Deshalb hat er sich später auch den Spitznamen ›Kyrill‹ gegeben. Angelehnt an den Sturm, der hier vor einigen Jahren so viele Bäume entwurzelt hat.« Natascha räusperte sich, wollte Hartwig nicht in Schutz nehmen. Aber gleichzeitig verspürte sie den Wunsch, Frank Feldmann zu helfen, das Unfassbare, das ihm und dem kleinen Felix widerfahren war, auch nur ansatzweise verstehen zu können. »Irgendwann reifte in Hartwig die Idee, andere vermeintliche Jungen vor einem ähnlichen Schicksal zu bewahren. Er wollte sie vor ihren lügnerischen Müttern retten. Hartwig glaubte tatsächlich, etwas Gutes zu tun, indem er die Kuckuckskinder dem – wie er meinte – schädlichen Einfluss ihrer Mütter entzöge. Sie sollten sich nie so entwurzelt fühlen, wie er selbst sich fühlte, als er die Wahrheit über seine Herkunft erfuhr.«

Feldmann gab ein verächtliches Geräusch von sich. »Und dabei ließ er sich von jämmerlichen Gerüchten leiten?«

»Leider«, antwortete Lorenz. »Und offenbar von Beobachtungen, von Vermutungen...« Er sprach es Frank Feldmann gegenüber nicht an, aber nach allem, was sie wussten, war der kleine Benny Steinseifer nur in Hartwigs Fokus geraten, weil der Junge seinem Vater so gar nicht ähnlich sah.

Feldmann hieb mit der Faust auf den Tisch, raufte sich die Haare. »Und dieses ständige Getratsche hier im Ort kam ihm dabei gerade recht. Oh, wie ich es hasse!«

Felix stand plötzlich im Türrahmen und blickte ängstlich zu seinem Vater, doch der zwang sich zu einem Lächeln.

»Ist schon in Ordnung, Schatz! Schau einfach weiter!« Der Junge lief zurück ins Wohnzimmer.

»Ich habe darüber nachgedacht, einen Vaterschaftstest zu machen«, gestand Feldmann so leise, dass Natascha sich zu

401

ihm beugen musste, um ihn zu verstehen. »Aber ich habe mich dagegen entschieden. Was würde es ändern? Felix ist mein Sohn, ich liebe ihn über alles. Ich war dabei, als er auf die Welt kam, habe die Nabelschnur durchschnitten. Bin nächtelang mit ihm durch die Wohnung getigert, als er Koliken hatte. Ich habe seine ersten Schritte mit der Kamera aufgenommen und saß an seinem Bett, als er vor Fieber ganz matt war. Welche Rolle spielt es da, ob ich ihn auch gezeugt habe?«

In seinem Blick lag so viel Liebe, in seinen Worten so viel Wärme, dass Natascha sicher war, dass die beiden auch in ihrem neuen Leben gut miteinander zurechtkommen würden.

Bevor sie nach Siegen zurückfuhren, hielten sie noch bei Familie Steinseifer. Die drei tranken auf der Terrasse Kaffee und Saft und aßen Schokoladenkuchen. Benny saß auf dem Schoß seines Vaters, das Gesicht verschmiert von Schokolade, und grinste sie an. »Ssotolade!«, jubelte er und steckte sich ein Stück des Kuchens in den Mund.

Natascha lachte. Lorenz' Blick fiel auf die riesige Bambuspflanze, die in einem Terrakotta-Topf auf der Terrasse stand.

Ella Steinseifer bemerkte seinen Blick. »Wir haben den Holunderstrauch gerodet und stattdessen den Bambus dort hingestellt. Der wirkt viel frischer, finden Sie nicht?« Sie drehte an der weiten Krempe des Strohhutes, der den weißen Verband um ihren Kopf nur notdürftig kaschierte. »Und er weckt keine negativen Erinnerungen«, fügte sie leiser hinzu.

»Benny scheint es ja wieder gut zu gehen!« Natascha lächelte den kleinen Blondschopf an, doch der widmete sich mit Hingabe seinem Kuchen.

Rolf Steinseifer strich seinem Sohn über den Kopf. »Er muss

noch unter ärztlicher Beobachtung bleiben. Wir fahren morgen noch einmal in die Kinderklinik. Aber er hat die Medikamenten-Vergiftung erstaunlich gut weggesteckt, sagen die Ärzte. Er wird wahrscheinlich keine bleibenden Schäden davontragen.«

»Das sind tolle Neuigkeiten!« Lorenz kramte in seiner Tasche und holte einen kleinen braunen Stoffteddy hervor. »Den möchten wir dir gern schenken.«

Benny nahm den Teddy in die schokoladeverschmierten Hände und betrachtete ihn.

»Wenn du möchtest, dann kann er ein ganz besonderer Freund für dich werden. Einer, der auch etwas Ungewöhnliches erlebt hat, genau wie du«, fügte Lorenz hinzu.

Benny nickte lächelnd und drückte den Bären an sich. Ella Steinseifer schluckte laut.

»Er wird das Erlebnis verwinden. Und Sie auch.« Natascha hoffte, dass ihre Worte Zuversicht spendeten. Die Familie konnte es nach den traumatischen Ereignissen gut gebrauchen.

»Ich weiß. Aber ich frage mich immer noch, warum uns das alles passieren musste.« Ella blickte zu ihrem Mann, der seinen Sohn fest umschlungen hielt. »Hat Hartwig das wirklich alles getan, weil er gedacht hat, Rolf wäre nicht Bennys Vater?«

Natascha nickte; sie hatte Ella Steinseifer schon kurz am Telefon erzählt, was sie über Hartwigs Motive erfahren hatte. »Vermutlich. Hartwig war krank, er hat nicht rational gehandelt. Die geringe Ähnlichkeit zwischen Benny und seinem Vater war ihm Anlass genug, an der Vaterschaft zu zweifeln.«

Rolf und Ella schüttelten den Kopf.

»Unfassbar!«, erklärte Rolf. »Dabei hat er meine Augen, das sieht man doch! Und hier, die Finger! Das erste Gelenk des kleinen Fingers ist total krumm, genau wie bei mir!«

Natascha lächelte. »Unverkennbar! Aber Hartwig hatte keinen Blick für solche Details. Er war so von seinem eigenen Schicksal geblendet, dass er nicht mehr zwischen Gut und Böse unterscheiden konnte.«

Rolfs Handy auf dem Tisch klingelte, doch er ignorierte es. »Ist die Firma.« Er sah kurz zu Ella und spitzte die Lippen zu einem angedeuteten Kuss. »Ich gehe heute Nachmittag nicht mehr dran. Ich war zwar ein ziemlicher Holzkopf, aber jetzt weiß ich, wo ich hingehöre. Hierhin, nicht ins Büro. Ab heute gibt es keine Überstunden mehr!« Er hielt einen kurzen Moment inne und lachte. »Oder zumindest nur noch ganz wenige.«

Lorenz gab Natascha mit einem Nicken zu verstehen, dass sie jetzt gehen sollten. Sie wollten Familie Steinseifer nicht länger stören.

Außerdem wurde es Zeit, wieder nach Siegen zu fahren und Weissbach ein für alle Mal hinter sich zu lassen.

Kapitel 86

Natascha kuschelte sich an Simons Rücken. Sanfte Wärme ging von seinem Körper aus, umgab sie mit einem weichen Gefühl von Geborgenheit und Zuhausesein. Seine Haut roch nach seinem markanten Deo, aber auch nach frischem Schweiß. Es erinnerte Natascha an den vergangenen Abend, an ihr stürmisches Wiedersehen, an die Minuten, in denen sie alles um sich herum vergessen hatte.

»Guten Morgen!« Simon drehte sich zu ihr um, drückte ihr einen Kuss auf die Stirn und grub sein Gesicht in ihre Halsbeuge. Seine Bartstoppeln kitzelten sie. Natascha verwuschelte ihm die blonden Haare, und kurz darauf balgten sie wie übermütige Welpen auf der Bettdecke herum, die nackten Körper ineinander verschlungen, und spielten noch einmal das aufreibende Spiel vom Vorabend. Wurden eins und lösten sich wieder voneinander, nur um sich kurz darauf erneut zu finden.

Wenig später lagen sie atemlos nebeneinander auf der Matratze, die Decke lag zusammengeknüllt am Fußende, ein Kopfkissen war auf den Boden gerutscht. Fritz kam ins Schlafzimmer getappt, gab ein protestierendes Maunzen von sich und sprang aufs Bett, um sich zwischen ihnen zusammenzurollen.

»Frechheit!«, murmelte Simon, küsste Nataschas Oberarm und stand dann auf, um Kaffee zu kochen.

Natascha blieb liegen und starrte an die Decke, an die die Kastanie vor ihrem Fenster filigrane Schatten-Muster warf. Langsam ebbte das Endorphin in ihren Adern ab, und ihr Denken und Fühlen wurde von Rationalität geflutet. Ade, Romantik!, dachte sie und nahm von Simon die dampfende Kaffeetasse entgegen.

»Mir will Hartwigs Bild nicht aus dem Kopf gehen.« Sie nippte an dem heißen Kaffee. »Er ist einfach gesprungen. Ich konnte nichts dagegen tun.«

»Mach dir keine Vorwürfe!« Simon strich mit dem Zeigefinger an ihrem Unterarm entlang; die feinen Härchen stellten sich sofort auf. »So etwas ist immer eine Gratwanderung. Immerhin habt ihr Benny rechtzeitig gefunden. Es sollte einfach alles so sein, wie es geschehen ist. Vielleicht hättet ihr den Jungen nicht so schnell aufgespürt, wenn die Situation auf dem Kirchendach eine andere gewesen wäre.«

»Ja. Vielleicht«, murmelte Natascha. »Vielleicht auch nicht.«

»Wir werden es nie wissen. Und das ist auch gut so.« Auf Simons Antwort folgte Schweigen. Natascha kraulte Fritz, der mit wohligem Schnurren reagierte. Nackt mit Simon auf dem Bett, zwischen ihnen der schnurrende Kater, Sonnenschein, der das Zimmer erhellte – dieser Augenblick könnte so schön sein, so idyllisch ... Doch Natascha konnte ihn nicht genießen; sie konnte einfach nicht abschalten. Immer wieder sah sie Hartwigs Sprung ins Leere, die umherwirbelnden Karten mit dem goldenen Kreuz auf blauem Grund, dann den blassen Benny unter der weißen Decke.

Doch Simon schien zu ahnen, wie sie sich fühlte. Wie oft hatte er wohl schon Menschen in den Tod springen sehen? Sie würde ihn fragen. Irgendwann.

Das Handy klingelte, und Natascha stand auf, fischte ihre Jeans aus dem Klamottenhaufen vom Boden und durchwühlte die Taschen.

Es war ihre Mutter.

»Und? Hast du was herausgefunden?« Birgit klang vorwurfsvoll, und Natascha erinnerte sich an das Versprechen, sich bei ihr zu melden. Wenn sie mehr über das wusste, in das Basti da verwickelt war.

»Sorry, Mama, ich hab gestern vergessen, dich anzurufen.«

Natascha warf einen Blick auf Simon, der mit geschlossenen Augen auf dem Bett lag und Fritz kraulte. Vor lauter Vorfreude auf das Wiedersehen mit Simon hätte sie gestern Abend beinahe das Telefonat mit den Kollegen der Aktenverwaltung in Köln versäumt. Erst, als sie die Dienststelle hatte verlassen wollen, war es ihr wieder eingefallen. Sie war allein im Büro gewesen, um sich ohne lästige Fragen oder überraschte Blicke der Kollegen nach dem Inhalt der Kriminalakte eines Sebastian Krüger zu erkundigen. Mit klopfendem Herzen hatte sie auf den Rückruf der Kollegin gewartet.

Erst eine halbe Stunde später hatte sie die erlösende Antwort erhalten: Es gab keine Akte.

»Das heißt also, dass Basti in keine illegalen Sachen verwickelt ist«, antwortete Birgit erleichtert, doch Natascha musste ihre Freude dämpfen.

»Das heißt es leider nicht.« Sie suchte ihren Slip aus dem Kleiderhaufen, zog ihn umständlich an und ging in die Küche, um sich einen weiteren Kaffee einzuschenken. »Das heißt nur, dass Basti bisher nicht aktenkundig wurde.«

Birgit schwieg.

»Tut mir leid, dass ich dir nicht mehr sagen kann. Aber ich werde morgen mit ihm reden. Er kommt doch auch?«

Ihre Mutter seufzte. »Wahrscheinlich nicht. Ich hab ihm zwar Bescheid gesagt, als wir in der WG waren, aber ich glaube irgendwie nicht, dass er sich blicken lässt.« Sie hielt einen Moment inne. »Hanno und er haben sich gestritten. Basti ist eifersüchtig, glaube ich. Er denkt wohl, dass Hanno ihm Aufmerksamkeit wegnimmt oder so.«

Basti also auch, dachte Natascha und ging ins Badezimmer hinüber, um sich ein weites, gemütliches T-Shirt überzuziehen. Sie linste kurz ins Schlafzimmer, wo Simon mit geschlossenen Augen lag. Wahrscheinlich war er noch einmal eingeschlafen, während sie sich hier mit den Dämonen ihrer Kindheit auseinandersetzte. Von Bastis aktuellen Problemen hatte sie Simon bisher nichts erzählt.

Ihr Bruder hatte schon immer ganz besonders an ihrer Mutter gehangen. Wahrscheinlich, weil er der Jüngere von ihnen war. Natascha hatte dafür schon früh die Rolle der verständnisvollen großen Tochter übernommen. Und die konnte sie einfach nicht abstreifen.

»Da muss er eben durch, Mama. Alt genug ist er ja.« Sie starrte aus dem Fenster, sah auf die geparkten Autos auf dem Gehweg. Simons schwarzer Fabia stand im Halteverbot. Als sie mit der Zunge über ihre Backenzähne strich, meldeten sich für einen Moment die Zahnschmerzen zurück. Gleich am Montag würde sie einen Termin beim Zahnarzt vereinbaren.

»Ich fand es am Anfang auch komisch, als du auf einmal einen Mann an deiner Seite hattest«, gab sie zu.

»Warum?« Birgit klang verblüfft.

»Es fühlt sich ungewohnt an, dass wir Kinder nicht mehr die wichtigste Rolle in deinem Leben spielen. Dass du ein Leben ohne uns führst. Auch wenn wir selbst beide längst erwachsen sind.«

Ob Basti das auch so sah? Rebellierte er womöglich gegen die neue Rollenverteilung in Birgits Leben?

»Aber je länger ich darüber nachdenke, desto toller finde ich es. Ich freu mich für dich, Mama, ehrlich!«

Ihre Mutter lachte. »Du solltest Hanno endlich kennenlernen. Das macht es bestimmt leichter für dich.«

»Ich glaube es auch.« Natascha trank den Rest des Kaffees und stellte die Tasse in die Spüle. »Was gibt es denn zu essen? Simon und ich werden ausgehungert sein!« Birgit stimmte in Nataschas Lachen mit ein.

»Wir können Pizza essen gehen. Hanno kennt eine tolle Pizzeria ganz in der Nähe des Doms. Dort gibt's die leckerste Margarita von ganz Köln!«

Natascha merkte, dass sie Hunger hatte, und stellte zwei Teller auf den Tisch, legte Messer daneben und fasste Mut für ihre nächste Frage. »Okay. Und wenn wir dann schon so einträchtig zusammensitzen, kannst du uns auch endlich mal erzählen, was mit unserem Vater geschehen ist. Warum er uns im Stich gelassen hat, als Basti noch ein Baby war. Dann wissen unsere Partner wenigstens gleich über uns Bescheid und wir brauchen keine Geheimnisse voreinander zu haben.«

Hinter dieser flapsig klingenden Bemerkung verbargen sich jahrzehntealte Verletzungen, durchweinte Nächte und Fragen, auf die sie bis heute nie eine Antwort erhalten hatte. Sie hörte Birgit am anderen Ende der Leitung schlucken.

»Lassen wir die Schatten der Vergangenheit ruhen! Es würde dir nicht guttun.«

»Warum?«, fragte Natascha zum x-ten Mal, aber wie immer erhielt sie keine Antwort.

»Wir sehen uns also morgen«, sagte Birgit und verabschiedete sich.

Natascha blieb noch einen Moment in der Küche sitzen und starrte auf die Frühstücksteller, dann ging sie zurück zu Simon ins Schlafzimmer. Er blinzelte müde und hob die Bettdecke an, damit sie zu ihm krabbeln konnte. Fritz stand auf, streckte sich und tapste beleidigt zum Fußende, wo er sich wieder zusammenrollte.

Natascha schmiegte sich an Simon, genoss seine Wärme und

flüsterte ihm ins Ohr: »Morgen gibt es die beste Margarita von ganz Köln. Und ich werde herausfinden, wohin mein Vater verschwunden ist.«

Dann verkrochen sie sich unter der Bettdecke, wo der weiße Kater sie nicht beobachten konnte.

Nachbemerkung

Die Geschichte dieses Romans ist frei erfunden. Auch die Personen sind meiner Fantasie entsprungen und haben keine realen Vorbilder. Das Siegerland hat zwar viele kleine und teilweise abgelegene Dörfer, aber man wird weder Weissbach noch Hoheroth dort finden. Die übrigen Handlungsorte hingegen existieren wirklich und sind jederzeit einen Besuch wert.

Auch wenn ich bei der Polizei in Siegen kompetenten Rat bekommen habe, so habe ich mir an manchen Stellen der Ermittlungsarbeit gewisse künstlerische Freiheiten herausgenommen und die Wirklichkeit an die Bedürfnisse der Geschichte und ihrer Protagonisten angepasst.

Ein Fall für Fall - Lederhosen inklusive

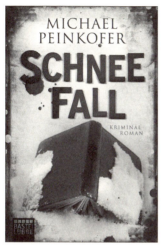

Michael Peinkofer
SCHNEEFALL
Kriminalroman
304 Seiten
ISBN 978-3-404-17131-6

Krimiautor Peter Fall steckt in einer Schaffenskrise. Sein Verleger schickt ihn in die Alpen, was so gar nicht Peters Fall ist. Hier, in stiller Abgeschiedenheit, soll er endlich seinen nächsten Roman zu Ende schreiben. Doch ein Schneesturm sorgt dafür, dass Peter Falls Leben aus den Fugen gerät. Unvermittelt findet er sich in einem kleinen Bergdorf wieder, das infolge des heftigen Schneefalls komplett von der Außenwelt abgeschnitten ist. Als dann auch noch ein Mord geschieht, bitten die recht merkwürdigen Dörfler Peter um Hilfe. Der lässt sich darauf ein, denn was keiner weiß: Der Mörder geht genau nach seinem neuen Roman vor - dem, den er noch gar nicht fertig geschrieben hat ...

Bastei Lübbe

Ich wurde ohne Seele geboren. Deshalb werde ich deine rauben. Es wird wehtun.

Ethan Cross
ICH BIN DIE ANGST
Thriller
Aus dem amerikanischen
Englisch
560 Seiten
ISBN 978-3-404-17078-4

Der Anarchist, ein mysteriöser Killer, verbreitet in Chicago Angst und Schrecken. Er trinkt das Blut seiner Opfer, bevor er sie anzündet. Schlimmer noch: Er zwingt sie, ihm dabei unentwegt in die Augen zu schauen. Denn sie sollen sein wahres Gesicht sehen. Nicht das Gesicht des liebevollen Ehemannes und Vaters, das er seit Jahren für seine Familie aufsetzt, sondern das Gesicht des absolut Bösen. Um den Anarchisten zur Strecke zu bringen, muss Marcus Williams von der Shepherd Organization sich ausgerechnet an seinen Todfeind wenden: Francis Ackerman junior, den berüchtigtsten Serienkiller der Gegenwart.

Bastei Lübbe

Gibt es ein Video von Jesus Christus?

Andreas Eschbach
DAS JESUS-VIDEO
Thriller
704 Seiten
ISBN 978-3-404-17035-7

Bei archäologischen Ausgrabungen in Israel findet der Student Stephen Foxx in einem 2000 Jahre alten Grab die Bedienungsanleitung einer Videokamera, die erst in einigen Jahren auf den Markt kommen soll. Es gibt nur eine Erklärung: Jemand muss versucht haben, Aufnahmen von Jesus Christus zu machen! Der Tote im Grab wäre demnach ein Mann aus der Zukunft, der in die Vergangenheit reiste – und irgendwo in Israel wartet das Jesus-Video darauf, gefunden zu werden. Oder ist alles nur ein großangelegter Schwindel? Eine atemberaubende Jagd zwischen Archäologen, Vatikan, den Medien und Geheimdiensten beginnt ...

Bastei Lübbe